躁郁症少年 下
一九六九年夏的梦中江湖

［德］弗兰克·维策尔 著

付天海 刘颖 译

人民文学出版社
PEOPLE'S LITERATURE PUBLISHING HOUSE

57
一封克劳迪娅的来信

　　我父亲把我的几件衣服扔进棕色的皮箱。内裤、汗衫、卷筒领套头毛衫。原本我是不允许把任何私人物品带进天主教寄宿学校的。约翰和小野的那张照片反正我已夹在我的钱包里。然后我又往皮箱里装了一个新的标准A4笔记本。这些都是披头士乐队的图片。一本超级棒的画册，虽然厚了点儿，但是尺寸要小一些，因此正好能装进那个本子。当时披头士乐队来德国巡演三天，在皇冠马戏团演出过。我父亲已经先往汽车那儿去了，因为他今天自己开车送我。我又一次打开皮箱。箱盖织物套蒙的侧面是松动的。我把笔记本就塞在那里面。我母亲正躺在沙发上睡觉。她脸色苍白。在她旁边的小餐桌上放着药品。我弟弟和明爱会那位女士在游乐场上玩耍。在车里我可以坐在前座上。汽车杂物箱旁边有两块磁铁。圣徒克里斯多夫。人们经常用一个狗头来描述他，他给自己讨来这个狗头，为了对抗所有世俗的攻击。虽然他能够把耶稣圣婴，并且连同他把全世界的苦难都扛过河去，但他自己后来还是被淹死了。人们或者挽救他人，或者拯救自己。两者都做是不可能的。圣徒克里斯多夫手执用来驱散树叶的旅杖，摆在他旁边的是一个分成三部分的小相框。右边是我和我弟弟的一张照片。左边是我母亲的一张照片。中间是用金色书写体写在蓝底上的一句话：想着我们。小心驾驶。我父亲开动了发动机。母亲身体状况很糟，他说道。你现在很快就要十四岁了。当年在你这个年龄我已经开始学徒了。我们当时恰逢战争。你不能总这么下去。如果你再留级的话，无论如何你就得退学了。你母亲不能再情绪激动了。但是在结束祈祷练习之后或许你会选择上天主教神学院。这会让你母亲很高兴。这样的话我也会少一件烦心事。你想象一下，过几年你弟弟就可以到你那儿参加圣餐仪式了。或者至少在你那儿受坚信礼。他把手伸进上衣口袋，从里面掏出一封信递给我。这封信是写给你的。他倒着把车开过工厂院落。我撕开信封。信是克劳迪娅写来的。克劳迪娅在信中写道："你好，我们彼此再没见过面，这真让人感到不快。但是当我去学校取我的东西时，你却不在学校。克里斯蒂安妮说你病了。但你不会也跟我一样头脑有点儿不正常吧？是不是？暑假过后我可能要转到另一所学校。也很令人讨厌，但是没有别的办法。本月15号我去埃布拉参加联谊野营活动。你也来吗？斯宾塞、盖耶和斯托尼也都去。我们早上7点在毛里求斯广场会合。回头见。再见。克劳迪娅"。我把信折叠起来，把它塞进我风衣的里兜。信是谁寄来的？我父亲问道。是赖讷寄来的。暑假过后他也要开始学徒，是吗？是的，在位于美因茨公路上的奔驰汽车公司。这也不是什么美差事。如果赖讷再给我写信……？当然我们会把信保存起来。你们不能把信转寄给我吗？我们沿坦豪依泽大街向上行驶，穿过林荫路，然后沿亨克尔大街向下途经登格斯家的平层别墅，最后驶上高速公路。灰色的天空笼罩在莱茵高地区上空。现在我能够再看一眼工厂和斜后方我们家的房子。右边是格莱泽尔山。封·霍夫曼家多角落的房子。周日下午我们总沿着与高速公路平行的那条小路散步，当时我母亲还能够行走。那件黄色的套头毛衫，即使隔着紧身衬衣它也能刺得人发痒。美国佬的兵营。罗森费尔德。诺贝特·佩尔施一直还拿着我的三本米老鼠收藏纪念册。它们分别是蓝色、红色和绿色的。一根金属平头钉把那些本子从中间固定在一起。与《费克斯和福克西》相配套的"我知道得更多"索引卡片。配有金色封面的《费利克斯》复活节专刊。青年杂志《现代卢波》。《米奇幻想》。流行照片。我祖父家那本为邮政员工发行的杂志。杂志里有专为儿童设计的版面《邮车小号角》。版面右下方有一幅图画。一辆汽车行驶在一条马路上。一个男孩抬着一块圆形大蛋糕。一条狗挣脱了皮带。图画下面写着：接下来怎么办？

58

志愿者汉斯-君特拓展他的诠注能力

第一周里人们宣布了我们的晨祷义务。我们六点差一刻起床。六点钟我们在小教堂里集合做晨祷。紧接着吃早饭。做家务劳动直到第三时（上午九时举行的第三次每日祈祷）。之后人们向我们传授礼拜仪式直到第六时。吃午饭。再次在室内或者在花园里劳动直到午祷时间（下午三点），这期间我们纪念天主的死亡时刻。在晚祷之前我们还要学其他课程（拉丁文、教父学、修辞学、诠注学）。接着吃完饭。截止到终祷之前是我们原本应该用来自学的自由时间。20点被关进单人小房间。21点熄灯。

在这里药物是不成问题的。安菲他明、兴奋剂、安定药、大麻、麦角酸二乙酰胺。但是仅凭每月二十马克零花钱人们不可能有太多选择。我每周就要花去五马克，这样才不至于使克劳迪娅寄来的信件落入看门人之手，而是让人事先截取信件，替我把它们保存在栅篱后面工具棚里的麻袋里。这样算下来就只剩五马克了。一包10片装的安定药卖3.50马克。奥沙西泮稍微便宜点儿，但却使人头痛。抗多动症药对我来说太危险了。抑食欲药的效果过于反复无常。我先买半片安定药。做完终祷之后服用四分之一片。

问题在于：我不能看到血液。在两个小时的血液学课程期间我始终盯着我的作业本，不抬眼去看展示板和幻灯片。血液是一种悬浮物，因为它是由水和纤维素组成的。它是一种非牛顿流体。牛顿是异教徒。不是因为他的学说，而是因为他认为自己与上帝相似。牛顿是在耶稣圣诞日那一天出生的。从自己名字（艾萨克·牛顿 Isaacus Neutonus）的字母中他构造出拉丁文 Jeova sanctus unus，意为"被上帝选中的人"。在生命垂危时他拒绝施行临终涂油礼。奥泽比乌斯教士说，我们可以把这种情况作为非牛顿流体的记号记录下来。虽然严格地讲油不属于非牛顿流体，但是天主为我们抛洒的血液却是。详细情况我们在流变学这门课程里将会学到。

在我们于修道院食堂前面排队等候期间，一名同学小声告诉我，我们在流变学课堂上会被问到，精液是胀流性的还是结构黏性的。我应当小心这样的提问，因为它可能涉及的是一种诱诈性的问题。如果回答正确，也就是回答"结构黏性的"，我就会被追问是从哪里知道这些知识的。干脆说不知道也不行，因为这会被解读为是一种借口。最好人们从理论层面出发这么回答：为了清楚这一点人们必须核实，在施加了剪力影响之后也就是说在射精之后（但人们无论如何也不能提到这回事），精液的表现是流凝性的还是触变性的。他向我眨眼示意，并做了一个奇特的手势，他先是握紧拳头，然后以一种流动的运动形式叉开手指。与此同时他发出咝咝的声音说道：触变性的。如果我用一条羊毛毯摩擦阴茎的包皮，那会是一种很舒服的感觉。不会流出精液。如果我把包皮向后拉，我就会有疼痛的感觉。

我尝试尽可能充分利用从被关进房间到熄灯之间的这段时间。首先我阅读克劳迪娅寄来的那两封信。然后我取出那个偷偷带进来的标准A4笔记本，尝试写一些关于克劳迪娅的文字。我想象她现在正和其他人在埃布拉。我把在埃布拉举行的活动想象成类似于去年在克劳森巴赫举办的童子军宿营。只是那一次有乐队表演。阿蒙·杜尔乐队和橘梦乐团。阿蒙·杜尔乐队我不了解。橘梦乐团曾在博物馆里演出过。以"六九俱乐部"作为开场表演。我把脊背靠在门上坐着。尽管我在房门上没有发现小窥视镜，我还是想确保万无一失。和折叠起来的约翰和小野的照片以及那本披头士乐队的画册一样，标准A4笔记本和克劳迪娅的来信是我唯一的占有物。我把所有这些东西卷到一个旧塑料袋里，在我每天早晨离开单人房间之前，把它从下面塞到洗手盆的出水管里。熄灯之后我又坐了一会儿。我尝试把披头士乐队唱片上的歌曲按顺序小声背诵一遍。那些歌曲的名字我都记得。但是按顺序背诵却很困难。在《橡胶灵魂》（Rubber Soul）专辑的B面上，《单字》（The Word）那首歌是在《等待》（Wait）和《如果我需要某人》（If I Needed Someone）之间，还是靠前排在《为自己着想》（Think For Yourself）之后和《米歇尔》（Michelle）前面？第二张唱片无论如何是以《发生什么了？》（What Goes On）开始的，它背面的第一首歌是《流浪的人》（Nowhere Man）。然后是《女孩》（Girl），背面第一首是《米歇尔》。我忘记了《为你的生命奔跑》（Run For Your Life）。这样看来《单字》那首歌还是应该在A面上。我躺到床上，尝试把《我刚刚看到一张脸》（I've Just Seen a Face）那首歌的第一段一口气对着枕头唱完。

周三下午志愿者汉斯－君特监督我们做诠注学家庭作业。我们应当就《马太福音》6：27中的一句话写出至少一页的注释。"你们哪一个能用思虑使身量多加一肘呢？"对此我什么也想不起来。或许这句话的意思是，人生是一个时间计量单位，而肘则是一种长度计量单位。

一个不准确的长度计量单位,因为正如我们在宗教史课上所学到的,有一系列不同的肘,它们分别对应人不同的身高。但是这句话指的肯定不是这个。志愿者汉斯-君特朝我走来。他站到我身后,越过我的肩膀弯下头来。

"怎么,"他说,"你什么也想不出?"

我耸了耸肩。

"在诠注时人们必须摆脱自己的想法。"

我困惑地看着他。

"你最喜欢的披头士乐队的唱片究竟是什么?"他问道。

这可能是一个诱诈性的提问。或许我应该否认这一点,说我根本就不知道披头士乐队。但是那样我就不仅撒了谎,而且还出卖了我最喜欢的东西。就像使徒彼得那样。志愿者汉斯-君特的头发一直垂到他的下巴处。他看上去有点儿像戴夫·戴维斯。我喜欢《小丑之死》(Death of a Clown)那首歌。还有《苏珊娜还活着》(Susanne's Still Alive)。在这些单曲发行的时候,我担心奇想乐队会解散。因此我从来做不到完全静下心来听这两首歌。苏珊娜遭到否认并被无辜地起诉。一次她来到花园里。她感到很热。她想游泳。她的女仆们取来游泳用品。她脱掉衣服。这一切被两个男人看到了。就像当初我和赖讷那样,当时我们在赖讷那儿从房子里出来,看见贝尔林格夫人正在系上她比基尼式泳装的上端。赖讷的父母都在干活。贝尔林格先生也不在家。但是我们只是退回到屋里没敢再出来,尽管室内温度很高。这跟苏珊娜碰到的那两个男人不一样。他们径直走向她说道:"如果你不顺从我们的意愿,我们就索性声称,你和一名年轻男子干了淫乱的勾当。"但是苏珊娜没让他们的阴谋得逞。于是她被告上了法庭。那两名男子对她提出起诉,最终她被判处死刑,尽管她竭力申明自己是无罪的。当她被带离法庭的时候,人们听到一个声音在说:"如果她流血牺牲了,我就是清白无辜的。"说这番话的是男孩丹尼尔,他后来成了先知。法官意识到,是上帝在从他嘴里诉说,于是就把案件的审理权移交给他。丹尼尔分别对那两个男人进行了询问,问他们是在哪儿看到苏珊娜和那名男子淫乱的。其中一人说:在一棵雪松下,另一人说:在一棵橡树下。这样他们就被证明是有罪的。苏珊娜获得了自由。那两个男人被用乱石砸死。但是从诠注的逻辑来看这样的判决是很成问题的。他们在事件发生的地点方面撒了谎,这并不自动就证明了他们对事件的过程也说了谎。我尝试回忆《苏珊娜还活着》那首歌的歌词。"威士忌或者杜松子酒,这都没关系。"更多的内容我记不起来了。"葡萄酒是甜的,杜松子酒是苦的,你能喝下所有的酒,但你却忘不了她。"这是现状乐队《爱的代价》(The Price of Love)歌曲里的歌词。我最喜欢的是《你是否厌倦了我的爱》(Are You Crowing Tired of My Love)那首歌。不知是什么反正这首歌令我感到很忧伤。尽管我没有爱上任何人,可能正因为如此吧。

"怎么样,"志愿者汉斯-君特问道,"是哪张唱片呢?"

"《橡胶灵魂》。"我说。

"啊哈,橡胶灵魂。"

我根本没往这方面想。否则我肯定不会这么说的。也许这张专辑的名称有诋毁上帝之意。

"你熟悉那些歌曲的歌词吗?"

"差不多吧。"

"那就试着在明天之前对那些歌词做一番诠注吧。不要以为某人在用第一人称'我'演唱时,他所指的就总是他自己。用第二人称'你'演唱时情况也是如此。歌里唱的不一定总是女孩。一切也能颠倒过来,呈现出完全不同的情景。你干脆想象一下另外一个人,不是约翰,也不是保罗在唱,然后问自己为什么他要这么唱这些东西。"

晚上我把《橡胶灵魂》专辑上的歌曲逐个过了一遍。我想到了克劳迪娅。但是她不可能唱这些歌曲。和她一道乘车去埃布拉的斯宾塞、盖耶和斯托尼或许会唱。他们三个人的长发都奔拉到了肩膀上。斯宾塞吉他弹得非常好。是布鲁斯爵士乐。他被古腾堡地区的学校开除,然后来到我们学校上十一年级。在接受校长面试的时候,他把头发扎成了辫子,藏在后面毛衫的卷筒领里。他穿着一件山羊皮大衣。有一天晚上我能够在爵士俱乐部和他们以及克劳迪娅会面。他们打算随便搞一次行动。但是他们不让我走。此外不知怎的我也感到害怕。第二天我对克劳迪娅说,我父母会把我关进屋子不让我出门。但是不知为何她不在场。《开我的车吧》(Drive My Car)很明显符合他们的观点。他们需要某人弄辆逃跑用车。他们自己也没有驾驶证。或者他们中有人已经超过十八岁了?尽管这也无所谓,如果人们打算做一些非法的事情的话。《挪威的森林》(Norwegian Wood)也很适合,因为歌曲最后唱的是把房子点着。需要澄清的问题顶多是点燃谁的房子。克劳迪娅想要我的纪念章,上面刻绘的是面向地狱站立的波克尔。纪念章是绿色的,在黑暗中能发出亮光。《你不想见到我》(You Won't See me):很难判定。可能他们给某人打电话,但是人们害怕拿起听筒。就跟我当时一样,当时我也应当去爵士俱乐部。《流浪的人》:非常明确。这是隐匿起来的人,他不在任何地方生活,不再有名字,但却拥有一切。《为自己着想》(Think for Yourself):歌曲的名字已经说明一切了。

只是我不再能回忆起来,歌词的大意是"为自己着想,因为我将会和你在那儿"还是"我将不会和你在那儿"了。如果是第一种情况,人们大致可以把它阐释为:如果两个或者三个人以我的名义聚集在一起,那么我也存在于他们当中。第二种情况更像是图帕马罗城市游击队队员。人们完全要靠自己了。《单字》是行动的口令。只有口令正确人们才能得到放行。到《米歇尔》这首歌时我累得睡着了。

早餐过后昨天的那个男孩又跟我攀谈起来。他肯定比我大两岁。已经处在身体发育的变声期了。额头上长着丘疹。这一次他没有给我讲任何关于触变性方面的事情,而是问我知不知道什么叫"展露"。我没有兴趣回答这样的问题。就是脱光,他说。一个胡思乱想的家伙。十字架展露仪式,这我当然知道了。是在耶稣受难节那一天。当钟声飞向罗马。当铃铛被拨浪鼓所取代。支持祭坛仪式的牧师赤脚朝圣坛走去。众人腹部着地趴在地上。胳膊伸向前方。那个每年都必须读出犹大的人太冷酷无情了。舒尔茨先生。教堂仪式结束后在听到他的声音时我大吃一惊。他身体干瘪、面容消瘦。有时他也在仪式中间穿插读一些经文,但这也起不到任何作用。主受难而死。

"公元10世纪。情妇当政。"那个触变性男孩说道。

我不知道他想做什么。

"我有一张玛洛西亚的图片。作为巴比伦淫妇。还有一张女教皇约翰娜的图片。"

我不由得想起了小野。赤裸着身体。尽管如此我不再继续听他胡扯了。

我试图避开志愿者汉斯-君特,但是他在十字形回廊里直接朝我迎面而来。

"我没想起什么特别的东西。"我马上说道。

他把手搭在我的肩膀上。我们走到药草园里。

"我真的试着去做了,"我竭力申明,"但是到《米歇尔》那首歌时……"

"因为是法语?"

"没错。"我撒谎说。

"恰恰是在出现外语时,人们必须探究它的特殊意义。就像耶稣说的最后几句话,它们是以阿拉米语流传下来的。为什么呢?"

"这我不知道。"

"一种特殊的强调。但是不止这些。误解也被有意识地考虑了进去。一种双重意义。或者干脆显得不可捉摸和神秘莫测。我们还是从头开始吧。《开我的车吧》,对于这首歌你压根什么也想不出来?"

关于逃跑用车的想法我不可能说出来。因此我摇了摇头。

"我们来想象一下耶稣吧。或许耶稣希望你应当成为他的司机。就像圣徒克里斯多夫把他抬过河那样,你或许也应该开车接送他。"

"但是为什么呢?"我就是无法摆脱逃跑用车的想法。如果那些高年级学生想利用我,这我能够理解。我在银行门口等候。他们跳上车来。我开车离去。他们摘掉面具。我们朝火车东站方向驶去。在高速公路桥后面我们拐进一条田间小路。妓女们也站在那个地方。我躲避路面上的坑坑洼洼。途经市郊的小菜园。最后驶向一个简易仓库,在那里我们给车身重新刷漆。

"作为司机你可以帮助耶稣完成他拯救人类的任务。但是当然你最主要的是帮助你自己,因为他选中了你。一旦你理解了这一基本思想,你就能够给它补充越来越多的细节。耶稣对你说:为花生而劳动都是美好的事情，但是我能向你展示一段更美好的时光。谁究竟会为花生而劳动呢？它们是马戏团里的大象和动物园里的猴子。都是些被驯服的动物。被训练过的。但是耶稣能指给你一些更美好的事情。他能解救你。只有当你这么解读，结局才会产生出一种意义，因为事实表明，耶稣根本没有汽车，但是他会说：我找到了一名司机，这是一个开端。他又说：这件事涉及的是你，而不是汽车。汽车都是些附加物，是不重要和外在的东西。因为耶稣当然不需要汽车。耶稣是上帝之子。他无所不能。但是他需要你。他需要你，因为他爱你。你就是开始，是阿尔法（希腊语的第一个字母），这样他就能成为欧米伽（希腊语的最后一个字母），能够实现愿望。你明白吗？"

我点了点头。

"继续来看《挪威的森林》这首歌。耶稣登门到你家里。你有一处布置得非常美妙的住房。你说：瞧这儿，耶稣，看我漂亮的家具。为此我攒了很长时间的钱。我为此而自豪。你对他说，他应当坐下来。耶稣在你的房间里环顾四周，但是屋里没有椅子。所有的事情你都想到了，按照最新的时尚给自己布置了房间，但是有一点你忘记了：给耶稣准备一个座位。因此耶稣只得坐到地上。他受到了侮辱。他坐在你的脚跟前。他降低了自己的身份。就像他给门徒们洗过脚那样。但是还不止这些，他甚至喝你的葡萄酒。尽管能够把水化为葡萄酒的人是他。耶稣朝你走去。他接受了你给他的东西。但是你却说：我得上床睡觉了，因为我必须明天一大早出门。我必须很早出门，因为我还想挣更多的钱，为了能够给自己买更漂亮的家具。你嘲笑他，当他说：我不必明天去工作。当他说：看原野上的百合花……"

"苏珊娜就叫百合。"

"你怎么会想到这个？"

"我不由得想起了另外一处歌词。"当然这与刚才他说的毫无关系。我就是想随便说点什么。游泳中的苏珊娜。圣洁得就像一朵百合。但是没错，我们刚刚在说其他方面。在说家具。

"很好，"令我没有想到的是志愿者汉斯-君特这么说道，"苏珊娜，她在《路加福音》中作为女门徒与耶稣同行，捐赠她的财物。我想指的就是这个。如果耶稣到我这儿来，那么我不会说：我还有更重要的事情要做。我不会笑着就那么去上床睡觉。你们就不能抽一个小时的时间和我一块儿醒着不睡吗？这是耶稣提给我们所有人的问题。因为他在我们不宜客居的住房里既没有椅子也没有床。他在浴缸里睡觉。浴缸里又冷又潮。但是他一直忍耐着。他在等着我们。或许我们在早晨会明白过来。但是我们走了。耶稣做了些什么呢？他点燃了家具。就跟他把兑换钱币者和商贩逐出庙宇一样，他抽去了我们眼中的横梁，烧毁了阻碍我们视线、让我们看不到他的那个东西。他给了我们又一次认出他的机会。一次找到他的机会。"

"但是《你不想见到我》，这首歌太难了。"我说道。

"你觉得吗？"志愿者汉斯-君特友好地微笑着，"其实人们可以把它解读成《挪威的森林》的续集。耶稣又一次在关心你。他给你打电话，但是你的电话占线。他说：我感到厌烦了，你什么时候才能长大成人啊，不，用英语说要更好一些：注意你的年龄，行为举止要符合你的年龄。因为耶稣喜欢孩子们。他知道孩子们经常比成年人明白得更多。但是每个人都应该做出与他的年龄相一致的行为举止。一旦接受了某些任务，人们就必须完成它们。人们不能装作听不见。把听筒干脆从电话机叉簧上取下藏起来。耶稣在不停地探问，他的宽容是没有止境的，但是如果你拒绝聆听他的教诲，那他又该做些什么呢？我的手累了，耶稣说。这并不意味着他不能帮助你了，而是更多的想要清楚地向你指明，他怎样能够帮你，他怎样已经拯救了你，即通过化为人身以及在十字架上的升华。这是受难之路的开始。人们接住他并给他包扎。这就是耶稣向你表明的。以此他对你说：接受我的建议吧。"

志愿者汉斯-君特停顿了很长时间。我甚至都不敢咽一口唾沫。他的手显出红色的斑点。从侧面我看不清他的脸，因为他一直低着头，头发向前滑落盖住了他的脸庞。突然他站起身来，"好了，现在你知道该怎么继续了。剩下的你就自己试着去想吧。"

教皇是罗马主教、耶稣基督在世上的代表、首席使徒的后继人、西方教会最高教宗、西方牧首、意大利首席主教、罗马教省枢机主教和都主教、上帝之众仆人之仆人。虽然我只读过《罗德里甘达城堡》和《温尼托3：亡命之徒》，但是哈失·哈勒夫·欧玛·本·哈失·阿布尔·阿巴斯·依本·哈失·达伍德·阿尔·格萨拉这个完整的名字我却记得很熟。在我九岁那年我父亲教会了我这个。卡拉·本·尼姆西总是把他的随从只简单地称作哈勒夫，就像人们通常情况下把教皇称作最高祭司那样。阿希姆在翻阅一期《卡尔·梅》介绍，他只读那些以"突然"打头的段落，因为这些段落让人觉得紧张刺激。只有在麦加朝圣时某人才能把自己称作哈失。哈失·哈勒夫·欧玛却这么称呼自己，尽管他不在麦加。在温尼托临终时他想听万福玛利亚。然后他对老沙特汉德说："沙里赫，我相信救世主。温尼托是一名基督徒。请多保重吧！"卡尔·梅在监狱里。他从未去过美国早期的西部地区。他也写了像《圣诞节》或者《我》之类的书籍，它们与美国早期的西部地区根本没有任何联系。它们看上去和其他图书完全一样,也摆在牧区的小图书馆里。

在法医学课上我们学到,一具尸体不会再流血了。死后六小时血液分解为水和血浆。在耶稣说完最后几句话不久、当罗马军团士兵朗基努斯用长矛挑开耶稣的侧腹时,从里面流出的还是血和水。这跟伤口在坟墓里流血一样也是一个奇迹,它导致了都灵裹尸布上的印痕。因为所戴的荆冠,耶稣前额上有三处伤痕,后脑有九处伤痕。因为钉子他在手和脚上也都有伤口。此外他的左前臂上有六道伤疤,右前臂上有四道伤疤。裹尸布几乎两次被焚毁。每隔三十三年它被展出一次。

童贞玛利亚的第一次痛苦就是,在行割礼时必须极其小心地把基督的包皮收好并保存起来。但是耶稣肯定也要吃苦,因为当我把我的包皮只向后拉一下并小心地触碰龟头时,一股钻心的疼痛就会贯穿我全身。然而基督被神化的身体在天国又会拥有一层包皮,它是用属于基督身体的一部分物质仿制而成。体现在被净化的圣体中的天主的身体有还是没有包皮,这个问题就比较难回答了。当耶稣在主持圣餐仪式时,虽然他被切除过包皮,但在圣体中他体现的却是未行割礼和完美的。割礼是他化为人身的象征,他的完好无损是他神圣的标志。

拉丁文和希腊语多少有些进步。但在希伯来语方面我简直一筹莫展。我甚至连希伯来语的字母表也记不住。贝内迪克特教士以其即兴表演而著称。那个触变性男孩主动提出给我补习功课。

"你不能抽象地学这些东西,"他说,"你必须用画面给自己创造一种联系。我演示给你看。艾礼富(Aleph),数字1,希伯来语字母表里的第一个字母,它代表的是公牛,是牛头。公牛站在最前面,异教徒们崇拜公牛,也就是金犊。祭祀用的动物,就像我们也应牺牲自己一样。最早先知以西结就在一片火云中看到生有四张面孔和四对翅膀的四个生物。从前面看这些面孔像人，从后面看像鹰，从右面看像狮子，从左面看像公牛。约翰内斯在上帝的启示里再次提到这种情况，只是那里记述的是一个人，但却被划分成了四部分。四位福音传教士。路加得到了公牛的象征，因为他的基督福音是以殉道者撒迦利亚的献祭仪式开始的。但是人们也可以说，耶稣在所有四个生物里都有所体现，因为他在出生时化为人身，在死亡时作为公牛牺牲自己，作为狮子战胜了死神，作为雄鹰升入天堂。但这扯得太远了，因为人首先要定居下来。他们迁入一栋房子。这就是希伯来语字母表里的第二个字母贝特（Beth），数字2。我们现在在房子里。这样一来就产生了一种分割。有了外部和内部。我们和世界。这些都包含在数字2里面。起始字母艾礼富不被人们所质疑，偶像信仰和公牛也是如此，因此字母艾礼富也不发出音来，因为只有当一个非字母A与字母A相对立时，当从1里面变出2时，人们才能开口说话。于是就有了我们避难的房子。有了我们在里面祈祷的庙宇。待在外面的是世界，是其他东西。吉梅尔（Gimel）是希伯来语字母表里的第三个字母，它通过骆驼（Kamel）被象征出来，因为两者的发音听起来很像，特别是当你弱读元音时。现在开始的几个字母都很清楚了。默不出声、对他人情况一无所知的公牛，对房子和世界、农民和游牧民族、该隐和亚伯的划分，因为从2里面总是马上就会产生出3。接下来就是使它们趋于完美了，人们怎样跟世界打交道？人们需要在房子里安一扇门。这就是达里特（Daleth），希伯来语字母表里的第四个字母。门打开又关上。它有两面。它相当于古罗马的两面神雅努斯、不同的党派和战争。在我们穿过的门之后是透过它我们可以向外看的窗户。这就是赫(He)，希伯来语的第五个字母。但是在我们因为众多的数字而失去方向感之前,我们迫切需要一个把一切重新固定在一起的钩子。这就是希伯来语的第六个字母乌阿(Waw)。乌阿的作用就是连接。它的意思是'和'。杂乱无章。混乱和黑暗,荒凉和空旷,困惑和迷惘,因为在创世之前一切都处于无序状态,没有秩序就不会有思想,不会有发展,一切总是只围着自己转,不能指向一个目标,指向天主。你还能跟上我的思路吗?"

"说真的有点儿跟不上了。"其实一开始说公牛时我的头脑还是非常清楚的,然后是房子、骆驼、门、窗户,但正因为如此我仍不知道那些字母看上去是什么模样。它们都长得那么像。

"我马上也就结束了。但是再说一点,因为第七个字母确实很有意思。查金(Zajin)是希伯来语的第七个字母,它的意思是'武器'。当然很清楚,人们可以以这样或那样的方式和这么多数字打交道。或者人们用乌阿(钩子)把物体连接起来,或者人们用查金(武器)把它们打碎。这要视具体情况而定。你知道的,《马太福音》10: 34: 我来并不是叫地上太平,乃是叫地上动刀兵。在犹太教法典里教士也被看作是武器,被视为我们体内不安定因素和制造祸端的象征。然后是希伯来语的第八个字母切特(Chet)。非常有趣。因为它似乎是字母赫的一种鲜明体现。它也寓意着一扇窗,只是窗户前面有一道栅栏。你知道赞美神的欢呼语'哈利路亚',可是如果你用字母切特写'哈利路亚'时,它就会变成'切利路亚',也就是'引起争执'的意思。接下来是字母泰特(Tet),意为'子宫'……"现在触变性男孩又奇怪地微笑起来。

在上完触变性男孩的补习课之后我有一种奇特的感觉。我什么都没听懂。几乎什么都没懂。希伯来语对我来说变得更模糊了。我可能永远也理解不了这种语言。但是他说话的方式真是不一般。一方面几乎和志愿者汉斯-君特一模一样。但是语句却要更加零碎。仿佛每一个字母都有一种意义。不仅是字词。不光是句子。也包括把不同的数字混杂在一起。特别是《马太福音》里的一处表述我总也忘不了。当然我以前听到过那段话,但我从未清楚地意识到,耶稣说的话跟克劳迪娅或者古多或者切·格瓦拉或者菲德尔·卡斯特罗或者那些高年级学生说过的话完全一样。

在我的单人房间里,我又翻开《马太福音》里的那个章节。"你们不要想,我来是叫地上太平;我来并不是叫地上太平,乃是叫地上动刀兵。因为我来是叫人与父亲生疏,女儿与母亲生疏,媳妇与婆婆生疏。人的仇敌就是自己家里的人。"第一次我又想起自己的家庭。想起躺在沙发上的母亲。想起我父亲。想起我弟弟。还有明爱会那位女士。一下子我为他们所有的人感到遗憾。除了明爱会那位女士。但是除此之外所有其他人也令我感到遗憾。我不会因为他们而恼火。无论是谁要求我这么去做。对此我就是太软弱了。就跟我害怕去爵士俱乐部一样。所有这些我都做不了。

我开始继续整理《发生什么事了?》那首歌。这很简单。耶稣问我,在我心里和头脑里正发生着什么。"前几天当我沿着道路行走时我看到了你"。耶稣遇见他的门徒们,他们正在去往以忤斯的路上。但是他们的眼睛被蒙上了。他们没有认出他。只是后来当他们分手时,他们才知道那个人是他。但是耶稣和谁看见了我?和魔鬼吗?使他的未来坍塌的就是这种情况吗?事情总让人觉得不太对头。或者情况可能正好相反,难道是我在跟上帝打招呼?是我在问他,他心里想的是什么，为何他这么不友好地对待我？我难道跟约伯一样好像在怀疑他的神？或者跟被钉上十字架、感觉被遗弃的耶稣一样？触变性男孩说过，"约伯"和"敌人"这两个单词在希伯来语里是用相同的字母拼写的。但是这又意味着什么呢？因为约伯在跟自己内心的敌人对抗。因为他没有退缩。直到最后一刻。直到他从上帝那儿得到一个回答。因此犹太教大祭司总要读《约伯记》，在他每年一次说出平时不能被说的上帝的名字之前。这种情形就仿佛是我从一门语言里学到一些话语，但我不理解那些句子是怎样关联在一起的，不明白什么是宾语什么是主语。就像我不久前还在认为，植物的枯死（Eingehen）与那句恳求指的是一个意思：主啊，我不值得你来到（eingehen）我的屋檐下。读到"欢呼并带着喜悦歌唱"那句时我在想，某人在对着半升啤酒欢呼酣唱，欢呼的动作就跟一声欢呼声是一样的。如果天主来到我的屋檐下，那他就在那里为我再度死去。像一朵花一样。女孩子是耶稣吗？我不知道。

我对奇术有不一样的想象。当然不是我们学着去产生奇效。但是现在在第二次两节课连上的大课上我们探讨的仍然是错误的奇术。许多伪先知在论及奇术时也会援引《圣经》。比如《圣经》中的任意诗篇。使徒彼得的对立角色是西门·马吉斯。我想到了家里那些我从火车站大街魔术王那里收集到的东西。一枚可以用来喷水的指环。一架相机和一块巧克力，它们同样具有相应的功能，但是看上去却不那么真实。炭黑肥皂。带有双层侧壁的白兰地酒杯。一块糖，它在溶解时能够让咖啡杯里的一只塑料苍蝇漂浮上来。还有一块糖，它不会溶解，而只在表面漂浮。一把被填充了透明塑料的调羹，因此人们用它什么也舀不起来。魔术墨水。魔术炭黑。但是最好的东西还是冰水。

西门·马吉斯会飞,当时许多人聚集在罗马,为了欣赏他的飞行艺术。他能够把石像逗乐,能够赋予一条金属蛇生命。当他站在尼禄面前时,他首先把自己变成一个孩子,继而变成一位老者,最后变成一名年轻男子。但是他对此并不满足。他想从使徒彼得那儿获悉那个秘密,即人们怎样通过把手放在病人头上的方式治愈他们。但是彼得没有把这个秘密透露给他。于是西门公然要求与他进行一场比赛。古罗马行政长官阿格里帕命令西门·马吉斯杀死一名男童。接着彼得必须把死去的男孩重新唤醒。这样一来两人的比分是1∶1。西门·马吉斯因感到胜利而得意扬扬,让自己升到空中。这时彼得向天主发出一阵急促的祈祷。虽然他不希望西门·马吉斯死亡,但想让他从空中摔下来,让他的大腿在三处断裂,这样就够了。事实也果真如此。现在马吉斯不能再飞了。他必须想出其他招数。于是他让人们像埋葬耶稣那样把自己掩埋,为了三天之后重新复活。但是他没有从坟墓里出来,而是在里面死了。在彼得让西门坠落的那个位置上,人们后来为耶稣使徒修建了一座教堂。那块彼得跪过并在上面压下凹痕的石头成了圣弗朗西斯卡罗马纳教堂的基石。

另一位伟大的奇术师是来自提亚那的阿波罗尼厄斯。他生活在公元后二世纪。他也由一名童贞女所生。只是当时出现在他母亲面前的不是天使,而是一位埃及神。于是她走出房子,去到一块草地上采花。这时飞来一些天鹅,它们围着她组成一个圆圈并唱起歌来。接着孩子就降临人世了。天鹅原本只在死亡的时候才会唱歌。但或许这些天鹅牺牲了自己,为了这个孩子能够来到人世。阿波罗尼厄斯能够变出面包和葡萄酒,能够让一些东西消失。他能够使雕像活过来,让它们充当仆人给自己干活。在罗马他因为诈骗遭到控告。当人们想宣读起诉书时,却发现纸页上都是空的。人们把他投入监狱,但他非常容易就能把脚从镣铐里拔出。

作为孩子人们原本只在教会里才有机会。不是作为革命者。甚至连一个节拍乐团的成员都不是。"轻松节拍"乐队的成员又被打发回新西兰老家了。乔治·哈里森仅仅是在明星俱乐部非法演出。但是教会听取孩子们的心声。儿童十字军。或者法蒂玛。所有的人都害怕第三个秘密。人们必须找出这个秘密。使之具有一种新的预示未来的幻景。但是我不会变得可信。这就跟念咒驱除妖魔的情形一样。情况证据必须确凿。人们必须涉世未深。未受玷污。也许第三个秘密会告诉人们,将会有新的先知出现。或者是一场革命。并且这场革命是上帝希望看到的。

志愿者汉斯-君特对我感到失望。把女孩阐释为耶稣是颠倒方面一次真正的创举。他让我把歌词大声重复了一遍。然后他问道:"至少现在你知道你在什么地方犯了关键性错误吗?"我摇了摇头。他沉默不语。

"或许是在第一段里,在那里他如此渴望那个女孩,以至于她让他自己感到遗憾?"我迟疑地说道。

"喜爱上帝到了自暴自弃的程度,这又有什么错呢?特别是因为他说,他没有一天感到后悔。必须承认的是,在开始部分里一切都还显得非常矛盾。但是在第二段里情况就很清楚了。你瞧,他试图离开她,她哭着向他允诺整个地球,如果他留下来不走的话。你认为耶稣有必要这样做吗?你曾经听说过,耶稣祈求你的爱,他想用金钱换取你的爱吗?不,肯定没有。'她答应把地球给我',这是对《马太福音》4:8中所描述场景的一种等值模仿,场景中魔鬼想诱惑耶稣,从一座高山的山巅处把世上所有的王国指给他看,并保证这些王国都归他所有,只要耶稣一直崇拜他。但是耶稣说:离开我,撒旦!此外这是耶稣第一次这么称呼魔鬼,在这之前他总是被描述为鬼。耶稣认出了魔鬼的本质,以一种颠倒命名的方式用一个新的名字来称呼他。之前魔鬼是无害的,他是抛掷东西、指责和诽谤他人的一个人,但是耶稣察觉出他作为永恒敌手的真正含义,而这一含义是不容低估的。他也识破了他的历史,因此用他的希伯来语名字称呼他。这一切他都是通过洗礼了解到的。归根结底魔鬼是在耶稣受完洗礼之后才出现的。"

"也就是说,是洗礼招来了魔鬼?"

"大概可以这么说吧。魔鬼当然特别是对通过洗礼离他远去的那些灵魂感兴趣。现在他试图用眼泪和允诺来吸引他们,就像在女孩那个场景里所描述的那样。但是一旦你落入撒旦的圈套并崇拜他,那你的情况可就糟了,因为你会在你的朋友们面前出丑,因为你在爱慕一些完全是不言而喻的事情。你会看到魔鬼的庐山真面目,遭遇到一种彻骨的寒冷,就如魔鬼的精液一样也是冰冷的。最后一段的意思非常明朗:痛苦应当导致喜悦,为了能够休息一天,人们必须拼命干活。我知道你想说什么,但是耶稣在哪儿也没说过痛苦导致喜悦这样的话。我们应当证明这一点,殉道者们就是用他们的鲜血这么做的。但是组成我们信仰的就是忍受苦难,尽管一切显得毫无希望,这就是忍耐,是无望地对一种未来幸福的坚持,它的对立面是希望,也就是有理由的期待,它明确指向未来,着眼于改善现状,尽管希望有时会缺失可能性要素,而忍耐则专注于剥夺希望的苦难。我们的信仰由这两种期待类型组成,它导致悔改、转变思想和改过自新,因此我们也用'悔罪'来翻译'悔改'这个词,但是所有这些你们还会在课堂上进一步探讨。这些人们也不一定非知道不可,因为《橡胶灵魂》那张专辑本身就给出了足够多的提示。你只要看一下第二面结束的那首歌就行了。《快逃命吧》(Run for Your Life)。因为在那首歌里那个女孩再次被提及,而且这一次非常直接。歌手在追逐化为女孩形象的撒旦。歌手就是耶稣,他作为祛邪师用符咒驱除恶魔,如果他说他宁愿看到她死亡,也不让她和另一名男子私奔,那么这句话仅仅意味着,耶稣不想只让自己得到解脱就够了。当撒旦假扮成女孩想引诱他犯下七宗罪中的贪食罪、傲慢罪和贪婪罪,也就是想诱惑他暴饮暴食、盛气凌人和贪得无厌时,他当然不仅考虑到自己的安康,而且也心怀所有人的福祉。他绝不允许撒旦在另一个人身上附体,诱使另一个人偏离正道。因此他威胁撒旦要杀死他,如果看到他和另一个人在一起。最后他把自己表露为是救世主和传道士,当他说这番话的时候:'让这成为一种布道吧,我指的是我说过的每一件事,孩子,我决心已下,我宁愿看到你死。'只有当你在诠注学研究方面有所进步,你才会明白,恰恰是《橡胶灵魂》专辑的第二面在歌曲编排上是多么的奇妙。当然唱片的名字从整体上肯定就已经让人们对此有所意识,而且你也凭直觉感受到了,在这张唱片上蕴含着信仰的真正瑰宝。《橡胶灵魂》里的'橡胶'与真正的橡胶也毫无关系,而是意味着:摩擦你的灵魂。为天主加热灵魂。但是这张唱片还有更多的内涵,它分十四个步骤来坚决果断地驱逐妖魔,把灵魂从邪恶的力量中解救出来。十四是耶稣受难之路上驿站的数量,也是天主教传说中救苦救难的圣徒的数量,或许对你来说那将是非常值得的练习,也就是把十四个不同的驿站和唱片上歌曲的顺序进行比较,或者把救苦救难的圣徒的名字与相对应的歌曲搭配起来。然后你才会感受到,诠注学到底意味着什么,能够做出什么样的贡献。唱片的第一面是对陷入困境的灵魂所做的一种批评性总结分析，直到《米歇尔》那首歌里显出的精神错乱的征兆：也就是用一种陌生的语言说若干个单词，而唱片的第二面则完全是为了驱除妖魔而设计的。作为前奏那个关键性问题被提出：《发生什么事了？》在你心里发生着什么？你头脑里想的是什么？这些都是对黑色灵魂的数量和名称的提问。对此不假思索的回答是：女孩。现在又轮到教士出场了。他告知魔鬼，说他看穿了他的阴谋。《我正在识破你》（I'm Looking Thraugh You）。并描述了精神错乱的其他典型征兆：从表面上看精神病患者和其他人没什么两样，但他还是有所变化，他的嘴唇在动，但人们什么也听不到，然后他发出的声音非常悦耳，但是话语的意义却含混不清。接着教士把魔鬼原先的老位置分配给他：他不再待在凡界之上，而是到那儿下方。看样子这些话并非没有产生效果。那个着了魔似的人变得温和下来，他讲述自己的人生，回忆生命中重要的时刻和地点，谈起了自己的爱情。这就是《在我生命中》（In My Life）。他大概已经被治愈了吗？但是《圣教礼典》上是怎么说的？在妖魔们被证明有罪之后，他们有时会躲藏起来，使身体免除所有的烦扰，因此病人以为自己现在彻底解放了。但是祛邪师不能停止工作，直到他感受到真正的解放迹象。这一点通过排在《在我生命中》之后的那首歌《等待》（Wait）被表达了出来。祛邪师暗示害病的人，现在时机尚未成熟，他应该一直等下去，直到天主完全与他同在并擦干他的眼泪。对此魔鬼用假嗓音做出了回答。他表现出很和气的样子。《如果我需要某人》（If I Needed Someone），他说，假如我需要某人，那我会很乐意接受你的建议，但是现在情况恰恰不利，我没有时间，我还有其他事情要做。他试图用空话敷衍教士，劝他应该放松和休息一下，改天再继续工作。

可是你知道：粪土不再继续控告驱魔人，目前尚未看到解放的标志。这种解放，正如我们已经探讨过的，是在最后一首歌里实现的，在那里他不仅驱除了魔鬼，而且还威胁要杀死他，如果他又侵害了一个人的话。因为魔鬼暴露了自己。为了用空话敷衍教士，他建议教士把他的电话号码刻在墙上，这样他就可以跟他联系了。但是这种表达是非同寻常的。人们不会把自己的电话号码刻在墙上。因此它涉及的是另一个号码，那是魔鬼的代号666，是一个铁锚，这样魔鬼就能不断返回了，但是祛邪师从这些话里识破了恶魔，迫使他现在最终离去。"

志愿者汉斯－君特只是顺便提到魔鬼的精子是冰冷的，但是这一评论却一直萦回在我的脑际。他这话是什么意思呢？我问触变性男孩，是否他也听到过此类评论。他笑了起来。"据说人们从这方面认出了魔鬼。例如在瓦普吉斯之夜（5月1日前夜，据传在这一夜女妖们在布罗肯山上跳舞）。当然这些都是胡说八道了。你只需足够长时间地克制自己不射精就行，你知道吗？不停地想其他事情，比如重复希伯来语字母表并休息一下。如果你成功地做到这一点，也就是尽可能长时间地克制自己，那么你觉得精液会怎样喷射出来呢？因为精子已经从睾丸里活动到了上面。它已经准备很久了。然后它必须喷射而出，用尽所有的力量。然后精子也就冰冷了。只有当你很快射精并且用时很短时，精子才是热的。也就是说魔鬼在这方面更加擅长，你明白了吗？"这是一种奇怪的感觉，就跟看到那张纸条时的感觉一样，纸条是当时赖讷从他来自马丁斯塔尔的堂兄弟那儿抄来的。但是现在的感觉里还夹杂着一些不一样的东西。不是罪孽。我指的不是这个。也不是怀疑。它更像是一种悲伤的感觉。就像是我在想起克里斯蒂安妮时产生的感觉。

魔鬼们在跟耶稣交谈。他们说：既然你已经驱逐了我们，那就让我们到猪群里去吧。在此人们不免猜测,这是否也是魔鬼的一个伎俩？但是耶稣却接受了他们的请求。魔鬼们离开女孩的身体去往猪群。然后猪群就拔脚狂奔，从危岩上跌进海里淹死了。放猪人损失了他们全部的财产。他们跑进城里，向城里人讲述这件事情，于是城里人对耶稣说：我们不希望你待在这里。可能是对他们来说代价太大了。但是必须要把魔鬼们打发到某个地方。人们必须威胁他们。必须改变他们。或者和他们生活在一起。但是那个被治好的女孩追随了耶稣。许多人追随耶稣。现在当我慢慢用希腊语再阅读一遍《马太福音》时，我注意到耶稣总说：你们竟然不知道？然后他会随意引用一些话。他会谈起他的父亲和所有可能性的东西，这些东西我们今天都熟悉，但是当时的人们却不知道它们是什么。当时人们的感觉肯定跟我的一样，当斯宾塞、盖耶和斯托尼在讲述一些事情或者当克劳迪娅说起他们的时候。此外耶稣不关心各种规定，不遵守任何规则。当法利赛人（古犹太教一个派别的成员，该派标榜墨守宗教法规，基督教圣经中称他们是言行不一的伪善者）征求他对规章制度的意见时，他马上就会从《旧约全书》里随便举一个例子，但是例子与他所做的根本毫无联系。人们必须把自己的路线坚持到底。

在主显节上重要的是，人们把启示给自己的东西不能讲给任何人听。即使教皇本人想知道也不行。伯纳黛特·封·卢尔德就是这么做的，许多其他人也是如此。玛利亚亲自告诉她，那些启示仅仅是给她的，甚至都不允许被透露给教皇。当然那些启示最终都会汇集到教皇那里，但是经历过神灵显现的人必须首先拒绝和反抗，然后再让人智胜自己。在拉萨莱特地区情况要更为极端，因为在那儿玛利亚首先同时和两个孩子说话,然后才转向马克欣,和他单独交谈。尽管梅兰妮看到圣母的嘴唇一直在动,但她却听不懂说了些什么。《我正在识破你》里的那句歌词其实也挺适合这种情况的:"你的嘴唇在动,但我却听不清",或许我应当明天把这一点告诉志愿者汉斯-君特,但或许最好还是不讲,因为否则这样只能再次表明,我没有理解一些事情,因为圣母紧接着会和梅兰妮说话,然后又会轮到马克欣什么也听不懂了。当孩子们后来讲述圣母出现在他们面前时,他们被所有可能性的教士审问了好几个月。人们试图设计谋骗过他们,向他们提一些诱诈性的问题,但是孩子们甚至连"启示述及的是什么"那个问题也不回答。人们给他们提供玩具和钱财,最后用监狱甚至拿死亡来威胁他们。但是这些都不起作用。但是教会不让他们安宁。在长达五年的时间里孩子们不停地被审问,直到他们终于同意把他们的秘密写下来,让人把它们送交给教皇。在三圣泉地区的主显节期间,有轨电车检票员布鲁诺·科纳齐奥拉起初也听不懂,圣母对他的三个孩子都说了些什么。他看到玛利亚的嘴唇是怎样在动的,但是只有在他乞求上帝的帮助之后,他才能听懂一些。当时他们只是去特拉普修道院郊游,因为那里有巧克力。但是商店还在午休没有开门。于是孩子们就在附近玩耍,他们玩着玩着迷了路,结果发现一个岩洞,在岩洞里圣母显现在他们面前,答应他们在这块土地上产生伟大的奇迹,尽管岩洞很脏,被用来做一些淫乱的事情。当这三个孩子的父亲在西班牙内战中在前线打仗时,他遇到一名德国新教教徒,教徒向他讲述,说教皇对一切不幸负有罪责,因此还在西班牙的时候他就给自己买了一把匕首,在刀刃上刻下"教皇必死"几个字。当他后来被教皇比约十二世邀请、为了和其他信徒一道进行念珠祷告时,教皇问是否有人想说些什么。这时布鲁诺走到前面，失声痛哭，给教皇看了那把匕首和他的新教《圣经》。但是教皇早已知道了布鲁诺的计划，因为他当年作为红衣主教曾遇到过一位女士，玛利亚在三圣泉地区的时候也同样在这位女士面前显现过。玛利亚对那位女士说过，红衣主教帕切利将成为教皇，她将在同一个地方再次显现，为了使一个打算杀害教皇的男人皈依。一方面神灵显现是一些异常罕见的现象，但是一旦涉及这种情况，神明就会反复显现以干预世事。这就好比一次穿越时空的时间旅行，这种旅行可能将来的某个时候也会存在。可能是因为圣人们能够穿越时空，因此他们也就知道未来将会发生什么。即便他们向人们通知了一些完全可以继续转述的事情，可还是有某些事情始终显得非常神秘。就像在拉勒伯夏所发生的那样，当时孩子们一开始无法辨认圣母胸脯上的铭文，只能断断续续地读出"Ma……cat"的字样，因为玛利亚是把双手合十放在胸前的，只有在他们得到了秘密启示之后，玛利亚才将双手分开，现在他们读到了完整的铭文《尊主颂》(Magnificat)。

许多玛利亚显灵都与革命和颠覆活动有联系，这难道是偶然吗？1917年的法蒂玛显现，它与十月革命发生在同一时期。1846年的拉萨莱特显现，就在1848年系列革命爆发前不久。1830年巴克街显现，它与巴黎七月革命同步上演。1871年的蓬特曼显现，正值巴黎公社起义时期。

人们可以为许多事情做好准备。为在埃布拉举行的联谊宿营活动。为革命。为神灵的启示。但是这些事情为什么、何时和怎样发生，这一点就不得而知了。在这方面人们无能为力。克里斯蒂安妮·韦根会否和某人约会，对此人们无法施加影响。人们每天晚上六点之后可以在收音机上搜寻频道，尝试收听卢森堡广播电台的节目。但是大多数情况下人们只能听到嗡嗡的声音。只有一次收音机里也播放了在德国还没有的歌曲《你好再见》(Hello Goodbye)。在赖讷的小房间里听到这个，然后回家吃晚饭，这是一种非常奇特的感觉。整个乐团都在为这首歌曲伴奏。当我们以为曲终的时候，没想到它又一次从头开始。

在教堂里人们只读和谈论《圣经》里的某些段落，这一点是很重要的。很多地方显得过于混乱。特别是当耶稣在讲话的时候。那样的话我就根本无法再读懂希腊语了。即使有译文也看不懂。许多地方让人捉摸不透，如果我们不通过诠注对之加以讲解的话。援引的例子从来不对问题做直接回答。但或许用意正在于此。人们必须使受众独立思考。这样人们就会使他们不轻易放弃。例如《马太福音》12: 43。我不懂它讲的是什么。"污鬼离了人身，就在无水之地过来过去，寻求安歇之处，却寻不着。于是说：'我要回到我所出来的屋里去。'到了，就看见里面空闲，打扫干净，修饰好了，便去另带了七个比自己更恶的鬼来，都进去住在那里。"这到底是什么意思呢？摆脱恶魔是没有意义的？因为他们一般只会更加强势地归来？以上出处过了几行之后又说道，耶稣的母亲和他的兄弟在外面想见他。但是耶稣却问道：我母亲是谁？我的兄弟们是谁？然后他通过用手指向他的门徒们的方式，自己回答了后一个问题。但是如果耶稣有兄弟的话，那么怎么解释玛利亚的童贞呢？永远的处女。帕提农神庙。处女分娩前，在帕蒂，产后。因为如果她一直是童贞女的话，那么耶稣根本就没什么特别的，那样的话他的兄弟们也和他完全一样，是由神灵圣洁怀胎所致并被带到世上的。这样一来就只有玛利亚一个人与神灵有一种特殊关系，并显得比耶稣更为重要。这就是"永远的处女"的含义吗？还是我在作孽，因为我在解释那些引用时所使用的逻辑恰恰是魔鬼惯用的一种工具？

我是对魔鬼唯命是从的工具吗？而自己却没有预感到这一点。因为恶魔们不断地返回到我身上，即便是我清扫甚至清空了我的房间？因为最后一切都是事先注定的，因此圣人们才能够穿越时空，才能够在各个地方显现，因为这个也是事先被计划和安排好的，因为犹大、该隐和替罪羊也都是事先被计划和安排好的，他们只需实现自己被确定的命运即可，因为人们最终也需要他们，否则就不会有原罪，不会有杀害兄弟，不会把耶稣钉死于十字架了，否则一切都还将像以前那样运行，整个一星期都是那样，没有周六的忏悔和周日的弥撒，虽然我尽管如此一直还不知道，对我来说命中注定的是什么，因为我不会那么容易对事情听之任之，不会简单地接受我的命运，不会留级并转到另外一个年级，不会简单地待在这里的天主教寄宿学校，不会像所有其他人那样成为童子军成员和辅弥撒者，甚至连埃布拉的联谊宿营活动也不参加，即使我去了那里，我也不会简单地待在那儿，而是因为上天的安排又会渴望他处，因为我不接受我的命运，不理解我的命运，因为我既不善良也不邪恶，既不热情也不冷漠，而是不冷不热的，因此我被从天主的嘴里吐了出来，像是被泼出来的水一样躺在那里，浑身上下骨头像散了架似的，我的心就像是融化的蜡，作为碎片，一块又断裂成几瓣的碎片，就连应当给我的伤口带来凉意的风也从我身旁掠过，仿佛我从未存在过，它从我身旁掠过，仿佛我从未存在。

塞巴斯蒂安教士给我们讲述圣徒斯坦尼斯·科斯特卡，说他这个男孩赤脚从维也纳徒步来到德国，又从德国继续去往罗马。对他来说，塞巴斯蒂安教士说，生命就像是为一名等候晚点列车的游客而建的火车站，因为这名游客并不注意火车站大楼，而是只盼望那趟应当把他带往真正目的地的列车。虽然他英年早逝，留下了圣洁的灵魂，但人们很难说他在生命中没有抗争过。只是，塞巴斯蒂安教士接着说道，他是一名如此灵巧的斗士，以至于他在第一次出拳时就击倒了他的对手。他总是非常小心。和莫扎特或者拉斐尔一样他也是一位伟大的艺术家，跟他俩一样他也很早就开始从事自己的艺术，他表演艺术的方式是祈祷和坚定自己的信仰。

塞巴斯蒂安教士给我们讲述被砍去头颅的圣徒狄奥尼修斯。人们刚刚将狄奥尼修斯斩首，他就站起身来，把脑袋捧在自己手里，沿着塞纳河走了5.5里的路程，一直走到他希望被葬在那里的那个地方。我禁不住想起那篇我在一本青年读物里看过的关于辛德汉纳斯的故事。辛德汉纳斯也被砍头了。但在斩首前他与对方商定，让对方把他帮派中的所有那些男人通通释放，只要他能够没有头从这些男人身边跑过。人们砍掉他的脑袋，然后他开始奔跑，在跑过第七名强盗之后他才瘫倒在地。一名强盗救了他的同伴们。圣徒狄奥尼修斯只是指出他想被埋葬在什么地方。为此他作为救苦救难的十四圣徒之一治愈了我们的头痛。

我应当列举其他救苦救难的十四圣徒，但我只想起了布拉修斯。我每年都害怕错过布拉修斯祈神赐福仪式，因为有一个男孩没有去参加仪式，结果他被一根鱼刺卡死了。我仰起头来，教士把两根交叉的蜡烛举到我的脖子跟前。我希望有一些蜡会淌下来，这样能使祈神赐福的效果更加明显。塞巴斯蒂安教士讲述，布拉修斯也被砍去了脑袋。但是之前人们把他关进地牢，因为他帮助过一个女人，那个女人去找他帮忙，因为一只狼把她唯一的一头猪叼走了。布拉修斯说：你不用担心，没过多久，那只狼就把叼走的那头猪又送了回来。当这个女人听到布拉修斯被关进地牢的消息时，她宰杀了那头猪，给布拉修斯送

503

去猪头和猪蹄。布拉修斯把两样东西都吃了下去。我问自己，布拉修斯之所以吃掉猪头和猪蹄，是因为否则的话他就会饿死，还是他吃掉它们，目的是为了避免另一种诱惑。为什么那个女人偏偏把猪身上这些令人讨厌的部位送给他，这些部位我只在我们于意大利休假时在一家肉铺见过一次，但是从没有在位于行政区大街的冯克肉铺里见过，也没有在位于池塘巷的桑德尔肉铺里看到过，或者在桑德尔对面我不知道名字的那家肉铺，因为我们从未在那儿买过肉，或许是因为那家肉店看上去不太友好，而且肉铺师傅自己也经常穿着他那件带条纹的、溅有血渍的蓝大褂站在柜台后面。迄今为止我总认为，肉铺师傅们会把猪头和猪蹄扔掉，因为它们太令人恶心，人们无法食用它们。但是肉铺师傅或许会把他们肉店的猪头送到修道院给那些圣徒们。谁要是想变得神圣，他就必须吃猪头和猪蹄，忍受更多其他常人一无所知的事情。人们把布拉修斯从地牢里押了出来，把他吊在一根横梁上。然后侯爵的仆人们过来用铁梳扯去他身上的肉。我把仆人们使用的铁梳想象成铁耙，它们和阿希姆的那把铁梳不一样，他那把会在阳光下闪烁，当他用它梳头的时候。我以前有一把梳子，从梳子里伸出一个可下沉的铁销作为手柄，它甚至可以插在地上，如果人们把它像飞刀一样掷出去。在圣徒布拉修斯吊在横梁上期间，来了七位女士，她们把他的每一滴血都积存起来。侯爵让人抓住这些女人。但是这些女人们说道：如果要让我们崇拜你的众神，那就让人把他们带到池塘边去，这样我们就可以在那儿给他们净身并朝拜他们。侯爵起初很高兴，但是一旦那些圣像被放置到池塘边之后，这些女人就索性把它们全都撞入水中。侯爵非常暴怒并捶打自己，这些女人太令他生气了，而她们则说道：如果他们是真正的神灵，他们就不会沉入水底，就会事先意识到我们的计谋。这让侯爵无法忍受了。他让人把滚烫的铅、铁质的梳子和七副铁甲放在一侧,把七件柔软的亚麻衬衣放在另一侧。现在这些女人应当做出选择。但是其中一名有两个孩子的女人抓起那些衬衣,把它们扔进火炉。孩子们知道现在将会发生什么,因此他们喊道:不要丢下我们,而是把我们一同带上,为了让我们能够品尝甜蜜的极乐世界,就像不久前品尝你的乳汁一样。当这些女人也被吊起来,当人们用铁梳扯去她们身上的肉时,从她们身上滴下的不是血液而是乳汁。她们的肉也不是红的。而是白色的。然后火炉被加得更热,人们把这些女人从横梁上解下来,把她们推到火里。可是火却熄灭了。从这群女人我不由得想起克里斯蒂安妮、加比和玛里昂,皮肤开裂坐在火炉里一定是很可怕的事情,无论现在火是否熄灭,因此当这些女人终于被斩首的时候,我感到彻底放松了下来。然后侯爵又转向布拉修斯。他现在应当如先前的圣像那样被投入池塘淹死。但是当他在胸前画了十字之后,池塘变得彻底干涸了。侯爵派出六十五个人追赶他,但是原先池塘里的水像洪流一样返回,使他们统统丧命。最后布拉修斯也被砍头。故事总是以砍头收尾。砍头带有最终的意思。就连上帝也对砍头无能为力。砍头之后人们只能没有头一直跑到他的墓地,我要说的就是这些。

当我晚上一个人的时候,我又想起了圣徒卡塔琳娜和圣徒伊拉斯莫。我想象圣徒卡塔琳娜被绷在上面的那只轮子,还有把圣徒伊拉斯莫的肠子缠绕起来的绞车。也许圣徒伊拉斯莫能够帮助人们克服肠痉挛的痛苦。但是圣徒卡塔琳娜能帮助人们什么呢?

夜里我经常梦到一些我一点儿也不熟悉的地方。铁手。铁道枕木。猎舍。养鱼。这些都是去年夏天我们在假期出行期间下车停留过的车站。一切都已经隔了很远。我和其他人排成两队。12点面包被斜着切好。中午的时光没完没了,在我想起家的时候。山丘。穿过树林的轨道。下雨的时候我们就蹲在树下,凝望林中空地。我们家里的房子空荡荡的。看不到明爱会那位女士。摇篮里见不到我弟弟的影子。一个工人也没有。我母亲在厨房里。只有在午睡时她才会安静地躺下来。最晚4点钟她就又起床了。煮咖啡。坐在我对面。她吃一块蛋糕。我吃一小块酥皮点心。然后我又回到自己房间。做家庭作业。我坐在一大堆作业本前面。然后我从众多书籍里取出一本开始阅读。5点钟再次走出房间去吃晚饭。骑着自行车去找阿希姆。步行沿埃里希-奥伦豪尔大街向上去赖讷家。但愿他父母还没有下班回家。这样我们就可以听收音机了。他哥哥有时会早回家。给我们一支HB牌香烟抽。又回到家里。吃完饭。还看了会儿电视。如果第二天没有要写的作业。整理书包。现在拿出那些标准A4笔记本。它们从上高级文科中学四年级时就有了。素描簿。百利金颜料盒。又忘记买一管锌白颜料了。画笔没有冲洗彻底。蓝色的颜料管已经被挤空了。因为咽峡炎一周没去学校。收音机在床边放着。一本《米老鼠》画册。10点钟我母亲给房间通风。放学后阿希姆来了。他带来了家庭作业。我只能勉强吞咽,不能正确说话。他身上闻起来有烟味儿。在回家的路上抽了一支烟。今天他去了弗里茨-卡勒大街他祖母家。在狭长的走廊里用气枪射击。可以想看多长时间电视就看多久。得到了买小人书的钱。站在庭院入口处吸了一支烟。凝视着石块路面。望着工厂围墙。或许去高处的费迪南德书店。转动摆着袖珍图书的书架。仔细观看那些书名。就跟我在休假期间每天在文具店里一样,当我父母坐在疗养公园里的时候。有时在上午我们组织一次郊游。紧接着在父母睡午觉时我就又去文具店那里。没有任何一家文具店能够像那位瘫痪者所开的商店那样拥有这么多小册子。他的文具店在毛厄夫人的商店对面，里面光线很暗。那些小册子全都堆在他的写字桌上。《尼克》《阿基姆》《蒂伯尔》《基姆》《西古尔德》《法尔克》。毛厄夫人的商店里只有《米老鼠》《费利克斯》和《费克斯和福克西》。我从不敢把整堆小册子翻看个遍。只是把摞在上面的几本稍微翻看一下。那些画册很好闻。它们都很新。如果有新一期的《西古尔德》我就会买。《法尔克》跟它有些相似。但是我觉得《西古尔德》更好。一名来自柏林的男孩叫法尔克，他和他的班级同学在罗腾堡度假。就像我们和我们班同学一样。我有两次在晚饭前和他交谈过。他只和他母亲住在一起。我们班也有一个只和她母亲住在一起的女孩。法尔克给我写了一封信。他在信尾的签名是"法尔克"。但是信封上写的却是另外一个名字。我只在公园影院看过《温尼托1》《老苏尔汉德》和《银湖宝藏》。《温尼托2》我是作为专辑收藏的。作为四重唱专辑。科曼奇族人和法利赛人一样。温尼托试图说服他们。他站在峡谷中间的一块岩石上，像耶稣一样张开双臂，对科曼奇族人的头领说：朝我开枪。对方朝温尼托开了枪。但是温尼托站在那儿安然无恙。岩石后面到处都站着手执猎枪的科曼奇族人。温尼托一直伸展着双臂。朝我开枪，现在他向所有的科曼奇族人喊道。他们朝他开枪。但他始终安然无恙地站在那儿。科曼奇族人意识到温尼托说的是实话。人们欺骗了他们，卖给他们的猎枪里装的是空包弹。在温尼托死前他们觉察到真相。法利赛人是在耶稣死后和复活之后才觉察到真相的。

59
询问类比推理这个话题

我们来谈一下贝尔恩德吧。您太过固执地坚持自己对于克劳迪娅的看法,真的,咱们关起门来说话,您把这个女人变成了一位圣人,您把自己一生中缺失的东西全都投射到她的身上。

一位圣人,不,真的没有。

哪里,哪里,就像您以一种循环论证的方式,把您自己的感觉也同样强加给她那样,也就是自认为她也同样在想您,在想您能够或者已经拯救了她,认为她在想象,您怎样能够随时出现在她身边,同时是她在暗中观察着您,由此可见这一切相当令人作呕。

您说的我一句也听不懂。

是啊,是啊,当然了。一句也听不懂。任何事情都不允许触动存在于你们两人之间的这种神圣的联系……

根本就不存在什么联系,这就是事实。至多是我们彼此错过了对方。

可这是所有亲密关系的基础,这样的亲密关系恰恰在人世间无法如愿,只能成为人的幻觉。《彼得·埃伯特逊》(Peter Ibbetson),这是您最喜欢的影片之一,如果我没有记错的话。

那好吧，就算是最喜欢的影片。在很多、的确是在很多年以前我觉得这部影片还是不错的，但当时我很年轻。

是的，很年轻，人们总还是这样。

您说什么？

当然了，在此期间脑神经研究断定了这一点。人们只在外观上变老，内心却没有任何发展变化。

没有任何发展变化？这话又从何说起呢？我推测这又是您的一个不成功的激将法。

好吧，您仔细想一想。从那时至今已经过去多少年了？四十年？四十五年？然后呢？您内心发生变化了吗？您真的改变了自己？让自己得到了解脱？使您的人生发生了至关重要的转向？

就像您那样？不，这我承认。这里所说的转向可能也是一种幻想。

在这个话题上我们又涉及您的养父海德格尔。在陷入极度困境和无法继续前行时，人们就会转向普遍人类，尝试从存在角度对人加以确定。

我觉得您之前所说的至关重要的转向要有意思得多，因为我不断地在问自己，这种情况到底意味着什么，也就是说人们突然不再捍卫红军派，而是成了纳粹，或者像您一样供职于公司或者您说的那些机构。

随您怎么认为好了。

在这个问题上人们同样可以这么说：没有发生任何变化，在内心里。

我们最好还是来谈谈贝尔恩德吧。那么，事情具体是怎样的呢？您在读大学期间去过法国，为了在他那儿接受一种短期或者周末治疗……

从那个时候开始我就再没有见过贝尔恩德。

在那次治疗之后？

不，是从那个时候，从中学时代起，从八年级开始。我指的是这个。

在柏林也没见过？

我从未去过柏林。

您从没去过柏林？

我指的是当时，是您谈到的那段时期，当时克劳迪娅在柏林，她打算和贝尔恩德一道随便搞一次行动……

好的，我们来谈论一下这次行动。虽然您没有亲自在场或者参与，但您肯定是知情的？

直到今天我也不知道，那是一次什么样的行动。

我可以提供一些信息供您选择。我只谈那些尚未得到制裁的罪行。例如蒂莫·林内尔特劫持事件。

蒂莫·林内尔特，那是发生在1964年的事件，当时还根本不存在红军派。

但是那个男孩是在1967年才被找到的，当年最新一期《明镜》周刊的醒目标题恰恰是"叛逆的柏林大学生"。是啊，克劳迪娅和贝尔恩德当时就在柏林。

克劳迪娅是1969年年底才去的柏林，这又是两年之后的事情了，贝尔恩德还要更晚，我觉得。此外案犯早已被抓获，他是那个叫克劳斯·勒讷特的家伙，是林内尔特家的一位熟人。

东德把这起劫持事件拍成了电影，您、贝尔恩德和克劳迪娅在影片里也出演过群众演员，那个克劳斯·勒讷特在片中由库尔特·卡赫里奇扮演，库尔特1978年年仅四十三岁时就突然去世了。就在克里斯汀·库比被逮捕后不久，她制造了一起致使多人受伤的相当血腥的事件。

您说这些是什么意思？

在红军派和蒂莫·林内尔特之间完全有联系，林内尔特劫持事件当时给您留下了极大的精神创伤，它与判处必须向红十字会组织缴纳五马克罚金的判决一道（不得不承认这样的判决非常可疑），导致了红军派的创立。很简单，因为您不想总站在受害者一边。

就像已经说过的那样，绑架和杀害蒂莫·林内尔特的案犯叫克劳斯·勒讷特，对他的判决是具有法律确定效力的。

您大概知道这起罪行还涉及第二名案犯的说法吧？

就像刺杀肯尼迪事件中的第二名射手……

是的，蒂莫·林内尔特劫持事件也是类似的情况，克劳斯·勒讷特不可能一个人把男孩的死尸藏匿三年之久。

为什么不可能？他首先杀害了男孩，然后策划了劫持事件。

那个勒讷特也没念完高中，就跟您当年一样。他难道不是和您在同一所学校吗？

他比我大十五岁。您还想把我和谁联系在一起呢？

您看，情况是这样的，他碰巧在您出生那年失去了父亲，那时他十四岁，就跟您在1969年时的年龄一样，当时他想自杀，也跟您一样，因为您在同样的年纪失去了母亲，但是他不仅跟您一样产生了那样的想法，也就是在去牧区图书馆的台阶上用阿希姆的三刃匕首只在离手腕太远的上臂划一下，而且他还去了克莱因费尔登辛，跳进那里的游泳池，尽管他和您当年一样不会游泳，然后他干脆屏住呼吸，一直沉到池底。正巧一个男人站在那里看到了这一幕，他毫不迟疑地跳进水中去救勒讷特。接着他把他送回了家,送到他母亲、那位年轻的寡妇那里。生活中有些事情就是这样,出于感激或者其他原因,母亲爱上了她儿子的救命恩人。没过多久两人就结婚了。现在勒讷特处于一种走投无路的境况,因为他不但没有出于对父亲死亡的悲伤而结束自己的生命,反倒是彻底摧毁了对父亲的怀念,因为现在有一个新的男人取代了他的位置,就像明爱会那位女士取代了您的母亲一样,这种情况对他的打击如此之大,以至于它作为怨恨时刻伴随他的左右。您了解这种情形,首先是辍学,然后派送洗好的衣物,刮去陶努斯大街上高雅的旅馆阳台上的鸽子粪,用欺诈小伎俩提高微薄的工资收入,然后当他看到那个无辜的小男孩时,他从他身上看到了自己的影子,这时他脑子里再次浮现出那次不成功的自杀企图,然后他眼前发黑,他扣动了扳机。情况就是这样,难道不是吗?

您问我什么?

不,我的意思是,既然生平如此相似,那您肯定能够为查明这起案件做出一些贡献的。

这起案件从1967年开始就已经被侦破了。

侦破,无论它在这种情况下怎么被描述。您对案件侦破的辩证法应该是再熟悉不过的了,它不会使神话沉寂,恰恰相反。特别是因为案犯从1985年开始又重获自由了。

因为他服刑期已满。

啊呀,现在您突然对这件事掉以轻心了?当时您可是因为害怕而夜里睡不着觉。

当时我还是个孩子,这是其一。其二当时案犯还未被绳之以法。

这也和今天一样。

是的，但是那个时候人们根本就不知道案犯是谁，不知道他为什么要那么做。

作案原因人们从未真正查明过。

我只是想说，当时人们从整体上表现出的那种歇斯底里。人们在赫尔特百货商场给一个儿童模型穿上失踪的蒂莫·林内尔特的服装，并把它摆在橱窗里展览。然后人们定期路过威廉大街上蒂莫父母的房子，或者从位于瓦格曼大街的古董店旁边走过。

红军派也主要是从事劫持活动，同样经常残忍地杀害他们的牺牲品，就像小蒂莫所遭遇的那样，这难道也是纯粹的偶然、和您一点儿关系也没有？如果仔细观察这一切，这些相似的情况，人们可以称之为证据链。

人们充其量可以把这种情况称作感应性调查。只是我不知道有这样的东西存在。

类比推理？有的，有的。但是问一些别的吧：在这种害怕被绑架的心理背后，难道不是隐藏着一种针对您家人的猛烈攻击吗？

您这话是什么意思？

是这样的，在您的幻想中劫匪杀害了您全家，只是为了能够靠近您并把您劫走。但是整个过程并没有逻辑，因为应当由谁来支付赎金呢？

恐惧经常是没有逻辑的。

但有时却有更深层次的原因。

我把这种情况和于尔根·巴尔奇联想到了一起。

他也没有杀害父母，而只是谋害了小男孩。

我说的是那种攻击性，那种杀人的意愿。

这难道不更像是在说您自己吗？您的全部家人必须死去，仅仅是为了您能够沉浸在自己对选定人质的自我陶醉的夸大幻想中。这就是您为什么去法国探访您的老朋友贝尔恩德、为了把这一过程以治疗的方式再整理一遍的原因吗？

我从未去过法国。

您从未去过柏林，您从未去过法国，或许也从未去过威斯巴登……

您知道我指的是什么：我从未去法国找过贝尔恩德。几个小时之前我甚至都不知道他在法国生活或者在那儿生活过，也不知道他据说是治疗医师。

但我们却在他那儿您的病历中找到了一些有趣的材料。

没有关于我的病历，更不用说在法国和在贝尔恩德那儿了。

如果我比如提起"腹语术"这个关键词的话，或许您又能回忆起些什么？

您是从哪儿看到这个的？

我不是说了嘛：从您的病历中。

来自埃彭多夫的病历？

我们可压根儿没有谈到这个。

但是……

您的朋友贝尔恩德，他在对待数据保护这件事上不是十分认真。

他不是我的朋友。我还应当对您讲多少遍呢？我们曾在一个班里一起学习过。

来自同一班级的两名同学，您也一直这么希望，和克劳斯·哈芬斯坦。《你们肯定是十一个朋友》，这可是你们最爱看的书，还有《私人侦探蒂格尔曼》。

60

格列高利·纳齐安的辩解

写于即将离开天主教寄宿学校之前

我是上帝的垃圾。我是魔鬼约翰内斯。我是格列高利·霍伦索恩[①]，三位神学家和圣僧之一，作为地点与姓氏同名的格列高利·纳齐安的儿子出生在纳齐安，他的纪念日正好比我的早一天，也就是在一年的第一天1月1日被庆祝，而我总是作为第二个被排在1月2日，生前我从未成功地移居到雅利安，而总是被固定为纳齐安的后代，我在这个不幸的地方出生和死亡，正如我父亲也是在那儿出生和死亡的。我父亲在那里建造了他的八角形教堂，我从早到晚都在教堂里忏悔，为了以后遁入孤独，不像他那样结婚，因为他结婚的目的仅仅是为了让我母亲能够生出我，紧接着使他信奉基督教。因为我生活在纳齐安，我毕生都在这里，因为我总是我父亲的儿子，总是长者的晚辈，因此我必须与阿里安教派辩论，它剥夺了我作为神圣三位一体的一部分的权利，因为阿利乌宣称，受造的圣子永远不可能与非受造的圣父相似，更谈不上与他相等了。既然我是儿子，必须继承我父亲在纳齐安的遗产，我就要使尽一切力量，去说服那一千八百名主教，让他们相信儿子（圣子）是受胎而成，但不是被创造的，也就是说我不是造物的一部分，我也确实不是，因为我从未感觉自己是造物的一部分，而一直是创造中的异物，因为我过去是并且永远都将是父亲的一部分，是他遗产和他城市的一部分，我们俩都是以这座城市的名字被命名的，即使他已经死了，因此我想至少确认，我和他是用相同的物质构造的，也就是说是本体相同的，既然不可能是阿里安教派信徒，那么我就是同性同体，是一个公开表明信仰的同性恋者，他不再像他父亲那样结婚，不需要使他皈依的女人，因为父亲用他的物质在纳齐安创造了我并把我留在那里，在那儿我绞尽脑汁抵抗敌人，不仅与那种异本体论的错误信仰相决裂，而且也摒弃了上帝也就是天父创造了圣灵的思想，因为圣父也不是无所不能的，尽管他不断尝试让他的圣子相信这一点，但在创造圣灵方面却达到了极限。究竟还有些什么呢？圣子不是由相同的材料构成的，圣灵是被圣父创造的？那么他完全可以一个人在他的八角形教堂里做所有的事情，我也不知道是谁说服他让他产生了这种思想，可能是因为他计划将三位一体扩展成四位一体，就像一些人已经在尝试去做的那样，他们将圣子清点两遍，一遍当作人另一遍当作神，而这原则上挺合我心意的，另一方面其他人想把圣母吸收进来，这不管怎样也会显得不好，因为三个男人和一个女人，这会显得有些伤风败俗，尽管这个女人是圣母，也就是说童贞女玛利亚，此外她也参与了"圣安妮三人一起"（圣安妮、她的女儿玛利亚、玛利亚的孩子耶稣）圣像描述的产生，也对另一种构造提出了质疑，总而言之，首先分别存在我们三个人，即圣父、圣子和圣灵，然后是三位一体作为第四个成员，反正我们就是三位一体的。好吧，要是这样人们马上就会回忆起吹毛求疵的前苏格拉底哲学，那个年代阿喀琉斯永远也赶不上乌龟,因为一旦人们开始这么做了,人们就能设计出所有可能性的编组,例如圣子和圣灵作为分离的二重性等等,但是因为人们无法发展这种思想,也不愿意以牺牲知性的方式放弃这种思想,所以人们又开始慢慢地对所有的编组进行剥离,直到最后只剩下一个上帝,他面对的是众多神灵和形形色色的编组,阿喀琉斯与前面乌龟之间的距离变得越来越近,但他还是永远也赶不上乌龟,同样人们永远也赶不上上帝,一旦人们开始有了这种想法。在这种情况下人们也可以马上重新跪拜在一头金牛前,或者站在泥足上朝拜另一名偶像,把信仰通通搁置一边,这样我也至少不必再费尽艰辛,不必总是继续保卫父亲在纳齐安的遗产免遭所有可能的攻击了。虽然我亲自认识罗马皇帝叛教者尤利安,令人尴尬的是这事发生在雅典,当时我暂时离开纳齐安,为了见识一下新柏拉图主义者有什么能耐,只不过我在普利斯库斯那儿报名听课只是装装样子而已,我想强调这一点,仅仅是装样子,但并不是带着像阿里安教派之于圣子所声称的那种假身,因为圣子被赋予了必须在自己身上感受痛苦的使命,亲身感受所有的苦难和折磨,即便他只是在装模作样地了解世上发生的事情,他不属于这个世界的物质,因为他是圣父和圣父从未创造过的圣灵的同性同体。但是一切都在按照天意发生,多神论者和叛教者尤利安早已发誓放弃了基督教,为了献身于神通术及其奇特的仪式,通过与他的私交我能够更好和更巧妙地对抗他的邪说,也能致使叛教者尤利安的堂兄弟把他监禁八个月,以使他脱离歧途,但这些都无济于事,因为他早已把所有非基督教的宗教信仰和仪式以及各种神通术方面的戏法混杂成一种个人信仰,只是为了不必再信仰一个天主和他的一个圣子还有他的一个圣灵。我经常和巴西尔以及君士坦丁堡牧首约翰一世讨论并揣测,叛教者尤利安究竟有什么打算,为何他作为唯一的皇帝非得坚决阻止罗马基督教帝国,宣布废止他叔叔的宗教改革,仅仅是因为康斯坦丁错过了把基督教明确立为国教,在对待异教礼俗时简直太过松懈,对异教行为没有采取足够强硬的措施,尽管我们总是愿意接受异教徒的节日和仪式,归根结底我们全部的节日都是以他们的节日为基础的,复活节、圣诞节、万圣节,就连一些不太隆重的节日如瓦伦丁节也源自古罗马的牧神节,在这方面更大的迎合和迁就几乎是无法想象的,无论是多大程度的不同信仰的调和。人们必须灵活处事,在这一点上我与克里索斯托(又称"金口约翰")观点不一,对我来说有时他过于沉醉于某事了。让人把加沙所有的异教徒寺院通通破坏掉,非得这么做吗?当然他原则上是对的,但是这样做会很容易让人们与他为敌。相反巴西尔会从所有的事情里脱身,在遇有疑惑时他的肝脏又会出问题,然后他就会派他的小弟尼撒的格列高利前去处理,我已经说过,在这种情况下我们可以设定一种新的三位一体:三位格列高利,当然首先是我父亲,然后是我,再就是他。这种设定的实用之处在于,我们三人都有相同的名字,这就避免了在三位一体内部的名称统一方面产生那么多麻烦。好了,但是这些更多的是出于开玩笑才说的,因为此外我和巴西尔以及他的小弟一道出演了三位卡帕多细亚之父,此外我和巴西尔以及克里索斯托还一起拜访了三位圣僧,在我看来这就够了,虽然在三个总是每三人一起出现的编组当中当然是非常棒的事情。但是人们不能为这些全都要被处理的问题分散精力。我只说:多纳提鲁斯。或者诺瓦提亚鲁斯。或者以优诺米为核心的新阿里安教徒,他们又重新发掘出那种受造圣子的说法。现在还有那些新柏拉图主义者,他们提出的灵魂上层总是滞留在神界,灵魂上层在每个人身上也能出现,这样说可是相当严重地亵渎神明了，因为要是这样每个人都将有三位一体的特质了，首先是身体，然后是身体里的这部分灵魂，第三是另一部分灵魂，实际上是在圣灵身上。这是一种令人无法置信的亵渎神灵，另外下一步也已经被事先确定了：很明显，如果总归灵魂的一部分总是神圣的，那么灵魂也就能够自我救赎，也就是通过自我认识，那么人们也就能够放弃上帝的化为人身和所有那些仪式了。只要一想到这些，我就可能忘却我的基督教博爱精神。多亏新柏拉图主义者自己彼此也闹翻了，杨布里科斯不久就解散了该团体，因为他不无道理地说，灵魂不可能在部分上是神圣的，否则人们就不会这么阴郁易怒地到处乱跑了，最终这是一个不容否定的论据，无论普罗提诺怎么说。为了接近神灵，杨布里科斯引入了一些礼俗，这样他又与我们非常亲近了。或许通过这段弯路他们又会回到他们的源头，即柏拉图主义者那里，毕竟他们就是以柏拉图主义者为依据的，因为纽曼洛斯也知道三位一体，当然是以一种好像作为三位神灵的木刻版画的形式，还不知晓三位一体的重大秘密。但是如果他最高层的神远离了物质而且也不作为，人们就可以很容易把这位神和圣灵等同起来。他的第二位神虽然是作为造物神出现，但他只有在观察第一位神的时候才能够创造，这位神就将是我们的圣父上帝，他的第三位神在物质内部实现了化为人身，他所体现的当然是我们信仰中的圣子，因为圣子不仅能够从事于伟大的思想，就像圣父或者圣灵那样，而且还必须做非常具体的基础工作，我只说：钉死于十字架、基督的葬仪、耶稣复活，总之都是些实实在在的工作。圣子们遇到的情况总是考验其信仰的试金石。牺牲自己，并且必须为那种美妙动听的理论承担后果的是我们。脏活都推给了我们，如果允许我说得再明确一些，所有那些压在我们身上的过分要求，继承"格列高利"这个名字,继承纳齐安这个地方的遗产,现在又用这种站不住脚的理论构想打发我们踏上受难之路。但是对我来说怎么都行,所有的妥协都不成问题,只要这种无休止的关于假身的讨论能够停止。我对整个幻影说已经感到腻烦了,不管人们采取何种论证方式,是否圣子现在仅存在于世人的幻觉中,也只是好像受过难,还是是否他没有降生、没有肉身、没有形状地在四处游走,还是一切只是幻想,正如马吉安所言,因为高贵的天主无法想象圣子会降临凡间,因为他无法想象圣子真的会受难,而且这种苦难涉及的真的是鲜血、汗水和眼泪以及在我看来的另一种东西,因为成为圣子是一件非常糟糕的事情,我可以这么说,因为人们不可能用巧妙的论据让自己退回到精神的压抑中去,从而不使任何人遭遇不愉快的事情,或者是另一种荒诞无稽之谈,即认为古利奈人西门不仅背负了圣子的十字架,而且还替他承担了整个钉死于十字架过程,而圣子则变得隐身,完好无损地升天了。在此人们可能会真正感到不舒服,但圣子不会感到不舒服,就像华伦提努所说的那样。他也是上帝取之不尽的葡萄种植园里的一名空想家和小丑,他真的认为圣子能够吃喝但不排泄。是的,当然了,一切都没问题,人们把吃进去的东西索性扣留一生,因为那些饭菜当然在人的体内也不会腐烂,因为人们自己也是不朽的,但可能会膨胀得厉害。难怪这种情况人们正好能忍受将近三十三年,我不想知道当朗基努斯把长矛刺进耶稣侧腹时,从里面流出的真正是什么。但是算了,我只是有些激动而已。但是在涉及这个话题时,我就是无法保持平静。真的不能。

注 释:

① 霍伦索恩(Höllensohn),德文意译为"地狱之子"。

61
格尔妮卡认为以过去为导向是一个错误

格尔妮卡？

什么事？

你不是真的在场,是不是？

不,不是真的。为什么问这个？

最近我总觉得辨不清方向。

最近？

是的,我知道,或许我一直就有这样的问题。

那又怎样？你这一次又苦思冥想什么了？

为何这么问？

每次当你来找我时,你的情况通常涉及的都是些多愁善感的琐碎事。

这话听起来怎么这样。

是的,这一次你的情况听起来是怎样的呢？

或许你说的有道理。我刚好想起"无辜"这个话题。

你看,我说得没错吧。

是的,不好意思。

那就说吧,不要让人套出你的每一句话。

我只是在想，人们总给人一种印象，仿佛那是一种必然会被破坏的状态。我认为，当然它会被破坏，但是无辜，它也总是和无知有关，而无知又会和一种预感有关，也就是和另一种形式的知道有关。

我一点儿也不知道你在说些什么。

可能你对一些东西没有直接的意识，但是你却能更好地感觉它。恰恰是因为你无法对它进行分类，因为你不受知道的影响，你才能越发清晰地感受它。但是那不只是一种预感，确切地说那是一种感官的确信，尽管你不能命名它，或者说得更好：恰恰是因为你不能命名它。

然后呢？

然后就没有任何下文了。我只是禁不住偏偏要想这样的事情，比如想到吉贝尔·凯尔伯游乐场，这种极度的期待，虽然我根本就不知道，我在那儿究竟期待些什么。我的意思是，在我已经过了去那里只是想乘坐旋转木马的年龄时，我在那儿更多的只是在碰碰车和履带式玩具车辆旁边转来转去。但是恰恰是在那一年，就像阿希姆总说的那样，人们还不到找对象的年纪，还不到偷窥女孩的年纪，可不管怎样那种预感却已经存在了。然后是烘托了这种感觉的音乐，还有人们一知半解的歌词：《莉莉的照片》《我是个男孩》，这些也都只是预感，但是奇特的是它们都在朝正确的方向发展，就像后来所表明的那样。仔细一想这只是一年当中短短的四天，七月的第一个周末。周五和周六放学后我马上就去了游乐场，尽管那个时候还不是很热闹。那种不耐烦。那是只有一个孩子才会有的不耐烦，到了晚上又会如此失落，因为我必须7点钟、最晚7点半回家，而我最喜欢在那里一直待到最后再走，为了不至于错过任何场面。傍晚雾气从大黄茎菜田和对面的溪流上升腾起来，它吹走了爆米花和烤肠的香味，于是空中便弥漫着那股独特的味道。

你也总是把一切都想得非常合理,我觉得。无辜的男孩,不加过滤地吸收了一切,在超自然的领域里飘荡而去。但是一切并不是这样的。也总会涉及区分和划界。

你这话是什么意思?

你只需想一下比如这种情况会令你多么尴尬,当你觉得比吉斯乐队的《五月的圣诞》(First of May)这首歌很好听的时候。表面上你仍在嘲笑买了《敖德萨》(Odessa)专辑的木匠,背地里你却把它借来录制,但你给人的印象仿佛是你只想随便听听,把它包在一张奶油乐队和一张布鲁斯摇滚乐队的唱片之间,这样就不会有人看到你听这样的东西了。

是的,你当然说的对。但是那种感觉又从何而来呢?也就是感觉曾经有一个点,在这个点上人们完全独立地生活在自己未被开化的宇宙里,在那里他既不是儿童也不是青少年,更谈不上是成年人了。

那不过是感觉而已。

但是为什么人们想回到那里去?

很简单这是一个错误,相信我。

你这么认为?

是的,我这么认为。人们把渴望向前还是向后迁移,迁移到这个世界还是另一个苦难统统消失的世界,最终这都是一回事。

但是我可以准确地命名它。它是那次发生在1969年7月的庆祝会,不是之前的那次,也不是之后的那次。如果说所有其他的庆祝会都大同小异的话,那么那一次却非同寻常,尽管我也没做什么与平时不一样的事情。此外我也做不了别的。因为人们后来用特殊的日子、特别的休假、出游和节日所尝试的,那真是一场独一无二的忙乱。或许某个时候,当人们根本不再想起这些,根本不再考虑到这些,人们又会享受生命中的幸福时刻,一个晚上,一天夜里。就像我们当时在犹太驱逐者广场对面的旅馆里那样。

这也没能帮助我们。

什么?犹太……

简直是胡说八道,是在穆尔魏登大街上的那个夜晚。

是啊,当然了,无辜肯定不复存在了,我刚刚就这么说的。

我不知道:无辜。

但是对这件事我也一无所知,而只是预感的。

是的,你预感得对。

你不是吗?

62
一名未满六岁的儿童尝试对世界做出解释，并解释神灵是怎样进到袋子里的

我知道，科学家们在第三帝国期间就已开始制订、历经战争动乱在黑暗的地下室里继续整理、现在终于完成了一份旨在促进儿童早教和智力开发的项目清单，根据这份清单一名像我这么大的儿童据说已经诵读了四次有吟唱的弥撒，其中至少有一次是天主教主教级教士主持的大弥撒，他应当能够操作四种不同的炸药包引信，能够料理至少三种不同的伤情，在出现其中一种伤情时有必要截去一段肢体。这名儿童应当想象到生命是怎样走向终点的，死亡过程能够拖延多久，他应当知道人们怎样首先饲养三种不同的动物，然后把它们屠宰掉，剥去它们的皮，把它们肢解并做给他的游戏伙伴们吃，据说他观察过父母同房，观察过父亲虐待家人，观察过母亲保持沉默，观察过网球老师在更衣间手淫，据说他在墓地一个已经被掘开的坟墓里至少度过了一夜，坚定地认为自己永远不会再从里面醒过来了。据说他暂时使自己眼花缭乱，以这种状态穿越了两条主干道，他应当掌握三种魔术、至少两个独裁国家国歌的所有节段、此外还有三个谜语、三则笑话和一道绕口令。据说他经历过三次神灵显现，能够表演哑剧，据说他生

产并隐形传送过外质,明白了停顿是音乐的一部分,但不是真正的学校时光的一部分,更不是为了用一块石头砸自己的脑袋,这样就能够带着一处裂伤提前回家了。他应当熟悉用德语和拉丁语进行的阶梯祷告以及长篇信条,他应当知道什么是秘密,并会保守秘密不把它告诉任何其他人,因为否则的话他就会感觉喉咙受到挤压,就跟现在一样,只是要更为强烈一些。此外据说他曾经穿了一件滑稽和胳膊底下被撕破的戏服,站在舞台上表演过蜥蜴人,为此他被人们起哄和投掷了西红柿,但即使是在回家的路上也没掉过眼泪。

很遗憾,对所有这些我一点儿也不知道也一概不会。如此看来按照学习心理学的教条,我是一个无能和被派不上任何用场的蠢人或者说得更好白痴,这样的人一生只有一次,恰恰是现在,被赐予了多少能够自由说话的权利,因此在我说了我应当知道但却不知道的事情之后,我想利用这次宠信,来说说我不应当知道但却知道的事情。

范畴作为神的象征物降落到普通劳动者的住房里,它们(范畴)落到被涂了薄薄的一层黄油的面包中间,以至于它们看上去就像是被多次抓取和世世代代传递下来的香肠夹层,因此无法被认定为在我们日常生活背后坚持获得解脱的一种形而上学力量的标志,还在上述情形远未出现之前发生了一些事情,人们可以把这样的事情理解为创立,在我看来也可以理解为是对我们现在不得不生存其中的那种状态的解释。

为了参与发挥作用而把神的身体也就是那种有磨损的香肠夹层完全吃掉,事实表明这是后果严重和不容低估的错误,我们把自己人生的全部困苦,尤其把我们的死亡也归咎于这种错误,因为对于一个生命来说,再没有什么比带着一肚子神的标志四处游荡、自己却对此浑然不知更令人羞愧的了。那种腐蚀身体的疾病不仅仅(我要请求人们牢记这一点)是通过一块从城市肉铺买来的健康的加肉面包而产生的,就像人们通常认为的那样,因为只要人们把物体分开存放,使它们保持在一种分离的状态中,把自己感知为是与世界和意义相分离的,在所有的物体之前得知答案,在所有的物体之前获取希望,就不会出现任何差错,生命就像它本应的那样,几乎不留下任何痕迹地流逝了,但是对于这一认识人们需要有遗忘的经验,即那种潜入虚无的体验,就像是在一个周一上午,在其他人从更衣室出来之前,下潜到无人的游泳池里,但并不知道要憋多长时间的气,才能触到池底泛着蓝光的瓷砖,捞到那个带有更衣室牌号的小环链,与此同时水在挤压着耳朵和嘴巴。

我只能简单提及一下所有这些发生的事件,我只能把对这些事件的暗示播撒到世上,但是这样的暗示会变得越来越清晰,为了不使它们再次作为被误解的象征物而流失,在所有这些事件远未发生之前(在此我向您透露的肯定不是什么新鲜事物)就已经有了工厂、钟楼和城市。众神被吃力地缝在袋子里躺在一堵围墙后面,谁也不清楚他们将会发生什么。尤其是我们这些孩子就更不清楚了。人们这样叮嘱我们:"不要爬到墙上!不要透过墙缝张望!遇到烧砖时亲吻它,但不要把它扔掉!"等等。这一切没有告诉我们任何内涵。我们跑着去上学,在课间操时间里我们从学校跑向山丘,然后再折返回来,简单地说,如果我们张嘴说话,我们就会受到责骂或者在钟楼里关学两个小时,而在家里姐姐则必须穿过黑暗的走廊去往客厅。

如果人们在被叫上讲台时再一次张嘴打探,他就会被用直尺斜着在手掌上抽一下,接着好像是不经意间尺子又会向上击打一下他的下巴。然后他被命令转过身去。太阳大声喊道:"看啊,我现在把你姐姐的双腿照得通亮。"我在我的本子里写下了对一个田鼠掘出的土丘的精确描述,一次,那是在一个周六的下午,我被这个土丘绊了个踉跄。远处那两辆市政装甲车轰隆隆地碾过高地,因为八点钟妓院就开张了。两名将军把人们拧紧在他们假肢上的铁钩抖落,借助这样的铁钩他们能够更好地从伤员的胸膛里拔出弹头,后来再从死者脱臼的嘴巴里拽出补牙。一切都有好的地方。我在黑板上的核心句下面没有点句号(黑点),而是画了一条线。

先生们!对世界做出解释,在今天晚上这对我来说显得多么容易,今晚我最后一次从山丘飞奔进城。首先我来到小溪边,然后蹦蹦跳跳地从桥上跑过,我自己也被吓了一跳,当我感觉厚木板是怎样在我脚下摇摇晃晃地开始塌陷时。世界从来就不是我们想象的那么合理,恰恰相反。房管员扇在面颊上的耳光,隔壁床上母亲的咳嗽声,同时感受一切,一下子让自己回忆起一切,这不是一件容易的事情。很奇怪蜗牛是怎样漫游的,尽管在此说这个有些不大合适,很奇怪田鼠掘出的土丘从近处看会是怎样的,就像从远处看一个弹坑一样。人用武器来表明立场。正因为如此我们应当在课堂上深入了解武器类型,所有其他的事情在生活中都没有用处。无论是代数学还是几何学都没有用。在小孩子还不会爬行的时候,就把棍棒和皮鞭交到他们手里。实验证明,按照这样的方法身体发育的速度会是原先的四倍,大脑容积会随所摄入的成品食物成比例增加,以至于很快两岁的儿童就会以一种鲜亮的胡萝卜色调显得面色红润,就会嘲笑父母的担心,因为父母把他们抱在胳膊上举到交织着煎炸香味的厨房空气里,伴着儿童节目里顺口溜的节奏把他们左右摇晃。但是这些都只是展望而已。那都是些幻景,描述了他们是怎样习惯于在吞食了多年的浆果和蝗虫之后去搅扰别人的。但我却获得了恩赐，也就是在我还不到六岁半的时候（为了也给您列举一个数字），我陷入了青春期前的那种不省人事的沉睡，这样我就用睡眠度过了战争的恐惧，也恰恰以此度过了个人的惊恐，对于这样的惊恐人们今天几乎没什么概念了。这里的关键词主要是：走廊、起居室、蛋花汤，从所有这些当中幸存下来，尽管我的人生在这个位置上来了个奇特的急转弯，使一种失忆围裹了我，为了让我能够继续思考、继续行走、继续站立和坐在午餐桌边。

当然我的生长发育以戏剧性的方式停止了。发育停滞是因为我不再领会任何事情了，就跟我失去了记忆一样。我在人们用自来水笔在一张方格纸上画给我的小路上瞎跑，总是去往相同的地方然后再掉头返回，这就是我做的一切。这真的就是我做的一切。人们把我放到一个盒子里，往我手里塞了一个开关，事情就到此为止了。外面缠绕在一起的记号——我指的不是神明之路的标记，而是通过张开的咽喉落进胃里的那些东西——，也就是缠结的形而上学的标志变异成权力的象征物和四方旗，它们很快就取代了面包上的香肠飘扬在工人住家的房顶上。就像以前火焰从年轻的心里喷射而出的那样，现在它们又从楼层和阁楼间里喷射而出，像草莓果酱浸入黄油面包那样钻进晾晒的床单。我们鼓掌并大声喊叫，如果时机成熟的话，我姐姐牵着我的手，把我斜拽过庭院，用沙子把我裹在箱子里，给了我铲子、水桶、木棍和自行车，我还是个不省人事的孩子，能够更快地奔跑、说话和解题，因为他缺失了记忆，因为仅仅是记忆使我们的生活沉重得令人无法忍受。在失忆的情况下我们无一例外地知道一切，我们会做一切，哪怕是把一张椅子放在下巴上做平衡表演，然后一跃跳到鼻子上，用牙齿咬住晾衣绳从院子上空滑过，在荡秋千时往裙子底下偷看，像一只小衣鱼那样爬到洗衣间，用安上的胳膊和腿一个台阶一个台阶地爬，到了下面之后又从木桶旁边爬过，最后钻进一只歪倒的胶鞋里休息。

我的话题又回到那座城市，我在最后一次回家的路上终于在桥后面抵达那里。之前我还路过网球场，从铁轨旁边经过。最好我还是画一张小图表吧：那边是被缝在袋子里的神灵，谁也不清楚是何原因，正如我已经说过的那样。对此当然有许多猜测和假说，那些更推崇理性主义解释的人说，可能是因为这座城市以生产和出口各式各样的材料为生。当然这座城市以它的物质性，几乎可以说是以它的物质浓度而闻名，这是对无生命、但也是对绝对性的强调，在这方面人们可以想怎么说就怎么说，但是这样的解释是否充分呢？其他人理所当然地认为那种布袋命题是完全没有依据的，它是一种误译，是一种民间词源学方面的错误解释，袋子根本就不叫袋子，而是灯海或者光环，它们影射的是沼泽地区的鬼火，以前人们使神灵和所有人们喜欢及认为有价值的东西都沉入沼泽，这样一来沼泽很快就承载了一种在其深处震颤的意义，一种形而上的震动，它甚至准备使神灵的地位黯然失色，因此为了保住神灵，这对于城市的灵魂而言是绝对必要的，人们必须把神灵和沼泽及其象征力量分开，由此沼泽不知不觉地变成了袋子，当然这种变化持续了好几个世纪，就跟人发展过程中的一切都跨越了好几百年一样，当然工人在他插上旗子的住房里是注意不到这一点即漫长的发展过程的，他只会一下子手里握着选票和饭菜票，但却不知所有这些是从什么地方开始的，不知道发展历程是何等艰辛，直到现在那两辆装甲车在到处巡逻，在昔日的饲料萝卜田里举行射击训练，因为手里拿着钢盔作为餐具，站在野战炊事车前面，还要辨别所有的岔道，这当然给普通市民提出了过高的要求，因此他应当在走廊上等候，直到被喊到名字，然后人们把单个的表格当面交给他，继而证明填写内容的正确性。

但是最后还需指出，那些袋子象征的是自己的死亡之身，当然同时也象征着城里纺织工人和裁缝所从事的活动，同时又象征着在沼泽边举行的古老的葬礼仪式。与此相反，在此我只想简要提及的那种精神分析学阐释变体却声称，使神灵与一开始给他们提供家园的沼泽相分离，这种做法不啻一种双重的否认，因为人们普遍把沼泽从集体记忆和个体记忆中清除了出去，这样也就清除了所有与沼泽哪怕有牵强联系的东西，例如谋害了一名商业代表，不管人们是自己干的还是至少参与了这样的谋杀，也包括清除了许多其他事物。使沼泽扭曲变形为纯粹的不再现有的象征，这又会以隐秘的方式把人和神重新连接起来，因为通过无论从神还是从自身出发皆否认沼泽的方式，人与这里所说的神之间有了一种深刻的联系。准确地说就是：神和人在相互否认中相遇。

首先就说这么多。其他解释我就略过了，它们基本上只是已经提到过的解释的变体。那名在厨房用桌边（我自认为可以心安理得地这么假定）的工人反正对此也无所谓。他看着他的面包、配给券和日报，日报变得越来越薄，以至于不久甘蓝叶球就不再能够被裹在里面了，他在等着自己的名字被喊到，在走廊上或者在院子里的木板房后面。

但是还是回到我的小图表上来吧，那是我对人的无能以及由此产生的伟大文化的速写。也就是围墙后面袋子里的那些神灵。围墙本身的形象就十分壮观。它被设计得如此精巧，以至于人们可以沿着它走好几个小时，但却不肯定自己正好处在围墙的哪一侧，不肯定在什么位置是在城内，或者从我来说也不肯定在什么位置是在城外。那真是一种罕见的场景,我自己就拉着我姐姐的手沿着围墙反复走过,甚至在当时她腿上还缠着石膏绷带的时候。我们当时面颊赤热,对什么都很兴奋,尤其是处于不省人事状态中的我,当人们给我穿上那件棕色的西服上衣、在紧贴着身子的腋窝下给我搔痒时。在默默期待中我们迎着黄昏行进,为了能够正好在那一刻抵达围墙,当淡淡的月光以斑驳的碎块洒落到布满灰尘、只是被粗略测量的土地上、使四周景色沉浸在一片欢乐的光影里的时候。在道路两侧会出现小凉亭和僻静的橙树林,我是有些夸张,但所有这些都被探讨过,有些甚至已经在规划当中。就是这样的。从远处人们听到开阔的集会广场上的叫喊声。焰火升空,我们尝试借助其流星般的光线爬到围墙上去,尽管或者恰恰因为各种警告和禁令。但是围墙太高了。警报声马上响起,探照灯把平时僻静的道路连同每一根草茎都照得通亮。军人们开着那两辆装甲车出动。也就是说,他们半提着裤子,从妓院后面的停车场不加选择地朝着一个方向开去,其间他们不停地对着无线电步话机吼叫。我对此无所谓。我熟悉路。很简单我们向左转两次弯,人们就看不到我们了。然后我们进入一个后院,坐到被转移出来的家具上,抽了两根每支五芬尼的香烟,我把烟吸进肺里,我姐姐只是乱呼一气,听被敲开的鸡蛋是怎样在铁质煎锅里发出咝咝声的。黄昏和刚刚开始的夜晚就这样过去了。我们用手捂住眼睛,彼此领着对方不断进入新的走廊,玩闻家具游戏。如果有其他孩子阻拦我们,我们就扯着他一直转圈,直到他像站不住脚的陀螺一样瘫倒在地。离我们必须回家的时间还早,这一点根本就不用去想。我把我的听写本卷起来装在了一个后裤袋里,一旦我们真的感到无聊,然而这种情况从未出现过,我们就干脆用撕下的纸张玩沉船游戏,或者模拟城市、土地、河流。

谈到城市：我说起过那些神灵，他们被缝在袋子里，或许就像我解释的那样，作为城市最重要的商品的象征，在一堵即使是对一个充分发育的人来说也很高的围墙后面的一个看不清的水塘或者池沼里漂浮着，某些人也说那是一个海湾。人们会问，这一切是为了什么？但是这个问题就连我也不容易回答，需要强调的是，我是从一种受宠的状态出发对您讲话的。不是因为我不知道答案，但是怎样用话语来表述，这让我觉得有些困难。尽管如此我还是想尝试一下。您能回忆起来，那些猴子吃掉了城市缔造者的心脏，他在巡视土地时死去了，我们的城市就应当在这片土地上产生，那些猴子与被缝在袋子里的神灵有着密切的联系。但是为此我必须要从更远的地方讲起了，我知道您的时间很宝贵，我会长话短说的。某些人说，这样的人数量还不少，虽然他们中的大多数都从事于科研项目，他们的经费基础都来源于材料加工业，好了我再从头开始，某些人说，那些猴子不是真正的猴子——尽管我们在动物园里惊奇地观看这些猴子的后裔，在博物馆里观赏它们被剥制的标本 ——，更确切地说它们是这块土地上的原始居民，我们今天不无道理地把这块土地称作我们的世界，而对于不属于我们世界的其他人来说它就是城市。如果从城市的材料加工业方面来观察，人们就不难意识到，以何种悲观的程度——我们所有人都认为以一劳永逸的方式，至少是在话语交流中，克服了这种笨拙的接近事物的方式 ——，以何种惊人的程度上述论点对城市的经济基础提出了质疑。长毛绒玩具猴、塑料猴、猴节、失去的心之节、猴暴动节、胃起义日，整个商业部门都以作为我们文化的象征和起源的猴子为生，虽然当然仅仅是从这个意义上讲，即我们在庆祝恰恰克服并摒弃了这种起源。尽管所有这些新的和令人折服的认识，我们现在应当怎样索性与我们的传统相决裂呢？用这些美好的节日？仅仅是想到孩子们，我自己也是个孩子，因此我知道自己在说些什么，总之有某些论点，我该怎么表达呢，就这么说吧，这些论点干脆就不能在社会上被传播。上帝已死，这一论点比如说就属于类似的范畴。猴子是在城市建立之前的一种原始居民，或者：原始居民被城市缔造者根除了，这样的论点属于其他范畴。可以相互比较的还有：荒地在妓院后面开始延伸，事实上荒地根本就不荒凉，而是人们在上面建了许多棚屋。不，我们这样下去可不行。工商业联合会不久前才透露（对此政界毫无保留地大加赞扬），上帝应当被装进袋子里，就像猴子理应生活在树上一样。这可能会显得有些过于简短，但在本质上却并不颠倒。反正这对凝视着他的配给券的工人来说怎么都行，这些理论以及所有这些会产生什么后果只能让他不知所措，如果人们想一下，"原始居民"这个概念在意义上根本就不存在，城市居民是怎样产生的这一问题，迄今为止仅仅是在历史书里得到了令所有人感到满意的解答。

从这种关联出发需要提到一个女人，她是在一个箱子里被偷运到城市缔造者的船上的，城市缔造者在踏上这片土地时死去了，猴子们又从他的胸膛里掏走了他的心脏，现在该怎么说呢，正是在这种情况下她又与他、这个既已死去又没有心脏的人发生了性关系，从这样的性关系中产生出一对双胞胎，这对双胞胎又生了另一对双胞胎，如此一直下去，直到住在插着旗子的房屋里的那名工人，他对这一切不是很感兴趣，我们在谈及这个话题时会偏离他的兴趣，如果我们毫无必要地使事情复杂化，因为他有权要求得到他的食物配给，而不是一块带有形而上夹层和暗示神的象征物的黄油面包，这样的东西也不会使人填饱肚子。因此我们对一种传统负有责任，不能使城市居民不知所措,通过我们让人改写历史书从而令普通人面对像"原始居民"这样的概念,这样做仅仅是为了同时剥夺他慢慢喜欢上的节日和传统。出于满腔的热爱,也是为了对科学和研究尽职尽责:人们为城市历史的史料整编公开悬赏了高额奖金,当然这样的历史也完全可能是批评性的。艺术恰恰也包括科学不应当对日常政治负责,那样将意味着它们的终结,毫无疑问,只是现在涉及的正是框架问题,也就是那些研究规定自我划定的界限,因为这些对工人没有任何用处,工人不关心原始居民,尽管他每天要花八个小时用塑料和长毛绒来制造原始居民。背后议论声将会很大,提出异议也完全是合情合理的,即认为这种原始居民不是玩具,不是玩笑,也不是人们放到小孩子床上的小丑形象,这样的异议完全在理。很明显要考虑其他可能性。产量受到了限制。最后这样的原始居民根本就不再被生产了。然后可爱的灵魂得到了安宁。取而代之的是独特的单一经营,它仅仅局限于生产完全中性的材料。但是请您把这种情况向迄今为止每天用塑料或者长毛绒生产猴子的工人解释一下,同时也请您向他解释一下,为何所有的节日都被取消了,例如胃起义纪念日、猴子心脏节等等。那样的话他就必须去工厂上班,他就不能像未取消这些节日之前那样待在家里休息了。我根本不想谈及所有这些的历史进程,不想谈及人们会招致什么损失,抛弃这一切仅仅是因为有那么多议论,说人们应当多为家庭做点什么,这样一来就会有两周的休假时间,但是这件事的可笑之处就在于,工人在原先的节日里现在去工厂上班,如果他不能再用长毛绒或者塑料生产猴子了,那么他应当生产些什么呢?他应当不耐烦地坐着消磨时间和游手好闲,并意识到一种新的历史视角?请您想象一下这种情形,这真的很荒唐,那样的话每名普通工人都会抓抓脑袋表示不解,他这样做是有道理的,是合乎常理的!人们在其他领域实施了改革,这一点您跟我一样都很清楚。城市还是城市,它会长寿下去。目前所有其他的事情都必须往后放。也包括那堵我们晚上特别喜欢沿着它散步的围墙,人们不值得对它追本溯源,无论是从字面义还是从引申义上讲,在这一点上请您信任我。

63

虚构的友好2：关于自然之美

　　学校木板房。通道。停车场。自然是回忆。文化是记忆缺失。如果我转一下身，我就会失去平衡。几只愤怒之下被打碎的啤酒瓶的玻璃碎片。建筑工地前那些窗玻璃上带有白色横撑的窗户。阳光在领带别针上反光。一只鸟失去平衡，栽倒在无线电波之间的坡屋顶后面。然后风夹带着几片状如榛树叶的云从水面上掠过。某人用一把刀横推过地平线，又像切一块奶油蛋糕那样用它从精神病院被砍断的树木以及平屋顶上斜切过去。在车辆掉头处停放着带有沉降大灯的第二辆车。彩色的橡皮球从屋前花园一棵松树的树荫里滚了出来。床边放着配有谜语的电视报。

　　淡粉色在灰色上面保持了很长时间，它就像是在一杯精心调制的鸡尾酒里在电视光线的蓝色条纹上悬浮着。对面的房子被夹在另两栋房屋之间，那两栋房屋又被挤压在街区和街道里，它们就这样相互拥挤着斜穿过德国，一直延伸到一片沼泽地区，许多旅游巴士就翻倒在它里面。空荡荡的没有窗帘的黑洞，一道阳台门，它没有通向阳台，而是终结于一道栅栏：这是对一种建筑尝试的暗示。在威廉二世时代，这里的一切与我们今天这种混凝土化的空位生活有些不一样。楼房底层的树后面有一间浴室，它的天棚上布满了细碎的霉点。在秋日最后一缕阳光的球蛋白照射的刺激下，蚊群嗡嗡地从它们在梧桐树上的藏匿处里弹射而出，现在它们都消失不见了。窗玻璃上挂着细小的水滴。远处一棵白杨的树梢一动不动。为了存活，最好不再显出生命的迹象。变得越来越黑的是位于塌陷的烟囱之间的天线设备和卫星接收器张大的嘴巴，根据最新的排放规定，插在破损的烟囱接口里的是带有顶罩的双内壁钢管。屋顶天窗上几乎还看不到光泽。几乎听不到动静。小块的炭黑泡沫转着圈漂浮在凹陷窗台的积水里。风耗尽了最后的力气，躺在被挪走的栽花的木槽里。

　　猫灰色的寒冷拂过拐角处。令人着迷的是，在夏天去想那些在冬季的绝望中消散的自由。被束缚在鸡皮疙瘩、敏感的脖子和一种索然无味当中，即使拿酒精来与之对抗也是徒劳的。在这方面药片是更好的选择，因为它能让人连续睡觉。在梦里天堂岛上下起了雨。人们站在沙滩上，眺望无边无垠的大海。事情结束了，人们作为孩子时就这么想，后来作为大孩子也这么想，现在还是这么想。在记忆中人们的相遇要更为温暖，房间里不是持续的低温，总而言之就是中世纪，那时候人们也都存活了下来，从一个城垛跳到另一个城垛，查看壕沟里他们敌人的尸骨，爱恋并用鲜明色彩装饰《圣经》的书页。厚厚的套头毛衫不一定非被解释为是拒绝的标志。但是确切地说手势却是。就像某人把头向后猛仰，如果他必须不喝水干服药片的话。干涩的嘴巴变成了习惯。在互联网上人们搜索那些跟他们长得很像的女人的照片。在照相馆里人们把长在这些女人身上的尾巴修饰掉。人们把那些照片旋转270度，直到它们盯着人们的眼睛在看。夜晚就这么过去了。其他人在为第二天做准备，不使自己吃力地为过去的事情而分散精力。

在地下室里他们在被淘汰的车门上试验新的机械装置，为了更为有效地撬开门锁。直到最后一刻这些昔日的法律系学生还在用这样的想法安慰自己，即这种意图还不到应受惩罚的地步。然后他们扣动扳机。这里涉及的是界限以及对界限的强制性遵守。移民政策。在这中间孩子们在四处乱走。

　　他在面对她时马上就让自己出了丑，因为七〇后的人对他来说如此亲近，八〇后的人则如此疏远，仿佛是他因睡眠而错过了他们。而她则的确因睡眠错过了大多数八〇后的人，像是才刚刚来到这个世上不久。这样你什么也没耽搁，他说道。灯光映在旋转门里。餐具碰撞时发出清脆的响声。一名中国侍者走了进来。他送来了一道印度菜。剩余的族群，其完整性人们只能在研究和考察中才会找到。因此人们也去听大学讲座。他甚至连到底什么是文化人类学都不知道，还是她正因为如此才和他谈论这个的？把他作为开发项目，为什么不呢？她将对数据进行分析，在一个相应的分布曲线图上展示之。透镜式投影仪。但是他又在说些什么呢，自己落在了后面，变得老迈，满怀思慕，白发苍苍，佝偻着身子。特别是在冬天。什么叫通宵达旦地欢闹？

　　人们描述的是楼房而不是身体，人们画下来的是走过的路程而不是思想。最后从分布在众多小纸条上的方程式里能够找到一种意义，它即使是对十四层高的大学生宿舍也足够了，有人在九月的一个晚上站在学生宿舍房顶挥舞一面旗帜。一种谁也没意识到的自杀企图。就连那人自己也没意识到。但尽管如此它是一次自杀企图。它是一种非常古老的技艺，是从印度流传过来的，在那里它以"自贬"这一名称而闻名。紧接着人们在一家商场餐馆里喝一杯咖啡，给自己往一个盘子上放两块从19点开始降价的不鲜亮的苹果蛋糕（以一块的价格买到两块），这一切都是为没落而服务的。与人们的预期相符那是黏稠的苹果酱，施普雷河上的油污在这里就是糖粉奶油细末，潘克河里的死鱼就是这里的葡萄干。城市上空变得昏暗。吸着烟的退休者们手里没有摇旗，在欣赏远处的景色。在打完淋病注射剂后他们当时也在一家这样的餐馆里吃饭。

跟许多年前一样大街上如此空旷。其实这正是设置弃婴保护舱或者美沙酮发放处的合适地点。垃圾桶隐藏在表面涂有砾石砂浆的混凝土基座里，一个穿着山羊皮夹克的女孩完全可以坐在一个这样的基座上，抽一支自己卷制的香烟。她在这里实习。或许他走得太远了。不，没错，前方就是。不再有点亮的灯光了。可能他们坐在后屋里，或者聚在小的煮茶室里。他进到院子里，在深蓝色的星空下突然像是站在一间古罗马王室的正厅里。流星把闪闪发光的点和线连接起来，从中他很快就看出了她的面容。她在微笑吗？如果她在微笑，那是同情还是冷漠？不是因为他在乎点什么，但是如果允许他提问的话，比如他们是怎样对待情感的，那些情感又去往何方，他们在危机过后、在返回时是怎么做的，怎么可能让住房不变得过于狭窄，而他们又搬到一起居住，他们是怎样做到这一点的，那么对于这样的问题他也能得到一种真正的回答，而不仅仅又是些托词或者来自不同人生阶段的图片和明信片，它们最终像蛋糕块一样拼凑成一个整体，拼凑成一整块圆形大蛋糕，如果不是有人事先以一块的价格拿走了两块，不是为了把它们吃掉，而仅仅是为了把它们摆放在别的地方，在那儿它们不会对任何人有什么用处，不会对那些退休者，也不会对厨房员工，他们平时是可以把剩余的食品带回家里的，就连对他来说也没有用处，他现在肚子不饿，先前也不感到饿，但是这里涉及的并不是这个，这里指的是一些其他事情，这个其他事情用一句话来描述就是：最终他为此付过钱，就是这样。如果付了钱，你就无须对为什么和为何这样的问题做出回答。这就是付钱的好处所在。人们用钱给自己赎买了免于回答的自由，这也是所有其他相遇的复杂之处，也就是说人们不是在一开始就谈论付钱，而是在结束时才谈。那样就为时太晚了。

在一种意念的驱使下，他晚上越来越频繁地来到大学生宿舍对面那个旧仓库的投影里。火车轰隆轰隆地驶过。夏天最后的味道附着在从房顶拉下来的油毛毡上。有时桥下会停一辆欧宝车，有人招手示意他近前。他花了二十马克买的安菲他明以一种特殊的无关紧要流经他的身体。天空以其透气的黑色好像离地面又近了一步，夜空里点缀着红色和蓝色的恒星。她刚刚挂在晾衣架上的不是天空，而是一条带镶饰的棉质紧身连袜裤。

通过采取一些姿势来麻醉自己，比如在夜里把头塞进她的两腿之间，为了忘却油毛毡和大学生宿舍对面那些破损的自行车轮胎的气味。在此没有比以为那个向自己倾诉的人可以高枕无忧更糟糕的了，在这里那个人就是这位女士，她在副驾驶座上事前毫无所知地把腿向上收起。她笑着从敞开的车窗看外面油菜田上的蓝天，油菜田上的草茎在风中摇曳，仿佛想指示栽有苹果树的小花园方向，它（小花园）将使这片具有欺骗性的田园景色显得完满。

没有比和那个向自己倾诉的人猜手势音节谜语更糟糕和更令人厌恶的了，这样的猜谜从下车一直持续到在铺上新床单的客床上的第一次舒展四肢，猜谜过程中人们可以随时停止，仿佛有人在山上"一、二、三"地呼喊公牛。归根结底生活没有给人们提供任何其他东西，只有原型儿童游戏的变量。耶路撒冷之旅（抢椅子），冷热交加，捉迷藏，抓人，我看到了一些你看不到的事情。剪刀剪裁纸张，纸张缠裹石块，石块砸坏剪刀。人们在瞬间尝试，把个人生活和他人生活中的所有心理状态都压缩为上述三种原理。这跟一个电视节目里旨在促使自我实现的建议和要求一样显得明白易懂，他们的祖母在下午就看这样的电视节目，而他们则无所事事地躺在外面的草地上。在距离租住的房屋还不到几百公里远的地方，人们就自认为已经长大而不再需要所有应对生活的建议了。在一个村庄里人们给那个向自己倾诉的人买了一条裙子，在此人们也可以停止所做的一切，索性朝另一个方向走去。人们在咖啡馆的露台上也可以坐到另一张桌边去找另一个女人。只有大学生宿舍在假期几乎没有一点儿生气，仿佛是隔了很远的距离，它从强制性变暗的城市里高高耸起，就像是一次偶然的阴茎勃起，一次不想也不必去往任何地方的去性欲化反射。除非人们在这次休养假里能够成功地为其他这种不可动摇的闹剧行为奠定基础，否则最晚再过两天就会要求重新做出决定，也就是说人们被要求回避做出这样的决定，这样做会耗费如此多的力气，以至于人们最后几乎不再剩有一丁点儿的精力来处理日常事务了，迫不得已时人们可以把这种情况重新解释为一种胜利。

  相反其他人，他们都是品格高尚的人，他们在足球这个项目上有一只自己最喜欢的球队，在其他体育项目上还有一只。他们精确地区分州政策和联邦政策，为了发表政治观点他们还拥有一名理发师和一种发型，此外对操持家务和园地管理也有自己的看法。人们把新建大学生宿舍归功于他们的出资，如果地基不是因为地面潮湿而再次被撬开重新施工，那么也就会有资金剩余，可以用来拆除对面的仓库，把铁路天桥前面的场地改造成一种公共活动空间了。这样一来工程暂时被推迟了。这也就无异于意味着，人们无法再无限期地回避做出决定了。甚至还要更早并且是出于非常简单的原因，人们不能再回避决定了，因为冬天肯定会到来，那样的话在仓库边临时居住就不是很舒适的了。当然你可以给自己买一辆汽车，把车停在桥底下，把一台旧录音机与车载点烟器连接起来，播放声音时高时低的九十年代的磁带，上面录制的是在渐隐剪裁方面处理得很糟糕的八十年代早期的广播节目，直到电量警示灯发出闪烁的微光为止。车窗玻璃上蒙了一层雾气。视线受到阻挡。在不到一年之内人们就颓废成了流浪汉。

天上的延伸疤痕是因为世界及其连贯意义的不断再生。廉价果酱堵塞了冰箱里的位置。仅仅是因为我渴望有所调剂。塑料袋像三角旗一样在高高的树梢上飘舞。纯粹和真实的自然作为标签上的称号。

现实中生活是怎样被修剪的，这一点人们在陷入彻底绝望的时刻就会体会到，当一切都必须改变，但无论内部还是外部都未发生任何变化，而是一切都跟之前一样继续运行。同等程度地使用交点、胶卷和书籍，为了激起渴望和希望，而它们又在同样不被询问的情况下在一家具有科学水准的货物评定企业里消失了。如果你已处在癌症晚期，医疗机构就会接管你死前的这几个月时间，如果情况还不是特别糟糕，你就又会被允许出院呼吸户外清晨的空气，你会和其他人一起站在人行横道上和商店里，在那儿你用手指向焙制食品。对死亡的渴望突然有了另一种口感，它在刹那间变成了对独处的渴望。

64
一切都被嫁祸于克劳迪娅和贝尔恩德

沃勒和其他人走了,他们去印刷字模,然后在火车站和毛里求斯广场散发传单,在他们走了之后我们只是继续在房间里转悠,那情形有点儿像精神上患病的样子,因为我们不能想做什么就尽兴地去做什么,甚至连走廊上都不能去,而是顶多很快去一趟厕所,但也得一个人站在门口望风,看是否正好有人过来。我们把收音机关了,因为只有对农村广播节目。贝尔恩德又打开了电视机,这一次电视里至少在上演一部动画片,但是因为我们不是所有的内容都能看懂,也因为在打开时它已经在播放了,所以我们不再能够跟得上它的思路。动画片讲的是一只小猴子,它应当在一个航天器里被发射到月球上,但是在它离开地球大气层之后,发生了一些奇特的现象,因为在运载火箭里他一下子使自己数量翻番。现在航天器里有了两只小猴子,它们长得一模一样,但是其中一只非常卑鄙、恶劣,总是尝试去激怒另一只并把对方关在某个地方。人们无法正确区分这两只猴子,因此最后人们不知道是否那只猴子是好猴子,它现在想捉住另一只,为了不让对方再对自己有任何伤害,还是那只猴子是坏猴子,它想愚弄另一只好猴子。最后它们俩抱在一起摔起跤来,就这样通过航天器的一个舱口飞了出去,飞到外面的宇宙里,但是在那儿它们感到非常恐慌,于是又很快划回宇宙飞船,共同从里面把破损的舷窗玻璃粘好。之后它们俩精疲力竭,在此期间人们认出了那只坏猴子,因为它变身为一名调酒师,长着一颗光秃秃的脑袋,它突然把手递给另一只猴子,想与对方达成和解,另一只猴子也接受了它的示好,但是人们从它的眼睛里看出,它现在变成了邪恶的那只,然后整个情节又从头开始,只是角色正好颠倒过来。

六点钟新闻里终于播报了一些重要的消息。新闻报道说,红军派1913承认对抢劫毛厄杂志和烟草制品商店事件负责,这个红军派1913是一个无政府主义团伙,它被人从东区操纵,是红军组织的分支,该组织一直没有停止与西方的对抗,只是现在采取了其他手段,1913这个年份数字暗示的是俄国间谍阿尔弗雷德·雷德尔,他在1913年身份暴露之后自杀,红军派1913继承了他的遗产,即为东区和红军组织从事间谍活动。但他们这是在编造,这些肌肉痉挛患者,克劳迪娅说道,这些人真是下流坯,我们专门写道,通过这起行动我们也针对来自东部的修正主义者。是的,他们就是些猪猡,贝尔恩德也说,我也附和说,他们是些肌肉痉挛患者和猪猡。此外,新闻里继续报道,红军派1913还为以下一系列事件承担责任:本月10号和11号分别发生在埃尔特菲莱和吕德斯海姆的抢劫储蓄银行事件、发生在索嫩贝格大街上的公交车事故以及发生在温泉公园里的井水投毒事件。这些猪猡,克劳迪娅又说道,现在他们想把一切都嫁祸于我们,索性把一切都推给我们。是的,最后也是我们绑架了蒂莫·林内尔特,我说道。是啊,贝尔恩德说,于尔根·巴尔奇也成了我们中的一员。

因为沃勒和其他人九点钟还没有回来,所以我们决定下楼到外面去，为了查看一下目前的形势。贝尔恩德认为，他们肯定被逮捕了，现在正在接受审讯，很快警察就会来这儿把我们堵在门口。在八点钟的新闻里他们又把更多的事情强加于我们，并再次强调我们是东德间谍。为安全起见我把我的背包随身带上。因为我们没有房间钥匙，贝尔恩德就用一块口香糖糊住门锁。另外我们只是让门虚掩着。下楼后我们朝朗恩大街方向走去，因为我们肚子饿了，想先随便找个地方吃些炸薯条。突然一辆瓦里恩特汽车在我们身边停了下来，一个穿着灰大衣的瘦长家伙下了车，但并没有让发动机熄火。该死，克劳迪娅说，这些人都是便衣。但是那名男子轻声向我们喊道，说他是沃勒一伙的。沃勒一伙的？我们问道，因为以其小市民式的大衣和短发他看上去根本就不像，此外他操着一种奇怪的口音，因为当克劳迪娅问他，沃勒最喜欢的乐队是哪个，为了检验他是否真的是沃勒一伙的，他回答说是奶油乐队（Cream），但是发音听起来像是 Griehm。因为他也能说出沃勒第二最喜欢的乐队是什么，这真的是很困难的事情，初来乍到的人是几乎不可能知道这个的，因此最后我们放下心来上了他的车。我们想知道出什么事了，是否沃勒和其他人被捕了，在他朝啤酒城方向行驶时他回答说，是的，工人阶级的资产阶级和法西斯压迫者逮捕并关押了沃勒和其他人。我们被吓坏了，我突然害怕他们也会抓住我们，把我们也关起来。可我们应该去哪儿呢？贝尔恩德问道，那名男子说：首先离开这里。但是去哪儿？克劳迪娅也问。我把你们送到柏林的同志们那儿，那名男子说。可是，柏林，我们说，我们应该怎样过去呢，我们身上根本没带证件？这个让我来解决吧，那名男子说，然后他打开汽车杂物箱，给了我们沙拉米香肠面包和一些喝的。

65
关于腹语和腹语术的插入说明

医院病历的副本

我父亲是人们以前称作录音带业余爱好者的那种人。除了宽敞的办公室之外，他还有一个墙上铺了软木、几乎隔音的小房间。他把他那个年代最流行的录音机都摆放在这里，为了拿它们来做试验。他修剪我们家花园里的榛属植物，再把修剪的声音录制下来，这就是他在家从事的两项业余爱好。

他不断地让我作为小男孩有意识地对着麦克风说话，这样他也经常尝试偷偷录制我的声音。我回忆起这么一种情况，当时我大约五岁半，我注意到磁带的卷轴是怎样在运动的。我向他指出这一点，他却说不想录制我的声音，他坚持自己的说法，只说他正在删除一些东西。于是我用手指向猫眼管，它在伴随着我声音的节奏跳动，可他仍然声称没有录我的声音。后来他给我演示了这段录音，作为我倔强的证据，为了向我表明我有多少次顶撞了他。

因为我习惯了总是被录音，所以我从未像其他人那样感觉到诧异，这种惊讶通常情况下是在听到自己的声音时表现出来的。相比我在非常正常地对某人说话时听到的自己的声音，一段时间里这种被录制的声音甚至更令我感到亲切。我觉得这样一来我的腹语术，也就是用腹语说话的能力就练成了。

通常我听到自己的录音表达了一些观点，但我在监听的那一刻已经不再代表这些观点了，因此我相应地疏远了那种听起来很亲切的磁带录音，而把听起来陌生的自己的声音认为是真实的，因为它虽然听起来陌生，但却不会说出那样的无稽之谈。由此一来，自我声音与他者声音之间的区分在我的脑子里就变得更加模糊不清了。这种情况又一次促进了我的腹语技能。

无法再对复制的声音进行调控，主要是这一状况引发了在听自己录音时那种令人不快的感觉。在说话时我们不停地努力，通过对喉头细致入微的调整使我们的声音保持平衡，另外喉头拥有体内大多数与肌肉纤维的神经联系。我们不断地检查我们的声音和说话过程。但是这样做还不够，我们也要审查这种检查。我们之所以要审查这种检查，是因为我们无法承认自己的无能，也就是听到我们自己的声音，同时又不必对它进行调控。

后来在我已经步入青春期之后，我父亲又转而尝试越来越多地去录制他的女秘书们和女性职员的声音。当我父亲紧接着给她们演示那些录音时，她们会做出奇特的鬼脸，完成此前我在她们身上从未见过的肢体动作。她们不仅仅是与磁带上所说的话几乎保持同步地活动着嘴唇，而且她们还尝试通过使面部扭曲以及旋转和转动身体的方式，精确地再现人们在说话时对声音的持续调控，对她们来说现在借助于喉头进行这样的调控是不再可能的了。我父亲尽情地享受这种肢体的抽搐和扭曲，因为在这样的时刻他的女性下属们的身体对他来说显得是裸露和开放的,以至于他能够把他的女秘书们身体的蜷曲想象成在性交时身体的蜷曲。我不知道是什么促使女职员们参与这些奇特的活动。或许她们只是装出一副一无所知的天真样子,而事实上她们显然害怕,如果拒绝那样做会被解雇或者受到相应的刁难。我父亲给那些年轻女人让她们朗读的文字,据说是出于研究之目的,变得越来越模棱两可,还包含了像"舔舐""吮咂"之类的单词。在少许情况下当我也在这样的录音和接下来的演示现场时,我看到了女秘书们身体上的分裂,感受到了她们的恐惧。相反,让我受到这种情境的刺激,正如我父亲所做的那样,这对我来说是不可能的。

如果一段关系导致的后果是那种习以为常的安排,即每一次的女伴在经过几个月的练习之后使我越来越完美地以口技发声,因此她一方面会变得越来越高兴,另一方面又会因为对她自己的积极反应而越来越感到无聊,那么从我来说我决不放弃在她的帮助下找回我自己声音的希望。这种声音的混杂暂时使我获得了某种轻松。因为我被不同的女人同时训练以口技发声,在我头脑里就不会有任何一种声音能够占据绝对地位,因此我几乎认为,在声音的混杂中有时甚至听到了我自己的声音。此外在不同女伴之间的快速切换也适合于,把其中一种还在我耳边回响的口技声音展示给另一个人,这对我来说几乎接近于一种独立的说话。

腹语受训者可以实现和感受,但却不能诱惑他人。把我不同的女伴要说的话全部以口技发声法说出来,然后在空洞的状态下感受自己语言的涌入,抱着这样的希望我尝试尽可能变得隐身,尝试不与跟我面对面的人相对抗,而是仅仅向他提供满足和实现,为了通过这样的弯路找到我自己。通常在一段时间之后女人们就会失去兴趣或者大吃一惊,当她们发现我以口技说出的话并不真的是那种意思。在此过程中我一直在问自己,在这种情况下或者普遍而言真正所指和意指都是什么意思。

我尝试以两种方式来逃脱对我进行腹语训练的安排。一方面我希望遇到一位女伴,她看出了我的状态,因此将会让我说出我"真正"所想的东西。我不理解为此她迫不得已必须以被我说出的话、也就是说以被她以口技发声法说出的话为导向,也就是只能重新找到她自己的思想,即便是她打算让我说话,但到头来也只是再次让她自己说话而已。但我不放弃希望,不断充满期待地建立起新的关系,因为我每次都相信,现在终于找到了某人,他会让我以口技说出我自己的句子,尽管这要持续一段时间。只有这样我才能想象一种解脱形式,想象一种向我大脑里那一领域的接近,而对这一领域我自己几乎一无所知。

对我来说存在于口技之外的是一种巨大的空虚。在另一个人在场的情况下独立说话,而不是说他的句子,无论过去还是现在这对我而言都是一种不可能的事情。不断采取的旨在克服这种状态的尝试,其中也包括一段较长时间的精神分析治疗,最终都令人怜悯地失败了。最后我转向一种似乎是尼采式的问题解决方案,也就是我完全沉醉于腹语术,更有甚者,我尝试从我以口技发声的说话中辨别和假定我自己的话语。

在此或许这种情况也是值得一提的,即我母亲在瘫痪之后一段时间里变得对诸事漠不关心,这样她就被迫放弃了对我的腹语术训练。取代她的是明爱会那位女士。我尝试让自己或多或少有意识地去抵制她的腹语术训练,因为我不想允许她在我身上接管我母亲我的声音。这是我生平唯一的一次暂时经受住了这种如此产生的真空,而没有立即用另一种事物取代腹语术（就像比如用红军派取代教师，用流行音乐取代教堂等等）。这或许也导致了我的第一次精神崩溃。

我还想再谈一下另外一次经历，它并不直接与腹语术这个话题、但却与失语症有关。在一个星期天的早晨礼拜仪式开始的稍微晚了一些。原因：其中一位辅弥撒者、一名十五岁左右的男孩，突然失去了语言表达能力。他说不出话，麻木不仁地站在法衣室里，然后不得不被人带走。后来我听说他是被吓哑的，因为他父亲可能是在喝醉酒的状态下，在夜里拿着刀追踪他，并威胁要杀死他。我回想起当时我被那个想法深深地吸引住了，即人们受到如此剧烈的惊吓，以至于人们能够失去声音。

虽然我不接受明爱会那位女士，可我有时还是会想象一名木制的儿童，它由我父亲制造并在明爱会那位女士体内长大，它之所以存在仅仅是为了能够跟我结婚。我难道只能想象一名无生命的女伴，并且还是一名不仅由我父亲为我挑选的，甚至还是专门由他为我创造的？或者这个木偶是一个腹语木偶，它应当为我充当表率，告诉我了为了存活下来，我自己也要成为木偶和女人？因为我父亲把他的女秘书们称作玩具娃娃或者玩具小娃娃并非没有道理，而他把我则称作木头人。同时这一切又类似于一种阉割术，就像那种被我观察到的、当然要直接得多、但只是看似更为残暴的阉割术，用它人们只是来威胁那个年龄稍大的辅弥撒者。我们俩中的每一个都以完全不同的方式和方法被剥夺了声音：他是因为没有构造话语声响的能力，我是因为没有构造话语意义的能力。

没过多久我被摘除了扁桃体，我看到那两块睾丸状的形体从我的咽喉里、正好是生产声音的部位被切除，然后人们把它们放到一个托盘上展示，作为我变哑和阉割的另一症候。

　　因此我的幻想不仅是退却，同时也是无能的表现，以及拒绝按照父亲的榜样把自己变成其他人的腹语表演者。因为我自己知道，通过别人让自己的话被说出来是怎样的情形，所以我也不想指望任何其他人有这种感觉。但是因为除了这种关系，也就是其中一方是以口技发声者而另一方是木偶，我再不了解任何其他关系，因此我还是愿意成为木偶。一个有生命的木偶，它会自己坐到腹语表演者的怀里并拉着对方的手，为了使他能够产生一种真实交际的幻觉。

66

工厂主的委员会

在码头上躺着一只被掏空了内脏的动物,它的形体足够大,以至于人们可以在它身上走动。工厂主说,他没有射杀这只动物,只是发现了它。人们在哪儿能发现这样的动物呢?到处都有。我跑进树林里。天很冷。我忘记了穿外套。我忘记了道路的延伸方向,忘记了在走路时怎样摆臂。人们是干脆让胳膊朝旁侧晃动吗?如果是这样,那它们可以摆动吗?我感到更加害怕了,当我用这句话想使自己平静下来的时候:这只是一片树林而已。所有"只是、仅仅"这样的东西总是比它们表面上显得更多。它们隐藏了一些东西。这仅仅是心灵而已。啊,那只不过是你而已。

职员和女秘书们以一种列队游行的方式,抬着那只被掏空了内脏的动物穿过城市。我和明爱会那位女士站在窗边,她牵引着我的手,因为我还不会正确地挥手致意。她把我的手攥成拳头,往拳头里插了一面小旗。小旗是蓝色的,中间有一个白色的圆圈,圈里描绘的是那只仰面躺在地上、被掏空了内脏的动物。在哪儿也看不到工厂主的身影。我知道,他正蹑手蹑脚地穿过偏僻的苗圃,在搜寻新的动物。列队经过的人群微笑着朝我们楼上的窗户望过来。人们挖掉了被掏空内脏的动物的眼睛，因为它们最先受到蠕虫的侵袭。人们在动物前面推着一辆小车，车上像雪白的甜瓜一样放着那两只被制成标本的眼珠。空洞的眼窝好像在凝视着它们。之后在市场上人们可以在付费的情况下，把头套在里面透过空洞的眼窝向外看，并让别人给自己照相。

傍晚树木会抖动，当动物们从树上跳下来的时候。整个白天都没有解冻的青草固执地妨碍了它们的脚步。它们舔舐石块、冰柱和被遗弃的蜂房，缠住窝巢，然后爬进它们的洞穴。

工厂主熟悉每一片土地的正面图和侧面图。他像蛇一样与河流扭斗，一旦战胜了它们，它们就得由他来命名。为每一只爬行的蠕虫，一旦他的鞋尖制服了它，他的鞋跟压碎了它，他都会找到三种名字。第一种名字用希腊语说的是死亡的类型，也就是动物是怎样在他脚下死去的：被压碎、被磨碎、被裂碎、被捏碎、被粉碎，在此仅举几例加以说明。第二种名字用拉丁语描述的是感觉，也就是他在做这种事情时的感受：狂喜、痛苦、镇定、恐惧、恶心、无聊、厌烦等等。第三种名字一半是种属描述一半是想象，它往往标明为是对自己名字的颠倒使用，他热爱自己的名字并为之自豪，他在世上的创造物们也应当承载相应的名字，无论它们是活的还是死的。

工厂主只用手就把一根铁钉砸进结实的桌面。他在少年时代就已经这么做了。人们只需注意要用指根击中钉头。人们可以用剪刀剪开玻璃，如果人们把它放到煤油里。在联邦园艺展上他在一块牌子上发现了一处印刷错误。他在想：Atser（应为 Aster，意为"紫菀"），这种花根本就不存在。成千上万的人从那里经过，但是只有他一个人注意到了这一点。他有一本古老的草药书，书里甚至还记录了各种堕胎药。当然人们必须能够从字里行间揣摩出意思。比如书里写着：每月的清洗能对女人有所帮助。它是什么呢？百金花属。起这个名字并非没有道理。他做的醋焖牛肉味道如此浓厚，因为他提前一天把牛肉从醋水里取出，让它在一块斜放的案板上控干水分，在它的正反两面上涂抹一层厚厚的芥末。如果牛奶烧煳了，他就用碳酸氢钠把它再煮一遍。一次他在下莱茵河里游泳时失去了知觉，他仰浮在水面上沿河而下漂流了整整六个小时，其间他既没有下沉也没有被卷入轮船马达的螺旋桨里。如果工厂主在一个半明半暗或者完全黑暗的房间里相互摩擦他的两个手掌，然后把一只手很快放到一块黑色的天鹅绒上，房间里闻起来就会有一股仿佛是擦着了一根火柴的味道。

工厂主把两颗黑色的珍珠抛向空中。它们是经过抛光的长颈鹿的眼睛，他从这样的珠子里预测未来。如果它们从悬钩子黑转变成兔子瞳孔那样的覆盆子红，委员会的报告就将产生有利的结果。如果它们染成了不透明色，就像驴子裹住眼皮的眼神那样，那么就算是我在岩石桥梁上的自我牺牲也无济于事了。来自工厂食堂的一块冰激凌蛋糕被推进房间来做鉴定。那两颗珠子从工厂主的手里弹落，像彩色的玻璃弹子一样滚落到地上，然后作为太阳和月亮在我的脚跟前打转儿。在吸引与排斥的不断相互作用下最终它们交配在一起，为了生产出地球。在最后一刻工厂主把一桶冰冷的水泼在它们上面。他哈哈大笑，把右手深深地插入冰冻布丁圆蛋糕，把涂满香草冰激凌和拳头里握着一颗很大的樱桃核的手又拔了出来，把手上的冰激凌舔舐干净。那两颗黑珍珠又回到他戴在脖子上的天鹅绒小盒子里。天空有两个窟窿，那只长颈鹿透过窟窿俯视地球，但却没有眨眼示意。

在我准备上床睡觉期间，绳索从没有亮灯的浴室门里爬了出来，它缓慢地爬过地板，跟随着我双脚的影子。我几乎还未熄灯并把被子拽到头上，绳索就进入了我的房间，像是在游戏里一样缠住我的手腕和双脚。一条轻盈的没有牙齿的麻蛇。如果我挤压双手，它就会以如此快的速度一跃跳到空中，以至于在我的胳膊上留下红色的火痕。我的房间门通到壁柜里。工厂主的第一段婚姻很不幸，它以他第一任妻子的死亡而结束，当时他做出了近乎超人的努力，为了在她身体还微温的情况下获准提取她的器官，他与前妻所生的孩子们不认识他们的母亲，只是偶尔被指定了一个陌生人充当他们的母亲，这个陌生人据说拥有母亲的肾脏、左眼、肝脏或者膝盖骨，如果绳索突然不听使唤了，这些孩子们就会过来把我和我的床上用品缝合在一起。工厂主太过悲伤和激动了，以至于根本无法感知他们，特别是在夜里的时候。他们令他回忆起一段他想忘却的时期。他们是三个孩子，两名女孩和一名男孩。他们穿着睡衣和拖鞋，每个人右手里都拿着一根穿上线的缝衣针，左手高举着一个缝补用的蛋形木头托子。他们把我缝了起来，与此同时绳索噬噬作响地爬回浴室，作为按摩绳挂在浴缸的撑臂上，在那儿等着三个孩子在把我缝好之后、临走时塞给它的巧克力。线缝开裂的声音一整夜都让我醒着无法入睡。早晨我拿出一些我的巧克力给浴室里的那根绳索，为了以此让它回到我的身边，可它好像一下子没有嘴巴了。

  工厂主微醉地躺在沙发上。他用牙从瓶颈里拔出木塞，以高高的弧线形式把它们吐到度假村模型的跳动的灯光画面上，这些灯光画面是幻灯机每隔二十秒投放到客厅墙上的。来自浴室里的那根按摩绳和着磁带上的笛子音乐在他身旁跳起了舞。当我走进房间时，它立即毫无生气地瘫软在地上，被工厂主的左脚好像是无意地推到了沙发底下。我问他，今晚我在横越架在页岩岩石之间的桥梁时是否应当穿上我的圣餐礼服，现在穿它时感觉袖子开始变得有些短了。一开始他没听懂我想做什么，然后他只是咕哝地说：可以就穿你现在这一身。反正一切都已死去。这些十足的傻瓜。我走向阳台门，向外面的花园里望去。在工具棚旁边空了很多年的狗窝里，委员会成员们无精打采地坐在地上。他们的衣服被淋湿了，其中一名男子的头部伤口在淌着血。只是一处裂伤，工厂主走到我身边说道，这是一种令人非常不快的伤情。一个迂腐的人。其实我根本就不在意允不允许，但是没有人理解这个。钱是至关重要的因素。毕竟我要开销。至于士兵们，人们总会有办法处理好这个问题的。每隔几周投掷一次炸弹，这样的吸引力根本算不上是很糟糕。他走回到沙发那里，从地上捡起按摩绳，用它在空中抽打起来。关在笼子里的那个女人向我示意并做了一个动作，仿佛她要把一个瓶子送到嘴边。我觉得她是渴了，我说。活该。要是没有往肚子里塞那么多卡塞尔熏腌肉就不会渴了。工厂主一边嘟囔一边一口气喝干了又一瓶伏特加。他把手向后伸向幻灯机，调快了图片变换的频率。图片现在以他脉搏跳动的频率越过幻灯机透镜，啪嗒啪嗒地被投射到墙上。如果你愿意，他说道，我们今晚让那四个傀儡齐步从桥上走过，为了让他们看一下，生活中真正重要的是什么。这样的话就我来说，你也可以穿上你的圣餐礼服。我也给你一条我的领带。是妈咪血红色的那条。他笑了起来。这是他以前开的一个玩笑，当时我询问我母亲的情况，而他则回答说他用一条领带勒死了她。我回到我的房间，从旧画报里剪切图片。

傍晚工厂主把委员会成员们从狗窝里放了出来。那些男人们默不作声，只有那个女人问道，能否允许她从笼子里出来喝些东西。再等会儿，工厂主说。为了遵守礼节，他让一名女秘书很快把这些先生压出褶皱的西服上衣熨平。他们可以用带柄小镜子把头发理顺，把领带重新扎好。然后这四个人被押上一辆车，朝页岩方向驶去。他们知道，他们必须对不遂心的事勉强顺从。一个奇怪的评论，桥出于解释不清的原因坍塌了，虽然他们在出事之后被再次用支架进行了加固，接受了城市方面的体检和收治。

保持平衡的块茎因为自身的重力而倒向一边。小船不也可以搁浅吗？我们把脸埋进去的那个枕头不也是地平线吗？在一座架在页岩之间的桥梁上生活，这不是给侏儒兔们创造了更高的生活质量吗？岩石渗出黑色不透明的水分，这些水分在风的吹送下一缕一缕地被挤压在房屋上。兔子裸露伤口上的颈毛在颤抖。两个男人抬着一根梯子沿田间小路行走。他们把梯子斜架在溪流上，腹部朝下爬在梯子上，从水里拽出一小捆东西。深绿色的草像一块布一样缠在它的顶端。他们在传递那捆东西的过程中突然停了下来，一声不吭地把头朝我的方向转动过来。在学校空无一人的教室里，一张地图因为空气的对流在固定支架上轻微地摆动。船只从陆地旁边驶过。在每一块大陆上都站着三个人，一个男人、一个女人和一名儿童。他们在挥手示意，仿佛那些船只也应当搭载上他们，而不仅仅是运送黄金、热带水果和咖啡。

67

论真正的罪孽

《忏悔镜》对我来说好像是一种相当任意的案例汇编，它只应当产生一种效果，即在其背后隐藏真正的罪孽。我无法想象，上帝会对我可笑的违法行为感到难过甚至恼火。我忽略了一次祈祷，在教堂里偷偷讲话或者和我的弟弟吵了架，这些对这位造物神而言都不会显得重要。这一切与仪式和神话、与自我牺牲的殉教者们、与钉死于十字架自身、与鲜血、与孤独、与绝望都极不相称，这种绝望最终导致上帝抛弃了十字架上的耶稣，在他通过感到被上帝抛弃而真正化为人身的时候。这一切不相匹配，一方面是这种狭隘的浅见，另一方面是那种慷慨的姿态。因此罪孽肯定是一些其他的东西。只是它是什么呢？我出发去寻找真正的罪孽。它不是有意识和积极的寻找，而就是一种简单的专注形式。我阅读成年人的《忏悔镜》，为了查明是否在这里有真正的罪孽。但是在这里也没什么不一样的。我阅读那些罗列的臆想罪孽，但是它们的平庸使其根本无法匹配一个不断犯错之人富有戏剧性的认罪过程。为何我应当为这些鸡毛蒜皮的琐事乞求上帝并恳请他的原谅呢？看来是有一些东西存在，而我不知道它是什么。有那种罪孽存在，我犯了那种罪但却不知道这一点，在我还未犯罪之前我在筹划那种罪孽,但却丝毫没有预感。我不想犯罪,因为沉陷在这样的堕落中肯定就如我所描述的那样非常可怕。但是就目前的情况来看,我会不得已之下被迫犯罪。除非我遵守《忏悔镜》里事先规定的那些罪孽,定期犯那些罪,接着为自己的罪行忏悔。或许这样做将会使我避免真正的罪孽。

68
迫害和谋杀成年青少年

表演：埃彭多夫大学附属医院人格障碍专科门诊部戏剧小组
指导：作为让－保尔·马拉形象的安托南·阿尔托先生

第一幕和唯一的一幕

舞台展现的是一家医院的急诊室，这家医院建于20世纪70年代，在历经多年之后得到了应急性的整修。墙上贴着褪色的海报，海报上印有像"我们的目标：您的健康"和"发觉和预防血管疾病"之类的标语。急诊室里挤满了各种年龄段和社会出身的患者。许多患者是在一名家属或者邻居的陪同下前来的。某些人随身带了一个装有应急用品的提包，某些人是从工作场合或者运动场直接来的。这些人一开始好像自己并未参与表演，而是在等着被医院接收。不定期地每隔一段时间，扩音器里就会喊出一个几乎让人听不懂的名字，然后他们中的一位就会被请进左边的一个玻璃小房间，在那里填写一份履历表。之后那个人又回到他的座位上，继续保持等候的姿势。这出戏持续将近一个小时，其间至多有五个人的名字被叫到。在不多的几个地方患者们作为候诊者合唱队齐声说话，类似于古希腊悲剧中的合唱歌舞队。人们把急诊室中央放有杂志的几张桌子向旁边稍微挪了一下，在那儿临时性地搭建了一个像超市收银台的收款处，收款处坐着一名女收银员，站着三名顾客。一位女士正在付款。在她身后站着那名成年青少年，在舞台帷幕拉开的同时，他正往传送带上放一根法式长棍面包、黄油、三个桃子、半干的古乌达奶酪、牛奶和带有红果羹口味的酸奶。在成年青少年旁边站着一名身穿黑色僧衣头戴风帽的男子，他是一名精神修道士。在成年青少年身后站着另一名推着购物车的男性顾客。在左前方的舞台边缘处，阿尔托作为阿贝尔·冈斯执导的影片《拿破仑》中的让-保尔·马拉形象，也就是赤裸着上身，头上缠着一条布巾，坐在一个旧的双把木浴盆里。在右前方的舞台边缘处，一名穿白大褂的男子坐在一张狭长的桌边，在用最简单的辅助工具（放大镜、显微镜）检查一个大脑。他旁边坐着格施威尔茨特夫人。

医院经理（出列，说了以下开场白）：
谁要是害怕自己的思想，他来这里就是找对了地方，当然也包括那些人，他们认为萦回在他们头脑里的不是他们自己的思想，而是其他人的灵感，也包括那些人，他们认为根本就不再有任何思想，彻底摆脱了思想……

阿尔托：而且还摆脱了器官和内脏。

医院经理：没错，这一点我忘了。总而言之，在此我们热烈欢迎所有的人参加我们的小型戏剧表演，这应当能够缩短候诊时间，虽然他们可能早已没有了时间观念，因此也就不知道他们已经在这里坐了多久，不知道现在几点钟了，更不知道今天星期几了。我祝愿诸位参演愉快，同时也想简短说明一下我们的第四个健康日活动，它于一周之后的星期天从十一点到十七点举行。届时我们会给您提供一次通往人体世界的发现之旅。请您体验对现代医疗技术的令人兴奋的认识，获悉许多围绕您健康的有趣和值得知道的知识。敬请期待充满大有裨益的信息、促销和娱乐、为整个家庭设计的游戏和开心活动的一天吧。同样为身体的健康我们也安排了相关活动。现在请尽情欣赏我们的小型喜剧吧。

阿尔托：另外还摆脱了思想、器官和内脏。

医院经理：没错，我忘记了这一点。我们现在把目光转向第一个场景。超市里的一个收款处。我们看到那名成年青少年站在那里，我们紧张地期待现在要发生什么。另外，站在青少年旁边把脸蒙起来的那个黑色身影，那是他的（青少年的）思想。（医院经理说完退场。）

聚光灯照亮了超市收款处旁的场景。

成年青少年身后的男人：你必须把所有的东西放到传送带上。

成年青少年：这就是所有的东西。

正在付款的女人：把所有的东西放到传送带上。

成年青少年：这就是所有的东西。

精神修道士：我必须想着把所有的东西放到传送带上。我也不能忘了，今天五点准时参加弗里德里希-埃伯特学校的学校演出。

女收银员：您根本就没有女儿。

成年青少年：我还需要一个塑料袋。

女收银员：您需要凯讷塑料袋来装这几样采购的东西。对了顺便问一下：酸奶到底是买给谁的？

成年青少年：给我的。

女收银员：我在想您有一个女儿。

成年青少年：是的，请给我一个塑料袋。

女收银员：凯讷塑料袋，这个需要付七欧元。（女收银员在安装在收银台旁边的三个带数字的白色框子里搜寻凯讷塑料袋的条形码。她是新人，对业务还不熟悉，因此整个过程花费了一些时间。）因为我没有能替我工作的姐妹，也没有能替我思想的孪生兄弟，就像您这样。

〔人们看不清楚成年青少年的孪生兄弟，他站在后面较远处的冷冻柜和摆放白炽灯泡的货架之间。

孪生兄弟：您能告诉我从这儿怎么去十三殉教者教堂吗？

女收银员（头也不抬）：白炽灯泡已经取消了。但是我们在那后面有日光采集器，您可以买这样的东西，每只七欧元，您稍等，我查看一下条形码，为了不至于给您错误的信息。

成年青少年：我没有孪生兄弟。

女收银员：那您或许也没有一直还在为您而争吵的两对儿父母了？

精神修道士：我父母。对了。我父母究竟在哪儿呢？如果我六点钟应当去看展览，为了能够往我装在左后裤兜里的小本子上写点什么，那么我该怎样才能做到不耽误学校演出呢？尽管演出是在展览前一个小时开始。人们不可能把时间回拨，虽然有时这也是蛮有道理的。

女收银员：您知道您父母在担忧。所有的人都在为您担心。（她找到了条形码并用食指把它输入电脑。）

精神修道士：女收银员的食指有一块长长的涂有蓝色指甲油的指甲。在这块蓝色的指甲上有十三颗微小的珍珠作为镶饰。如果仔细观察，人们可以从这十三颗珍珠里辨认出十三位殉教圣徒的面孔。它们只是被砍掉的那些殉教者的脑袋。虽然他们事先被绑在轮子上，或者被剥皮，或者被四马分尸，或者被钉上圣安德烈十字架，但最终这些殉道者们也还是都被砍去了脑袋。在童贞玛利亚踩烂邪恶之蛇的蛇头时，这十三颗脑袋就围绕在她的四周悬浮着。

成年青少年：它难道不能叫 Schlagne（Schlange "蛇"的字母颠倒）吗？

女收银员：不，是叫 Schlange（"蛇"）。这是一个德语单词。

成年青少年：他们是德国殉教者吗？

女收银员：他们都是我们的小伙子们。你们肯定是十三位朋友。只不过还在上半场时他们就把 N. N.（在这出戏上演的时候正好是当时很受欢迎的一名德国国足球员的名字）罚下了场。

成年青少年：您的指甲……

女收银员：这是一块还愿指甲。很漂亮，不是吗？位于威廉广场的还愿美甲店因为新开张营业，向我提供了一个非常优惠的价格。我很愿意把它向别人推荐。涂一块还愿指甲花费七欧元，这真是一件廉价品，用这样的价格您甚至连凯讷塑料袋都买不了。

成年青少年：为什么呢，我以为……

女收银员：不，那个塑料袋要九欧元，这我刚刚看到。

成年青少年：但这跟标明的价格不一样。

女收银员：它根本就没有被标明价格。您最终是想要一个的。

成年青少年：因为否则的话这些东西我拿不回家。

女收银员：但是现在请您不要在这里没完没了地抱怨了。如果我说了算，我就会给您一个。但是我被束缚了手脚。按规定不允许向超过五十岁的抑郁症患者出售塑料袋。

成年青少年：在孪生兄弟的陪同下也不行吗？

格施威尔茨特夫人：我们先是被恐怖分子劫持到西西里岛的一个临时木建营房里，然后我应当和我的孪生姐妹被驱逐到约旦的一个孤儿院里。相反这里的一切都是胡说八道。此外我不喜欢又作为群众演员参加一出戏剧的演出，并且这样的戏剧是在颂扬红军派和嘲讽受害者。

医院经理（从后面快速跑过来）：不，不，真的，我不会让这件事就这么发展的。亲爱的、尊敬的格施威尔茨特夫人，我们这出戏绝不是对红军派的颂扬，更不是对受害者的讥讽了。它是一出完全没有任何危害的戏剧表演，红军派在剧中甚至都不会出现。

格施威尔茨特夫人：那么我想在这儿干什么呢？

医院经理：是啊，您当然说得有道理，这些都是阿尔托先生令人生疑的导演奇想，您是知道的，他这个人头脑有点儿不太正常。

格施威尔茨特夫人：甚至连红军派都不知道。

医院经理：甚至连红军派都不知道，非常正确。他是一个丝毫没有经验的单纯的人。

格施威尔茨特夫人：那他是怎么想到我的？

医院经理：可能这是魏斯先生的注意？

格施威尔茨特夫人：他也不在人世了。

医院经理：他也不在人世了，非常正确，1982 年他就已经在斯德哥尔摩被瑞典秘密警察谋害了。当然他是了解红军派的，或许会给出可能性的指示。

格施威尔茨特夫人：或许、可能、大概，恐怖分子的辩护士们总是很快就会找到这样空洞的言辞。但是我和那些可疑的圣像生活过，必须生活过……

候诊者合唱队：

我们听到，她把我们称作什么

因为她从内部了解这件事情

她从一开始就嗅到了此事

因为她是从它的怀抱里爬出来的

〔一对儿小双胞胎，大概七岁，女性，穿着同样的服装手拉着手来到前台：

以媒介和艺术的形式被弄得乱七八糟

我们现在渴望真实

我们不想作为气球爆裂

如果科雷斯尼克表演恐怖的鬼脸

不是又小又裸露地在河中小岛的沙滩上

在迈因霍夫的影片中扮演肥大的肚子

不要爱父亲和恨母亲

不再谈论等级

谩骂和赞扬我们都不想要

在这部巴德尔-迈因霍夫-肥皂剧里

〔她们行了一个屈膝礼，然后退场。

格施威尔茨特夫人：我们又面临这种情况了。

医院经理：我觉得现在这种情况完全符合您的意愿，难道不是吗？

格施威尔茨特夫人：谁会知道我的感官里是什么呢？

医院经理：不，但是现在您完全理解错了。虽然这样的误会在精神病院这个地方是可想而知的。但是我刚才的评论绝非意在描述您感官的内容,也就是正如许多在场者所担心的那样,在一定程度上能够看透您的身体,为了描述您的感官所觉察到的内容,更不用说去分析甚至诋毁这样的内容了。我只不过是使用了人们普遍所说的那种表达而已。当然我也可以把它说成:符合您的兴趣。

阿尔托:诗人在写作时求助于字词,字词又求助于自己的使用规则。自动信奉字词的使用规则,这一点处于诗人的无意识之中。他误以为自己是自由的,可实际上却不是。

医院经理:我想说的正是这个。但您还是让我们继续表演我们的小型戏剧吧。(说完走到一边。格施威尔茨特夫人坐了下来。聚光灯投向超市收款处。)

成年青少年身后的男人:你必须把所有的东西放到传送带上。

成年青少年:这些就是所有的东西。

正在付款的女人:把所有的东西都放到传送带上。

成年青少年:这些就是所有的东西。

精神修道士:不,天哪,请不要让整个戏剧又从头开始。反正我也不再能够忍受下去了。在这种笑剧中参与演出是多么降低身份的事情啊。我必须说些别的,只是说什么呢?

成年青少年:我只是买了非常普通的东西而已。

女收银员:为了您父母去参加中学毕业典礼。这当然是一个重大事件。从现在开始您就一个人了。现在不会再有人照顾您了。您现在被社会福利网所遗漏。为什么您也有两对儿父母呢?今天没有人再能负担得起这个了。这些是不负责任的表现。是对社会有害的。一分钱也不挣,但是却让一对儿接一对儿的父母来到世上。

成年青少年:重要的是,我能准时参加学校典礼。

女收银员：他们也在威廉广场让人给他们进行身体穿洞。我只听到关于这方面好的事情。

成年青少年：我不知道。学校典礼看上去是怎样的情形呢?

女收银员：今天早已不再是这种情况了。所有的父母身体上都有穿洞或者刺青。

成年青少年：他们也都是些年轻二十岁的父母。

女收银员：是这样的。您的父母到底多大岁数呢，如果能允许我这么问的话?

精神修道士：是啊，我父母。我不能忘记我父母还活着。还有五点钟的学校演出。或许通知不去参加展览会开幕式了。用手机通知。但是我没带手机。在学校前面立着一个圣安德烈十字架。它立在一个没有横木的铁路道口处。孩子们必须学会辨认记号和祛除危险。我永远也不可能成为我女儿的两对儿父母、为她担心并且像我父母那样长生不死。身体穿洞和圣安德烈十字架是不相匹配的。还愿指甲在男人手上看起来很矫揉造作。

女收银员：但您不是男人。

成年青少年：没错，我不是。但是您会建议我做些什么呢?

女收银员：把您的钱包给我。我看一下我们能否凑齐九欧元。

精神修道士：我不能把手伸进错误的后裤兜里，由于疏忽把那个笔记本给了女收银员。

成年青少年：(把手伸进后裤兜里，掏出笔记本递给女收银员。)

女收银员：啊，是一个笔记本。这几乎跟现金一样。我们看一下本子里写着什么。啊呀，这真不错嘛。这是您自己制作的日历本吗?

成年青少年：不，这是我女儿做的。

女收银员：太精美了。您总是往本子里登记一些东西，用这些能体现您感受的表情符号，不是吗？一个微笑图标，一个皱眉表情和一个中立符号，太可爱了。但是这里有太多的微笑图标，这不太对吧？在这方面您有点儿不老实，不是吗？

成年青少年：不，我……

女收银员：您是为您女儿这么做的。这使您感到荣幸。但这最终并未让您在人格发展之路上走得更远。当然这是一种羞愧感。人们怎样向他的父母解释……

成年青少年：向我的女儿。

女收银员：是的，当然了，您有两对儿父母，这样的话解释一些东西是不可能的。完全没有可能。您的孪生兄弟……

成年青少年：他还跟我父母生活在一起。

女收银员：您把他放到他们那儿了？这样做是对的。这样父母亲就有了一种依靠。

成年青少年：我的孪生兄弟也患有抑郁症。只是他跟抑郁打交道的方式不同。

女收银员：服用氟西汀，这是抗抑郁的可选药物。

成年青少年：不，这是我服用的。

女收银员：您有这个必要吗？在光天化日之下服用药品。而您的兄弟则必须显出夸大狂症状。您可怜的父母。他们还没有因为悲痛而死去。

精神修道士：我必须记着我父母还活着，记着我五点钟要准时参加学校演出。

女收银员：您在这之前要去参加展览会开幕式吗？

成年青少年：我不知道是否还能赶上，如果仔细想一想，从那儿到学校还有挺远的一段距离呢。

女收银员：是的，去学校的路是最陡的。

成年青少年：人们不也说是耶稣受难之路吗？

女收银员：各个地区的叫法不一样。比如我们把去学校的路称作趣味低级之路，在以前。但是它也有十四个停靠站点。这对所有的上学之路来说都是一样的。

成年青少年：十四站。

女收银员：刚才提到了，在叫法上某些人这么说，其他人那么说。您女儿怎么说？也说十四站吗？

成年青少年：我觉得是的。她在税务局那一站上车。然后是前方售货亭旁边的那一站，它叫什么来着？

女收银员：是叫玛利恩大街，我觉得。

成年青少年：没错。然后是奥登瓦尔德林。然后是耶稣第一次倒在十字架下。然后是耶稣遇见他的母亲。

女收银员：这对您来说也很合适。您的母亲将会非常高兴。

成年青少年：然后古利奈人西门上车了。

女收银员：他和您女儿是同一个班级的吗？

成年青少年：我不知道，但他总帮她背书包。

女收银员：您瞧，孩子们根本不需要父母。他们自己也能把事情处理得非常好。

成年青少年：您说得有道理，我经常毫无必要地担心。

女收银员：耶稣也是这么说的，当他遇到那些哭泣的女人时：不要为自己和你们的孩子们哭泣，而是为我哭泣吧。您应当为耶稣担心。

我给您一本小册子,您可以心平气和地看一下,耶稣能够给您带来多少忧虑。(给了他一份宣传小册子。)这些都是真正的忧虑,重大的、深刻的、无法克服的忧虑。但即使这些忧虑也只是对永恒王国的先期体验,忧虑在这样的王国里将不再有尽头。因为天主就是这么说的:的确,你们将会在我的忧虑王国里枯死。

成年青少年:枯死?

女收银员:是的,就像一株植物一样。在所有忧虑当中。

成年青少年:还有调味品出售吗?

女收银员:在我们这儿?

成年青少年:是的。

女收银员:没有。但您可以去我们位于集市广场的分店试一下。我们只有纺锤和碎屑。还有熬制的特级冰激凌。

成年青少年身后的男人:你必须把所有的商品放到传送带上。

女收银员:克勒恩曼先生请到收款处来一下。

精神修道士:我认识克勒恩曼先生吗?

女收银员:克勒恩曼先生是我们分店的新店长。您根本不可能认识他。

克勒恩曼先生(明显是由医院经理扮演的,脸上蹩脚地粘着髭须,身穿一件白大褂,这样的装束在周边环境里可能会产生矛盾心理):什么事?

女收银员(把那个笔记本递给他):这位先生不想支付这个笔记本的钱。

克勒恩曼先生:你必须付钱。我们这儿是在德国。在这里买东西就要付钱。还有:把所有的商品都放到传送带上。不只是酸奶和奶酪。所有的商品。也包括问号、地球仪、调酒师和海因茨·埃克纳。

精神修道士:没错。海因茨·埃克纳。是否他还活着?

女收银员：他还活着。

成年青少年：他到底是干什么的？您知道这个吗？

女收银员：他生活在乌丁根，他妻子在那儿经营一家餐馆。之前他参加过一次基督教民主联盟竞选宣传短片的演出，但是因为内容质量太差这部短片只播放了一次。

精神修道士：海因茨·埃克纳还活着。他肯定跟我父母一个年龄，我父母也还活着。

成年青少年：乌丁根，这个地方到底在哪儿呢？

女收银员：它位于迪伦。乌丁根，痛苦之城。人们在乡土课上学过这个，您肯定还知道那个句子：

乌丁根和德罗夫在我们这里下榻。

伯依希和勒沃斯巴赫早晨把我们叫醒。

最后还剩施拉格斯坦因，啊，我们这些孩子多么聪明伶俐。

我们就这样记住了德罗夫领地的五个村庄。并且：一、六、七，棒极了，德罗夫归属了于利希。您明白，1670年，德罗夫领地被判给了于利希。但是上施耐德豪森是什么时候从文登分离出去，并被划归给乌丁根的，这我就无法再告诉您了。

克勒恩曼先生：1857年。（说完向后走去。）

精神修道士：1857年。很快就距我出生前一百年了。就连我父母当时也还没有出生。或者我的祖父母。我的祖父母今天究竟还活着吗？

女收银员：这个我无法告诉您。另外在新一期的《喝彩》杂志里有一些可供粘贴的表情符号。这很实用，如果人们以日历本的形式来记录自己心情的话。但是皱眉表情要多于笑脸符号。尽管如此也要一直保持诚实。能保证吗？

成年青少年：行，我保证。那么这个我要了。

女收银员（把笔记本还给他）：需要付九欧元。

成年青少年：您这儿也能刷卡吗？

女收银员：超过五十岁的抑郁症患者不能刷卡。

成年青少年身后的男人：你把所有的商品放到传送带上。

女收银员：这位先生说得对，您当然也可以拿传送带上的商品来跟它交换。

成年青少年：这样行吗？

女收银员：当然可以了。怎么都行。您想得太多了。您认为这里所有的顾客当中有谁有钱吗？我指的是自己的钱？反正我的钱箱里一分钱也没有了。您只需说您只有一张大额钞票，这样我就不得不把本子送给您了。

成年青少年：谢谢。

女收银员（充满期待地看着成年青少年。）

成年青少年：怎么了？

女收银员：对呀，您必须把话说出来。话我可不能再替您说。

成年青少年：啊，是这样，那当然：我想去十三殉教者教堂。您能告诉我怎么去吗？

女收银员：嗯，好吧，这么说还行。虽然这座教堂的名字叫作救苦救难的十四圣徒。现在请您收拾东西离开。我会把您的孪生兄弟留在这儿作为瓶子押金。

〔等候的患者们鼓掌。收款处旁边的表演者们鞠躬。

格施威尔茨特夫人：怎么？现在这就结束了？这么短的剧？因此我要专程来到这里？而且我身边的这位先生，他也是一句话都没说。

我竟然来到这里在这出戏里出现，这完全是……完全是……

阿尔托：无偿。

格施威尔茨特夫人：正是这样。谢谢。"专断的"是我刚才要找的用词。"红军派"最终成了刺激人情绪的词汇，用它人们想激起好奇心，调动人非常低的脉冲值，而同时这个词又根本没有任何内涵。

阿尔托：我不想成为我诗人的诗人，这个本我想推举我成为诗人，而是想成为与本我和自我相抗争的创造性诗人。我回忆起旧时对那些强加于我的形式的反抗。

医院经理（一直还装扮成分店店长的样子）：只不过我们还有一些备用剪辑，就像通常情况下在片尾字幕之后播放的那种。口误、失误、轻微的不顺，这些当然也同样被娴熟地演练，往往需要更多的摄制时间，因此这一点我要强调一下，我们在一两处地方又非常明确地探讨了红军派。比如在这个戏剧场景里。

成年青少年身后的男人（没有任何强调地向前方说道）：红军派狡猾和贪婪地抓取……

正在付款的女人（也仿效他的样子）：当天使长拉斐尔出现的时候。

格施威尔茨特夫人：还有，我是怎样被表演的……

医院经理：对此我也很高兴。您看，其实我们是想让您自己扮演自己，但可惜对于相应的询问我们从未得到您的答复。然后我们想到一个主意，让一位相应名声显赫的女演员来扮演您，她应当有能力胜任您形象的复杂性。比如豪斯女士就会很乐意承担这个角色。但是因为我们必须考虑到来自您这一方面的刑法措施，所以我们可以说是删掉了您的整个角色，并用格施威尔茨特夫人取代了您。

格施威尔茨特夫人：您真的认为这件事就这么简单？索性不指名道姓

还远远不够,只要人们能从上下语境中推敲出相关人员的话。

医院经理:但是我在此无法辨别出语境,因为您不再出现了。格施威尔茨特夫人是我们医院一位非常受尊重的同事,多年来她参加过不同的业余戏剧小组,在周边区域的小型舞台上很内行。此外恰恰是关系到社会普遍利益,我们不应当完全放弃残余的、反正已经被破坏的艺术自由的客套语,也因为而且特别是因为人们借格施威尔茨特夫人之口没有说出任何有损名誉的话。

格施威尔茨特夫人:这件事涉及的不是这个,我能够被辨认出来,这就足够了。

医院经理:令人遗憾的是这对于双胞胎来说永远也不会那么明确。万不得已时我们总能声称,这里指的是她的姐妹。

格施威尔茨特夫人:您……您……这种阴险的诡计,这是博西透露给您的……我可以将您……(把手伸向身后,想去抓住一些东西,结果手碰到了放在她身后的大脑。)

医院经理:住手!小心!天哪!那可是您母亲的大脑!

格施威尔茨特夫人:它在这里到底要干什么?

医院经理:是这样的,在这里这颗大脑是在精神病院里,从某种意义上讲我们每天都要与之打交道,它对于我们来说有着极其特殊的意义。我们专家,在此我明确地把我们的患者也包括在内,我们看待大脑的方式与普通外行人完全不一样。对外行人来说大脑是思想甚至情感的源泉,借助大脑他自认为能够感知事物,接收并描述印象等等。因此他也认为,人们必须从大脑辨认出自我,或者在大脑里分辨出一些能够推断其载体性格特征乃至精神错乱的东西。但是即使这种无谓的假设是正确的,那么会有人想到这个主意，去研究一名死者的眼睛，为了查明该死者生前都看到了些什么吗？疯子们在这方面，请允许我这么说，要激进得多。自古以来就是这样。他们了解肠子的意义。请您想一下施陶登迈尔和他的肠勃起或者……

阿尔托：想一下我的《精神世界中的小母狗》那篇文章。

医院经理：没错。

那对儿小双胞胎（来到前台，现在两个人开始各说各的。）

双胞胎1：当时在妈妈于地下活动中失踪而我们必须前往西西里岛之前，我是怎样在采访中扮演你的，坐在钢琴边笑得很开心。

双胞胎2：不，那是我，是我扮演了你的形象。

双胞胎1：无所谓了，只是不管怎样我们使他们困惑不已。

双胞胎2：然后是在靠门的隔壁房间里，与此同时妈妈在另一侧断断续续地讲话。

双胞胎1：她用一只手卷了香烟，用一支铅笔记录了些什么，因为我们没有卷笔刀，她之前是用小刀把铅笔削尖的。

双胞胎2：我们不知道那是什么：抑郁症，但是为什么其他人没有看到这一点呢？我今天仍在这么问自己。

双胞胎1：她到了尽头……

双胞胎2：可事情才刚刚开始……

双胞胎1：我指的是她说话的方式：是否您能够领会思想还是不能领会思想，是否您能够做一些事情或者是否您什么也做不了，我的意思是，确切地说人们只有在这里才这么说话的。（说完用请求原谅的眼神向那些候诊的患者望去。）

双胞胎2：她搞错了。

双胞胎1：对孩子们来说还有什么比父母搞错更糟糕的吗？

双胞胎2：只是父母一般都会搞错。

双胞胎1：但是你仔细听一下这个：忧郁，忧郁，忧郁极了。是的，很忧郁。忧郁极了。

双胞胎2：在这里无法再确切地思考，至少在照相机和麦克风面前，在这里是纯粹的沮丧在说话。

双胞胎1：然后她终于达到了目的……

双胞胎2：她认为她之所以终于达到了目的，是因为那也只是空话而已，令人遗憾的是关于政治工作的空话，在这样的工作中她事实上只是把在她脑子里所发生的事情供认出来罢了。

双胞胎1：内心分裂，痛苦。

双胞胎2：因此会话也是这样结束的，以一种供认的方式，当她说：他开始抛弃—停顿、停顿—他的家庭。

双胞胎1：是的，我们在隔壁房间里听到了这些，不理解这些话是什么意思，但却知道会发生什么。

格施威尔茨特夫人：但这些只是理论。我父母患有抑郁症。这真是岂有此理。

阿尔托：这真是岂有此理？一名抑郁症患者会立即认出另一名同类。就抑郁症而言，一名抑郁症患者就像猎犬一样敏锐。他能看到隐藏在所有外表和面具背后的东西，认出在我们内心执行的上帝的裁判。

医院经理：请您不要对抑郁症患者对于任务的渴求有错误的认识，这种任务能让他摆脱抑郁症，在一定程度上使之转入躁狂状态。

格施威尔茨特夫人：您指的是恐怖主义……

医院经理：正是，对于抑郁症患者而言恐怖主义是一项值得去做的任务。由此他给自己创造了一种总是对他提出过高要求的生活方式，在这样的生活方式之下各种外界情况如此剧增，以至于他似乎不可能再变得抑郁，因为现实超越了他的抑郁妄想。

成年青少年：但是请你们听一下我喋喋不休的诉苦吧，

     通过这样的诉苦我变得自由了。

成年青少年的母亲（和他父亲一起出现）：拒绝进食，连续几天躺着不说话，我们在他身上把荆条抽碎成了糠秕。我们把他关进地下室。不起任何作用。拿他一点儿办法也没有了。

成年青少年的父亲：当我咬他时他会反咬我。当我想把他吊起来时他就乱踢乱踹。当我朝他吐唾沫时，他就僵硬冰冷地躺在地上。

成年青少年：你们所说的都是无稽之谈。

父母一起说道：这是事先规定的台词。

成年青少年：但不是由我确定的。你们不应该在这出戏里登场。

父母（一起说道）：但是台词是预先确定的。

成年青少年：就我来说我不在乎这个。你们究竟在这儿做什么？明爱会那位女士在哪儿？

父母（一起说道）：我们在这儿是为了保护你

     免受更糟糕的诉讼程序。

     发誓放弃红军派这个魔鬼吧。

     不再流泪，够了，要适可而止。

成年青少年：把我们从我们的思想和观点中解救出来吧，不再使我们尝试去重构历史、每天总是不断重复相同的思想、以此使心血管系统慢慢衰竭。

〔落幕。

69

精神病和乌多·于尔根斯

教授说，治愈我的精神病（他甚至都不说神经官能症，但我当然知道他指的是什么）主要取决于我是否愿意回忆。我无法满足于简单地对我迄今为止的生活做一番总结，因为那样的话虽然我会使自己获得片刻的轻松，但最晚六个星期之后我就又会站在精神病院门口，如果到那个时候我还有能力这么做的话。把戏剧搬上舞台是一个开始，晚上我有时自己也不外出，而是和其他人一起看看电视，当人们在电视上采访乌多·于尔根斯的时候，对我来说乌多·于尔根斯必须扮演一个重要角色，因为他跟我父亲一个岁数，但看上去比我年轻，也就是说他正好实现了我一生都遭到指责的事情，也恰恰因为乌多·于尔根斯与我不同，他一直以来就知道自己想做什么，因此他在十九岁那年就让人给他矫正耳朵，以此实际上在新联邦共和国开创了外科整容术并使之变得符合交际礼仪，因为人们不仅在克拉根福国立医院，而且在战后所有德语区国家截止到那个时候都不知道类似于外科整容术这样的东西，至少不是在这种程度上的了解，因为人们当然也已经尝试过，对从战场上返回的士兵的被枪弹打掉的鼻子和半张面孔进行相应的再造，用当时可供人们支配的简单手段，在乌多·于尔根斯已经成名、又不出名、然后重新出名并一直还和佩普·利恩哈德在路上奔波的时候，我却历经多年仍不知道自己想做什么，宁肯把自己和罗伊·布莱克进行比较，当然不是从知名度方面比较，而是仅仅从这一事实出发，即罗伊·布莱克，就像他向乌多·于尔根斯倾诉的那样，不喜欢他演唱的音乐，但却无法演唱他喜欢的音乐也就是摇滚乐，因为他依循的节奏是1/4和3/4拍而不是2/4和4/4拍，当然人们必须知道，正如我父亲也包括乌多·于尔根斯所知道的那样，我父亲不关心演艺业，而是只关心他的工厂，但是工厂的运作方式与演艺业的也没什么太大区别，也就是人们必须知道演艺业在很大程度上是一个谎言，而我一直还在沉湎于一个天真的梦想，但是甚至都不愿意像乌多·于尔根斯那样去更名改姓，以此宣布与父亲脱离关系，摆脱他的影响并开始做一些自己的事情，虽然我不像乌多·于尔根斯一样对酒精有依赖性，他在三十岁时全年都在堕落，每天都要喝掉一瓶伏特加外加辅助酒类，也就是葡萄酒和就着饭菜所喝的其他东西，而是像女孩一样不能承受一点儿酒精，根本一点儿酒也喝不了，虽然乌多·于尔根斯一次在车里（那是在马德里）突然无法再抬起胳膊，幸亏随后被叫来的医生看出那只是缺钙而已，因此他给乌多·于尔根斯打了一针钙针使他重新振作了起来，相反即使所有的氟西汀药片也无法长期对我有效，因为它们只有与一种疗法、一种假定的而非持续受到阻碍的疗法结合使用才能长期见效，因此我必须至少在几次接受治疗期间放弃那种姿态，尽管我自己不认为它是一种姿态，也就是那种想自我治愈、把自己当作治疗医师而非患者的姿态，因为这种姿态另外也对我的状态负连带责任，最终也不会使我的病情有任何好转，因为我总是在用各种借口和转移兜圈子，而不是让自己坐下来，一劳永逸地对这一切进行加工处理，尽最大努力回忆从前，然后把回想起的事情记录下来，也完全可以把我的梦想记录下来，归根结底干脆把我能想起的所有事情都记录下来，虽然写作对我来说就是职业，但是在这里它可不是职业，而是在这里我跟所有其他人一样都要屈服于程序，因此写作仅仅是一种写作，就像其他人也在写作一样，当然我也能绘画或者在一面鼓上乱敲一通，反正这一切并不相互排斥，但或许我会通过写作、有意识的回忆或者像在梦里那种无意识的回忆想到一条新的途径，想到一些不一样的东西而非总是老套和惯常的做法，由此能够治愈自己，并且在职业方面有所进步，毕竟这也属于治愈的范畴。

70

由此可见都是幻梦①

0. 我的嘴里塞满了被打掉的其他人的牙齿。它们都是我敌人们的牙齿,是我亲口从他们嘴里咬掉的。

1. 我坐在一堂人满为患的翻译研讨课上。课上探讨的是对一种石榴糖水饮料的翻译。我一直以为这种饮料是绿色的,但却被其他学员纠正了这一看法。我一下子意识到,所有的人眼前桌子上的杯子和瓶子里装的都是一种红色的液体,只有我不是。我听到其中一位在场者对他的同桌说:如果人们非常仔细地分析,人们就会遇到一个单词的皮疹。我打听什么是一个单词的皮疹。他回答说,它就类似于我能理解的区域居民称谓词。

2. 我沿着火车站附近一个长长的下跨道行走,被鲁迪·杜契克急匆匆地从后面超过,他胳膊底下夹着一个沉重的提包。他在一个自动售烟机旁边很快停了一下,但售烟机不起作用了。在他之后我走到自动售烟机跟前,把他投进去的钱又取了出来:一枚五马克和一枚二马克的硬币。紧接着我四处寻他,为了把钱还给他,但却找不到他。火车站空荡荡的非常冷清。

3. 在步行区一家热闹的诊所里,我从一名医生那儿得知我患了癌症。只不过它是一种"非胶囊化"癌症。我在胃部区域随身携带了一种球状体,尽管如此我还能活很长时间。医生责怪我是我自己培育了癌症,使自己受体内肿瘤的约束,因为所有我做或者不做的事情我都要事先和它商量。作为疗法我必须一周两次、每次花几个小时的时间待在一个房间里,里面人们都面朝墙壁坐在椅子上。那是一种候诊室里的氛围,许多人在看报纸或者抽烟。

4. 我站在一家餐馆的地下室里,一个城市监管部门的官员刚刚通知这家餐馆的老板夫妇,说在地下室墙面上铺设强电电线是不允许的。他们必须用一道防火钢门确保地下室的安全,在不太容易从地里和墙里扯拽出来的电线上涂抹陶土和黏土,为了以这种方式保证电线的安全。老板夫妇对此很伤心,但尽管如此还是立即开始投入工作。突然我看到那些电线都是有生命的,看到鲜血透过第一批黏土层渗漏出来。

5. 我来到一家花园饭馆,里面一些老嬉皮士们正在庆祝些什么活动。因为我口渴,我就在一张桌边坐了下来。格尔妮卡出现了。她一反常态打扮得很时髦,穿着一件新的皮夹克。她手里牵着一个小女孩。坐在我旁边的男人缠着她聊起了那个孩子,他把那个小女孩当作是她的孩子。我什么也没说,但我知道那不可能是她的孩子,因为她做过绝育手术了。这时到处都是警察,他们在开始一场大搜捕。我镇定自若,因为我觉得自己跟他们不是一伙的,觉得这与我无关。突然格尔妮卡从座位上跳了起来,亮明自己是便衣警察的身份,用警察惯用的动作把我摁在地上。我对她怎么能够这样被收买感到气愤不已,在她把我带走的时候尝试与她辩论。

6. 我是一幢新建建筑的门卫,负责楼房底层的一个大厅。每天都会出现两名印度商人,他们仔细观察大厅,给我看一个宗教团体的书籍和文章。在第三次视察完之后，他们请求我允许他们偶尔使用一下反正也是闲置的大厅。我说我将要请示一下，但却不知我到底应该问谁。第二天我和平时一样来上班。当我打开大厅门的时候，大厅看上去就像是一个装了玻璃的大花房。大厅中央一个挨着一个摆放着新的、被连续编号的木制窄柜。我自动想到的是，印度邪教的成员被关在这些柜子里并最终被杀掉。我走到户外。那是一个和煦的夏天的晚上。我低头看去，看到我的手里握着两个血淋淋的器官。我很快把它们扔到一处灌木丛后面。在这一刻一辆汽车开动了。车里坐着那两名印度人。我取了我的自行车，绕着街区向左骑去，因为我想再次从另一侧回到我的工作地点，以此使自己获得一种无罪证明。半路上我换了双鞋。我也尝试打上跟原先鞋子上的鞋带一样的结，但却没有足够的时间。

7. 我穿过空无一人的大街行驶。到处都是禁止停车的警示牌，在哪儿也看不到一辆停放的汽车，因为教皇在死前要最后一次来这里访问。然后我看到他自己从一栋房子里出来，马上又消失在旁边的另一栋房子里。他一身白色的装束，两根长长的胶皮软管消失在他的鼻孔里。所有的人都对他的死做好了准备，可他就是不死。志愿者随处可见，主要是女性，她们在大大小小的医院里随时待命。我只想上一趟厕所，就已经被人们问及是否我愿意帮忙。作为致歉我举起双臂，它们都被包扎了绷带。然后我观察一个家庭，父亲、母亲、女儿和儿子，他们在陡峭的悬崖边的一处广告牌后面商讨儿子的未来。因为父母认为他是残疾的，所以他以后应当务农。他则说道，在社会主义不复存在的今天，他对当农民不感兴趣。

8. 我被一个总部委任为教皇的男妓。这是一项机密任务。我被装在一个密封的钢板箱里塞进电梯,电梯一直运行到教皇下榻的宾馆房间门口。房间门和箱子的一面同时开启,但是只开这么大,以至于我无法看清站在我面前的是谁。然后我必须满足教皇的性欲。

9. 一个面积很大的现代化的中心,它由一家专科医院和一个动物园组成。通道上有很多人。一名孕妇在仔细端详注射器、产钳和其他助产工具。一名女医生从布告栏里的一张纸条上读到,她最后一位患者的体内还是有一颗巨大的肿瘤。她笑了起来,不愿相信这一点,可紧接着还是陷入恐慌。

10. 一名留着胡须的来自汉堡的大学生躺在一副木担架上呈有意识的昏迷状态。在他四周围满了人,他们把他当作新的精神教师加以崇拜。旁边一位牧师脱去衣服,站到一面屏风后面,透过屏风人们能够看到他的内脏,就像借助一台X线设备一样。一名男子在表演变戏法。他的右胳膊延伸至手腕处时变成了一根木棍,用它他在一个圆盘锯里到处拨弄。我想搞清楚,通常情况下这名魔术师是否戴着假肢,就这一点我询问另一位观众。他支吾其词地回答说,一切都很不容易,如果人们是在藻厄兰地区长大的话。他边说边指向一张海报,海报上展示的是两名年轻的长发男子,他们穿着七十年代的服装身处一片自然风光。

11. 我想去拜访我父母。在去他们那儿的路上我看到一只动物躺在机动车道上。走近一看我发现,它是一只非常漂亮的袋鼠,它的一条腿被车子轧断了。突然袋鼠醒了过来,四处张望寻找它的断腿。我朝父母住的那栋房子跑去。我母亲在家。我大声喊道,她应当给我一名兽医的电话号码。她说她不认识兽医,然后当我变得生气时,她又说兽医搬家了,最后当我开始大吵大闹并乱扔东西时,她又说兽医只在支付现金的情况下才外出行医。我高喊我不管这些,她只应把电话号码给我,可她仍然继续故意拖延时间,直到我父亲回来,对我说我应当平静下来。我抓过一张椅子,把它举到我眼前。我父亲把我逼进客厅,说那只动物反正也将死亡,这对它来说也是更好的结局。我号啕大哭,说我宁愿当场死去,也不想在二十五年之后像他们这样。然后我跑出了房间。

12. 我在我弟弟的房间里,透过窗帘看到两个赤裸的女人站在大街上聊天。我母亲走进房间说,时间已到,我必须去充当辅弥撒者了。我进到厨房里,把三块奶油水果蛋糕最顶端的掼奶油通通吃掉,紧接着我大声问道,为何现在我做了这样的事情。"为了保证灵魂的长生不死",我父亲回答说,他背对着我坐在桌边。在火车站我碰见我爱恋的阿尼塔·莎尔拉。我们必须站在那里等十列火车。

13. 我在一家银行存钱,但这马上就表明为是一场误会。我想把钱要回来,结果得到两张面额非常大的钞票,每张的面额都是1250马克。我怀疑钱的真伪,因为它看上去不像钱,但是人们向我解释说,现在有人性化钞票流通,并向我指出印在钞票上的漂亮的题材。钞票上真能看到我父母的抓拍照片,他们正笑着穿过银行的门进来。

14. 格尔妮卡把所有可能性的东西都从地下室里清理了出来,也包括我的东西,它们现在躺在雨水里变得湿漉漉的。人们站在周围,他们中有的是房客,有的是对房屋感兴趣的人。一个操着浓重波兰口音的女人在打听一个戏剧小组,该小组成员破例地在这里集合过,并打听小组里是否有一位个头很高的 *Heer*("陆军",发音有误,应为 *Herr* "先生")。在我们所有的人往地下室下面走的时候,她的德语更差的丈夫总在重复"个头很高的 *Heer*"这一表达。我对他说,人们虽然能够听懂这一表达,但它不是正确的德语,他不必记住这样的表达。

15. 我和格尔妮卡以及一个橡胶骷髅去散步。我们都感觉不舒服,而我大约五十厘米高的骷髅感觉是最糟糕的。我把它拴在一根皮带上就像牵着一条狗一样。它开始在地上翻滚,尽管是一具骷髅,可它却开始呕吐起来。首先吐出的是一种液体,然后又是骷髅自身作为原浆体。之后它不再是白色的,而是很奇特地被染上了颜色。我们从使用说明书上读到,现在我们必须用不同的药酒来清洗它。洗完之后它确实又变成了白色,但现在看上去却像是一件廉价的玩具。

16. 我穿过一个大厅。在大厅一端人们摆放了两个玻璃陈列柜。其中一个里面是一头真狮子的某些身体部位,在另一个陈列柜里是一头完整的狮子,嘴里还叼着一个已经被吞进去一半的土著人。在它面前其他土著人排起了长队,一边欣赏全景一边等候轮到他们自己的时刻。

17. 我穿过一家旅馆的走廊,从好多道敞开的房门旁边走过。在一个房间里正好有一位女士说道:"我们可不能马上就躺到床上去。"我在想:德语听起来多么优美啊。人们根本无须改变声调就能表达出,人们是否想自己做些什么还是不是。如果她说的是"上床睡觉",那这就表明她自己也想这么做,而"躺到床上去"则清楚地说明,她是不想这么做的。当我来到一个被遮暗的大厅里时,我机械地知道这里在五十年代曾经定期举行过庆祝活动,当时我父母也来这样的活动上跳舞,而现在一切都早已变得荒凉,尽管还在启用,与此同时我在思考,动词"躺"在刚才那种语境下的准确含义何在,"躺"当然意味着一种体力的付出,但在那种情况下也可能意味着一种夸张的过程,我在想,格尔妮卡在认识我之前和其他人上过床,恰恰是这种思想,这种令人痛苦但又正好能够忍受的思想，使我一直保持对她的激情。

18. 格尔妮卡把我们的花园布置得很漂亮。里面有大片的草坪和修剪整齐的灌木丛。一只三条腿的小鹿在跑来跑去，一只刺猬从地窖里爬了出来，一条牧羊犬的头挂在树丛上作为威慑。可惜她忘记了使用血液喷洒器。地区烟囱清理工在我们的房门上写道，他来过这里但没有遇到我们，并且整个房子里一个人也没有。写在这句话旁边的是针对犹太人的煽动性口号。

19. 一辆汽车停在一个咖啡馆门前标明位置的停车处，我从车后备厢里搬出一些小包裹放在路面上。另一辆车从拐角处驶来，车速不快，但它没有刹车，而是直接从包裹上压了过去并撞坏了我的车。我非常愤怒地朝那名司机走去，可他却显得无动于衷。这时他的车后备厢盖打开了，里面躺着一对儿赤裸着身子的男女，他们大汗淋漓，好像是刚刚在一起做完爱。女的还尝试把身上的精液拭去，然后他们俩从后备厢里跳出来跑了。那个女的是格尔妮卡，但她对我来说显得很陌生，因此我也就没再继续理会这一场景。后来我才明白这件事的所有关联，也才感受到一种无能为力的痛苦。那辆车的司机在此期间消失在咖啡馆里。我想记住他的车牌号，但是前后车牌都已经被卸掉了。我茫然不知所措地沿着街道往下走。在一个下跨道底下那辆车又突然冒了出来。现在它有一个牌照。我试着记住牌照上的数字和字母，但是奇怪的是我怎么记也记不住。虽说我并不瞎，可我就是看不清它们，即使当我尝试索性在我的记事本上记下一些东西时，我也无法成功地做到这一点。我寻找一名警察，来到一个园亭处，亭子里几位老师正在吃夹心面包。他们边吃边聊德语课程。我站在那里饶有兴致地听他们聊天。我心里清楚，他们都是些酒徒。

20. 我在一个采砂砾场附近布满灰尘的马路上和我五岁大的弟弟吵架，他躺在地上用一把手枪威胁我。他扣动扳机，子弹击中了我，在我胸脯上打出了一个窟窿，但却并不使我感到疼痛。我害怕疼痛马上就会开始，然后我就会死掉。我拦住一辆载满一家人的汽车，为了让他们把我送到一位医生那儿去。他们起初不愿意，但是在我给他们看了我的伤口之后，他们还是搭载了我。可是半路上我又改变了主意，因为我总体上不信任医生。一下子好像是在自身的驱使下，子弹穿过皮肤退到身体外面。

21. 我躺在一张行军床上死了，床摆在幼儿园的院子里，就在下跨道入口的后面。我能看到我自己。我已经成年，双腿蜷曲地仰面躺着，比平时睡觉时稍微僵硬一些。我又第二次躺在我旁边。我的身体必须被彻底分解和煮烂。这一点非常重要。蒸煮过程持续很长时间。我母亲接管了一会儿这样的工作。她站在一个小厨房里，在一口大锅里搅动。我走了过去。我的身体只剩下一些沙质的沉积物了。但是这样的沉淀也必须被清走。

注　释：

① 我感觉每天夜里都会落入一种社会吞并的手掌，这种社会吞并第二天早晨又会尝试，额外用一整套对梦境形成补充的原型和象征工具使我开化。并非没有道理的是，我梦里的人物形象经常由电影演员扮演，人们可以将之解释为是被内化至睡眠状态的抵抗。比如今天夜里我是扮演成詹姆斯·邦德的杰森·康纳利，总是在尽力避免衔接错误。拍完一个场景之后，我可能会突然找不到刚才还穿在身上的衬衣等等。我给自己规定的工号是000，并解释说我的特许可以

扩展到自杀。不再把颓废作为挑选的生活状况,而是无情地一直活到无意识。在头一天夜里我去了一家规模很大的好几层楼的餐馆,那里只有用丸子做成的各种菜。我得到了一张摆在卫生间的桌子(布努埃尔影片中自由幽灵的变种)。当我走进去的时候,里面正好有一名年轻男子正在割开自己的动脉。我想去找人帮忙,这时门开了,作案现场调查警官巴劳夫走了进来。我取出我的照相机为了给他拍照,但是每当我按下快门时,它都会向后倒卷一百张照片。再举最后一个例子,来说明电影语言早已为人的潜意识划分了结构(至少对我来说是这样的):一群男孩闲站在一块草坪上,时不时地踢着一个足球,不知什么时候足球掉进把草坪从中间分开的小溪里,于是他们纷纷朝小溪跑去,特别是其中年龄较小的,为了把皮球从水里捞出来。这一连续镜头就像是在一部 20 世纪 20 年代的纪实性黑白无声电影里一样,持续的时间很长,总是从不同的角度被拍摄,一个无聊的星期天下午,没有发生任何有意义的事情。在被展示这样一种梦境时卡尔·古斯塔夫·荣格准保会拒绝提供一种疗法,就像他对一位女士所做的那样,当时她向荣格讲述自己做了一个梦,梦里她仅仅是坐在一副秋千上在摆荡,据此荣格已经觉察到她无法再被治疗了。由此可见平庸是精神错乱的真正标志?——作者原注

71

询问青少年十字军东征运动

然后您就决定组织一场青少年十字军东征运动,如果允许我这样凡俗地表述的话。您从粉色的存钱罐里取走了钱,原本您是想用那些积攒的钱买一台电唱机的,然后乘公共汽车去了火车站。在那儿您与贝尔恩德碰面,从那里开始你们俩打了一辆出租车。

我不明白您是什么意思。

出租车司机名叫格哈德·米勒。您能回忆起来吗?

我从未听说过这个名字。

这么一个普通的名字您从未听说过?格哈德·米勒?我要说的是,谁都认识一个叫格哈德·米勒的人,唯独您恰恰不知道。

不认识,恰恰是我。很抱歉。

但这也不重要。我们有他的证词,这就够了。沿途您又搭载了几名不同的朋友,施特凡、阿希姆以及其他叫不上名字的,这一切看上去也蛮可爱的,就像你们身背小书包、手拉着手从家里走向正在等候的出租车的样子,那情形就像是圣马丁节的灯火游行一般,真的非常可爱。只是接下来你们就不太清楚该做些什么了。你们紧挨着挤在车里……

怎么？我们所有的人？

你们当时还都是孩子，还没有充分发育，身材矮小，天真无邪，头发一缕一缕地垂着，长着肿眼泡和热乎乎的小手。你们一个挤着一个坐在车里，在一定程度上是一个人坐在另一个人的怀里，因为当时车里还没有儿童座椅，还没有扎安全带的规定，但是这种情况您自己最清楚，毕竟您甚至被允许和您弟弟星期天躺在车后备厢里，当您父母在弗里克尔海鲜店里买挂糊油炸鳕鱼和土豆沙拉的时候。

弗里克尔海鲜店，有时那是在星期五，星期天它根本就不开门。星期天营业的是维讷瓦尔德海鲜店。

没错。吃晚饭时索性配半只鸡，人们当时肯定也能买得起这个。您母亲总要把骨髓吸干并不是没有道理的，但是我们跑题了。那辆出租车满载着十三岁半的青少年，就像前面说过的都是些青少年十字军东征的成员，漫无目标地穿过威斯巴登行驶。起初你们沿威廉大街向上行驶，但是蒂莫·林内尔特，他已经被找到了，他的凶手也已经被抓住了。然后出租车司机想把你们送到小施瓦尔巴赫，他要是那么做就好了，这样我们大家就都省去了很多麻烦。

我不明白。小施瓦尔巴赫……

现在请您不要这么故作清白了。为何您要每周一次去位于毛里求斯大街的城市图书馆呢？

为了给自己借书。

这真是岂有此理，牧区图书馆里的书籍就足够了。或者去下面的比伯里希市政厅图书馆，在那儿您看见过张贴的通缉令，竟然还萌生了那种奇特的志向，即有朝一日也在那里被登广告悬赏通缉。

威斯巴登的图书要多得多。

但是主要还是在那儿有美妙的景色，或者说得更好是对某些事物的认识，因为人们好像不可避免必须途经小施瓦尔巴赫。就连只看过《业余爱好》和《很快笑三遍》的阿希姆，也就是说城市图书馆真的不是他该去的地方，就连他也总是勇敢地陪您去那里。只不过他的胆量要更大，因为在返回的路上他是直接穿过小施瓦尔巴赫回到基尔希大街的，而您则是乖乖地从外面绕了一圈在前面等他。利用这样的机会一天阿希姆也结识了与他同岁的维尔讷·格卢克，然后格卢克把他领到那些女人那儿，而您则坐在毛里求斯广场上阅读刚刚借来的海因里希·伯尔的作品。《小丑之见》：当时就已经是您的人生格言。

我最近刚刚考虑过，是否在经过这么多年之后我真的应该再读伯尔的作品。

为何？您自己就是天主教徒并受到抑制。但是人们总在寻找证明自己不幸的东西。因此您当时和您的青少年十字军东征成员乘坐出租车，原本也想去位于黑格大街的朗根贝格－奥伯波恩斯菲尔德，为了仔细查看那儿的防空掩体，在里面于尔根·巴尔奇……

请您不要……

是的，我知道，事情的失败当然是因为钱了。您从未真正下决心攒过钱，而是定期用小刀从存钱罐里抠出硬币来花，可惜这样做的效果现在显现出来了。出租车计价表在跳字时发出无情的咔嚓声。男孩子们乘车穿过黑夜，他们出汗的身体使得出租车里热得令人无法忍受。

您在说胡话。

历史、我们共同的历史，但是也包括世界历史，它们中的太多细节都被忽视了，因为人们认为它们太过奇异。但是那次青少年十字军东征运动的确发生了。

在一辆出租车里？

难道不是吗？

我不那么认为。

那您认为？

人们怎么可以那么说呢。此外那件事的前后细节都不对。

那我能问一下，正确的细节是什么吗？

比如那个格哈德·米勒，他来自德累斯顿，在六十年代的确开过出租车。至少在 1967 年。

可为什么两年之后他又不再开出租车了？

因为他与美国人交往，甚至还给他们往美国寄了一张圣诞贺卡。另外也因为他被美国人俘虏过，于是很快便产生了怀疑，说他……

您知道是您的什么方面这么吸引我吗？

不知道。是什么呢？

起初您总是否认。是出于原则这么做的。但是如果人们不放松盘问，您就一步一步地承认所有的事情，当然总是在这样的条件下，那就是您说的跟人们之前向您描述的完全不一样。

您知道我特别欣赏您的什么方面吗？

这我可以想象到。

真的吗？

是的。但是我们把刚才说的归纳一下吧：您承认认识那名德累斯顿出租车司机格哈德·米勒。您了解他的历史，知道他通过与美国的联系而变得引人注目并引起了国家安全局的兴趣，知道他在鲍岑蹲了一年半监狱，然后突然被允许出境，并且奇怪的是去了威斯巴登，在那儿他在前面提到过的那天夜里带领着你们那只小型十字军东征队伍。

对此我或许不必做出回答。

是的，您甚至连格哈德·米勒这个名字都没听过。但是无所谓。因为你们想不出更好的主意，你们就朝卡斯特尔方向驶去。到了下面克莱泽尔河畔的时候，出租车司机把你们都赶下了车。你们大约是多少人来着？十四个？

我当时是一个人，下了出租车之后乘坐6路末班车去了卡斯特尔。

但是您穿着您的用塑料制成的骑士盔甲，带有护胸甲的银色的那副，配有宝剑和插着红色缨子的头盔。

头盔上的缨子在那个时候已经脱落了。但是我随身带着宝剑，尽管我的年龄对于这样的东西来说其实已经太大了。

哟，您可不能这么说。在这样的青少年十字军东征途中人们必须带上相应的装备。当年的战争距今天也没过去多久。虽然又组建了联邦国防军，它……

它是在我生日那一天组建的。

啊，在您生日那一天，这太有意思了。正好在您……

是的，正好在那一天，那天我也来到了世上。

但是联邦国防军解散了。

您说什么？

是这样的，几乎是解散了。不再有兵役制了。也就是说昔日组建它的前提今天又被人们废除了。红军派也同样解散了，但是您……

我不明白。您在严肃地指责我怎么没有跟着也一块儿消散？

从引申义上讲当然只能是这样的。

这就意味着？

意味着您最终要仔细考虑一下您存在的前提。

这样的前提会是？

您知道"永恒孩童"这个概念吗？

不知道。

这是分析心理学领域的一个概念，它的意思是永远作为小男孩，不想长大成人。

我应该是这个样子？

难道不是吗？我的意思是，您多大年纪了？与联邦国防军同岁，比红军派的年龄大一倍多……

您知道我正好注意到什么了？

我急于想知道。

红军派也属于27俱乐部的成员。

我不明白。

请您推算一下：红军派成立于1970年5月14日，解散于1998年3月，也就是说它存在的时间还不到28年，而是27年。

那又怎样？

就跟吉米·亨德里克、珍妮丝·贾普林、吉姆·莫里森、科特·柯本或者首先跟布莱恩·琼斯存活的时间一样。

然后呢？

再没有然后了。就这么简单，这是我刚刚注意到的。

我觉得，这马上从两个方面支撑了我的"永恒孩童"理论。

什么？

就是您刚刚说过的，因为这对您天真的本性来说又是典型的，即正好在我们会话中某一并非不重要的地方开始偏离话题，转而谈及您孩子般的对摇滚乐队的激情，如果撇开不谈您把流行音乐殉道者和恐怖主义组织相提并论的话。现在就差您把那个旧的披头士乐本取出来了，在那里您把所有这些事情都记了下来，还粘贴了报刊剪辑。同时您通过提到那些乐队成员的英年早逝证明了我的理论，因为"永恒孩童"当然是作为小男孩死的。因为他坚决拒绝变老，所以对他来说就只有死亡这一条出路了。

无论怎样现在我错过了这样的出路。

很遗憾，因为依照您自己的意识形态您早就应当不在人世了。我的意思是，谁五十九岁死亡的时候还值得一提呢？

比利·普里斯顿。

披头士乐队的第五名成员。您恰恰想起了他，这真有意思。一名同性恋黑人跻身于您的四位一体之列。您当时难道不羡慕他吗，当披头士乐队推出《回去》(Get Back)这首歌的时候？不考虑把你们俩联系在一起的笃信宗教，您与他达成了共鸣，是因为他正好是您的反面设计？您没有把这个看作是给自己的备选方案吗？您难道不想与他并驾齐驱吗？

我不懂您的意思。您说得这么煞有其事，说他是一名黑人同性恋者，这我直到刚才还真不知道。

不知道他是一名黑人？

不，是不知道他是同性恋者。

您当时也有意于这样做，但是然后又随意地把这种倾向转变成了对那个克劳迪娅的柏拉图-同性友爱式的痴迷。您从未真正地敢于去做些什么，对一切只是空谈，但却从未公开承认拥护过什么，无论是对革命、同性恋还是英年早逝。当您得知，在披头士乐队于1970年4月10日寿终正寝后不久，比利·普里斯顿似乎没有经过等待期就又兴高采烈地参与了滚石乐队的演出，甚至还参加了滚石乐队《小偷小摸》(Stinky Fingers) 专辑的录制工作，这时您头脑中的一根保险丝干脆都烧断了，于是您在一个月之后的 1970 年 5 月 14 日创立了红军派。事情是这样的吧？

这完全是胡扯，《小偷小摸》那张专辑 1971 年才发行，几乎是在一年之后。

非常精确，就在披头士乐队解散一周年之际。这是一张庆祝胜利和嘲讽失败者的唱片。这在当时使您变得精神错乱，这种针对您心目中圣徒的嘲讽。滚石乐队的歌手们以此来取乐，也就是他们在每一首歌里都影射那四位留着蘑菇头发型的披头士乐队成员的坟墓，他们自己还把四方形活动前裤片拉开，在坟墓上表演他们的舞蹈病。比如《摇摆》那首歌里的"我所有的朋友都在墓地"，《死去的花朵》那首歌里的"我不会忘记在你的墓前放上玫瑰的"，《我很郁闷》那首歌里的"我想扯拽我的头发"，它描述了一种典型的古代哀悼仪式，在这里当然是讽刺手法，同时在其他歌曲里杰格－理查德把他们虚构的说话者直接投射到披头士乐队成员身上，例如在《吗啡姐妹》或者在《你听不到我在敲门吗？》里，它非常印象深刻地描述了一名被活埋者的痛苦，他尝试以此使自己引人注目。

活埋，这是一个有意思的话题。

您最初也打算对米夏埃尔·雷泽采取这样的手段，当您夜里站在卡斯特尔的克雷泽尔河畔时。孩子们能够这么残忍。您可以十分镇定地旁观，看他是怎样在下面莱茵河畔的那个坑里慢慢死掉的。幸亏我们能够阻止最糟糕的情况发生。

你们？

当然就跟所有其他纳粹完全一样，那个雷泽也为我们工作过。您不相信一个男孩会自愿阅读《士兵》连载小说？或者反过来说，您认为一个阅读《士兵》连载小说的男孩不会自愿为我们工作？

他的葬礼，在下面莱茵河畔的插花，就这些吗？

那是遮人耳目的行动。就类似于军情五处用"保罗已死"这样的诡计所采取的障眼法，此外两者在时间上几乎一致。

这种把戏应当转移人们的什么视线呢？

转移人们对约翰死亡的注意。

但是约翰确实死了。

但是当时还没有。

那么1980年12月8日被枪杀的又是谁呢？

当然是他的替身了。很简单他们必须使他不再抛头露面，因为他开始表现得越来越难以控制，此外他也犯了一个严重错误，即他还在小野生前就和她的替身庞凤仪出现在公共场合。一般您总会认为，在听到一起暗杀事件时，人们肯定会相信遇刺者是一名替身。真正的刺杀行动通常情况下都是不声不响地进行的。

那约翰·费茨杰拉德·肯尼迪呢？

那是他的兄弟罗伯特充当的他的替身。

但他可是亲自被谋杀的。

您想说的是他的替身。

我简直无法把这个当真。

因为迄今为止您一直认为，现实是从属于文学的，而现在又不得不断定，您甚至都无法初步想象，现实中到底发生了什么。

所有这一切都有可能。

有可能，有可能。这些都是如此含糊不清的借口，它们应当把一切重新挪正。但是您认为，为什么1966年2月18日美国军方的一家运输机会装载着约翰·费茨杰拉德·肯尼迪的棺木飞向大西洋上空，为了把它从一百五十米的高空投掷到大海里，棺木里装填的是三个八十公斤重的沙袋，棺木四周还被钻了四十个孔？

这我不知道。

为什么正好在三十三年之后，小约翰·费茨杰拉德·肯尼迪也同样是乘飞机坠落在大西洋里死掉了？您知道的，就是那个在他父亲葬礼的照片上好像是在敬礼的小男孩，尽管他只是用手在保护眼睛不被太阳照射。

耶稣完成了三十三个奇迹。他正好三十三岁，在他死去的时候。

也是一个永恒孩童。

72
工厂主的童年时代

在战争最后几天的一次动用燃烧弹的进攻中,工厂主的母亲由于脸前突然亮起的镁光灯而双目失明了。当时她正在父母家的屋顶架上,为了把洗好的衣服挂起来晾干,尽管呼啸的警报声和日益临近的枪炮声她也不想中断自己的行为。在其他方面未受任何损伤,她在火光中摸索着下楼,穿过在此期间空无一人的房子走到室外,她的父母已经死在花园里,分别躺在水井旁边和莱茵克洛德李子树下,她经过他们的尸体继续往前走,其间一直结结巴巴地念叨着她未出生孩子的名字,穿过被爆炸的冲击波从枢轴里扯拽出来的大门,走到外面弥漫着浓烟的街道上。

她的未婚夫,一名在市政厅房顶上坚守在一架损坏的高射炮旁边的士兵,看见她像一个锡质人像一样急匆匆地穿过被撬开的街道,右手放在肚子上,像是在保护腹中的胎儿,披头散发,失明的眼睛就像是玩具娃娃的眼睛在睡觉时那样向内翻转着。未婚夫大声呼喊并挥手示意,因为他想指挥她朝市长家方向走去,这样她就能够在地下室具有保护性的腌渍的酸泡菜木桶后面隐蔽起来,但是在被掩埋者的叫喊声和坍塌房梁的哗啦声中她什么也听不到,除了自己沉闷的呼哧呼哧的呼吸声。

在她穿过村落广场的时候她停了下来,在那儿几条耷拉着脑袋、瘦得皮包骨的狗围在堆叠的游击队员的尸体旁边站岗,因为她觉得在始终围裹她的白色光线里,看到了一只手和辨认出了她未婚夫的照片,照片像是装在一个被翻开的圆形的框子里,一动不动但却充满亲切。但是照片两侧捻过的髭须已经染上了夜色,一种无法穿透的、比先前的白色更模糊不清的黑色把她包围了起来,因此她只是改变了方向,继续跌跌撞撞地朝原野走去,在那儿一头离群的小野猪从一处灌木丛里跳了出来,就像从一扇快速开启的食物冷藏室大门里涌出的穿堂风一样从她身旁蹿了过去。

工厂主的母亲把脸朝向天空,仿佛是想辨别云层的情况,看天上是否还有过早被投入战争的飞机摇晃的机腹划破最后的阳光,在呈螺旋形和8字形旋转,为了把机上起火燃烧的货物运载到矮小的瓦屋顶上。空气寒冷,针叶树枝也冻僵了。各种声响仿佛在远去,喷嘴好像也烧空了。就这样她在田间小路的路中央生下了工厂主。

她侧身躺着,用一块页岩割断了脐带,把工厂主包在她的围巾里。然后她跑到河边,侵略者修建的拦河坝使河流干涸成了一条涓涓细流。她把孩子放下来,用折断的芦苇丛编织了一个篮子,并用现在从她体内渗出的胎盘填塞篮子的缝隙。然后她把工厂主放到篮子里,最后一次亲吻了他,把他托付给了狭长的小溪,多年之后据说小溪变成了湍急的河流,河上架设了一系列桥梁,它们全都在颂扬工厂主的崇高,赞美他是怎样驾着他的汽车从钢筋混凝土桥梁上驶过,为了纪念他的母亲而放掉一只鸽子,为了讨好围在未加固的引桥两边的人们,他随身带了个孩子放到驾驶座上,为了向他展示这个世界,这个世界的美丽是为了纪念那个女人，她把他生到了世上，自己却再也见不到这个世界的美丽了。

才过了几公里盛装着工厂主的篮子就被一道由茂密的灌木丛组成的水堤绊住了，在那儿浑身颤抖的他突然遭到生平第一次暴风雨的袭击。这个毫无所知的孩子大声哭喊，引来了一群被击溃的士兵的注意。他们把篮子捞到岸边，从里面取出新生儿，把他移交给了在一辆两边有栅栏的马车上陪同他们溃逃的五名妓女中的一名。士兵们猜测，离发现地不远肯定有一个居民点，于是他们摆渡过河，在两个小时的吃力行军之后，的确到达了工厂主的祖籍村庄，还在当天夜里他们就把村子洗劫一空并将之夷为平地。黎明时分他们返回到装载妓女的栅栏马车处，与先前计划的不一样，他们决定让这名弃婴活下来，把他作为吉祥物带在身边，因为是他使他们获得了这么一次意想不到的外出掳掠的机会。

指出这一点是不无道理的，即一种原罪与工厂主的出生和放逐联结在了一起，这种原罪导致了那个村庄的毁灭和全体村民的遇害。后来这个国家最有才华的人士把这种罪过重新解释为幸福的罪过，因为唯独它成为工厂主伟大作为和创新的引擎和推动力。但是这是天意的秘密，同样也是无与伦比的力量，使得他能够忍受这种罪过所要求的所有厄运，因为父亲的头颅被刺穿在奥切森韦德的一根木桩上，这样的一幅画在战后装饰着山地教堂的还愿牌板，这幅画是一笔不容低估的遗产。

因此还在他的青年时代工厂主就经常问自己，他究竟能否成功地做到比他父亲活的时间更长，或者命运是否将会同样在他二十出头时，把他从市政厅房顶上扯拽下来，让他落入敌对士兵之列，为了让他在瓦砾堆和倒毙者之间甚至都没有足够的时间，去想所有那些他将不会再经历到的事情，去想少许那些现在很快就会过去的事情，几乎就像是一首儿歌里所唱的情形，人们在回家的路上无忧无虑地唱着这首儿歌，手牵着手排成一列纵队，而在父母家的厨房里则是精神错乱占了上风。

　　工厂主的母亲用尽最后的力气，把自己从路中央拖进一片树林里，她躺在林子里，耳朵贴近因远处炮弹落地而跟着抖动的灌木丛，倾听是否有谁路过，能够把她捎带到一个偏僻的茅草房里让她获得安全，在那儿她只需用一个杯子从屋檐接一些融化的冰水喝，在干草床铺旁边睡一觉，睡很长时间，为了把父母和未婚夫忘掉，三夜之后在一块灰色的岩石后面重新醒过来，岩石上未生长任何东西，只有牲口一年两次路过时在上面擦痒。当她终于听到一些动静并已经把手举起来时，眼前黑色的模糊裂开一道口子，工厂主的母亲看到那是敌方的士兵，他们通过时离她只有几步之遥，他们不会满足于给她致命的一枪，而是会沿着她几乎每天都要向下走一遍的路把她向上拖拽，或许她甚至欢迎这样，她很快这么想道，因为这样她就可以把一切再看最后一遍，包括围篱和草地，再用脊背感受一遍每一块她平时只是不经意踩过的石头，感受一遍路上的每一处坑洼。但总归她不再有选择了，因为喉咙无法再让她喊出最后一声，就这样士兵们从她眼前经过，嘲笑坠落的弹头和一架冒着黑烟翻滚而下的飞机，尽管那是他们自己人的飞机。

　　工厂主后来看到了这些被印刷在廉价纸张上的图片，把它们从人们丢弃在电车车厢里的报纸上剪切下来，粘贴到他的收藏集里，并用笨拙的手在图片上题了字。其中一张图片上的题名为"战争史"，其副标题的表述为：来自真实的生活。但是如果不是在暗中、即使在一次暴行之后也只是在被打碎的咖啡杯和撞翻的座椅之间用极其缜密细致的工作曝光某事的话，那么生活怎么可能是真实的呢？

负责照顾弃婴的那名妓女打心眼里是一个心地善良的女人，她只是因为时代的混乱而偏离了正道。根据流传下来的人们对她童年的讲述，她显著和不可动摇的信仰早在那个时候就已得到了证明，这种坚定的个人信念也深深地影响了工厂主，他亲切地把他的养母称作姨母，让人给自己和他的亲生母亲一道画像，画像上还配有一些象征性的附加物，例如隐藏在他粗呢大衣褶裥里的一只秃鹫，它是童贞圣洁的象征。

这些生动的叙述仅仅是田园诗般的小型绘画吗？其他传说讲述了一笔被贪污的遗产和那名在一次围猎事故中丧生的佃户，工厂主的父亲接受了佃户的名字，他无法向他的第一个妻子提供任何财物，他们如此贫穷，以至于他们在办完婚礼后不得不在一个牲口食槽里过夜。孩子们几乎无法活过满周岁，他们染上白喉，或者出于解释不清楚的原因而身上发青，没办法人们只得不断掘开冰冻的土地，把孩子们狭小的棺木掩埋进去。很快母亲就不再能够从产褥期里起身了，她自己疾病缠身，最后在一个周日早晨六点钟死去了，还在督促人们做晨祷的钟声敲响之前。新娶的女人也就是工厂主后来的母亲，是父亲的一位和他拥有同一太姥姥的表妹，在他妻子日渐衰弱的最后几年里照顾她，从她怀里夺下已死的孩子交给收殓者。现在她得到了教会的特许，和她的表哥在奶牛供应市场旁边的小教堂里，走向装饰得非常寒酸的婚礼圣坛。三月的风把修剪过的榆树上还未生出树叶的枝条吹得四散飞舞，与此同时工厂主的母亲被戴上了那枚已经失去光泽和覆盖有绿锈的戒指，戒指是她表哥从还躺在敞开棺木里的他第一任妻子因患痛风而浮肿的手指上旋下来的。神父的祝福语话音未落，工厂主的父亲就冲出教堂去了酒馆，在那儿他喝着啤酒抽着雪茄，思考着自己的爱好即养蜂。

这个地区的蜂蜜尝起来味道很特别，这种蜂蜜是蜂群从变得荒芜的花园里吃力地采集来的，或许将来通过养殖和特殊护理，恰恰从这样的口感里能够获得一种异乎寻常之处，从而给他带来一种远远超出山谷界限的名声。他的新婚妻子站在外面，被她的亲属们围成一圈。男人们穿的西服上衣太短，在后背处翘了起来，袖口也都磨损了。通过折边缝合，人们尝试赋予婚纱一种自然的平整程度，但是八个月的身孕是几乎无法被否认的。工厂主的父亲忧伤地望着他妻子的侧影，因为他只是期待又一次死胎分娩，不再指望得到一位继承人，他（继承人）将会给自己的蜂蜜理念画上一个圆满的句号，为这个继承人他值得逃避一些向官方部门缴纳的税款，并把这些钱用于他日后的教育。

与人们所有的猜想相悖，工厂主是在耶稣复活节前的星期六出生的，他挺过了第一年、第二年，甚至是第三年。在这个孩子几乎尚未度过最艰难的时刻时，父亲在往一块突出的岩石上安放一个新的蜂箱的尝试中遇难了，因为他的双腿陷在一处多刺的灌木丛里，他不知道该怎样使自己脱身。那块突出的岩石位置非常偏僻，因此无论是他妻子还是当地任何其他人都不知道，人们能够在哪儿找到失踪者的下落。此外他妻子正怀着第三个儿子，在救援她丈夫这件事上一点儿忙也帮不上。相反她和工厂主以及他弟弟坐在厨房里，给那些找寻无果归来的男人们斟上接骨木烧酒。工厂主的第二个弟弟早已在七月份的某一天来到世上，而在八月末的时候，突然一群蜜蜂聚集在房子后面一个被淘汰的蜂箱里，在完全没有人参与的情况下，把它们采到的花蜜吐到蜂房里。除了三岁的工厂主之外它们不让任何其他人接近它们，它们落在他的脸上和手上，甚至在他的嘴里飞进飞出，但却没有对他造成一丁点儿的伤害。

第一次品尝新装灌的蜂蜜时它是那么的甜，以至于人们只需要一滴蜂蜜，就可以用它来涂抹一整块圆面包。被这种蜂蜜的甜美所吸引，很快整个地区的人们纷纷前来拜访，为了用一只普通玻璃杯的价格，买到满满一顶针的蜂蜜。这样一来突然变得单亲的工厂主的母亲就有了微薄的收入，这使得她能够亲自把他抚养到实科中学毕业，虽然不是她必须让别人领养的工厂主的两个弟弟，因为蜜蜂会有规律地在春天消失，为了在夏末带着甜蜜的收获再次返回。

这种蜂蜜的秘密许多年之后才被解开，当徒步旅行者偶然发现夹在岩石裂缝里的他父亲的尸体时。他的身体因为气候状况而成木乃伊状，人们发现它时就是作为薄如蝉翼的皮肤织纱的，而他的内脏多年来则一直充当了蜜蜂的食物和住所。虽然工厂主后来蔑视和反抗每一种宗教，仅仅容忍那种信仰取向，它使自己从各种神话附属品当中解放出来，摆脱了秘密忏悔，以此创造了完全符合他心愿的一种重商主义社会的前提，可他当时还是永远醉心于蜜蜂的象征，对他来说蜜蜂体现的是持续的更新和对死亡的克服，因为它自己懂得把遗体转变成食物。

食物来源于吞食者，甜美的生活源出于强者，直到最后工厂主信奉的格言都是这样的。他习惯于在那几次少许时刻大声信口说出这句格言，当责任和天意要求他显示出非凡的力量时，比如在他的婚礼之后，当时他把自己的新娘托付给了一名会计员，为了让自己集中精力去履行重大职责。但是工厂主从未反驳过外国心理学家们的诋毁，在这方面哪怕是一个字也没提过，那些外国心理学家们声称，蜜蜂的象征代表一种模糊和隐蔽的弑父。为了达到企业的顶尖位置和成为民众的主宰，工厂主比所有的人都更清楚弑父的神话责任，因此他也不会自己生儿子，只待在装有双层防弹门和防弹窗玻璃的房间里。

阴雨连绵的下午让工厂主觉得没完没了，当他在被称作大伯的昏暗的书房里坐在他的写字柜旁，好几个小时地把两个空的"世界"火柴盒放在一起相互穿插的时候。当时他就想象要为青少年开发一种插塞游戏，这种游戏将会激励青少年的想象力，而不是将之扼杀在萌芽中。透过厚实的窗帘，工厂主看到一个和他年龄相仿的人举着撑开的雨伞，笨拙地穿过一条田间小路上滑溜泥泞的犁沟，并尝试保持身体的平衡。

对于他在城里上实科中学的那段时期，人们首先熟悉的情况是，工厂主习惯于每天穿街走巷地巡视，身后跟着一帮同学，他向他们描述他假想的新的城市规划的不同阶段，根据新的规划最紧迫的任务是公共建筑必须被拆除、被重新设计和被取代。用一根从树上折断的枝条，他在一座公园的沙地上绘制了他重建计划的初步草图。在他生命的最后时刻，在最可怕的战争动乱里和在最艰苦的条件下，他还派出一队考古学家前往他当年上实科中学的那座城市，为了让他们发掘出那条被覆盖了好几层焦油和改变了路线的沙路，不管多么零碎也要使他当时绘制的草图重见天日。果真考古学家们在地下好几米深的地方发现了那些被刻写的保存完好的线条，他们让人把它们切割出来，制成标本装在箱子里，运往首都并送到工厂主的办公室里，工厂主一眼就认出这些草图是他当年亲手所绘，让人把它们转交给国内最优秀的规划师和建筑设计师，再由他们从中设计出一栋无与伦比的房屋，在敌机投弹期间和民众清苦的生活条件下，在与他上实科中学的那座城市相同的地基上建造了这栋房屋，它在钢铁结构中闪闪发光，顽强地把自己锃亮的铠甲迎向敌人的力量。

工厂主无法亲自参加落成典礼，但是他让人给他看了照片，这些照片由于描述了他早在少年时代就尽显无遗的能力而令他非常感动。没有人告诉他，这栋像穹顶一样被架设了拱券的建筑里没有任何房间，而仅仅有多重交织的通道，仿佛是一群飞离地面的等翅目昆虫，因为所有的人都把它视为意图和使命，并从中看出他们自己慢慢逝去的生命的象征。工厂主为他们把个人的终结提升到一种象征意义的高度。这种象征使他们感到幸福喜悦。因为他们不再拥有空间，只有一条最后的他们必须走完的通道。

有时候那些用从不同的捐款箱里募集到的钱财资助新建的战争纪念碑无法与监狱的无窗立方体结构相区分。这更像是一个偶然间得出的结论，建筑师们在开发他们的理念并把设计草图摆在工厂主的绘图桌上时并未想过这样的结论。浮现在他们眼前的是对人命里注定要受空间限制的描述。被建在山丘上之后，这些大型纪念碑俯视脚下的小城，在夏天往山谷里投下长长的阴影。鸟类和其他动物都会避开它们，就连常春藤也不愿沿着没有毛孔的碑身向上攀爬。在多雨的徒步旅行季节人们会选择这些巨石雕像作为远足目的地，面对在灰色的空气里变形为凹陷面孔的巨石吃着黄油面包，同时从保温瓶里倒一杯热麦芽咖啡喝，这样的感觉几乎没有一个孩子将会忘却。

从实科中学毕业之后工厂主向一名动物标本师学习手艺，头两个月里他的任务是，上午站在一个满是污渍的水槽旁边，用一把柳叶刀切开头足纲动物的外套膜，把防腐液倒入它们体内。下午他要面对的是那种毫无希望的冒险，即从思想上领会本地全部两万八千种昆虫的差异和共性。

工厂主住在车间的一间后屋里，人们给他往屋里放了一个盥洗台、一张床和一个五斗橱以及桌子和椅子。在房间中央摆放着一个椭圆大木桶，它占据了房间的大部分空间，标本师在木桶里腌渍了一头完整的母牛。工厂主的师傅是浸渍方法的拥护者，在这一过程中身体的柔软部分应尽可能以天然的方式通过腐烂与骨头分离。用手术刀和剪刀去除肌肉，这在他的门派里被认为是对手工技艺的粗鲁违背。如果这样做不可避免的话，那么在加工程序临近结束时，有时也允许使用一把小的金属抹刀刮去沏在苏打水里最后的肌肉部分。另外浸渍的好处在于，这一过程也同时自动促成了涡虫、绳虫、带虫、吸虫和线虫的繁殖。

工厂主还在当时就养成了那种不良习惯，也就是在展开他的思想时必须来回踱步，因此那个恰好只能让他走三步的大木桶对他造成的妨碍可能比对其他学徒还要更大。肉体腐烂的气味在夜里经常令工厂主喘不过气，他只有借助于服用一些在车间存放毒剂的柜子里能够找到的水合氯醛，才能让自己陷入应得的睡眠。但即使这样他还是自认为在梦里能够听到那头母牛在大木桶里不安的辗转反侧声，以及它的蹄子触碰桶壁发出的有节奏的咔啦声，这让他回想起他母亲房子前面没有修剪的树枝，当秋风涌进山谷的时候，那些树枝也同样曾经摇着他入睡。

工厂主很难与他人建立起友谊，在他周边没有任何他可以毫无保留地倾诉衷肠的人。跟过往时期的那些最伟大的诗人一样，他也是从远处爱慕一位少女，那位少女他在工厂的院子里倒炉渣时就见过一次，她的画面如此深刻地烙在他的脑海里,以至于据说正是她的形象,后来成了所有妇女画像的榜样,这样的画像被凿进大理石里,装饰着城市公共花园和绿化地带。那些通常裸露的雕像在胳膊上抱着一只桶,对此艺术史上也有很多猜想。虽然人们绝不能片面地领会艺术的表述,据此谈及正在汲水的女性也同样显得合理,她正在用桶从时间之河里汲取民族发展所必需的元素,但是炉渣桶可能也扮演了一个不容低估的角色,它同样也必须赢得一种象征意义,哪怕是暂时性的象征意义。

工厂主很少有机会去拜访他的母亲,这样老妇人经常好几个小时坐在那儿凝视花园,园子里的各种色彩逐渐转变成阴影并失去光泽。尽管她丈夫已经在多年前离她而去了,但她一直还保留那种习惯,也就是在谈起他时总要用手指向外面那个旧的蜂箱。但是对工厂主来说自由的大自然是一种令人愉快的调剂。他终于能够深呼吸,不必再清点自己的脚步了。这里的女人也跟其他地方的不一样。虽然她们也提着桶,但是桶里盛的不是炉灰,而是牛奶。工厂主顽皮地跟在她们后面跑,让人用一把勺子给自己从桶里舀一口牛奶。他看到面颊上裂开的小血管和扣在眼睛上的沉重的眼睑,他扑到路边的一块草地上,开始啃咬一根草茎。

工厂主的母亲在她生命的最后一年里丧失了视力。情况的发生过程是这样的:在一个星期五的早晨,一名穿过各个村落游荡的旧货商贩敲了她的门,问他能否收购那个摆在花园里不被使用并遭受剥蚀的旧蜂箱。满以为会得到对方的同意,他还在提出请求期间就朝他渴望得到的东西的方向移动了几步,工厂主的母亲当然一生当中从未离开过那件能让她回忆起死去丈夫的遗物,对方的举动令她如此冲动,以至于她一句话也说不出来。她无助地把双手伸向旧货商贩,对方现在已经走到蜂箱旁边，正在评估它的价格。工厂主的母亲吃力和大口喘气地追赶那名男子，但却被横在地上的一把农耙绊了一下，栽倒时头撞在一块石板上，这样一来她就暂时失去了知觉。当她半小时以后在自己的床上醒来时，是女邻居喊来的医生把她放到床上的，她已经完全丧失了视力，只能呆视千篇一律的空洞。

这是唯一的一个地方，在此关于工厂主父母的两种完全不同的讲述找到了交点。在两次讲述中母亲的双目失明难道不都是遵循这一目的，即逃避一种可怕的、可能无法被承受的现实，也就是逃避父母的死亡或者最终失去心爱的丈夫？蜂箱承载了对后者的象征意义，旧货商贩也的确趁母亲昏迷时把蜂箱据为己有。工厂主从他监护人的一封信里得知了母亲的命运，监护人逼迫他返回祖籍乡村，为了在那儿向一名面包师学习烘焙手艺，或者像他父亲那样长期在一个公务部门供职，以此为他遭受失明和疾病打击的母亲赚取生活费用。工厂主正期待接受标本师同业公会委员会的第一次中期考试，他的内心非常分裂。虽然他已经预感到，标本师这一职业对他来说将不会是最终的职业，但他确信自己不适合做面包师或者公职人员，更不用说在他长大的那个村庄了。在这种情况下工厂主把自由的土地连带山丘和原野感受为是令人窒息的，女仆们的笑容让他觉得虚假，他希望她们桶里的牛奶变成炉灰。

工厂主跑到邮局给家里发电报，说他想尽快返乡，但之前还须履行无法推迟的责任。今后十四天他的计划看上去是这样的：继续学习备考，然后把一批喜鹊制成标本。黄昏和夜晚的时间他将用于查找那名旧货商贩的下落，为了找到纪念他父亲的最后物件，甚至可能以此使他母亲恢复视力，并使作恶者遭受应有的惩罚。

喜鹊体形较大，羽毛上带有一种奇特的斑纹。工厂主用一块微湿的布片把喜鹊身上大量出血的部位洗干净，然后往鸟嘴、肛门和鼻孔里塞上药棉。紧接着他用一根缝衣针把一根结实的捻线穿过鼻孔，为了用它把鸟嘴束紧。工厂主小心翼翼地摊开羽毛，开始实施他早已熟练掌握的、沿身体纵向从胸骨直到肛门的制作标本的主要环节。他用一把镊子把皮肤从身体上除去，把两条腿尽力向后拉，把它们从翅膀处扯拽下来。在对身体进行肢解期间，他不断往身体上撒上马铃薯粉，为了避免羽毛被弄脏。小心翼翼并用为了避免撕破而采取的细致入微的一拉一拖的动作，工厂主现在把皮毛几乎完整地从尸体上剥落下来。接着他从皮肤上举起鸟头，开始对眼睛进行加工。几乎难以想象和被他人无法估量的是，工厂主现在以何等的自我克制和充满责任感，开始用一把镊子夹住喜鹊眼珠的下端，把它们从眼窝里摘除，在此过程中他脑海里一直还滋生着那幅新鲜的、因为没有亲身经历而更显残酷的母亲变瞎的画面。月光照进工厂的院子里，使存放在那里的箱子的影子扭曲变形成侧面黑影像，它们好像高举着胳膊排成行站在防火墙边。工厂主用剪刀把喜鹊的枕骨部剪断，把颅腔清理干净。他走向工作台，按照鸟的身长切削了一根小木棍，从后面把木棍插入喜鹊的头颅，直到它能够被撑牢为止。他拿起装有白砷溶液的小瓶，往鸟头的内侧里滴了几滴。在一种灵感的指引下，工厂主没有把那个小瓶放回原处，而是仔细把它拧紧，顺手把它装进自己的上衣口袋里。

这天夜里工厂主没有躺到他的床上去睡觉。他站在腌渍母牛的木桶边，注视着它早已空洞的眼窝，和漂浮在表面的似黏液状的油脂和油污。那些气味来源于他童年时代的小屋，还有他在里面挂着的冬大衣之间躲藏过的柜子，以及他最要好的朋友长有痘疤的脸庞，朋友的手在一次发生在储藏草料的顶棚上的事故之后就一直残废了。他看到自己的母亲在那栋砖砌小房子里坐着。唯一一间能住人的房间，里面也摆放着床，上面是复斜屋顶阁楼，下面是地下室。工厂主看到这个地方变成了一座新古典主义寺院，寺院两侧各有四根大理石柱，前面有一条铺设的砾石路。但是在工厂主着手把这幅画面转化成现实之前，他还有一些其他事情必须完成。

他出门走进夜色，漫步穿过街道，用手电筒照亮商贩和旧货商人的店铺。有两次他自认为找到了那名偷走他母亲蜂箱的男子，但是当他第二天踏进商店质问店主时，第一个人能够凭借各种材料向他证明，所有在他店里待售的蜂箱皆出自当地一名与他相识的木匠之手，此外这些蜂箱此前从未被投入使用过，这一点人们从箱盖上未划破的绘有抗拒邪魔目光符咒的乡村题材画不难看出。相反，第二名旧货商人把他领到店铺后面的仓库里，为了向他展示一系列五花八门的蜂箱，所有这些都是他从去年冬天解散的地方博物馆的收藏中接管过来的。还有这么多数量的蜂箱存放在离这儿不远的一间地下室里，因此他自己派遣了一名店员下乡，为了给乡下的养蜂人和业余饲养者提供相应的蜂箱，因为他不可能把这么多蜂箱廉价出售给城里为数不多的收藏家。表面上工厂主不让人觉察到他一丁点儿的失望，他感谢店主提供的信息，然后离店而去。在接下来的几天里他继续完成他的任务，把剩余的喜鹊制作成标本，学习备考，继续一晚接一晚地搜寻城里的旧货商店。

终于在第三个通宵不睡的夜晚，工厂主在对最后一只喜鹊制作标本时实在是困得连眼睛都睁不开了，没办法他只得吃力地从车间里出来，走到隔壁他的小房间里躺到自己床上。但是工厂主睡得很不安稳，因为他强烈的意愿一直在对抗身体所要求的休息，并不断给他带来最可怕的幻象,在这些幻象里他失明和无助的母亲去找寻那块突出的岩石以及她丈夫成木乃伊状的遗骸,而他自己则作为不能自理的面包店伙计,穿着一件过大的围裙跟在后面走,一次又一次被拖在地上的围裙带子绊得踉踉跄跄,因此他不得不一再停下脚步,与此同时母亲在远处修剪整齐的果树后面消失不见了。

  为了摆脱这些幻觉,工厂主最终用尽最后的力气睁开眼睛,从他的床铺上起身,来到腌渍母牛的那个椭圆形大木桶跟前,为了半梦半醒地用右手从桶里舀一些腐水,把它浇在自己的脸上和右胳膊的脉搏上。但是从桶里能听到一种奇特的动静,它与关节发出的单调的咔嚓声或者气体的释放声不一样,当一块腐肉从骨架上脱落的时候。工厂主几乎觉得那种动静像是一种嗡嗡声,当他终于在黑暗中摸索到开关并把灯点亮时,他看到一群蜜蜂从水里飞起,带着潮湿的翅膀嗡嗡地朝小窗方向飞去,到了窗前它们列队保持飞行姿势,好像在等着人们给它们把窗打开。

  工厂主抓起他的短上衣,把窗闩推到一边,跟在蜜蜂后面跳到外面的院子里,跟随着它们穿过空旷的街道,蜂群就像是一条黄黑条纹的带子在夜空中飘荡,总是与他保持相同的高度。他不清楚自己在做些什么,有时觉得一直还在睡眠当中,而他的身体则陷入一种运动机能,这种机能半小时之后不再令他感到劳累,因此多年之后出于使青少年获益之目的,他把这一经验归纳成了十点纲领性意见,只是在日常训练中蜂群由一面固定在突前行驶的摩托车骑手头盔上的黑黄三角旗所取代了。

  在过了大约一个小时之后,蜂群和工厂主来到城市的另一端,在那儿他们一道拐入弯弯曲曲的街巷,这样的街巷工厂主此前从未踏进过。最后蜜蜂们聚集在一栋不显眼的、两侧都已经破败的房子前面，自战争以来房子上没有任何一块砖石得到过修补，房屋外墙面一直还显示出过去年代那种忧伤的铅灰色。在工厂主赶上蜜蜂之前，它们已经通过院门的锁眼钻了过去，走到跟前工厂主发现院门从里面上了插销，因此他借道下一条斜巷，从那里开始翻越了三道院墙撵上护航的蜂群，在此期间它们正在一扇地下室窗前站岗放哨。工厂主用手电透过因为灰尘和炭黑而几乎变得暗淡的窗玻璃往里照，在各式各样的旧货中间果然发现了他母亲的那个蜂箱。因为通向背街房屋的门只是虚掩的，工厂主很轻松就能进到屋里，并找到了去往地下室的入口。他发现那个蜂箱完好无损，它在一件大型的五斗橱后面潜伏着。

工厂主陷入昏昏欲睡的状态，在听到沿台阶下来的脚步声时才醒了过来，一个满脸通红、胡子拉碴的矮胖男人走进了地下室。他还没有把一根蜡烛点着，工厂主就无所畏惧地大步向前，质问他关于蜂箱的事情。那个窃贼企图反咬一口，责骂工厂主是侵入者和罪犯。于是工厂主检查了一下那只装有白砷溶液的小瓶，连日来它一直在他的上衣口袋里躺着。但是为了能够让窃贼尝一剂这种溶液的厉害，他必须首先制服他，把他摔倒在地。他朝窃贼走了一步，但又及时看到对方手里握着一根沉甸甸的棍棒，时刻准备着保护他的战利品。在窃贼拉开架势挥出第一棒时，工厂主弓身从棍棒底下躲了过去，从地上捡起一块随处堆放的煤块，把煤块掷向窗玻璃并把它打碎。马上人们就听到一阵越来越大的嗡嗡声，因为蜜蜂从砸碎的窗玻璃飞了进来，开始攻击盗贼，使得他丢掉手里的棍棒，捂着被蜇伤的脸瘫倒在地上，在这个恶棍的嗓子因为蜜蜂从里面的叮咬而肿胀堵死之前，工厂主能够轻而易举地把小瓶里的全部白砷溶液都给他灌了进去。

工厂主一直等到窃贼的最后一息,然后他扛起蜂箱离开了那栋房屋。天色破晓。第一批工人已经来工厂上班,他们把便帽拉得很低遮在脸前。在房屋之间的空旷场地上,几条瘦骨嶙峋的狗在四处乱窜。热面团的甜味从面包房里涌出,在第一个十字路口工厂主与一名报童不期而遇,他正在号外当天的日期和报纸上的大字标题。

工厂主吓了一跳。过去的几天对他来说成了毫无区分的一码事儿,因此他忘记了参加标本师同业公会考试的日期。再次返回车间现在看来是太晚了。他必须立即和直接去同业公会大楼,人们肯定已经在那儿等他了。

当工厂主疲惫不堪、蓬头垢面、此外肩上还扛着一个蜂箱沿着气派的大理石楼梯急匆匆上楼、为了进入会议厅参加考试时,考试委员会的成员们都相应惊呆了,他们起初根本不想允许他参加考试。尽管工厂主讨厌向别人陈述很久以来的私密细节,但他还是不得不提出他母亲的生病,作为请求原谅他放肆的出场形象的理由,并最终促使教授们改变了主意。现在人们还想知道,那个蜂箱到底是怎么回事。他一整夜都在忙于用一种新的方法制作蜜蜂身体的标本,众所周知蜜蜂的天然飞行姿势很难被描述,工厂主解释说。如果他希望用这种借口很快过渡到考试试题的话,那么他不得不很快意识到这样做是错误的。那些德高望重者饶有兴致地从他们的桌子后面走上前来,要求看一下他制作的标本。工厂主拒绝了他们的要求,不想给他们看动物标本,给出的理由是制作体系尚未完全成熟。正式考试还没有开始,其中一位先生补充说,其他人纷纷点头表示赞同。

工厂主别无选择,只能把蜂箱从肩膀上放下来,让考试委员会的成员们去打开它,而他自己则被过去几天的劳顿所击溃,瘫坐在一张椅子上。奇怪的是他听到的不是令他担心的疑问,即"那些标本到底在哪儿?"而是一片赞许的喃喃低语。工厂主从椅子上站起来,走到那些男人们中间,他们从蜂箱里取出以完全不同的飞行姿态呈现的蜜蜂身体的标本,频频赞许地欣赏着它们。不,人们真的还没有见过这样的东西,令人吃惊的是从任何地方都看不出刺孔和人工处理的其他特征。

就这样工厂主弥补了他鲁莽出场的缺陷,能够在最好的条件下接受对他的考核。首先人们向他提了一系列理论问题,其中第一个问题是,怎样切除一只兔子的横膈膜,在切除过程中必须注意些什么。工厂主给出的回答是,沿肋骨和上部骨盆边缘实施一道圆形切割,这与他从他师父那儿学到的完全一样。考官们意味深长地面面相觑,他们很快写下了几行简短的记录,工厂主自认为从中看出他们在怀疑他回答的正确性。为了使自己的论据形象直观,工厂主走到黑板前面,用寥寥几笔勾勒出一幅雄兔的草图,凭借这张示意图他说明必须从什么地方开始切割。这时其中一位考官站了起来,直截了当地问道,他作为考生怎样评价从肚子上面开始的交叉切割。不怎么样,工厂主回答说,因为以这种方式人们很容易使横膈膜骨遭受一种不必要的损伤。先生们又交换了一下眼色,除了他们当中年龄最大的那位,所有其他人都在摇头。工厂主不可能知道,那位先生就是席勒伯尔德教授,他在很多年前就使在切除横膈膜时使用交叉切割成为同业公会里的必选方法,现在他自己不动声色,却在享受由他的同仁们去相应捍卫他的一种立场。骨盆圆形切割会带来多种多样的好处,这一点据说后来才得到相关专业人士的认可,而且是多亏了一项经工厂主交涉而颁布的相关规定。

但是现在通过这种对一个从根本上讲无关紧要的问题的回答，工厂主的考试从一开始就没有成功。无论他多么巧妙地把交由他进行标本处理的狐狸的大脑在水下喷射而出，而绝不能切断膜状的大脑穹隆，立即识别那两根刚刚显露出来的锁骨，使它们与身体相分离，把它们分别装在两只单独的玻璃杯里，一旦杯里的水染成红色就马上换水，同时他又把非常敏感的、即使在一名灵巧的标本师的手底下也经常会脱落的尾椎暴露成一个连贯的整体，但这些都无济于事。这些思想僵化的官吏已然做出了判决，仅仅是为了不遭受人们的指责，说他们举行了一次不完整的考试，他们现在才并非真正感兴趣地补充提了那个事先准备好的诱诈性问题，即结合制作标本他如何评价马粪。总在怀念他农村家乡那种无情的气候，工厂主如实回答说，当人们比如说冬天在持续换水方面非常困难时，也可以把一具尸体在马粪堆里放两个星期，之后上面的肉就很容易脱落了。那些德高望重者几乎是违心地对这一回答点头称是，因为现在他们反对工厂主的没有别的，只有他在对横膈膜制作标本时那种偏离规定的观点。鉴于他毫无疑问地证明了他在实践方面的灵巧性，故而人们在商议时（商议期间工厂主和他的蜂箱一道在外面的走廊上等候）突然想到这一念头，也就是虽然拒绝向他颁发经由同业公会考核并获准的标本师资格证，但却证明他具有充当标本师助理的能力。这或许可能被描述为是一种让步，但仔细观察不难看出，它是对工厂主职业生存的毁灭，因为章程里明确规定，仅仅是为了与获准从业的标本师相区分，标本师助理不再被允许参加标本师资格考试。

当这些德高望重者走到外面的走廊上，为了把商议结果通知工厂主时，他们自己也觉得这样做非常残酷。但是工厂主一点儿不动声色，只是一言不发地转过身去，看都没看一眼由一名秘书递给他的那份标本师助理证明，拿起他母亲的蜂箱，正想朝楼梯方向走去时，结果在刚刚擦洗过的楼板上滑了一下，刚好用一只手撑在扶手护栏上避免了跌倒在地，但却失去了对蜂箱的控制，使得蜂箱从他手上滑落弹开。那些先前在接受委员会成员欣赏时只是装作僵硬和死亡的蜜蜂，现在成群地飞了出来把考官们团团围住，就连这些已经对所有的动物种类进行过肢解、截肢和制作标本的成熟老练的男人，现在也像受到惊吓的孩子一样挥舞着双臂，在他们的文件夹后面隐蔽起来，拥挤着退回到考场里。

在经历了这件事之后，工厂主第一次有了轻生的念头。但是使他产生如此极端想法的并非失去了父亲或者母亲的命运，而是一种僵化体制的不公正和骄横，它与新的体制原则上是相抵触的。

在返回工厂的路上，那些蜜蜂又一只接一只地回到蜂箱里集合，工厂主在进入车间时马上就把蜂箱放在了门边。被制成标本的喜鹊就跟他先前离开它们时完全一样，排成行站在工作台上上午的光线里。工厂主走进他的小房间，把他仔细、虽然现在看来也是徒劳地钻研过的教材打包装好。然后他走到那个大木桶跟前，用他的手电筒往里照。母牛的骨架几乎被完整地暴露出来。在它的肋骨之间工厂主能够辨认出老标本师的上身，他肿胀发白的皮肤也同样从颧骨处开始脱落了。工厂主从他那儿学到了浸渍技术的精巧，这种技术很快就将取得如此长足的进步，以至于工厂主将能够制作他的第一个人体标本了。

当然即使没有相应的资质证明，他也能跟现在完全一样继续照管他师傅的业务，只是这样做不符合工厂主的本性，他拥有一种与生俱来的正义感，此外从一开始他就感到个人的命运与他民众的命运以最紧密的方式联系在了一起，以至于他不断与尚存的标准发生冲突，这样的标准拒绝向他提供一个体面和首先为公众所认可的职位。

两天之后在一个上午工厂主朝集市方向走去，当他注意到那里聚集了一大群人的时候。是什么使普通民众心绪不宁，在这一兴趣的驱使下，他在人群中给自己开辟出一条路，为了最终来到一个临时搭建的舞台跟前，台上人们把一具男性尸体罩在玻璃罩下面安放在灵床上。工厂主立即就辨认出死者正是偷窃蜂箱的那名盗贼，尽管他的身体因为遭受蜂群的叮咬，以一种令人无法置信的方式浮肿变形，以至于人们费了很大劲儿才得以分辨出他的头部或者四肢。从一块固定在附近的牌子上工厂主能够读到，人们把这样的身体现象归结为一种迄今不为人所知的疾病，人们打算采取所有手段阻止这种疾病的扩散。出于这一目的人们即刻邀请了所有有名望的医学专家，但他们也全都面临一种无法破解的谜团，只能排除像鼠疫、流行性腮腺炎或者天花这样的疾病。为了走出这一困境，人们决定采取非常规手段，也就是把尸体向公众公布，因为人们希望通过这种途径找到一名高人，他能够识别症状，甚至可能懂得如何医治，对此人们当然要悬赏一笔相应的酬金。

工厂主无所畏惧地走上前来，请求那两名看守向旁边让一步，这样他可以更加仔细地查看那名男子的状况。人们答应了他的要求，工厂主俯身近看先前他敌人的身体。浑身上下裸露，只有生殖器为一块亚麻布所遮盖，窃贼就以这种痉挛的姿势躺在那里，就跟工厂主把他丢弃在地下室里的身体姿态一样。工厂主饶有兴致地仔细打量不同部位的肿块，尝试把它们与相应的刺孔联系起来。

好像没过几分钟，窃贼身上的肿瘤就突然改变了颜色，开始泛出红色，那样子就仿佛是它们又重新焕发了生机。因为棺木的玻璃罩蒙上了一层雾气,工厂主无法再继续辨认下去了,所以他转过身来,向看守道了谢之后扬长而去。

对于工厂主来说这一意外事故并未因此而结束。当然他在考虑这样的一个政府,它能做到的只有承认自己的无知,把解决最困难的任务托付给普通民众。这在工厂主看来是宣告了社会的破产。更有甚者,它真实地表明了政府对责任的一种深度恐惧。

或许是他自己对这一事件感到震惊,那天晚上工厂主几乎是自动萌生了一系列思想,这些思想还在很晚的时候促使他离开自己的小房间,上一层楼去他师傅的住处,用一把匆忙之间制作的万能钥匙打开他的房门,为了在那儿找到几张纸和一个铅笔头,这样就不至于使对一种新的社会制度的构想被白白想出,并在夜晚梦境的喧闹中变得模糊不清。

只有唯一的一次,那是在他的学徒期刚刚开始的时候,工厂主来过师傅的住处,为了在铺有地毯的走廊里等他的师傅,那天师傅穿了一双跟平时不一样的鞋,以便领着工厂主穿过一片位于附近的小树林,因为他自称属于学习范畴的也包括收集昆虫和甲虫,以及把它们立即杀死并装入植物标本采集箱。在这次学术性游览期间师傅讲述了一些他的私人生活,因此工厂主才知道他是鳏夫,没有孩子,也没有任何亲戚哪怕是远亲也没有。至于为何要杀死标本师,工厂主在他后来的传记草稿里解释说,既要杀害一位好人即标本师,又要杀死一个恶人即那个偷窃蜂箱的盗贼,这对于他的个性发展和成熟是绝对必要的。因为杀人这种经验,正如工厂主所表述的那样,只在各种情感联结以外才能真正被理解,才可用于促使个人性格的形成。

这样这种双重谋杀就属于工厂主成长过程中的最后阶段之一,这一阶段是与他亲密的圈子成员们在其常年的学习和培训过程中必须要经历到的。但是只有少量和被选中的人，他们自己也曾面临双重杀人的选择，为此必须挑选一个好人和一个坏人，只有这些人才理解工厂主当时可能处于何种感情危机之中，但也只能从最大的痛苦中才能发展出成熟。工厂主的其中一句格言是这么说的，但是成熟是那种可能性，它使人们自我拥有目标方向，想要那种必然性也就是意愿本身。

人们或许会认为，工厂主是在事后设计了这种解释，为了赋予其他动机一种特殊的假象。但是从某一特定事件我们可以看出，情况绝非是这样的。当工厂主在寻找纸张和笔具的过程中踏进标本师的住房、开始抽出几个抽屉打开柜子时，他有了一个令他震惊的发现。在那儿能够找到大量的纸张，只是它们全都密密麻麻地写满了标本师的字体。工厂主只需扫一眼那些纸张，就能看出它们都是些充满暴力、颠覆国家的诽谤性传单。传单上谈到了"推翻"，谈到了"个人统治"以及许多其他方面。个人，这个人应当是谁呢？工厂主直到最后在每一次演讲结束时向人群里喊出的那个问题是不无理由的，它很快就成为人们对新秩序的普遍誓言。个人，这个人应当是谁呢？

但是即便这一问题，就跟工厂主所有的格言一样，也是向一种深度的内心震动索取的，因为在他用那些纸张给标本师的炉子生火时他不得不意识到，他性格的成熟来源于一种纯粹的猜想，因为事实证明标本师不是一个好人，而恰恰相反是一个坏人。这样他就杀死了两名恶人。在那天夜里他的英勇行为陷入了平庸的洼地，当工厂主在令人窒息的标本师的房间里、在温暖的炉火前的地板上睡着的时候，他没有预料到命运之路早已重新在他面前伸展开来。

几乎谁也想不到工厂主在考试委员会面前遭受失败之后，人们很快又到处都在渴望得到工厂主。当然人们还不了解他本人，但是所有的报纸都谈到了那个男人，说他在人群中给自己开辟出一条路，为了俯身近看窃贼的棺木。因为在工厂主离去并消失在远处的一条街巷里之后，看守们发现窃贼的外观彻底发生了变化。他们马上通知了医师公会，该公会最高级别的代表立即赶赴现场来确认同样的情况。肿胀已经消退，从皮下呈黑色上涌的血液已经退缩，就连脊柱因死亡的僵硬而非同寻常的弯曲程度也减轻了。是否那个男人打开棺木对死者进行了一番处理，看守们被这样问道，但是他们俩都矢口否认，此外都指向人们在棺木所有四个侧面上固定的完好无损的铅封。

尸体被送往病理学科，在那儿人们把它从棺木里抬了出来，对它进行更加仔细的检查。如果说此前人们是在揣测死因的话，那么现在一切好像都在表明它是一次因心力衰竭而导致的非常普通的死亡，当然这只在一定程度上使负责检查的医师们放下心来，因为那种希望，即他们在与这样的一种疾病打交道，其症状只在死后显露一段时间，然后便又完全消失了，那种希望并未特别减轻他们绝望地寻找病因的难度。

从专业方面人们对那种理论丝毫不感兴趣，即认为俯身近看过棺木的那名男子可能会和治病有一些关系。"是后来而不是后果"，这是医生们的座右铭，跟标本师同业公会的那些主席们相类似，医生们也无法通过他们自己学说的盲目无知，去解读现实中无可辩驳的客观事实。多亏这一次有民众在场。这样很快人们就传开了，说一名男子透过密封的棺木，仅仅是通过注视就对死者进行了治疗，倘若人们可以对一名死者谈及治疗的话。民众的想象力简直不可遏制，后来人们干脆相信工厂主无所不会。如果他的时间充裕一些的话，那名死者可能也就复活了。

　　在这种普遍的亢奋情绪中人们开始找寻那名男子，工厂主一点儿也没有料到事情会是这样的，当他一大早在标本师过热的房间里醒来的时候。因为他生火时烧掉了所有的纸张，就跟他担心的完全一样，他自己记录的思想也在夜里丢失了，可他认为这种情况并不是特别严重，因为他对标本师真实性格的发现反正也要求一个新的思维的出发点。工厂主站起身来离开房间。最后一张纸片夹在了他鞋底的凹槽之间，工厂主没有把它烧掉，而是作为勿要过度轻信的提醒，把它插进上衣的里袋里。

　　工厂主几乎还未踏进明媚的晨光里、走到平时在这个时候一般都空荡荡的集市广场上，已经聚集在那里的人群就认出了他，把他围了起来并对他高呼万岁。神医被找到的消息在城市以外的其他地区非常快地传开了，人们从四面八方涌来，为了目睹设法做到那件难办的事情的神医的风采。警察和军队都无法控制民众的这种集体意愿，因此政府最终别无选择只能下台。现在工厂主必须承担起义务，投身于天意为他安排的那一职务。在所有的喧嚣吵闹中工厂主从未忘却，为了道德上的完美他还需要杀掉一个好人。在接下来的几年里他一而再再而三地尝试清除这一瑕疵，但每次他都不得不重新断定，他只是让又一个坏人遭受了他公平的命运。在他生命临近结束的时候，他才达到了他精神和道德追求的高潮，当时他很孤独并被敌人所包围，仅仅是为了直到最后也不对自己的事情感到失望，他通过自杀结束了自己的生命，为了以此在经过这么多年无谓的找寻之后，终于杀死了他唯一能够找到的诚实的好人，这是对命运的何等讽刺啊。

73
询问克劳迪娅和贝尔恩德

当时情况对您来说肯定是糟糕透了：您儿时对克劳迪娅大献殷勤，当时您追踪她旅行前往柏林，在那儿发现她正与别人热恋。而且是跟谁来着？跟您最讨厌的竞争对手贝尔恩德，他在成绩上超过了您并使您相形见绌。

我真的不知道还要对您说多少遍：克劳迪娅去了柏林，如果您说的是正确的话，那么后来贝尔恩德可能也去了柏林，或许他们俩也在那儿碰过面。

碰过面？好吧，您太善良了，他们俩有过一段充满激情的恋爱关系。如果我想象一下，您当时甚至连十四岁都不到……

您难道是想用您奇怪的年代排列错误来使我彻底疯狂吗？克劳迪娅，是的，她比我大两岁，贝尔恩德也是，但是现在一下子有了两名成年人，而我却一直还是一名十四岁的少年，这前前后后都不对。

我觉得是您在极力主张，把年月顺序作为限制性的社会机制加以废除，相反您赞成一种在时间上自由游动的历史编纂学。但是还是请您把年月顺序理顺吧，这才中我意，只能这样。您就干脆告诉我，事实到底是怎样的。我很乐意修正自己的错误。

我从未去过柏林。我和针对赖尼肯多夫城区会议中心的袭击事件毫无关系……

迄今为止也根本没有提到过这起事件。但是挺有意思的。它涉及的是一起什么样的袭击行为呢?

这我可不知道。

行了,来吧,现在您可让我失望了。

是您让我失望的,这种装腔作势就跟来自侦探片里的陈词滥调完全一样,它能够更容易地让人们坦白。

您这话是什么意思?

被控告者暴露了自己,通过他谈到一些他也不可能知道的东西。

什么叫陈词滥调?您刚刚说起过发生在柏林赖尼肯多夫城区的一次袭击事件,现在可以证明对此我没有透露过一句话,此外不管您相不相信,对此我也一无所知。

不,您对所有的事情都一无所知。这一点很清楚。您只能把地点和时间搞得乱七八糟,把彼此毫无联系的事情胡乱堆砌。

在这方面我不是这么肯定。我的构思是完全合乎逻辑的。您就是那个1969年在某个地方抓住某一任务不放的人,仿佛在那之后您就不会再变老,仿佛之后您就再没有活过,一直到今天。但是不,您这样做,仿佛当时一切都停滞了。克劳迪娅,贝尔恩德,他们都变老了,去了柏林和法国,去了太平洋地区,但是您,您一直还坐在比伯里希那个傻里傻气的厨房里,让明爱会那位女士给您涂抹一块黄油面包,装出一副天真烂漫的样子,好像从未发生过什么事情。以这种方式您使这一切都合理化。以这种方式您偷偷地摆脱了责任。采取行动,这往往只是由其他人去做的。您只是那些可怕的权贵们的玩物,那些权贵由教会、父母家和国家组成，因此您决定干脆不再继续生长，因为这会让您感到很高兴。此外这也不是特别独创的想法。我们当时在学校里只看过《猫与鼠》。那个相关的描写……

行了，行了，您不用给我描述这些了。但是正如在我们刚开始会话时我已经说过的，您完全可以像霍格费尔德夫人那样成为红军派成员，如果您没有成为红军派的一员，那么我们可以把它说成是一次意外。但是需要强调的是几年之后，您去了柏林，在那儿重新遇到了贝尔恩德和克劳迪娅，是您催促他们盲目地过急行动，是您搞到的炸药而且不再顾及人的生命，这些您不能再矢口否认了。您尽管继续躲藏在您的小城田园生活背后，这不会对您有任何用处。您只管继续在我们面前表演疯子的角色吧，这样的疯子生活在一个有钟形玻璃盖的乳酪盘里，盘里总是不断播放当时那五六个月发生的同样的事情，为了让您意识不到这样的当下早已成为过去，让您像是行走在一个没有出口的迷宫里一样。但是这样的出口根本也不可能存在，因为一切都已经发生过了，因为否则的话您必须从过去走出来，进入真实的当代。这一切是多么有感染力，这一点您可以从我身上看到，在此期间我也跟您的说话风格一样了，因为人们禁不住想要尝试帮助您走出困境。但是另一方面，我说不清楚，不知怎么地……

什么呢？您尽管说好了。

好吧，不知怎么地，我也不知道该怎样准确地表述……

您就只管说吧。

我觉得您说的一切都是如此经过构思和索然无味的，并以奇特的方式被复杂化了，对我来说这与您总是自我宣称的精神错乱毫无关系。这更像是一种不知怎么地被误导的官僚主义。但是正因为您如此固守这样的思维模式,我才觉得您也以某种方式而显得精神失常。您理解吗?

是的,我当然理解这个。我的精神错乱就在于我显得非常正常。

您看,我指的就是这个。您总是对一切都了解得更多,自己也已经说出了一切,也已经进行过自我批评。所有这些都是策略,您把这些策略发挥到极致,为了让人们抓不到您。您就像鳗鱼一样又湿又滑,但不是人们所熟悉的伪君子或者骗子那样的圆滑,而是以一种充满精神生活的奇特方式,这样的方式更为糟糕。那部影片叫什么名字?托马斯·克隆恩真是不可理解。

米歇尔·勒格朗的电影音乐,配上那首无与伦比的名曲《你心灵的风车》,曲中一切都在不停地旋转,像齿轮一样相互耦合,人们彻底失去了方向感,不知道听到的是鼓声还是仅为自己的手指敲击桌面的声音,人们能回忆起面孔和名字,但却不知它们是属于谁的,总是在隧道里还有一条隧道,在轮子里还有一只轮子,一切都在运动和相互推移,世界就是一个默不出声地穿过宇宙飞行的苹果,一切都在断裂成碎片,就连歌曲也是如此,人们从这种永恒的旋转和缠绕中苏醒过来,仅仅是为了注意到秋叶有了和她头发一样的颜色……

克劳迪娅?

可能是吧。我不知道。或许人们自己也根本不知道他爱的是谁。或许人们一直认为那是克里斯蒂安妮·韦根,然后不知什么时候,当一切都早已被忘却和结束时,人们才意识到那是无法令人忘却的克劳迪娅。因此所有其他的事情人们也忘不掉。只有当人们采取行动、当人们在某个地方盲目和不加考虑地向人群投掷炸药包时,人们才会忘却,因为人们想把自己炸掉,想把自己从这种陷入僵局、被冻结的时代里炸出去，但同时又会产生那种感觉，即人们要透露一些事情，如果人们使自己摆脱它们、如果人们离去、如果人们不再去想、如果人们不总是继续在内心承载回忆的话。

那么您回忆起了什么呢？

回忆起她的目光。我看到她用一种眼神注视着另一个人，它……

用一种爱恋的眼神？

是的，我是多么想看到她用那种眼神在注视我呀。但是因为我爱她，您明白吗？因此我不得不像是迫于情势去感觉那种眼神，就像她对它的感受那样去感觉那种眼神。您明白吗？因为我爱她，所以我必须去爱她爱的那个人，但恰恰是这一点对我提出了过分要求，恰恰是这一点令我伤透了脑筋，您明白吗？恰恰是因为这一无法破解的矛盾之处。

这种情况又让我更加迷惘了。

我知道，它也令我神志糊涂。这正好就是我无法解决的问题。它就是那种卡在肉里的刺，是在逃亡与攻击、爱情与绝望、你和我之间的不断切换，人们从外部观察、从内心感受另一个人，这样人们虽然独自一人，但心思却完全在他身上。

那发生在柏林赖尼肯多夫城区会议中心的袭击事件又怎么解释呢？

74

虚构的友好3：悲叹帝国

德里达对去/来游戏的跟踪

虽然我指责他人没有识别政治结构中的系统性，相反却在道德方面陈述理由，可我也同样很少识别出爱情关系中的系统性，却在道德方面陈述理由。

信仰、爱、希望，这些都是相互制约的道德审级，它们共同维持了整个不幸。

仅仅拒绝形式（低俗的文艺作品、平庸化、简单化等等）是不够的，人们还必须拒绝运输这些形式的内容（爱情、英雄主义、道德等等），因为两者不是相互独立地存在，而是彼此制约。

或许用这个原因可以来解释，为何人们要有所作为，为何他们要找些事情来做，为何他们要枪杀别人，或者往图片上倾倒酸液，或者变得堕落、肆无忌惮和为达目的不管死活，因为他们通过这样的行为把自己弹射到一种生活当中，从这种生活中不再有退路可逃，它充满了客观强制力，这些强制力让人们一个接一个地堆积行为，直到人们只是忙于承担其中一种行为的后果，在未加考虑、粗心大意和分散注意力的情况下人们让这一种行为发生了,人们实施这一行为跟这一行为发生在人们身上是一样的,这就好比是人们在柏林夏洛腾堡区的狼穴酒馆里花一千马克买了一把贝瑞塔手枪,在康德大街砸毁一辆阿尔法·罗密欧汽车,从位于柏林米奎尔大街83号的德国社会问题中央研究所的底层窗户里跳出进入地下秘密活动。

最好最后所有的人都死亡,如果可能都被杀戮掉,因为否则的话通向平庸之门又会重新开启,无论电影、书籍和生活片段之间有多么不同。痴迷于拙劣的文艺作品的原因恰恰在于,从这样的作品后面不会再有其他东西出来,人们已经到达了,而其他人还在排队等候:在门外,沿左侧排队,每一个人都与另一个人交错而行。

福柯是德里达在巴黎高等师范学院的教授,他从不知道应当在德里达的论文作业下面写上"很好"还是"不足"的评语。这就好比是去/来游戏一样。

很遗憾去年德里达没能和我去那家所有的东西都卖50欧分的商店,那里有一种注射器形状的圆珠笔,它带有毫升分配装置,笔芯四周还有一种红色的液体,可惜它很快就烘干了。德里达:我总是梦见一根羽毛,它是由笛子或者仙女变来的。为了逃脱潘神,绪任克斯让人把自己转变成一根芦苇秆,然后潘神用这根芦苇秆给自己切削了第一支笛子。绪任克斯笛再次出现时已有超过八十种昵称,用这些昵称亨里埃塔·沃格尔在她1811年11月的信里证明了克莱斯特的存在。或许这样她能够毫无顾忌地承认她的爱,或许这样她才能忘我地去爱,因为她知道克莱斯特还在当月就将枪杀她。对于帕斯卡而言人是一根会思想的芦苇秆①,也就是会思考的芦苇,这总是令我回想起《诗篇》第103篇,在那里人是一根草,是盛开的花朵,它被一阵微风彻底摧毁。

帕斯卡之所以选择芦苇秆，可能是因为它通过风能够发出声响，也就是说思想是上帝呼吸的回响，帕斯卡描述了对上帝的疏远和对无限空间的惧怕，以此以最恳切的方式发挥了自己的效应。

1985年9月，一位爱上我的意大利姑娘在临别时送了我一本圣经《诗篇》。她正好把《诗篇》里描写青草和盛开的花朵的那句话抄写在了随书附上的卡片上。在临别的头一天下午她请求我帮他起草一份结婚通知书。当我没有意识到，她在结婚通知书上描述的是她自己和我时，也就是说当她不得不断定，我甚至连她的爱恋对象都意识不到时，她在第二天就启程回她的家乡了。在边境附近的一个火车站她从一个公用投币电话亭又给我打了一次电话。那个年代还没有手机。她在电话里说，我应该照顾好自己，我也说了同样的话，但我当然知道她的话是一种呼吁，那是在暗示我应该照顾她，应该把她请回来。或许我真的应当那么做。或许我应该让别人爱我，看是否从这种被爱中能够产生出一种爱情。如若不能，那么至少她会变得幸福快乐。

几乎整整十年之后，1995年5月2日星期二，晚上我在城市池塘旁边坐在另一位女士身旁。她领口开得很低的女上衣对我来说显得与在手腕处束紧的袖口不相匹配。我对她说，将来我就做她喜欢的事情，并且也真的是这么想的——或者表述得更好一些：我自认为是这么想的。我愿意放弃自我，尽管只是在这一刻，尽管只是出于绝望。当然这种放弃自我不是真的自我放弃，而是恰恰相反，它尝试始终不放弃自己，始终坚持我对爱情的设计。在痛苦中的她立即接受了我的建议。在这一刻我意识到，我的建议不再是正确的了。如果她没有接受我的建议的话，或许我还能把它付诸实践。

互相质疑对方的爱。这是我恋爱关系中一种受欢迎的变体。属于此列的往往还有，同样相互之间以自杀相威胁。这是有一定逻辑性的，因为如果人们怀疑对方的爱，那么人们必须至少证明自己的严肃性和走向生命尽头的意愿。从一切迹象来看，爱情涉及的好像是一种非常孤立和孤独的活动，人们主要是单独体验或者更确切地说是和第三者一道经历这种活动，但却很少是和自己渴望的对象一起去感受爱情。

令人气恼的是人们有时甚至必须把威胁的结果付诸实践，也就是当对方不再遵守约定、把说过的话当真，并已对威胁做出反应的时候。这也证明了爱情几乎仅仅发生在想象领域。

或许我应当接受耶和华见证人的邀请，他们每隔三个月总会派同一位和蔼的女士在他人的陪同下到我这儿来，那样的话我就能去参加一种活动，得知是否一切会真的随着死亡而结束。该诅咒的是为何事情总涉及我，以及我和我简陋的大脑应该想出的同样简陋的观念和愿望？为什么不遵循其他人的愿望？我之所以不幸福快乐，可能是因为我根本就不知道，我真正想要和需要什么。

我的第一篇篇幅较长的散文大概有六十页左右，我把它当作是一部长篇小说，它是我十九岁那年用一台鹰牌打字机② 写成的。我当时不会讲法语，但却不知从什么地方读到过，法语词 glas 是"丧钟"的意思，于是就给那篇文章命名为 Glas。它讲的是一种对一次失败的双重自杀的狂热幻想，以克莱斯特和亨里埃塔·沃格尔为蓝本。男的枪杀了女的，但自己却活了下来，或者他过于胆小以至于不敢追随她而去。德里达阅读了他分为并列两栏、名为"丧钟"的文章，在栏目之间又插入了一些评述，用热内阐释黑格尔或者颠倒过来。热内那一栏以引用热内本人的一句话开头："这是一本被撕成规则的方形纸片的伦勃朗之书的残余，扔进厕所里。"这一构想与艺术破坏者伯尔曼的主张不同，他虽然也是有计划性地进行艺术犯罪，但却想使毁灭本身能够被人们看到。伯尔曼追求的不是毁灭一些接下来不该再有的东西。对他来说重要的不是彻底消灭，而是对苦难进行描述。图画应当遭受苦难，这种苦难应当描述它们新的、被他所强加的思想内容。与热内不同，他看重的不是对作品的拷问，而是对他自己的拷问。（在爱情方面也存在这样的区别：恋爱中的一方用酸液攻击另一方的照片。）

《明信片》：几乎三百页厚，用时三个月写成，是写给他的情人、女哲学家雪维安·爱嘉辛斯基的情书。相比三年前出版的巴特的未完成作品《恋人絮语》，德里达给我留下了一种独特的冷峻印象，虽然他总是富有见解地变换描述他的情感，并把"我爱你"这句话思考成空洞的、和尚念经式的表述。与巴特不同，他（巴特）在《明信片》一书出版的那一年去世了，他的未完成作品，特别是在他死后出版的《记事短集》，显得是那么迫切、绝望、亲密和脆弱。我读了所有这些作品，通过阅读我感到自己被免除了那种义务，即必须亲自探讨爱情这一主题处理手法，对那种极端孤独的话语提出自己的观点。为此其实我是应该放弃一些东西的，可我不愿意做的恰恰就是这个[③]。我对他们的期待、要求和愿望，我却拒绝给予自己。我以微笑来讥讽他们的尝试，将之视为是不能令人满意的，这应当使我自己避免被别人以微笑相讥，避免使自己以不能令人满意的形象出现。他们应当替我说话替我失败，从而使我能够继续隐藏起来。和我同一天生日的巴特或许也跟我更为亲近一些，因为他不会求助于情人，而总是从孤独者、等候者、被抛弃者和渴望者的境况出发进行写作。

在《明信片》一书出版四年之后，德里达与爱嘉辛斯基分手了，因为她想要那个他拒绝保留的孩子。后来爱嘉辛斯基嫁给了利昂内尔·若斯潘。德里达的儿子在《明信片》一书出版时十七岁,他从父母家搬了出去,放弃使用父亲的名字,和阿维塔尔·罗奈尔在一起生活了一段时间。即使现在我也会躲进这些细节,因为否则的话我会禁不住在此想起,我有好几个星期没有听到格尔妮卡的任何音信了,想起每天在不寻常的时段里一种心跳过速总会侵袭我,我尝试让自己平静下来,但却做不到这一点,只得一直等到它(心跳过速)停止,有时等一个小时,有时要等两三个小时。

巴特和德里达两人都理解沉默的意义。巴特说过:每一种语言都是法西斯主义的,因为它强迫人们说话,他的具体原话是:"语言简而言之都是:法西斯主义的;因为法西斯主义不见得要妨碍人们说话,也就是说它强迫人们说话。"为何在"法西斯主义"前面要加冒号呢?因为它应当表达的意思是:语言是简单的。在其简单的存在当中它是:法西斯主义的。相反德里达强调的是秘密:如果对于秘密的权利不能得到保留,我们就身处极权主义当中了。因此对德里达来说民主也总是处于形成之中,因为民主没有解决这一问题,在公共领域否定了秘密并迫使人们做出回答。恰恰是因为我在过去几周总是必然要研究公开承认这一问题,我发现一种特定的精神状况想要迫使我做出公开承认,但同时这样的公开承认恰恰在这种心境里对我来说是根本不可能的,因为这样做会充满了羞愧,以至于我夹在这两种冲动之间面临着被磨碎的危险。因此我必须首先把既强烈渴望自白同时又惧怕自白的冲动理解成问题,并与之达成一致,从而使心理疾病远离那样的做法,也就是把特别疯狂的人跟从前特别野蛮的人一样描述为更好的人。心理疾病非常简单:它是法西斯主义的,因为它强迫人们去采取行动,去破坏,去公布,去公开承认,去策划,去走开和想被叫来,去否认,仿佛它不是产生于最孤独的话语，而是受外界的制约。另一方面同样的强迫症也在告诉我，沉默就是否认，因为正如加缪所言，它让我相信我没有任何想法，没有任何感觉。我们在恋爱中通过沉默相互欺骗对方，难道不是这种情况吗？正是通过没有任何想法和没有任何感觉？如果我表露自己我就输了，但只有通过表露我才能赢？

海德格尔（他是法西斯主义的）认为，人们只有用自己的语言才能思考，与海德格尔相反，德里达把他拥有的那种语言并不感受为是他自己的："我只有一种语言，它还不是我的。"（因此他也把自己感受为是腹语者吗？）我付出的种种努力为何得不到回报，你知道我有多爱你吗？贝尔蒙多在戈达尔执导的影片《女人就是女人》中这样问安娜·卡里娜。试图让对方做出回答的意图在于，紧接着跑出咖啡馆并用脑袋撞墙。爱情表白的不可能性就在于此，就像格尔妮卡不无道理地指责我的那样，我对她的亏欠之所以变得如此糟糕，是因为我向她表白过自己的爱情。假如我没有向她表白过爱情，她现在就不会怀疑我的爱情了。她指责我在她内心引发了这种怀疑。但是我该怎样对这一指责做出反应呢？我应当收回、改变和补救什么呢？当我在许多年前看到高达执导的影片中的那一幕时，我一下子就意识到了那种矛盾，它产生于想把自己的一些想法通知给对方的愿望；因为如果我用我的语言把它通知给他，对他来说它就是无法被理解的，如果我用他的语言把它通知给他，我的想法虽然被传达了，但它却是支离破碎和不准确的，不再真正是我的想法，简而言之它对我来说是无法被理解的。那么我该选择哪个呢？还是最终选择沉默？或者像德里达那样选择保留秘密？秘密是中间道路，我可以说某事存在，但却不说它是什么。同时我希望能够表露。秘密必须得到表露，它不能被泄露。如果我泄露了秘密，那么离攻击也就不远了，因为我感到通过自己的泄露而不被理解。通过泄露我犯了出卖罪。就如贝尔蒙多在影片结尾处所说的：你真无耻。对此安娜·卡里娜回答说：不，我不是无耻，我只是个女人。在影片《断了气》的结尾处，当贝尔蒙多被珍·茜宝出卖，中枪后奄奄一息时，他说的最后一句话是：这太卑鄙了。茜宝没听懂又重复问道：你刚才说的是什么？这时警官回答说：他说你真是太卑鄙了。但是茜宝不理解那个词，她又问道："卑鄙"这个词到底是什么意思呢？电影就这样结束了。这种情况把人们引向了乌利亚之信④的困难性。或许每一封情书都是一封乌利亚之信。如果每一次表白都必须被误解的话。我可能是爱格尔妮卡，因为她保留了这一秘密，而我却无意中泄露了该秘密并由此破坏了我的爱情。

你找到了我，我也找到了你，这是一个奇迹。恋人们如此虚构他们自己的传说，为了使这种奇迹在日常生活中重新蒸发并分道扬镳，因为确实有比奇迹更重要的事情，因为没有人能够仅仅靠奇迹谋生。"你们在数百万人当中找到了我，这是我们时代的奇迹！我找到了你们，这是德国的幸运。"这是希特勒在1936年党代会发言中的一段陈述，人们应当把它写进所有恋人们的诗集，因为我们知道这种奇迹产生了怎样的结果。爱情故事一般都以不好的结局收尾，这不是因为其中一个去爱而另一个不爱，而恰恰是因为发生了那种相互渗透的伟大奇迹，这样的相互渗透说白了就是相互误解。

或许最幸福的爱情表现为，其中一方欺骗另一方，只是假装出对他的爱，因为被表演的爱情能够完全自由地得到展现，并对对方产生影响。如果人们真正去爱，这种情况就会变得很困难，经常是不可能的。

有这么一则故事，故事里一名婚姻骗子迄今为止只是假装爱一个女人，为了能够被她所供养，但现在他意识到，他是真正爱上了她。现在他尝试让自己变得诚实，但却不得不断定，这种诚实根本不是对方想要的。相反，女人认为他将不再爱她了，尽管事实上他现在向她展示了他真正的爱情。

古希腊宗教让狄俄尼索斯也加入万神殿里众神的行列，藉此这种宗教把精神错乱也包含在内了，它难道不比一种试图排除精神错乱的宗教更为理性吗？

祛邪术不排除精神错乱，而是把它包含在内，因为祛邪师让自己作为旗鼓相当、经常是占优势的对手去面对精神错乱者。在那些地方会发生排除现象，在那儿仿佛存在一种宗教、哲学或者科学，总而言之存在一种生活状况，在这样的生活状况下不会出现一些其他领域必须关心的事情。这是真实的谎言，这始终是黑格尔思想的真正核心。因为整体都是不真实的这一客观事实，不会因此自动废除上述思想核心的必要性。

人们并非总是精神错乱，而是人们时而精神错乱，然后又不是这样，就像人们爱一个人，然后又不爱了。带着这样的矛盾去生活，而不是给人一种印象，仿佛存在稳定性，仿佛存在爱情、妄想、恐怖和作为存在的主体。

把两者放在一起思考就是：整体是真实的，整体是不真实的。

或许私人电视台唯一的功劳就在于，把我们从每日电视新闻主观臆想的客观性和官方语调中解放了出来，后者（每日电视新闻）总给人一种印象，仿佛它是对事实情况和有代表性的世界事件的真实片段所做的客观描述。现在各大公共和国有电视台早已使自己适应了私人电视台的那种娱乐腔调，人们知道一切只是作秀而已，不再有人会产生这样的念头,即在这一切的背后还会估计到有一丁点儿的客观性。

幻灯机的光线落在她的后脑勺和我从她肩头滑过的双手上。地图上的许多箭头正在按圆规路线穿越各大洲,它们出于害怕而相互紧跟着。在树林里叶片落到她的肩膀上,像笨拙的幼蛙一样蹲坐在那里。她戴着一副墨镜,尽管秋日的阳光只是微弱地透过矮树丛和枝杈照射在我们身上。天色越晚,她的心情就越显得幼稚可笑。她伴着收音机里的一首音乐在运动。"人们最好仰面躺着死去。"她说。在很快思考了片刻之后她又说道:"不,最好人们就像在睡觉时那样死去。"她转了一圈,"最好人们啥也不想地死去。"然后她把我领进厨房去我的恐怖博物馆那儿:被祝福的断腿绵羊,在摆设有黑色圣母像的玻璃柜前面的毛发蓬乱的布质玩具狮子,被翻转过来倒放的蜡烛,被罩上了一块绣花布的早餐桌和带有油渍的水碗。

恐慌性攻击引发还是阻止了恐怖主义呢?我从恐慌性攻击中看出了生活的真理,同时这种真理又阻止我想去改变,并且是用暴力改变生活吗?还是恐慌性攻击促使我,也想把那种感觉传达给自以为是的世界,在我最终能够起床之前,那种感觉每天早晨都要花费我两个小时的时间?还是恐慌性攻击预言人们有成为殉道者的资质?有成为饥饿艺术家的资质?

围着篱笆的花园一动不动,里面的青草没过了膝盖,我的目光越过园子向联邦公路望去,它在夜幕下变成了不均匀的黑色,好像有人用他的圆珠笔在上面胡乱涂抹,为了给公路后面挤在一起的树林添加一条小河。太阳向内翻转变成了月亮。

在不寻常的事情还没有与普通的事情区分开来的时候,对于太少的东西有着太多的解释。在阴暗的冬夜人们能够认出私生子,当他们穿过马路旁边灰白的雪堆跑步回家的时候。驱动成年人的那些东西如金钱、性欲和绝望，都隐藏在单户住宅的缸砖围墙后面。作为人最宝贵的财产，工作在当时尚不被问津，还比较纯净。宗教信仰也是如此。人们没有时间在夜里观测天空永恒的翻滚。如果人们在星期天感念一颗滴血的心，那么这肯定是在午饭前的一小时里进行，这样的午餐通过正餐前喝汤与平时工作日里的午饭有所区别。快乐的童年时代，那个时候人们听不懂成年人的玩笑，只是跟着一块儿发笑，因为以此人们感觉属于他们中的一员。

刹那间从收音机里传来的沙沙声能够被听到，但或许那也是油脂在煎锅里发出的呲呲声，或者是一小股水流从水龙头注入盆里时发出的哗哗声。

注　释：

① 洛特雷阿蒙把这个用于表述他有时有些简单，因为是下意识结构化的诗歌：《人是一棵橡树》，而对他来说宇宙就是一根会思考的芦苇秆。本章注释皆为作者原注。

② 在影片《闪灵》里，斯坦利·库布里克也让杰克·尼克尔逊用一台鹰牌打字机不断写下"只工作，不玩耍，聪明孩子要变傻"这句话。对库布里克来说，鹰牌打字机是纳粹的一个标志。但我从未如此破译过这个标志，因为它是我的第一台打字机，是父母不再使用而淘汰给我的，它与我最初创作的诗歌和未完成作品联系在了一起。

③ 最终变得言语烦琐，正如帕斯卡在逗留各省期间在他第十六封信的结尾处写道，这封信变得有些长了，因为他没有时间写一封短点儿的信。

④ 乌利亚之信，典出《旧约·撒母耳记下》第11章第15节。大卫王与属下乌利亚之妻有染，他派乌利亚送信给约押，信中让约押陷害乌利亚，使之阵亡。

75
工厂主被迫执行命令的苦衷

　　工厂主用过去完成时造他的句子。他唱着《上主是我坚固堡垒》①。他把年份数字凿进壁柱的柱顶。他真正的残忍之处就在于此。而不是那一事实,即他从在施泰尔马克州出版的青少年读物和侦探小说里摘抄片段作为他的话语。没有任何深渊张开大口为了吞噬我们,而是恰恰相反,一切都被用混凝土牢牢地封住围起。公路地图记录了所有的岔路和停车场。

　　工厂主用两块由一家在此期间并入他企业的饼干厂生产的饼干,在同样由自家企业生产的苹果酱里捅来捅去。他用饼干在苹果酱里画出浅滩和小路。天上的云呈布丁色聚积在他的宫殿周围。在他少量的休息时间里他打磨各种型号的螺钉,这会令他感到放松。那些在受孕期被偷偷带到他那儿的女人,会在黑暗中得到一名炮手。在此期间工厂主站在镜子前面,阴茎勃起。他从不自己去触碰它。他没有必要这么做。精液自己从阴茎里喷出,一直射到瓷砖上。历史就像是一气呵成的一样,就好比人们站在山巅上,俯视下面的山谷。

　　黄色的天空从贫瘠的土地上漂移而过,天下雨时雨水会跟承载它的云一样是黄色的,雨滴落进路边狭窄的水坑里,没有人敢从这样的水洼里汲水饮用。到处都是死亡的迹象,特别是在他们用死人的骨灰建成的学校里。学校里的孩子们面色苍白,感觉孤独,他们站在长长的走廊里,不敢相互触摸。有时他们当中的一个倒在地上,然后又会有另一个被拽出去,赤裸着身子站在校园里挨冻。在此期间城市一直继续一声不响地躺在寒冷的晚风里。看不到一只动物的影子,除非是那只牧羊犬。但它已经变得衰老,目光呆滞地盯着大海,期待会有一艘船只驶来。但是漂过来的只有一个纸壳箱。它漂上岸时已经被水泡软。箱子里装的是机密文件和罐装腌牛肉。天空就像滚烫的油煎糊一样在海面上爬行,被波峰的白色泡沫拭去。一条鲸鱼闪着金属光泽的肚子迎着刺眼的阳光向上隆起,直到它红通通地从云里爆裂,身体变成黑色沉了下去。

广场就像一个定期集市的货摊上钉满钉子的木板一样。女人们的头巾在探照灯的照射下闪闪发光。他们崇拜工厂主,根据新的夏季节食制把他的靴子踩过的卵石放在嘴里含三十个日日夜夜。他们把头浸入褐色的自来水里,屏住呼吸,直到反射性呼吸开始不加节制地把水灌进他们的肺里。这一过程叫作隆重的浸洗礼。某些人在仪式中丧命,他们以为通过这样的仪式使自己完全献身于工厂主。有从最高参谋部副官的私人钱柜里流出的摄影图片,它们在士兵当中被传看并激励着他们。他们穿着用粗亚麻布制成的冬装躺在前线崭新锃亮的铁丝网前面,而他们的未婚妻则披着丝巾从电影院里出来,去找那些身上洒着香水的职业男舞伴,他们通过轧断一段指节使自己逃避了战时动员。相关公告称工厂主对这一切一无所知,就算知道他也对此无能为力。他给妇女联合会供应的不是尿样,更不是扯破的紧身胸衣和用过的手绢。相反:垃圾和衣物将会被定期焚烧。尽管如此谣言还是屡禁不止。

据说他来的时候血液会从他的鼻子里淌出。当鼻血滴到女人们的身上时如果她们做出怪相，他就会让人用一把专门定制的黑尔姆弗里德铁钳把她们的颌骨夹断。之后他会禁不住大声喊叫，急忙拉开冰箱把一瓶冰冻的果汁饮料灌进肚里，同时他因为责任的重担而诉苦抱怨，女人们则必须尽量轻手轻脚地在一面屏风后面穿好衣服。只有他知道在训练场后面还有空间，在港口前面横亘着大海，恰恰是这种种责任现在要干掉他，尤其是那种义务，也就是既要隐瞒一切又要把卑鄙之徒派往前线，为了让他在那里学会受冻、挨饿和祈祷。受冻、挨饿和祈祷，这些字样写在磨损的牡口车厢上，士兵们的未婚妻把这些字样绣在他们的被子和假肢加热器上。女人是共同体的支撑。她们赤裸着身子伏在家里的椅子靠背上，收听收音机里工厂主的演讲，尽管没有人命令她们这么去做。谁也没有吩咐她们，所有的事情她们都是自己去做。这就是女人令人信服的地方。工厂主沿望不到尽头的通道穿过他的床垫仓库，他打开书房里的暗门，消失在拱顶地窖里。受冻、挨饿、祈祷。教会接受了这一观点，把祈祷作为主要的事情。储蓄银行接受了这一观点，把挨饿作为主要的事情。公共学校接受了这一观点，把受冻作为主要的事情。

　　工厂主在他的青少年时代本想自己成为作家。根据每天在班级里被回忆记录的关于他生平的片段所叙述的那样，一天早晨他从被他称作"爷爷"的家里出来，为了步行去那家商务中心，当时他在那里结束了作为医疗器械采购商人的学徒期，早晨的阳光穿过祖父花园不均匀地插在地里的篱笆板条照射进来，光线把他的注意力引到两个男人身上，他们可能是刚从屠户那儿来，因为两人胳膊底下都夹着裹在白纸里的一小包东西，他们在公共汽车前面穿越马路朝他走来。两个男人一身城市官员典型的黑色装束，他们在这一刻对他来说显得充满了极强的使命感，以至于他暂时忘却了自己为何要来到门口。那一刻他最初存在的意义和目的都断然丧失了。仅仅是受想要加入他们行列的那种愿望所驱使，无论人们打算现在押走还是表彰他，他又向前迈了一步，脸上现出一副充满期待的神情，而那两个男人却头也不回，朝舒尔贝格木框架房屋方向从他身边扬长而去了。为一种内心使命的价值所陶醉，前脚刚踏进商务中心，他就利用和他在同一个房间的顶头上司早晨注意力不集中的那几分钟时间，立即写下了简短的梗概，当天晚上他又把梗概誊写了一遍，为了在今后几天里对之修改润色。三周之后梗概完善成那篇独特的寓言，二十年之后它成为所有学校的必读课文。这是工厂主唯一富有诗意的创作，当他在最后一行下面写上"结束"之后，他意识到另一种更重要的义务正在期待着他。

由工厂主所支持的政府最初采取的官方行为之一即是，首先提高、继而冻结盛装土豆的器皿的价格。根据工厂主事先表述的简便法则，经济部的原话是，一只土豆器皿的价格不应低于装在里面的土豆的双倍价值。随后工厂主的竞争对手们极大地缩小了土豆器皿的直径，为了能够继续有盈利地生产，于是工厂主又让政府出台了一项附加条例，它统一了土豆器皿的大小，使得只有那种厨房器皿才可被描述为是土豆器皿，其规格符合一名家庭主妇弯曲的左臂的周长。这样一来工厂主淘汰了所有的竞争对手，因为没有人能够对这项新的法令做出相应快速的反应。处于劣势的公司把这场冲突推高为一种普遍的力量的较量，其间发生了许多骚乱和不法行为，这样政府被迫暂时没收器皿生产厂家的财产，把它们置于工厂主的管理之下。

工厂主宣称，他是从一种被迫执行命令的处境出发采取行动的。

尽管如此关于解散历史的想法是不合适的，相反对战后诗歌进行研究却是人们所预期的，战后男性诗人还穿着西服上衣、女性诗人还穿着套装在从事他们的行当，并用沙哑的声音详细探讨整体的取消。工厂主一辈子都习惯于对别人发号施令，他自己是怎样陷入这样一种紧急状态中的，这属于天意无法解释的秘密。光阴荏苒，岁月的蹉跎压弯了树林，仿佛那是铺有绿色丝绒的赌桌上的纸牌。

没有真理，只有诚信，工厂主边说边用双手用力拉上客厅里厚实的窗帘，在过去几周他把客厅改造成了他的书房和卧室。然后他停了下来，侧耳倾听夜里的动静以及正在输电的架空电缆发出的营营声。让白天过去有时是一种考验耐心的游戏。雨水落入空无一人的游泳池里，把黄色的灰团泡沫像被撕碎的花环一样冲得七零八落。

钱当然不够用。企业毕竟不是金驴子。改革的贯彻执行不可能一蹴而就。各种要求从四面八方向工厂主涌来。那些穿着带双层衬里的双排扣衣服的领主们在等待谒见，在穿过行政大楼望不到头的走廊时，他们从很远处就用画在仿羊皮纸上的卷起来的设计图纸挥手示意。每次工厂主都从不左顾右盼，而是急匆匆地走下露天台阶，仅仅是为了在出口前面偶然遇见那些大人物。不加考虑地随口允诺是很容易的，但这不是他待人接物的方式。一辆汽车在等候着。司机向用他本人的签名复制的图章上呵气，用力往发票本上盖章。他新上过浆的衬衣领子有些蹭痛脖子。

有时工厂主也会感到内疚地说，他的老校友赫伯特多么令他感到遗憾，他一生没有任何出息，虽然他不断尝试去帮助他。但他的老校友赫伯特的确是一个喜欢做白日梦的人，是不现实的理想者和幻想家，他就是经验丰富的工匠们所理解的那种艺术家，当他们比如指着一道勾缝蹩脚的围墙说道：哎呀，这是什么样的艺术家的作品呢？还在上学的时候赫伯特就是这个样子，他从不敢去做些事情，从未有过自己的想法，甚至都没跟老师顶过嘴，而总是把黑板上写的一切都用他非常仔细的笔迹抄在本子上。这种人们时不时也完全需要的精确阻断了他的生活之路。当然赫伯特也有一位过分胆小怕事再加上体弱多病的母亲，她的丈夫早早就抛弃了她，她也没有操持家务的能力，因此他很早就向赫伯特指出了一条额外的收入渠道，那就是不要把购物时找回的钱悉数交回家里。但即使在这方面赫伯特也是扭捏作态，后来的情况也是如此，当时他把赫伯特招进他的企业，原本是想让他成为自己的左膀右臂，当然情况并不那么简单，在这件事上人们不能抱太多幻想，果然在这方面赫伯特也失败了，他在做重大决策时太过犹豫，因此他不得不把他的职务一降再降，最后甚至打发他去库房做了库管员，但并未中断和他的友谊。虽说他当然无法关心所有的事情，尤其是没有关心赫伯特的私人生活，但还是传出他与赫伯特的妻子有过一段情史，在不言而喻地享受完这段情史之后，他对此保持了沉默，遗憾的是赫伯特非常孤独地在医院里死去了，死因是肺部充水。出于多个理由恰恰这一点是非常可惜的，因为赫伯特和工厂主碰巧拥有同一血型，正常情况下赫伯特完全可以把自己的一个肾脏捐献给他，尽管工厂主的肾脏还没出毛病，但是不像赫伯特的肾脏那么健康，因为他一生从不饮酒。但即便是这最后的姿态赫伯特也未能做出。

相反每过一段时间，工厂主就会拿不仅是他，而且也包括其他人特别是我这个年龄的孩子们已经做出和一直还在做的事情来责备我。例如这名年轻的中国小提琴手，或者那名同样来自中国、同样年轻的乒乓球选手。也包括莫扎特。还有那些我从未听说过名字的人，但工

649

厂主却亲自认识他们，因为他们都是商业伙伴或者供应商的儿子，他们做出了令人非常吃惊的事情，虽然有时那不过是一栋用乐高牌积木玩具搭建的房子，或者他们总在零点到校，因为他们还要上法语课或者收集包装葡萄酒瓶的锡纸，他以前也做过这样的事情，为了用锡纸在废品收购站兑换现金，然后给自己添置额外的学习用品。

　　早晨为了纪念他的三个失踪的兄弟，早餐供应的是配有枫糖的油煎饼。他自己喝着咖啡，在一旁观察那些海军部高官是怎样笨拙地尝试，在他们的餐盘上切开煎面饼。你们知道，我们以前总是怎么做的吗？工厂主情绪高涨地问道，把手里的杯子放到一边。我们切掉了田地和湖泊，切掉了整个大陆和海洋。看这里！他取过坐在他身边的副官手里的刀叉，开始在对方餐盘里的油煎饼上切来切去。有时人们只需改动一个小角。在我有一次去大洋彼岸的美国时，我看到一个男孩用牙从软干酪里咬出美国各州的形状。瞧，现在它的形状看上去像是加拿大。现在黏稠的大洪水就要来了！说完这番话工厂主把枫糖浇注在被切成流苏状的面团上。洗刷所有的罪孽，净化人和动物，他像做祈祷一样嘴里念叨着。然后像是在内心灵感的指引下，他变换了话题并解释说：女人们声称，她们每生一个孩子就会掉一颗牙。但是现在即使不生孩子牙齿也很快会被打掉。此外我们不再与世隔绝，而是有了有效的药物，多亏了流水线生产和大规模动物饲养，它们能够以亲民的价格到达终端消费者手里。尽管我们早已将遥远的中世纪、也包括艰难的工业化初期阶段抛在了身后，可女人们还是喜欢用下垂的乳房、带不规则条纹的腹部和有皱纹的屁股来证明她们生育的辛苦。我把这些称之为有力的证据。在每一次监事会会议上我都无法应对这种情况。如果男人对此提出异议，他马上就会输掉辩论。然后女人就会以殉道者形象继续施压。她们必须承受的一切无非是：连续九个月每天早晨把吃进去的东西再吐出来，忍受临产前二十四小时的阵痛。她们未能证明的仅仅是这个。在工厂主吞吃了那块浸满枫糖的加拿大形状的煎面饼之后，他一边从锅里捞出第二张油煎饼一边说道：现在再来点儿咸味的。

为了明白一些事情，人们必须首先要看到它，凭借这个在此期间几乎成为谚语的句子，工厂主于两年前使得在城市东郊修建小型体育机场的方案得到了贯彻实施。

工厂主以前的佃户、后来被他称作祖父的那个人是黑尔姆弗里德咖啡壶保暖罩的发明者和研制者，它是一种咖啡壶套，不仅能够储存热量，而且还能通过一种半渗透的材料层系统根据不同季节的要求调控温度。黑尔姆弗里德是一种在每个家庭都能被找到的物品，五十年来它已经被应用在很多方面，例如作为热水袋或者煮蛋器。工厂主创建了黑尔姆弗里德厨房用具系列，它非常有意识地使自己与古老的黑尔姆弗里德传统联系在一起，并使该传统发扬光大。黑尔姆弗里德厨房用具系列新推出的产品是：带有双层不锈钢护套的肌腱剪具。

工厂主在一张苏西贺卡上找到了制作他宝座的样板，卡片是一名跟随他多年的女秘书在他四十岁生日时寄给他的。在卡片上人们看到一只头戴王冠、身披红色丝绒斗篷的狮子醉醺醺地坐在一张沙发椅上。这张沙发椅有一个高耸的靠背，它的分格镶板装饰着雕刻的魔鬼。双头蛇从限定靠背的两根支柱里吐着芯子。这样的蛇饰在扶手两端也能找到。宝座的底脚由狞笑的头颅骨所支撑。当人们打开卡片时，它会响起一种奇特的音列。那不是通常的生日情歌，而是没有曲调、忽高忽低、短促刺耳的声响。或许是里面那块微电池的电量耗尽了。或许是芯片的二极管焊接不当。工厂主对音乐一窍不通，因此他不知道什么是时兴的什么不是，他如此喜欢这种他和其他人不熟悉的、不断重复的断断续续的旋律，以至于他让人给曲子填词并对外发布，在此期间它超越了城市界限，作为工厂赞歌为人们所熟知。

从十二岁时起工厂主就开始辛勤地工作。在接下来的二十八年里都是如此。他只是卖力工作，而没有过多地思考。他像田鼠一样挖洞掘土。他像戴着眼罩的马匹一样奔跑。但是在他过完四十岁生日的那天夜里，他一个人坐在写字桌旁的真皮转椅上。手里拿着一瓶喝了一半的威士忌，眼前的桌子上放着那张他一再打开又合上的生日贺卡。他听着卡片里传出的曲调，看到狮王的两只眼睛是怎样被填充了红色二极管的智慧的。然后他自己闭上双眼，坐在座椅上旋转了一圈。他早已知道自己想要什么。但是现在他终于要实现这个梦想了。

在工厂的实验室里研究活动进行得热火朝天。人们想做出重大发现，申请专利，推进发明创造。直接受工厂主领导的研发团队正在致力于拓展人的能力。每周三晚上最新的研究结果都要被提交给工厂主。这一次涉及的是男性的生育能力。一名昔日的上尉军医介绍说，囟门是大自然赋予人的构造，我们将要把它用在我们身上。通过它灵魂也会最终离开身体。但是认为通过头颅来生育不会产生疼痛的想法是天真的。它的专业表达叫开颅术。因为头颅很硬。相反阴道生育根本算不上什么。上尉军医向后面招手示意了一下，紧接着两名护士把一个仅穿了一条内裤的年轻男子带上前来。医生把他转向侧身，使得人们在他的右大腿上能够看到一条大约三十厘米长的疤痕。我们从这个部位切开，植入一对儿处于胎儿期阶段的双胞胎，让它们在里面孕育成熟。然后在伤口完全愈合之前，再让它们通过同样的路径从里面出来。

这是一种很有意义的程序，人们必须断定的是，通过这种程序男人相比女人显出明显的优势，因为女人几乎无法忍受通过业已存在的创口生育孩子。上尉军医又转动那名男子的身体使他面部朝前，抓住他内裤的裤腰，把它一直拽到膝盖下面。他用拇指和食指捏住男子阴茎的顶端，把它向上举起。一道长长的、略呈红色的疤痕能够被看到。这样的构造我们都有，他解释说，所有像我们这个样子的人。每个男人都不例外。对此我们把它称之为尿道下裂，但是在外奔波的男人不必非要牢记这个。股骨妊娠、颅骨妊娠、尿道妊娠，我们的构想，即终于相应地去利用大自然赋予我们性别的可能性，就隐藏在所有这些概念之后。我们作为工具和器械的发明者并非没有道理。我们并不像女人那样依赖一处孔洞，而是依循生物进化的变种。腘窝、腋窝、阴囊，可能性实在是太多了。为此在用薄如纸张的铁皮锻造的黑尔姆弗里德系列当中有专为男人准备的生育工具。

人们普遍害怕参加那样的会议，会上工厂主宣布他最新的理念，期待与会者立即做出反应，但却不给他们思考的时间。嵌有内啡肽的土豆芯片。怎样对此进行评价呢？用高效磁铁取代三角皮带应用于小型发动机。这难道不是一种可能性吗？海洋捕鱼作为群众性体育运动。这是无法想象的吗？在此人们可以让人把我们的内陆水域从一定深度开始名义上宣布为海洋。你们当中有谁碰巧能够给海洋下一个准确的定义吗？人们更期待在一个蓝色的纸盒里有一些人们想咬进去的固定的、尖棱的东西吗？相反在一个黄色的纸盒里则更期待有一些黏稠和滴状的、能应用在皮肤上的东西吗？

为了激发整个民族对工厂主新思想的热情，人们派出一个被赋予各种权限的议会任命调查委员会乘坐一辆黑色的普尔曼豪华汽车去全国各地巡视。委员会的费用账户上存了足够的经费。该旅行团利用每一次机会让人停车，往车上搬运肉类食品、水果、鲜花、葡萄酒和当地特产。在书报亭旁边他们向闲荡的孩子们赠送冰激凌。随着饱胀程度的提高，孩子们能够评估和判断事物的感觉也越发强烈了。蒙着灰尘和炭黑的工厂行政楼庄严地坐落在通往主要交通干线的旧通道的尽头，委员会就是沿着这条通道驶进第一座城市的，那些行政楼让组成委员会的三位男士和一位女士立即觉得是值得保护的工业纪念碑，街边工人们居住的、像是感染了结核病一样消瘦的小房屋和院落对他们来说则显得地道和自然。这样人们彼此确保了能够让自己感到惊讶，并达成了初步的一致。刹那间天空变得苍白亮敞，略微摇晃地悬挂在那两棵瘦骨嶙峋的梧桐树上面，它们栽在工厂商务中心主要入口处的两旁。

委员会成员心情大好地上楼去来宾餐厅。工厂主肯定随时都会到来，他在一处工地还有些事情必须处理。那是一个地下水问题，对于这样的问题每一分钟都很重要。临时安装在就餐大厅里的板壁赋予空间一种惬意的氛围。靠窗的一张桌子上已经铺好了餐具。委员会成员尚未落座，盛装前餐的餐车就被推到了桌边。一名侍者把利口酒倒进高脚杯里。其中一位女秘书走到桌边，清了清嗓子说道，工厂主让她转告各位不用等他吃饭。透过窗户人们可以看到在工厂车队和私家车库之间修建的花园。一个旧的大理石基座立在一个栽有花坛的山丘上。

一片淡粉色的云层从天空挣脱，像一张从书法练习簿上撕下来、浸满蓝色墨渍的吸墨水纸一样滑进山谷，并在那儿落到苗床里。今天值夜班的两名工人和他们的孩子们一道来到后院，仰面朝天向上观望。从窗户里传出无线电节目的营营声，仿佛是想让自己重回太空。上一批晾晒的衣物上缝得不牢的织线留在了高高的晾衣绳上，被风笨拙地卷成了一团。孩子们伸展胳膊，睡眼惺忪地围着他们父亲的双腿转圈。某些人之所以永远学不会正确地行走，是因为跌倒对他们来说是一种调剂。

委员会成员乘直升机在城市和页岩上空兜了一圈。他们用手指向下方，在那里工人们排成整齐的一列去工厂上午班。太好了，他们心里在想，如果一家企业首先能自动运转的话。然后人们就能从根本上开始规划了。一道像驴皮一样灰色的烟柱从病畜屠宰场的烟囱里升入高空。直升机的旋翼把浓烟剪切成砖头大小的碎片。太阳在飞行员驾驶舱的玻璃上反射出光谱色。游客们轮流从氧气瓶里吸气。如果像政府所计划的那样，把位于岩石之间的场地改造成一块投弹训练场，那就太可惜了。飞行员如此灵巧地驾驶着飞机，以至于他们能够在布满裂缝的岩石上跟随自己的影子。

工厂主很长一段时间都是一家高档妓院的合伙人，妓院是他在军事训练场后面凭空变出来的，由被他称作爷爷的人的夫人经营管理。这样一来他就能够向抚育过他的人做出报答，同时也完成了一项忠实于城市的使命。某些人说，他不成熟的性欲阻碍了他理解在妓院里所发生的事情，在几名高级部长的建议下他采取过行动，但他自己也从未去过那里，因为他的性实践行为仅限于让人把他捆绑起来，卷在自家企业的橡胶垫子里。工厂主对于弹性合成材料和塑料制品的偏好经常被人提及。他的房间，当然尤其是他的办公室，全都被铺上了橡胶，因为只有这样他才能思考和制订旨在继续发展经济的天才计划。如果比如谈判或者规划陷于停顿，他的表情和姿势中就会清晰地透出某种不安，于是他的全体工作人员就会找一个微不足道的借口退场，让他有机会脱去衣服，使身体与铺有橡胶的墙壁发生摩擦，直到他想出令人振奋的主意。

最初的三个工厂主用来自我保护的概念是：抑食欲药、情绪提振器和地面覆盖物。所有这三个概念描述的都是黑尔姆弗里德公司生产的近战武器。

一次在非洲，人们给工厂主端上来一只烤角马作为款待客人的礼物。通过在非洲完全陌生的口对口人工呼吸，工厂主使这只角马又活了过来，为了紧接着再亲手扼死它，因为他只吃由他本人或他的一名随从射杀的动物。

那是在同一个地方，在那儿他绕湖跑的速度比西风还要快，紧接着他扑到集会广场的泥浆里，留下他身体的印记，直到今天当地居民还在崇拜这一印记。他自己的克制力是无法形容的，他当时面临的痛苦也是难以言表的，当他必须制订计划以保护他的工厂不受各方影响，就连那些在异国他乡友好地接纳过他的人，他也不是同样友好地去对待他们，而是要与他伟大的计划相适应。恰恰是在世界气温较高的地区，那些万人坑发出的臭气令人无法忍受，直至今天他仍然向每一位当年参加过枪杀行动的指挥官表达他崇高的敬意。

工厂主玩一局纸牌游戏，得分三十，叫满贯。如果另一个人在出牌时想要查看工厂主按在桌边的纸牌时（按照通用规则他把这样的牌称作卡斯特暗牌），工厂主就会用"让死者安息吧"这句话来斥责他。如果有人把打出的一张牌再收回来，工厂主就用拉丁语说"此流明即流明"，在令人吃惊地停顿了片刻之后他又把它翻译成"灯光就是灯光"。用"森林啄木鸟皮库斯"或者"黑桃""把手指插进屁股并发出尖叫声"之类的表述，工厂主完全是随心所欲地宣布他的出牌情况。

每晚至少两次他会提出"把裤子脱下来!"这样的要求。

　　对工厂主来说没有私生活可言。当然他也收集圣像,蹩脚地复制8毫米胶片,他让人在他的地下室里不停地播放这样的胶片,直到胶片在放映机的齿轮之间牢牢粘住,随着跳动闪烁的警示灯而熔化。有时这种放映活动还被一名雇来的手风琴演奏者所伴随,人们用布蒙上他的双眼让他坐在一块帷幕后面。然后还有每天一次跨越卡莫斯山丘直到诺伊格布鲁恩咖啡馆的散步,在咖啡馆里他有时会在一个不起眼的角落里坐半个小时,眼前放着一杯不加牛奶的清咖啡,凝视窗外一望无垠的绿色田野。在离开咖啡馆的时候,他用事先蘸湿的手指滑过写在一面黑板上的菜单,并向老板娘微笑着,工厂主的一名随从往她手里放了一些钱。工厂主现在的生活境况就像是基座上的一具雕像。因此他也有眩晕感和恐高症。血液无缘无故地沉降到他的腿部,不愿再正常循环,因此他遵照私人医生的嘱托穿上长筒袜,但这样做仅仅是在他有限的业余时间里,而且是在估计不会有客人来访的情况下。如果工厂主被一种不恰当的亲近或者粗鲁的表述所打扰,他的目光就会凝结。他的牙齿类似于老旧的象牙,它不按操作规程、过久见不到阳光地被摆放在布满灰尘的陈列室侧翼的天花板下面。在重要的会谈期间他的表情显得无动于衷,相反他的姿势却是沉着镇定的。

　　作为濒临精神分裂的歇斯底里症患者以及遭受资本滥用的傀儡,工厂主倒是非常高兴。如果他的意愿没能得到实现,他就能够让自己的身体变得如此僵硬,以至于当他躺到两张椅子之间时,可以让五名身强力壮的男子在他身上保持平衡。

　　工厂主成功地回避了对于自己生命有限性的意识,这种有限性不是在战场上、不是在冲突中,也不是在把自己的武器对准太阳穴时侵袭了人们,而是在夜深人静的时候,当人们拿起一本书阅读,看到所有在书里记录他们回忆的人都早已死去,即便是过时的传记信息也仅仅指向他们担任过的教席职位和去过的地方,但从不指向窗前的落雪和春天到来时空气的变化。就像一根被遗弃在沙发椅缝隙里的头发,没有人会想念它,也没有人去找它。

注　释:

① 马丁·路德所作的著名圣诗。

76
克劳迪娅和贝尔恩德在东西区界限的这边和那边

在离开福尔达后不久我肯定是睡着了,因为当一道刺眼的光线又重新叫醒我的时候,我们已经到达边境了。天啊,那可是瞭望塔呀,贝尔恩德说。现在呢?克劳迪娅问道,现在会发生什么?但是我们的司机雷德尔非常镇静,他再次说道:别担心,这事由我来办。警察早就知道这件事了,贝尔恩德说,他们有我们的照片,如果现在被他们看到,那我们就完蛋了。没关系的,雷德尔说,你们现在最好把身体稍微蜷缩一下。我们缩着脑袋向旁边挤了挤,与此同时我们缓慢地朝那些西德警官们开了过去,他们站在路旁友好地跟我们打招呼。通常情况下人们应该停车并关闭发动机,但是雷德尔开足油门,全速从警察身旁冲了过去,驶过卡车车辙继续进入封锁区。怎么样,你们会怎么说?他大声喊道。疯子,贝尔恩德说道。简直是疯子。我们向后望去,看到德国警察们在紧张地来回跑动。可是现在呢?克劳迪娅喊道,现在该怎么办?他们就在那边,他们可是有武器的,他们会开枪打死我们的。不用害怕,雷德尔说,人们已经在恭候我们了,说完他再一次把油门踩到底。

事实上我们很容易就能驶过东西区界限。疯子，贝尔恩德又说道，简直是疯子。是的，太疯狂了，我也说。只有克劳迪娅一言不发。雷德尔朝一间临时木板房直接行驶过去，在门口停了下来。抱歉，他说，我对你们深表同情，但是我们绝不能允许你们通过无组织的无政府主义行为，越来越败坏我们年轻共和国的声誉。可是，贝尔恩德说，所有这些事情都不是我们干的。我们压根儿什么也没做。至于那些传单，在这方面我们……然后他不再继续往下说了，因为现在提及我们在传单上也反对东区的修正主义势力，这或许也显得不那么聪明。我在考虑沃勒和其他人怎么样了，是否他们在我们那边被逮捕了，还是也被送到了这里，但我不敢打听这事，因为否则的话情况可能会对我们更加不利。

我们必须下车，去木板房里并在那里坐下。该死，我把背包忘在车里了，我小声对克劳迪娅说。现在这也无所谓了，她说。胡说，那个标准 A4 笔记本就在背包里，如果他们找到那个本子，他们手里就有针对我们的有力证据了。但是克劳迪娅再次认为，这对他们来说反正都无所谓，在这一点上她肯定是正确的，因为这里的人们简直什么都干得出来。一个只想驶过边界去往柏林的男人抱怨说，因为他的证件卡在了从第一个检查哨所向第二个检查哨所传输的长长的胶皮软管里的某个地方，于是他们就把他关押了一个星期。当他获释出来时，他照了照镜子说道：我必须给自己刮一刮胡子，我看上去像是一名俄国人，于是他们马上又把他关押了一周，因为人们在这里不允许说俄国人的任何坏话，就跟在我们那儿人们不允许说美国佬的任何坏话一样，但是美国佬有营区贩卖部和美国海外驻军无线电网，猴子乐队（门基乐队）的成员也都是美国佬，吉米·亨德里克我觉得也是，还有草根乐队，但他们只是翻唱爱情歌曲，此外美国佬在我们那儿并没有把每一个生锈的螺钉都拆掉，许多参加过战争的老教师，比如给我们上数学课的荣格博士，他们倒是反对美国佬，因为美国佬总是嘴里不停地嚼着口香糖，也因为他们当中有很多黑人，尽管对于荣格博士来说最糟糕的事情是，他是怎样不得不和他的部队解除意大利同盟者的武装，他至少数十次这么讲过，但我根本就不知道他的讲述是什么意思，不清楚为何这种情况据说如此糟糕。

两个男人和一个女人穿着制服走了进来，男人搜查了我和贝尔恩德，女人搜查了克劳迪娅，但是他们没有搜到什么，只找到了一些小玩意儿、几枚格罗申硬币和我的带有垂饰的钥匙，在此期间我往垂饰里嵌入了一张大卫·加里克的照片，虽然我不是特别喜欢他，除了他的《不要出去到雨中》那首歌，因为用吉他弹唱的歌曲的开始部分与《今天没有牛奶》那首歌非常相似，但不是他的《阿普蕾贝夫人》那首歌，《喝彩》杂志刊出了他的一张照片，照片是圆形的，从大小来说也正好与钥匙垂饰相配，但现在情况令我很难为情，因为我早就想把照片取出来。如果我知道会有今天，我也会往垂饰里嵌入另一张照片，虽然我不了解来自东德或者来自苏联的乐队，因为在那里也根本没有什么乐队，而是只有合唱队，它们也跳哥萨克舞，这种舞蹈与勒特基斯舞有些相似，我是唯一会跳这种舞的，因为它也非常简单，但也很幼稚，特别是因为人们在跳完舞后不用相互亲吻，但是勒特基斯舞来自芬兰，尽管芬兰与苏联缔结了友好关系，但是两国有多么友好，这我当然就不知道了，或许两国刚刚闹过矛盾，那样的话会跳勒特基斯舞或者熟悉伊凡·李布洛夫来到这里就是愚蠢至极的了，阿希姆的父母有一张伊凡·李布洛夫的唱片，他也不是真正的俄国人，但却能演唱极低的低音和特别高的高音，或许伊凡·李布洛夫事实上是一名间谍，但是说这些话毫无意义，因为这里的人们会更清楚，因此我只希望他们不要太仔细地翻看我的钱包，然后发现那张约翰和小野的照片，因为当着克劳迪娅的面这也会令我很难堪，不知道她会对我有什么看法，但或许也没什么，因为她也知道那会是怎样的情形，当人们突然必须参加一场戏剧的演出或者必须脱去衣服的时候，但这种情况当然与随身带着这样一张照片是不一样的。

但是这些警察，或者他们也可能是军人，根本没有没收我们的任何东西，而只是把所有的东西仔细检查了一遍，然后再把它们交还给我们。接着他们问我们是否肚子饿了，我们说"是的"，虽然我在想，我可不想要一块上面撒有可可粉的木头或者纸板，也不想要施普雷瓦尔德黄瓜，一段时间里阿希姆家在吃晚饭时总吃这样的黄瓜，因为他父亲带了二十根这样的黄瓜回来，据说是从柏林捎回来的，但阿希姆认为它们来自东区，还在当时他带着他的小情人想要逃到那里去的时候。但是我们得到的是真正的可可饮料还有色拉米香肠面包，根本不是那种在我们那里也有的带软骨的色拉米香肠，而是灌有精瘦肉且非常昂贵的那种，因为它也具有面包的形状，一点儿也不是突出面包边缘挂在外面的样子。我对其中一名女警察或者女军人说，这东西吃起来味道好极了，但这话听起来可能太过感情洋溢了，因为她问道：你们难道认为在这里没有可口的东西可吃吗？对此我马上回答说：不是，不是……可她又从我的声音里听出些什么，因为她再次追问道：但是？不，我说，它比我们那里的要更好吃。我只是听说这里没有杏仁泥，因为人们没有杏仁，人们出售桃仁泥而不是杏仁泥，因为它是用杏核制成的，而且就连这个也不总是有售，但这种情况肯定不对，这是以前有人讲给我听的。但是那名女警察或者女军人只是摇了摇头说：这么一点点事情也会使你们担心，仿佛你们能品尝出桃仁泥和杏仁泥之间的区别，当然有时我们也缺少杏核，因为并非所有的一切都是我们完全从同盟国那里得到的，而是我们必须按照协调一致的计划经济模式自给自足，但我们也知道如何帮助自己应急，于是我们就用玉米碴儿取代杏核，这样制成的甜食就叫玉米仁泥，如果缺少玉米碴儿，我们就用土豆碴儿制成土豆仁泥，因为用一种独立的文化成就来对抗美国的文化帝国主义，这对我们来说显得更为重要，并且是用当地现有的条件。我一边说"是的"一边继续咀嚼色拉米香肠面包，因为我想显出一丝阿谀逢迎的样子，于是我就说，玉米仁泥和土豆仁泥听起来很好听，我很想品尝一下这样的东西，但这并不是我的心里话，因为桃仁泥的味道我就已经觉得很怪了，因为杏核原本是有毒的，不能被咬开或者吞进肚里，而玉米碴儿和土豆碴儿，这听起来更糟糕，因为我一点儿也不喜欢喝麦碴粥，此外我觉得所有这些名字都傻里傻气的，我在想如果他们没有土豆碴儿，那他们就会拿切碎的纸板做原料，把制成的食品称作纸板仁泥，如果我们现在必须再次给自己想出假名的话，那么我们自然就会把自己称作桃仁泥、玉米仁泥和土豆仁泥，因为人们也能很容易压缩这些名字，就仿佛 Pan 是名字里的姓一样，这样的话克劳迪娅的假名就将是"玉米仁泥"，但她肯定会讨厌这个名字，因为她一点儿也不喜欢巴伐利亚人，我也觉得巴伐利亚人更加反动，虽然我根本不是真正了解巴伐利亚人，我只和班级一道去过一次贝希特斯加登，在那儿我们发现了外形巨大的仿造的"索丹博士"儿童止咳润喉糖，上面甚至还插着小三角旗，对此还有一张照片保留了下来，那是贝尔恩德用我的便携傻瓜相机拍摄的，照片是我冒雨穿着风雨连帽夹克站在青年旅社前面和巨型仿造的"索丹博士"儿童止咳润喉糖的合影,我在思考那块巨型仿造的"索丹博士"儿童止咳润喉糖后来到底怎样了,因为人们肯定不是简单地把它摆在那里的。还在我们继续吃色拉米香肠面包期间,那名女警察或者女军人说:你们还都是地地道道的孩子,你们在做这样的事情时是怎么想的?克劳迪娅想说,我们不是孩子,我们清楚地知道自己想做什么,但是我打断了她,因为我不希望她或许又谈及修正主义者,因为她被基层工作小组开除是不无道理的,基层工作小组成员认为东区所做的几乎一切都是好的,他们只听德根哈特,但是不听比尔曼的音乐,而我也不是特别喜欢比尔曼,而是更喜欢德根哈特,因为我的磁带上录制了他的第一张慢转密纹唱片,《德国星期天》那首歌的歌词我也几乎能够背诵出来,我会用吉他弹唱《美妙的歌曲》,这是我自己听出来的,a小调,C大调,E大调,比尔曼的歌曲中我只知道《士兵,士兵》那首,但是比尔曼根本不是在东区出生的,而是自愿越境去了西区,我觉得当时他的年龄不比我们的大多少,但我不想待在这里,因此我也附和地对那名女警察或者女军人说:是的,我们还是孩子,甚至连十四岁都不到,这个年纪符合我的情况,但不符合克劳迪娅和贝尔恩德的年龄,但是他们不会知道这个的,因为我们身上没带证件,我也无所谓克劳迪娅是怎样一下子用那种眼神看我的,就好像我是一名叛徒一样,但我不是叛徒,因为我没有泄露任何事情,但我不想在这里进监狱然后去军队服役,尽管可可饮料和色拉米香肠面包的味道很好,因为那样人们就不能听音乐了,就不能蓄长头发了,我在家也不允许留长发,但如果我到了十四岁,我就可以不用再去理发了,我就会让头发一直长到触及肩膀,就像斯宾塞的发型那样,尽管我的头发不是那么顺滑,而卷曲的头发则需要很长时间才能看上去有足够的长度，但这对我来说无所谓。

可是你们到底反对东德什么呢？那名女警察或者女军人问道，现在贝尔恩德也开口说话了：根本没什么，我们一点儿也不反对东德。而我说道：我们对西德有些不满。因为在东区他们总是把德国称作西德。这我能理解，那名女警察或者女军人说，在你们的各级议会里也有些人是纯粹的纳粹。是的，克劳迪娅说，比如基辛格。不只是他，那名女警察或者女军人说，在你们黑森州三分之一的议员都是纳粹，他们不仅仅是纳粹的追随者，他们中的大多数都曾是冲锋队或者党卫军成员，他们贯穿了各个党派，在社会民主党里也有，你们在任已经将近二十年的州长齐恩也是纳粹，不仅只是德雷格尔。什么？他也是？贝尔恩德说，我在想，古多的话还是有道理的，他认为所有的老师都是纳粹，不仅是荣格博士，为何我们竟然要听他们的吩咐，听这些猪猡的指使，因此随便掀起某些行动看来是正确的，但这时那名女警察或者女军人说道：即使是你们对西德不满，就像前面说过的对此我能够理解，但如果你们就这样不加选择地任意抢劫袭击人们，这也起不到任何作用啊。或者也包括抢劫储蓄银行行为，当然贝尔特·布莱希特说过，抢劫一家银行与占有一家银行相比算不上什么，但最终这些行为不会对你们有任何帮助。我无所谓克劳迪娅怎么想，但是我说道，所有这些我们根本就没有做，我们只是对此公开承认，因为……但是说到这里我也顿住了，因为接下来我就不得不讲述和流浪汉以及伏特加有关的事情了，那样我们就会又回到东德，尽管他们自己对这一切都很清楚，因为他们知道他们做了些什么，但有时谈论这些事情只能是很糟糕的，如果人们什么也不说，那么其他人也会守口如瓶的，因此我也不再继续往下说了。

  然后又进来另一名警察或者军人，对那个女的小声说了些什么。我注意到那个女的感到生气，因为她变得满脸通红，但是在男的又离开之后她却什么也没说，而只是注视着我们，不知怎么地充满了同情。我困得要命，以至于眼睛一再想要闭上，克劳迪娅和贝尔恩德也身体完全后仰地靠在他们的椅子上，或许我们也都睡着了一会儿，因为突然那名女警察或者女军人不在场了，取代她的是一名肩背步枪的男子，这令我感到害怕，因为迄今为止虽然所有的人都穿着制服，但身上都没带武器，或者至少我没看见他身上带着武器。然后人们突然听到外面一片噪声，是汽车开到门前的声音，至少有两辆或者三辆，接着是车门被砰砰关上的声音，当屋里的军人听到这种情况时，他马上手执步枪站得直挺挺的，嘴里还说道：快点儿，你们都站起来！立正。我们从椅子上起身，就跟在体育课上也总要保持的那种姿势一样站得笔直，然后门开了，一个女人走了进来，但我无法看清楚她的面孔，因为从外面照射的汽车头灯很晃眼。尽管如此我很害怕。在女人身后跟着两名男子，他们在门口停了下来，女人走到我们跟前，男人们把门关上，这时候我第一次能够看清女人的脸，我吓得不得了，因为她是明爱会那位女士。

77
上帝受到魔鬼的挑战

　　殉教者墓穴里的黑风透过生锈的栅栏,继续吹过停放车辆残缺不全的颤动的车窗。你坐在咖啡馆里门和过道之间挪动了位置的桌边,跟我一样喝着同样的咖啡。裙子落在你敞开的双腿之间。你笑着牵着我的手。我的恐怖博物馆,这听起来几乎像是一句亲昵语。
　　冬夜里窗玻璃被冰层所覆盖,在这样的夜里我坐在令人不舒服的椅子上,兜里揣着没有标签题字的小筒药片,在一旁注视那些我只是肤浅了解的人们,看他们是怎样不停地用手在一张纸上描画着,用粗线条标识出拇指和小指之间的跨度,这样的夜晚至今仍浮现在我眼前。
　　魔鬼对上帝的挑战归根结底就是,创造一块如此沉重的岩石,就连他自己也无法把它举起来,这仅仅是未经思维训练的经院哲学大脑的一项发明而已。当然上帝的万能并非体现在任何其他方面,而仅仅在于能够把相互抗衡的力量统一起来。创造一些比我们自己更伟大的东西,我们无法再胜任这样的东西,它有能力毁灭我们,我们全部的追求不正是朝这个方向去的吗?
　　我们在睡觉时把旧画报垫在头底下,画报里的猜谜总是没有谜底,人们把画报的前几页撕了下来,为了用它们来盛接削掉的土豆皮。一张面部素描画，需要被填涂数字的空格，需要被连接起来的点，一个男人头向下着地，双脚挂在树梢上，他微笑着伸出双手，手里满是伤疤，风吹透了他没有皮肤的身体。两幅让人们查找错误的图片，在其中一张上他看似在睡觉，几乎像是死去的样子，而在另一张上他在用舌头说话。

直的和弯曲的。平的和圆的。被看似无限多的选择所迷惑，这些都是我曾经想要撰写的研究性文章。

当风沿水平方向从森林里吹出叶片，无翼的树针就像大黄蜂的尾巴一样唰唰落下时，吊桥对于眼睛来说就是一块静止的钟摆。坐落在这里是多少野外休养机构和疗养院的梦想啊。

搭载委员会成员的直升机在雨中疾行。雨点拍打在机舱隆起的玻璃罩上。长颈鹿闭上了眼睛。大象沿直线把它的鼻子向上伸展。在病畜屠宰场院子里堆放的驴骨旁边，雨绳把小的同心圆刻进黄泥水坑的泥浆里。两名伙计和学徒一道站在雨篷下面抽烟休息。水分已经浸入到斜坡的混凝土涂层里。他们向自己的汽车望去，车辆并排停放在院子尽头。这是一个近郊小火车站的氛围。在可行驶的行李架上摞着成堆的动物尸体。

那个孩子站在窗前，眺望外面阴雨连绵的庭院。塑料衣夹在晾衣绳上像水果卷糖一样闪着光亮，这样的卷糖人们必须在饭前从嘴里取出放到洗手盆边缘上。木质衣夹的金属丝眼孔有一丝不怀好意的味道。如果一阵狂风刮进院落，它们就像是用一根肌纤维被固着在老鼠头颅上那样来回摆荡。蓝色的塑料衣夹显得很满足，因为人们给它分配了一条旧毛巾。孩子的嘴里有口香糖的味道，口香糖是在一阵倾盆大雨之后从潮湿的自动售货机开口处掉出来的。雨水的味道尝起来跟一般的水不一样，可能是因为雨水是降落的而不是流动的。

下雨的天空就像一张双层床塌陷的床垫一样，在被锉平的屋顶上面垂得更低了，直到它挂满雨滴、中部下垂地在城市入口处教堂钟楼的两个塔尖上静止下来。光着腿的孩子们都跑进房子里不见了。他们坐在走廊石阶上，让雨滴通过厕所格栅和敞开的房门喷溅进来。长颈鹿只有跟我们的房子和住屋相比才显得奇特。它是一种任何房间都容纳不下、无法穿过任何楼梯间的动物，它只能总是待在外面，因此以其笨拙的身高是纯粹现象的象征。

嘴里有沙子或者被握在被雪浸湿的手套里的罂粟秆的味道，闻到指甲下面黏土的味道，感觉到荆棘对脚后跟的刺痛和冰块在胳膊上的剐蹭，看到围绕牲口饮饲槽的一道银光，听到灌木丛里一只牛犊哞哞的叫声。那个孩子在篱笆旁边把手伸进一个地洞里，他感觉里面有一条蚯蚓。蚯蚓爬了出来，就像那根他在吃午饭时还紧紧攥在拳头里的绳子一样缠在他的手指之间。那个孩子闭上眼睛。蚯蚓用它身体的每一个部分思考。只有这样它才能忍受痛苦的境遇，即被一把铁锹砍碎，被一股强劲的水流冲到地面而遭受刺眼光线的灼射，以及被一把钩子刺穿身体。孩子从地洞里拽出蚯蚓，把它连同一片湿润的树叶放进一个火柴盒里。

在沿山坡向上去往学校的路上，最后两颗悬钩子使自己转变成长颈鹿的瞳孔。那个孩子跳起来去抓高处的树枝，枝条上的刺划破了他的手指，他空手接住从树上落下来的果实，把它们小心翼翼地放进自己的小书包里。后来他想到，他自来水笔里的墨水渗出流空了。在橡皮旁边他发现了两个细小的手柄，小得就跟来自自动售货机里的那只长颈鹿头上缺少的小角一样。

我在自动售口香糖机器前面停了下来。在镶有红色框子的玻璃后面，一只塑料长颈鹿令人眩晕地头朝下被束缚在玻璃球之间。那就像是描画一头猎豹的素描画，图上猎豹的脑袋毫无轮廓地耷拉着作为加厚的脖子上的锁链。我已经观察了好几个星期，看那只长颈鹿是怎样每投一枚硬币就向下沉降一些的。终于它现在独自躺在一个被夹在四个红色和三个白色玻璃球之间的、盛装剥落糖漆的提桶里，穿过不断张开又闭合的环形路径。它笨拙地侧身躺着。那样子仿佛是它有了身孕，需要一处安静的居所，一个填充了稻草的火柴盒，为了让一只小长颈鹿从它伸长的两腿之间爬出来。我往自动售货机的开口里塞入十芬尼硬币。慢慢地我轻轻用力，把自动售货机被擦掉表皮的铁质手柄向右转动。我闭上眼睛，为了能更好地集中注意力。仅凭声音我就能觉察出长颈鹿的降落情况，因为在自身重量和腹中孩子重量的作用下，它在转移重心的过程中几乎是无声地向下滑落。一种颤动贯穿了自动售货机机身。那些玻璃球朝着陷落活门快速滚去，它们超过了疲惫不堪的长颈鹿，它既笨拙又像是患病一样伸展着四肢。活门打开，接住一个白球，让它得意扬扬地向下滚落。一枚硬币太少了。中午的雾气一动不动地照在长颈鹿的身体上。我摊开两手给长颈鹿看，为了向它证明我无法再做任何事情。它躺在里面一动不动。我转过身回家。

在树杈上我只闻到擦蹭绘画毛笔的味道，它不再有米拉别里李子的气味。被切成两半的苹果尝起来味道很特别，因为母亲把刚切完洋葱的刀只是很快在围裙上擦拭了一下。

我的面包在水坑里漂浮着。它是从我手中的包装纸里滑落的，纸上写有模糊的钢笔字样"肝肠"。我连伸手去捡起面包的胆量都没有。在卡车嘎嘎作响的车轴的弯曲后面。

670

地下室和花园的迷宫。灰白的天空就像是刚从一名患者脸上揭掉的床单，在小声小气的房顶后面照射出微弱的光亮，穿透了中午热气腾腾的饭汤散发的大团蒸汽。时间什么时候已经是十二点整了？

被砍掉的树枝落到地面上，失去了敏锐深刻的灵魂，它们在树上就是用这种灵魂与天空对抗。风现在终于可以把它们作为来回舞动的甲虫腿牢牢抓住，在被践踏的草地上把它们擦伤。

城市规划中被烧焦僵硬的鱼骨。

坟墓旁边那座荒芜的小教堂是用来堆放动物尸体的。一段时间里在小教堂对面有一处被搭建的钢质脚手架，仿佛是一具骨架通过狭小的入口门从教堂里逃了出来。当我从脚手架旁边驶过时，我从未上润滑油的链条的咔嚓声中，能够听到砖瓦碰撞时发出的咯咯声。

收集绿碎线和空黄瓜瓶的平淡无奇的日子。一把螺旋夹钳。砂石坑里的一洼牛奶。把拇指和食指压紧，猛一用力拽去洋槐小树枝上的树叶。我的鱼际在刷有绿漆的地毯拍杆上钝的锈迹上擦伤了。

在屋顶室里那个孩子用风景明信片搭建了一座塔楼。当他思考的时候，贴在他额头上的橡皮膏会拉长绷紧。被调换过并且棱角被撕破的地毯是多年前按照房间的尺寸裁剪的，现在它图案颠倒地铺在被找平过的厚木板上。当阳光透过坡屋顶的天窗照射进来的时候，被房间吸收的咖啡香味又变得活跃起来，它夹杂着布丁点心的余味，作为不祥之兆一直升高到未抹泥灰的墙上。

当那个孩子脱去他的套头毛衫时，他总要注意使带有大象图案的标签正确地颠倒过来，也就是说迎着他视线的方向并冲床头摆放。因为那个孩子注重这一点，所以他不再是孩子了，因为孩提时代的标志是，东西总是在同一个地方放着，而人们不必自己把它们放到那里。

晚上熬洋葱、夹心面包和葡萄酒混合饮料的味道,以及黑夜里的各种动静:百叶窗零星的撞击声,橡皮球缓慢滑行直到停止的声音,钟表的嘀嘀嗒嗒声,地板的咔嚓声。

指尖闻起来有睡眠的气味,还有一股被擦掉的褐色药剂的味道。

一只被捕获的猴子向上斜仰着头。一束光线就像水平器的气泡一样总是悬浮在同一个位置,照射着笼子顶盖上的瓷砖。狗熊们四肢着地,一动不动地趴在用混凝土加固的坟墓前面。它们的呼吸从死水表面一点一点地向前推进。

最伤心的是那只长颈鹿,它现在拥有一栋独立的房子,但房子不是给它自己,而是为它的脖颈建造的,它的脖颈一生都凌驾于它本人之上,作为不被理解的疲惫的标志。

无花果的外皮和大象的皮肤很像。大象用四条腿缠绕住脑袋,把自己转变成一小团黏糊的东西,人们在食用这样的东西时必须把它分散开来。如果把无花果切开,人们就会看到一条蛇的内脏,看到一种带有细胞核和唯一没有血管层的细胞组织。整个无花果只是大象的皮肤而已,大象在皮肤被切开时挥发了。

因为石块没有和樱桃的梗一块儿被拔掉,因此无论是用铁质去核器处理过的,还是由母亲在涂抹面包之前很快从密封大口瓶里取出并在拇指之间被挤开的,大多数蛋糕底部的樱桃都有两处伤痕,它们带着发黑的结疤边缘躺在淋巴糖衣里。如果人们把核和梗一道挤出来,樱桃就会有一个开口,它就像是一只没有翅膀的鸟一样在找寻自己被剥夺的东西。因为这两处伤痕樱桃失去了颜面并变得憔悴了。

垂直尚未与水平区分开,线尚未与面区分开。一本画报被折起来放在餐椅上。一个黄色的塑料螺旋推进器在风的吸力下从窗户里飞了出来，拖着一条 X 形白线降落在人行道的铺石路面上。一块卵石从上面飞了过去，后面跟着那个单腿蹦跳的孩子，孩子还没有转变成男人或者女人，只是站在门框柱子旁边，为了测量一下脑袋已经长多高了。周边的事物没有远近之分：近的仅仅是胳膊能够着的东西，远的东西放在高处的橱柜上，母亲也要站在蓝色的凳子上才能触及它们。逝去的东西没有昼夜之分：如果带有奶油味儿的被子一直被盖到脖子上，音乐闹钟反射出关灯之后那种奶酪黄颜色的光线，那就是黑夜到来了，而如果水在撞击管道弯路时发出汩汩声，门砰砰地被关上，走廊衣帽间的镜子上蒙上了一层水汽，那就是天变亮了。

物品能够被观察，动物能够被屠宰，树林能够被砍伐，疯子能够被治疗。为了理解自我，认识在他者身上费尽了心力。但是所有这些都是经验所拥有的，并向人们挑衅和挑战的东西：物品、动物、本性。

我是用暴力被生出和呈献出来的。紧接着就是关于描述新出生的襁褓中的耶稣的离题说明，耶稣被画在中世纪和文艺复兴时期的圣像和圣母画像上，当时人们尝试在描绘他的同时也描述圣母的贞洁。青少年时期的岁月是黯淡的，除了别的之外那些日子也在探讨这一事实，即圣像学里我们的上帝主要是作为虚弱的儿童或者作为垂死之人和死者出现的。

78
反对国民财富①

1

巴德尔驱车前来,
开的是一辆卡车,
他想抓住迈因霍夫。
因为她是一个女妖。
女妖从山上滚下,
巴德尔很快掘了一座坟墓,
迈因霍夫掉了进去,
那肯定是你。

2

里斯佩和罗斯佩带着钢锯
为拉斯佩完成了某事。
他们把法官的座椅锯掉,

他们把陪审员拖入泥潭,

他们会幸灾乐祸地窃笑,

如果你偷了国家的东西。

3

从前有一名警察,

他计划了一些非常狡猾的事情。

因为他很想组建一支国民军,

于是那天夜里他擦亮了自己的步枪,

把它交给他的儿子,

作为报酬而非零花钱。

儿子接过步枪,

四处瞄准比画,

他向父亲道了声谢谢

然后去抢劫了一家银行。

这听起来真像是嘲讽,

之后儿子得到了赦免。

4

在二十八个煤箱里

坐着十七名无政府主义者。

十六个人蓄着胡子,

只有一个不知如何是好，
因为这个人是个女的
现在必须被关禁闭。

5

每天一大早
巴德尔就把我们的汤做得很咸。
当中午的钟声敲响时，
迈因霍夫也会感到很高兴。
但是到了晚上7点半，
警察就又要监视她了。

6

有一个从曼海姆来的侏儒，
他也想成为一名男子汉。
他往考斯特海姆郊外的桥上
涂抹软皂、盐和铁锈。
火车脱轨了。
侏儒成了孤儿。
因为火车上坐着他的母亲，
他在作案时忘记了这一点。
检票员说：去曼海姆，

不会再有去那里的火车了,小男人说:
我不用乘坐去曼海姆的火车,
我骑一根树干回家。

7

在莱茵河畔美丽的美因茨,
那里住着霍尔格·迈因斯。
他不仅想要他自己的东西,
他还想要你的东西。
因此他想象一些美妙的东西
给自己制作一些小的玩意。
在这方面如果失败了,那就好比是,
腿上的两根脚趾。
他的兄弟海因茨,
和他一起住在美因茨。
从这一天起在莱茵河畔,
人们把他称作霍尔格·凯恩。

8

在Ａ青年团里
巴德尔只叫巴
恩斯林只叫恩斯,

  仿佛她是一只岩羚羊。

  在 B 青年团里

  迈因霍夫养了一头鹿

  莫勒养了一只猫,

  仿佛他们有足够的空间。

  在 C 青年团里

  迈因斯感到头痛,

  拉斯佩感到肚子痛,

  这就是在那里的风俗。②

注　释:

① 最初是按以下书名出版的图书:《小孩嘴里出恐怖》,汉堡赖因贝克,1977年。弗里茨·西格尔绍夫在书中作序。西格尔绍夫在序言里指出,所有的短诗都是"支持国家的",它们尝试保留或者恢复现有的制度,诋毁恐怖分子的名誉,或者就像在第一个例子里那样挑唆恐怖分子相互争斗,例中根据通行的陈规俗套的角色关系,男人巴德尔在向女人迈因霍夫施加消极影响。这种陈规俗套在第四个例子里再次出现,例中女人因为没有蓄留对浪荡子和革命者来说典型的胡须,因而无法接受革命者的角色,并因此作为唯一的一个人被逮捕。这些陈规俗套与红军派里的现实相悖,在该组织里女人的数量一度占到全体成员的 60%,她们从一开始就接管了活跃分子和领导者角色。因为正如西格尔绍夫所言,淘汰和排除是数数歌谣的基本原则,因此这样的歌谣只有把统治阶级的目光局限在社会边缘群体和局外人身上,它才能够反映社会现实。(也可参见:《不要大呼小叫,否则

鲁道夫·霍斯就来了。纳粹儿童诗选集》,慕尼黑,1991年。以及《斜坡上的大肚子。二十至四十年代数数歌谣里的时事人物形象。从哈尔曼到门格勒》,法兰克福,1993年。)本章注释皆为作者原注。

② 在这首数数歌谣里西格尔绍夫指出一种可以追溯到纳粹时期的结构相似,从这种关联出发他引用了一首关于德国少女联盟(BDM)的诗,该诗出于对按字母排序的分类原则的考虑,更加明显地将表述的逻辑性搁置一边了:

在德国 M 联盟里

规定不是那么严格。

在德国 O 联盟里

人们很快躺到稻草上去。

在德国 P 联盟里

那个部位有短暂的疼痛感。

在德国 Q 联盟里

转眼之间就产生了一个孩子。

在德国 R 联盟里

幸亏那是一位先生。

在德国 S 联盟里

他把自己称作鲁道夫·赫斯。

在德国 T 联盟里

梅塞施密特公司研制的飞机在飞行,好哇。

在德国 U 联盟里

朝着伦敦敌人飞去。

79
红军派成员简短的圣徒传记

安德烈亚斯·巴德尔在一个孤儿院里长大，在那儿他必须睡在一名足球运动员的下铺，在雨水桶旁边洗漱。安德烈亚斯很早就有重新确定世界秩序的想法，但是他缺少书写工具。终于他决定成为一名飞檐走壁的盗贼，并拜他崇拜的偶像阿明·达尔为师。他学着穿越德国社会问题中央研究所的窗玻璃跳跃，事实上这样的窗玻璃仅仅是由糖玻璃或者所谓的效果玻璃组成的，就跟在酒馆斗殴过程中砸在头上的瓶子完全一样。即使是在美国早期的西部地区安德烈亚斯·巴德尔也是一个可怕的人物。不过在犯下许多罪行的同时，他在那里也遭遇到一次倒霉的事情，当时他因为不小心而开枪打死了克雷基-佩特拉，他是温尼托的老师，在最后一秒扑到了他学生的身上。克雷基-佩特拉和枪杀他的凶手非常相像，因为按他自己的话说他作为"不满者的领袖"参加了1848年革命。此外他能够"细致入微地证明，信仰上帝是毫无意义的胡闹"。革命结束之后他必须从德国逃往美洲，逃到印第安部落阿帕契族人那里。对自己的行为感到迷惘，安德烈亚斯·巴德尔常年游荡在不宜客居的异乡的荒原，直到他被两名年轻的印第安人剥去头皮溺死，也有人说是被射杀的。他最喜欢的颜色是橄榄绿，他的幸运数字是7。

霍斯特·索恩莱因是一位香槟酒工厂主的儿子。五岁时他就必须为拍摄广告照片当模特。后来他成了骗子。他是红军派中最讲究穿着的成员，戴着丝巾，有时也扎着豹皮绑腿，头发上搽着润发脂。他和托马斯·弗里驰长得很像，这在他于1968年3月实施了一次抢劫之后给他带来了好处，因为当警方在开往埃尔特菲莱的客车上进行检查时，他可以假托自己是在去参加在埃尔特菲莱开办的一家香槟酒酿酒工场的签名活动的路上。不过这样的好处很快就转变成了坏处，因为人们可以从《喝彩》杂志的明星剪切画中拼出他的第一张通缉照片。为了摆脱与自己长相酷似的刑事犯，托马斯·弗里驰让自己蓄起了长发，在电视连续剧《称号为"纸花凶手"的警官》第十五集里接受了一个角色。他在剧中出演一名嬉皮士，他生活在一个废料场，绰号为"茶壶"。虽然这名嬉皮士象征的是与政治上激进的红军派相反的耽于幻想的和平运动，但是他也失败并最终自杀了，这样他就把嬉皮士运动揭露为一种空想。剧中使用的那朵纸花据说是人们通过《喝彩》杂志的一则广告，花了二十七马克从位于巴特梅根特海姆的托马斯－弗里驰－粉丝协会的女会长那儿买到的。正如后来表明的那样，那朵纸花只不过是一件复制品，因为真正的纸花随托马斯·弗里驰一道被下葬了。

扬－卡尔·拉斯佩从十二岁开始就在他叔叔的工厂里作为日历生产工人。他叔叔拥有那种所谓的可移动多用途日历的生产专利，确切地说那是一种月历，每月的工作日能够用一个活动的红色塑料方块被框起来。扬－卡尔必须用冲压机在日期数字上固定细长的豁口，然后人们就可以把那个在顶端内侧边缘有一道被加宽的弧形的红色塑料方块插进豁口里了。因为红色方块经常丢失，不停的换插恰恰在手工业工场被认为过于烦琐，因此后来人们用一种透明的箔条取代了红色塑料方块，箔条围住一周的跨度，然后箔条上的一个黑色方块就能在相应的日期上被推移了。扬-卡尔·拉斯佩喜欢发烧树乐队和肝肠面包。

阿斯特丽德和托瓦尔德·普罗尔成为永不离散的一对朋友，他们也被称作两个小洛特或者小不点和安东，虽然他们不是同性双胞胎。还在上学的时候两人就喜欢交换角色，比如阿斯特丽德中午替托瓦尔德留下关学，而他则能够去他所在的曲棍球队参加训练。相反托瓦尔德去上阿斯特丽德讨厌的芭蕾舞课，而她则和女友们在一家冷饮店吃一份香蕉船，在自动唱机上不断地选按 G8 乐队，听她当时最喜欢的单曲《不会太久》。在以后的生活中他们也这样相互耍花招，而安保人员从来无法肯定站在他们眼前的到底是谁。两人在同一天夜里被赋予生命，但却是被两位不同的父亲，与托瓦尔德不同阿斯特丽德是长生不死的。当托瓦尔德因为在约旦的阳光下躺得太久而起火燃烧并化为灰烬时，阿斯特丽德出于悲伤而请求她的哥哥让她摆脱长生不死，这样她就能和他重新合为一体了。她被要求在以下两种可能之间做出选择，或者永远保持年轻，能够随时坐在冷饮店里，但却失去了哥哥，或者和她的哥哥一道作为尘埃雨在世间飘荡，她毫不犹豫地选择了后者。直到今天如果定睛细瞧，人们仍能在燃烧的森林和倾塌的城市上空看到他们俩在盘旋。

古德龙·恩斯林的姑姑是一名制女帽的女工，她必须很早就帮忙干活。因此她也对化装和假发情有独钟。一段时间里她作为怪诞舞蹈演员在柏林选帝侯大街上的一家剧院工作，在那里得到了君特·普菲茨曼的赞赏。后来她在巴特坎斯塔特的疗养大楼里与一名年轻男子订婚,他因为研究了丢勒铜版画《忧郁》中钥匙串的意义而刚刚获得博士学位。是众多的可能性导致了钥匙串女主人的忧郁吗?还是数量众多的钥匙象征了那种不可能性,即在异化的世界里找到了正确的门锁也就是说固有的位置?两个人共同成立了描写阳痿工作室,在这里他们出版同时代作家的作品作为对性行为的揭露,他们认为文学创作不是用语言,而是靠被描述的事物。但是这一文学构想没有产生启蒙效果,相反却得到越来越广泛的普及,很快就涵盖了整个德语区文学界,因此他们俩不得不转入地下寻求一种新的活动范围。

乌尔丽克。我们在 5 月 9 日庆祝她的节日。当人们找到她的尸体时,却发现尸体上没有大脑。大脑已经在天主那里了。在她的身体旁边立着一个破了一半的器皿,里面盛着干涸的血液。当人们取出血液把它放入一个水晶碗里时,血液开始像金银一样闪烁发亮。在她的牢房里人们能够看到一朵百合和一棵棕榈,其次还能看到一个铁锚、一条鞭子和三支箭。人们尚不清楚这些物件意味着什么,只是把她的故事看作是三部相互独立的《再现罪犯的人》。乌尔丽克是小市民的女儿,在一座小城里长大。作为聪明智慧的少女她很快就引起了统治阶级,特别是某一位部长和昔日纳粹们的注意。那位部长奉承和威胁乌尔丽克,为了赢得她的示好,但这些都是徒劳的,她已经完全把自己许配给了革命。在这种情况下部长让人把她抓了起来,几乎把她鞭打致死。当两名天使在地牢里把她的伤医好之后,部长让人把她绑在一个铁锚上沉入内卡河。但是天使把乌尔丽克从铁锚上解开,把她抬上河岸。现在部长命令手下,用烧红的箭矢射杀这位虔诚的少女。但是箭矢却转而射向射手们,把他们通通射死。没办法最后部长让人把她绞死了。

在10月18日那天夜里将近零点30分，斯图加特-施达姆海姆监狱第八层楼的牢房灯火通明，一个陌生的声音向值勤警卫汉斯·施普林格保证对囚犯的监管不会出任何差错，就这样把他调离岗位长达三个小时。一道光影进入编号为716的囚室，就好像该囚室没有被上了好几道锁，没有被安装报警装置，也没有额外被用加了软垫的刨花板堵塞。光影把里面的囚犯推向侧身位，把他叫醒并说道："快点儿起来。"扬-卡尔·拉斯佩醒了过来，恍惚之中以为是末日审判降临了，但接着他认出那道光影是天使长米歇尔，明白了这才是被确定的个体审判，因为圣经上写道，每个人都要接受两次审判，一次是作为个体在他的死亡时刻来临的时候，还有一次是作为社会的一部分，当灵魂在世界末日重新与肉体合二为一，当所有的人都被要求说明理由，当基督转变成基督再临，当基督确认或者也可能取消和修正个体审判的判决时。天使命令扬-卡尔·拉斯佩坐到床上去，扬-卡尔不知道他的手是被牵引着还是他自己在操纵他的手，总之他现在手执一把黑克勒&科赫品牌的手枪，把它对准自己的左太阳穴并扣动了扳机。子弹穿过他的脑袋并穿透他身后的墙壁，它离开他所在的囚室进入719牢房，在那里它钻进安德烈亚斯·巴德尔的脖颈，击穿他的身体后又在地上弹了起来，再次穿透墙壁进入725牢房，在那里它用最后的力量击中伊尔姆加德·默勒心脏下方的胸腔，但是子弹只让他受了点儿皮外伤，人们可以认为伤口是一把钝刀留下的。然后天使长米歇尔就像他来时的那样又神不知鬼不觉地消失了，他堵住了那些在牢房里和在牢房四周站岗的警卫的眼睛，因此第二天当人们询问他们在夜里发生的情况时，他们仅仅自认为感受到一次短暂的停电。

第二代红军派成员是用死去的第一代成员的被打掉，并被栽在柏林舍内贝格城区一栋高楼后面的一处温室苗床里的牙齿培育起来的。这些孩子不再蓄长发和胡须,而是戴着太阳镜和留着短发发型。他们对炸药一无所知。他们把自己称作是宗师巨匠的模仿者,想要减掉资本主义的金羊皮。理论对他们来说不重要。重要的是很快去坐牢。

人们不再清楚关于第三代红军派成员的任何情况。

80
工厂主的桥梁

工厂主当然希望我从桥上走过。毕竟桥是为我建的，他这样说道。他从落地大座钟旁边的木箱里取出那个木偶，用钥匙打开他的书房把我推了进去。在写字桌上方横着那块木板，过圣诞节的时候会在木板上搭建铁路。现在木板上立着按照1:20的比例被精确仿造的那座桥梁。木偶跳到木板上，慢慢地朝桥梁方向走去。它穿着红方格纹衬衣和皮裤，瞪着向外鼓出的大眼，笑得如此夸张，以至于人们能够看到它嘴里白色的嚼板而非牙齿。它的关节裸露，残余的胶水在它光秃的头顶闪着亮光，两周前这样的胶水还把黑色的假发固定在它的头上。

在木偶快步走向桥梁的时候，它的眼珠子始终转个不停。对它来说整个生命是一次唯一的玩笑。是否人们从一座令人眩晕的高高的桥梁上通过还是整天躺在木箱里，是否人们戴假发还是不戴，这些对它来说都无所谓。如果这个桥梁模型至少跌入一道真正的深渊。但是桥梁的设计有一个美中不足的地方，因为仿造的桥梁建在顶多5厘米高的木桩上，而真正的桥梁则在一处深谷上空摆荡。大约是在50米的高空。或许也只有20米。我对距离的估计很不准。但是从桥上往下看，地面上的工人就像是蚂蚁一样，或者更像是作为斑点的、头戴黄色头盔身穿橙色防护背心的具有异国色彩的瓢虫。

工厂主站在他们当中调试麦克风设备。我应当一边唱着《告别的时刻》（Con te partirò）那首歌一边穿越桥梁，这是他在刚才开车来这里的路上才通知我的。他往车载录音机里放入一盘录有这首歌的磁带并说道："你是熟悉这首歌的。这首歌谁都熟悉。它唱起来很容易也很上口。"我回答说歌词我不理解，此外我也不喜欢这首歌。"对安德烈·波切利来说足够好的东西，对我的公子来说也应该是够用的，"工厂主反驳道。他又说道："一个人身体有这样的缺陷还能够经受生活的考验，这一点是令人钦佩的。医生们当时建议波切利的母亲堕胎。但她没有听从医生的建议。这跟你的母亲完全一样。只是波切利的母亲在生下他之后并未马上悄悄离去。不，正好相反，她又接受了第二份作为洗衣女工的工作，非常有牺牲精神地照顾她的儿子。这真的不是一件容易的事情。因为那个孩子经常整日整夜地大喊大叫。人们也无法把小安德烈干脆束缚在电视机前。毕竟他双目失明，那些奇特的动静和声音只会让他变得更加紧张。一次波切利的母亲真的无法再坚持下去了，因为她的心力已经彻底耗尽了，这时女圣徒塞西莉亚出现在她面前。起初波切利的母亲吓得不得了，因为女圣徒塞西莉亚把自己被人锯掉的头夹在胳膊底下，但是然后她明白了这一暗示，给她的小儿子演示歌剧音乐，听到歌剧他变得非常安静，从此再也不大声喊叫了。他成了一个完全文静的孩子。沉默得令人害怕。他的母亲甚至在想：现在他也变哑了。但之后在他四岁的时候，在一个美好的春日他又重新张开了嘴巴，用他银铃般的高音声区唱了歌曲开始部分的音调，这就是后来《告别的时刻》这首歌。"

工厂主因为感动而声音中断。他沉默了片刻，然后从他西装上衣的内兜里抽出一张小纸条,把它向后递给坐在汽车后座上的我。"另外我让人专门为你改写了歌词。通常那句'Con te partirò su navi per mari(就让我与你同航,在那越洋渡海的船上)'现在你要唱作'Con te partirò su ponti sopra gole(就让我与你同航,在桥梁结束的尽头)'。""这是什么意思呢?""我和你从桥上跨越深谷。这是很美妙的事情。"工厂主把磁带的音量调得更大了。一般情况下他从不听歌剧音乐,而是根据不同的心情听 REO 快速马车摇滚乐队、38 特别摇滚乐队或者空中补给乐队的歌。我盯着歌词,但一句话也看不懂。"我根本就不知道该怎样正确地发音。""你只需仔细聆听就行了。如果你在房间里来回踱步,以此练习从桥上走过,那你就同时让磁带播放这首歌曲,然后你尝试跟唱。儿童也是这样学说话的。"

81
1951年秋天
一名患精神分裂妄想狂症的闹事少年创立了纳粹

借自圣十字堂区旁私立租书铺的一本成人小说

1951年的大部分时间我都是在一家疗养院里度过的。这家疗养院在当时是一栋相当现代化的建筑，它建在离马路很近的地方，有一个内院和几个多角的单体建筑，这些单体建筑由玻璃通道彼此连接起来。夜里我听到一列缓慢驶过的牵引机车沉重的呼气声，没过多久，在路轨刚刚恢复平静之后，我又听到马路上一辆驶近的卡车嘎嘎的喘气声。卡车上装载着空桶，它们被斜穿过城市运往一个仓库，在那里它们被从车上搬下来，再由装满龙涎香、血液、胡萝卜素、牛奶、氯化钠和自来水的实桶所替换，在回程途中这些东西晃荡着撞击斜旋上的桶盖。

通过从美国引入的电子休克疗法，我在几周之内就失去了大部分记忆。从医生方面人们当然不会当着我的面说出这种疗法的常规名称，而是把它委婉地称作直流电治疗。这种名称应当多少让患者放下心来。这就跟战地外科医生在抽拉针管时所说的战争咒语"吗啡"一样。当然在战争的最后几年里早就不再有吗啡了。人们给伤员注射食盐溶液，在没有麻药的情况下给他们做手术。如果患者疼得大声叫喊，外科医生就对麻醉师说："快，多打点儿吗啡！"然后麻醉师就会给患者再打一针食盐溶液。如果这样也不起作用，人们就把一个较粗的注射针头刺进患者的右侧太阳穴，为了以此分散他对于手术疼痛的注意力。当然这样的做法只有在他正好不是做头部手术时才会成功。在做头部手术时就毫无希望了。人们不可能使头部陷入瘫痪。更不用说转移患者对于头部的注意力了。

有报道称，人们给必须被实施手术的患者围上一块布，这块布往往是患者自己的围巾，为了用它送他们上西天，如果他们不能因为疼痛而陷入昏迷状态的话。当然只是暂时送他们上西天。人们就是这样计划的。可是就连最有经验的麻醉师也无法精确衡量永恒和片刻之间的分界点，许多患者再也没有从手术中苏醒过来，因此人们在战争的最后几年里也普遍把麻醉师称作扼杀者，尽管他们自己对不熟练地操作围巾无能为力。相应地跟围巾打交道从未是他们职业教育的组成部分。这怎么可能呢？职业教育是在和平时期进行的。但扼杀却发生在战争时期。思想是在人活着的时候进行的。但是思想的结果却是在死后产生的。事实就是如此。对于这些原则性条件没有商讨的余地。

我自己从未上过那些应急性的手术台。至少我回忆不起来那样做过。而且那样的话在我身上肯定会找到疤痕。匆忙之中伤口不会被缝合得那么完美。此外缝线也很短缺。这就造成了更少的针刺次数和更大的间距。这是一个目测问题。小滴脓液的甘露在伤口的裂缝里眨着眼睛。很惊奇一个饿得半死的身体还能生产出多少脓液。就连那些肯定不是第一次看到此类情况的医生也都很吃惊。有时人们会认为，身体从内部把自己完全分解成了黏液和痰。

1951年这一年被煤尘所覆盖，它从烟囱里升到空中，通过永恒的循环再从空中落回到地面，取代了正常的天气情况。春天下着灰色的木灰雨。夏天弥漫着淡青色的油雾。秋天笼罩着淡绿色的石油雾霭。冬天到处都是黑色的煤砖尘雾。在少量因天气太热而无法供暖的日子里，煤尘会立即从废墟中升腾起来，落到端着牛奶甜饭杯碗的手上和为了亲吻而噘起的嘴唇上。1951年没有爱情。连唯一的一次都没有。只有滚动的木桶和被遗弃的房屋。与其说是有哪怕一丁点儿爱情的火花，倒不如说那是一次与死神的交易。

医生们使用直流电治疗方法是为了促进还是对抗我的记忆呢？"为了您的健康。"他们这样说道。我沿走廊去卫生间，早晨的光线稍微倾斜地透过暗淡的窗玻璃照在卫生间墙面的瓷砖上。瓷砖上的光线令我回忆起一些事情，在那一刻我感觉像是在家里一样，但却不清楚回想起的到底是什么。我站在小便池前，手里抓着我的阴茎。这个肉质的尖头难道至少不能回忆往事吗？如果它在回忆，它就会胀大。但它不会回忆。回忆是一种不安。我应当尽量避免让自己不安。在我等待尿液向下滴落的时候，我透过倾斜的窗户缝隙向外看去。除了思想我的体内好像没有任何能够转化成咳出物的东西，就跟患者在死前往桶里吐出的东西一样，因此在周末我也被获准出院，这样我就能在自己的房间里度过两天的时光。

但在上周五，当我离开医院时天色已近黄昏，最后一个工作日的炭黑再次渗露在城市上空，弄脏了日报的标题页。在人们用它包裹鳗鱼之前，我徒劳地尝试从报纸上辨认出几则标题。大陆板块开始不知不觉地相互碰撞漂移。但是边境线却未受到丝毫的影响。皇宫里的会谈也同样未受影响。在满目疮痍的城市后面横亘着休耕的田地。

就我个人而言我不喜欢吃鳗鱼。这条鳗鱼是给我母亲准备的。每周五我都要买一条鳗鱼,把它放在她的坟上。之前我用手绢把坟上的木质十字架擦拭干净,然后我把包裹鳗鱼的报纸除去一块,这样能够让鱼稍微探出身来散发它的气味。我坐在附近一块裸露的石头上等了大约半个小时。这大概是一次直流电治疗所需的时间。紧接着我把鳗鱼重新包好。我不希望其他墓地的来访者看到它时显出反感的神情。

我沿着墓地围墙旁边的铺石小路往回走,在行走时总是用手把鳗鱼摆向离身体稍远的地方,最后在路的尽头把它扔进一个狭窄的碎石坑里,如果附近正好没人的话。可能在夜里会有猫来享受这样的美食。

有时我会无缘无故地高兴,有时也同样会莫名其妙地悲伤。我什么疾病都没有,我坐在自己没有暖气的小房间里,尝试去回忆我忘记的事情。晚饭后我阅读一本从圣十字堂区旁边的私立租书铺借来的小说。

我的二十一岁生日正好是在1951年。我不再有家人了,唯一我熟悉的女人是洛尔辛,她是一名尚被监禁的同志的未婚妻。她碰巧遇到了我,当她为寻找自己的未婚夫或者为寻找认识她未婚夫的人跑遍当地的医院和疗养院时。她羞怯地走到床边,我在接受完初期的一次直流电治疗之后伸展着四肢躺在床上。因为我不再有思想,我就只能对洛尔辛说"是的"。"听从一切。"她越感到高兴,高兴她的未婚夫还活着,尽管是被监禁,我就越清晰地感到我以前的记忆在重新编排之后又流回我的大脑里了。

洛尔辛在一家牛奶加工厂工作,自我们第一次见面以来她每周一次都会定期来疗养院探视我。大多数时候她都是每周三来。她给我带来两小瓶牛奶和一瓶可可饮料,把它们放到窗前栽花的木槽里,木槽里反正不再生长任何花草了。在此过程中她稍微向前探身,向楼下的花园里张望。她每次来的时候天都已经黑了。只有园里的小池塘泛起一道微弱的蓝色反光照射在她的脸上。

在战争最后的几个月里洛尔辛不得不在一个被掩埋的地下室里度过了几乎两周的时间。令人痛苦的是饥饿,但更痛苦的还是口渴。最终她必须压抑住恶心,从一个肮脏的小池沼里喝了一些水,在半明半暗中她自认为在池沼里辨认出了一条鱼。她不情愿和半心半意地去抓那条鱼,当然没能获得成功。后来她不加考虑地往池沼里扔了一块大石头,然后才意识到一条被砸死的鱼因其血液和慢慢腐烂的尸体,只会使池里的水变得更加不洁净。一段时间里那条鱼消失不见了,但之后令洛尔辛如释重负的是它又作为闪闪发光的影子重新浮现了。

虽然直流电治疗令我精疲力竭,可我还是有足够的时间思考千差万别的事物。在接受完治疗后的头两个小时里,我像失去知觉一样躺在床上僵硬的床单上。经常我真的会缓慢地从一种被医生估计的昏迷中苏醒过来。然后一种空洞好像浸入了我的体内。紧接着我身体的肌肉会一小块一小块地抽搐,它们会不由自主地绷紧,让细微的波浪流经我全身。我问医生这种情况可能意味着什么,但他们只说那是一种完全普通的反应,根据以往的经验这种反应在近一个小时之后又会渐渐消逝,并在治疗过程中不断减弱。但是随着时间的推移我自己形成了另外一种理论,也就是说我有这样的感觉,仿佛直流电治疗仅仅是从大脑里删除了我的记忆,但记忆却在我的身体里继续存在。如果我在病床上就像现在这样躺一段时间,这两部分,即我失去记忆的大脑和我不断回忆的身体,肯定会以某种方式彼此沟通。如果它们不能成功地沟通,那我几乎就是一个死人了,在最好的情况下也会对一切彻底麻木不仁。通过不由自主的肌肉痉挛，我的身体尝试把存在于体内的记忆归还给我的大脑。这种记忆的归还当然只在很小程度上才会成功，而且其结果往往还不确定。如果大脑根本不理解或者错误理解肌肉语言所提供的记忆，那又该怎么办呢？这种情况很容易导致新的记忆、新的思想。那么怎样删除这些新的记忆呢？用何种电流呢？

在一个小时的相对昏迷之后大脑又开始亢奋地思考了。这也支撑了我之前提出的理论。现在我回忆起了许多思想碎片。但这不是指涉我本人的思想，就像是人们在担心自己，或者尝试去回忆他昨天晚上都做了些什么，确切地说这种思想是一种翻寻，一种探听，一种四处寻觅。我在自己陌生的案卷里翻腾。在一个负责全城文案工作的办公室的硕大的废纸篓里找寻。我翻查一家大型企业的档案室。搜寻一个国家的中央登记处。但是我看到的不仅仅是被登记的项目，而且也包括很多漏洞。漏洞具有和项目同等的重要性和意义。

有时我很遗憾没能拥有必要的医学知识。因为我在设想人们有必要把直流电疗法的应用也扩展到身体上时，我的表达显得非常外行。人们不能仅对大脑进行治疗。即使悲伤是从大脑里产生的。人们也须把身体包含在内，为了能使记忆从肌肉里消失。只有这样患者才能被真正治愈。但是医生们也不傻。他们必须做的是充满信心地和我们交谈。他们不能一味地向我们说明他们医疗措施的欠缺。他们必须唤起我们对治疗的信任。同时研究工作在继续进行。人们对失败闭口不谈。但是我也听到了这种沉默。

没过五年，到了1955年，我又接受了另一种疗法，在这种治疗过程中人们同时也从我的体内切除一切东西。但是到那个时候还要持续很长一段时间。在这之前我还必须搜寻梳理上千个档案室和数千张中央索引卡片。这一切都未得出任何结果。

洛尔辛的未婚夫汉斯被关押的营地在设计方面必须考虑到这一点,即人们在那里找不到池塘或者类似的东西。这是最重要的因素。当然营地里必须有水,用来饮用的水,但是这样的水不能存在于湖泊或者池塘里。不能给鱼提供任何生活空间。在俄国池塘比如说可能会结冰,但这或许也不足以消除洛尔辛对鱼的厌恶感。最好是在一个热带地区。一片沙漠地带,在那里人们根本不会产生想到一条鱼的念头。水被装在大罐里送到指定地点。它是用水泵直接从深井里抽上来的。它是地下水,是泉水。鱼不会生活在井里或者直接生活在源头。但我只是在洛尔辛直接问及的时候才会提到这一点。太阳的炙烤令人难耐。是的,人们根本不想这么认为,因为营地是在俄国,但是俄国也不是以前的俄国了。俄国幅员辽阔。俄国涵盖了四个气候带。就连亚热带……不,我不能夸大其词。我将只局限于三个气候带,让它们显得不那么确定。

洛尔辛不再追问。洛尔辛极度高兴。这些情况我究竟是从哪儿知道的?"从米勒同志那儿,"我像是附带地这么说道,"两天前他旅行经过这里,给我们带来了最新的情况。汉斯的境况很好。很快他也会回来的。肯定会的。"假如她心里一直还不踏实,我就把草图拿给她看。那是营地的平面图,我必须把它绘制出来,为了打消她最后的疑虑。"当然你可以保留这张平面图。尽管把它带走吧。"我将会这样说道,洛尔辛将会万分高兴地揣着图纸跑回家。她将把草图挂到摇晃不稳的桌子上方的墙上。她将在草图前面放两小瓶可可饮料,借着灯光仔细端详图纸。然后她会把平面图上所画的一切铭记在心:那边是一个训练场。存放洋大头菜的仓库。也可能是饲料萝卜。叫不上名字的块茎果实。

这是那个地方的土壤里能长出的唯一的东西。伙食：总是一锅煮成的菜。他们用现有的食材所做成的一切一点儿也不差。很机智。带刺的环状物，顺便说一下那是巨型仙人草。令人无法想象。它们有两米多高。其实在这样的营地他们不需要围篱。但尽管如此他们当然还是建了一些。金属丝网。带刺铁丝网。监视塔。很快洛尔辛就能把图纸上的一切熟记于胸。比我记得更牢。比米勒同志更熟悉。他又继续前往北德到他母亲那儿去了。

但是在这样的营地里有多少人呢？昨天在我结束治疗躺在病床上时，我就一直在想这个问题。然后我接着想道：干脆就以你以前所在的营地为例吧。我觉得当时是这么想的。但是我先前所在的究竟是什么样的营地呢？还有：我在一个营地里待过吗？我干脆回忆不起来有这么回事。对我来说战争结束得太快了。真的太快了。

夜里我从一家制鞋厂出来，沿大街向下走。我刚走出二十米远，身后就有一辆汽车沿我行走的方向追了过来。它是在逆向行驶。我听到后面是怎样响起枪声的。一颗手榴弹被扔进制鞋厂的陈列橱窗里。接着又是枪声。那辆汽车从我身旁驶过。我中弹倒地。子弹击中了肩膀。就仿佛是我在最后一刻把身子转向了围墙。制鞋厂在起火燃烧。女人们在大声尖叫。还有男人和孩子们的喊声。但是大街上空无一人。没有人走上街头。人们能经过院子从后面跑掉吗？这我就不知道了。警察没有赶到。消防人员没有赶到。工厂烧毁了。

但是为何对我来说战争紧接着就结束了呢？毕竟我当过兵。我上过前线。对此我很确信。可前线到底是什么样子呢？一块狭长的草地。一片寸草不生的原野。我在第一排。和其他人一道。我们一边奔跑一边端着步枪随时准备射击。然后我在远方已经看到它了：前线。它是一道长长的墙体。一道高墙。就像中国的长城一样,但是是用红色的烧砖砌成的。还有五百米。还有二百米。还有五十米、二十米、十米。然后我就站在它面前。我把头贴近墙面。静悄悄的没有动静。我转过身来。我后面没有一个人。我转向旁侧。也没有人。我又转过身朝前。一片寂静。绝对安静。这样的沉寂在拉伸和绷紧,就跟固定在汉斯伸展得很开的双手之间的那根鞋线一样。他在校园里用这样的造型想向我们证明什么呢?或者那是一场游戏,只是我忘记了游戏规则?我目不转睛地盯着那根鞋线。然后枪响了。是从后面开的枪。我被子弹击中肩部并栽倒在地。又是一片寂静。周围没有任何人。风吹过绵延不断的原野。但为何据说在那之后战争对我来说就结束了呢?

医生们很高兴我开始绘画了。他们不问我设计的那些不同的平面图都是什么意思。这样做还为时太早。他们把我尝试绘画的举动看作是他们治疗的成功。或者这也的确是他们治疗的一个成就。

我决定放弃起初我为单人囚禁设计的那种狭小的井状构造。它是设置在看守营房旁边的一个斜面小木板箱。木板箱里恰好只能站一个人。一道陷在地里的坠门是唯一的入口。那是一扇包有厚重铁皮的钢门。问题是究竟怎样把这样的构造送到指定地点。它被装在火车上从高加索运来,但接着在一个小货运站堆放好几个星期,直到人们用一种临时搭建的滑轮组把它举放到一辆长途运输汽车上,再由汽车把它运到营地。连带门和门框。但问题在于:人们怎样把一个钢结构门框固定在干燥的荒原土壤里?门只应锁闭井状构造,在这样的单人牢房里那些狂妄的囚犯坐满他们的刑期。通风情况呢?一道稍微靠右安装的棚栏负责囚室的通风。不,通过这样的设计构造我让自己听任太多不可预知因素的摆布了。这样一来我恰恰是挑起了矛盾和对立。而这正是我必须避免的情况。此外洛尔辛本人曾经在这样的井状构造里度过了两周时间。只是不要让她回忆起自己的命运。她的命运不能和汉斯的命运混杂在一起，而是必须清晰地区分开来。细致整齐地划分清楚。于是我又摈弃了设计井状构造的想法。如果这种井状构造将会唤起她对于当年自己被困在里面的地下室的回忆，从而唤起她对于小池塘里的那条鱼的回忆，那么整个灼热的周边环境将会一点儿用处也没有了。

一棵巨型猴面包树在营地的东北角上伸展着它的枝杈。它的树干耸立云霄，从许多树层上都长出结实的丫杈。这样的一棵树人们根本无法想象。那棵粗壮的橡树和它比起来显得极其矮小。在这样的树上经常生活着整个猴群。它也正因为如此而得名猴面包树。猴子们生活在树上，生下它们的幼崽，在树上嬉戏，给自己建造小型庇护所，采食树上的果实，在从事所有这些活动时它们从未从树上下来过。这样一棵巨树能够很轻松地养活二三十只猴子。树的名字也正源于此。当然在那里不再有猴子了。但是在人们想到建立营地或者发动战争之前的很长一段时间里，这个荒原或者沙漠地区的原始居民恰好发现了这种树的特别之处，并挑选它作为它们后来的栖身之所。尽管它们的居住地离得很远，可它们还是定期来到树跟前庆祝它们的节日。那些建在大树枝里的狭小的茅草棚也来自公元前的那段时期。那些茅草棚对原始居民有什么用处，对此人们已无从知晓。或许它们在里面寻求躲避暴风雨的避难所。在此期间丫杈已经缠绕在草棚的木杆上，以至于在叶丛和粗树枝的覆盖下两者几乎无法再彼此区分了。

在营地里那些茅草棚被用作单独囚禁。被判刑者必须顺着一根长梯爬到树上，钻进其中一个草棚里。紧接着人们从外面给这间草棚上了插销并把梯子撤走。当然这是一种严厉的惩罚。但是情况可能会更糟糕。树提供了很多荫凉，某些囚犯讲述道，他们在树上做过非常奇特的梦。在夜里天一下子变亮了，他们能够看到远处的沙漠和毗邻的荒原。在远方人们能够望见大海。海边有一座大城市：敖德萨。烤杏仁的味道。用阿月浑子果实和蜂蜜做成的甜食。焦糖。牛轧糖。硕大的瓦罐被运至港口装载到船上。对于猴面包树上的单人牢房里做梦的囚犯而言，这一切距离他们好像只有一步之遥。一次微小的跳跃而已。商贩们稠密的行列又会立即在他身后合上。一只大瓦罐在一旁待命。它是空的。他钻了进去。工人们用勤勉的双手在瓦罐四周捆上绳子，把它放入一个填塞有木棉的板条箱里。板条箱被一辆手推车途经颠簸不平的铺石街面运至港口，在那里被吊装到一艘船上。就这样早晨囚犯在他的牢房里醒来，觉得自己是在一只木桶里，在船腹里在黑海上晃晃荡荡。在全黑的板条箱里醒来的这一刻，比尽情地远眺荒原要更加美妙。

那座城市当然不是敖德萨。没有名字。没有太具体的想象。尽管那只是一名囚犯的梦境而已。他们可以梦见所有可能性的城市：阿尔及尔、菲斯、开罗，沿整个沉闷的北非地图。但是想象力不是这样起作用的。回忆也不是这样运行的。总要有一个名字，迟早洛尔辛会认为，她必须前往敖德萨，为了去那里寻找汉斯。但是洛尔辛不允许找寻任何人。她必须在这里找到自己的安宁。只有对汉斯不离不弃，她才能做到这一点。

如果真到了那一步，汉斯可能每年会有一两次坐在高处猴面包树上的一间小屋里，因为他面对各种情况总是表现得很得体，而不像一个性情急躁的人那样。当然被关在小屋里他得不到吃的和喝的。但是三十六小时之后他就又能从树上下来了。除此之外汉斯都在厨房干活。而且他也不是从一开始就被关在这个营地里。只不过我是出于纯粹的个人原因在此补充了这一客观事实。我简直无法想象，人们可以在唯一的一个营地里度过五年的时间。人们在那儿都做些什么呢？成百上千的日日夜夜。成千上万个小时。毕竟我必须对这个故事负责。在开始的时候他经常被转移地点。从1947年年中开始他进了那里的营地。这听起来还可以过得去。

我自己的5年时光很快就过去了。那段时光甚至可能要多于5年。我上过前线。我被子弹击中了肩膀。那是1943年。然后战争对我来说就结束了。但是动乱仍在持续。动乱在1945年之后也还持续了一段时间。到了1947年年中，确切地说是在年末，局势才慢慢开始恢复正常。1948年在许多方面还必须进行整顿。然后在1949年我母亲去世了。我们刚刚开始重新安顿共同的生活，一切对我来说就又发生了变化。接着在1950年我来到这里接受治疗。总体说来时间过得相当快。只是在医院的走廊上和病房里时间过得慢些，因为它在那里不能自由地循环。那里的窗户排列得太紧密了。卫生防疫措施太全面了。和病毒与细菌一道时间被挡在了门外。它被街上的鞋子撞得飞溅，流进牵牛花木槽旁边的污水沟里，它带着生锈螺钉的颜色，人们用这样的螺钉把亚麻布条带固定在床架上。这些亚麻布条带是用来绷紧未打麻药而被做手术的患者的双手的，为了不让他们于绝望中去抓外科医生的手术刀。

在一个营地里时间就像棚屋上面的天空一样是静止的。因此汉斯很高兴能在厨房里工作。在那个地区没有奶牛。但是却有山羊。汉斯负责给山羊挤奶，把羊奶煮开消毒，紧接着再把它装入桶里和罐里。

最后再对装好的羊奶进行定量分配。他甚至还自己研发出一套冷却系统。用一些在那里随便摆放的线圈、金属丝和晶体管。

"那这样看来他跟我做的是同样的工作了？也就是说几乎是同样的。"

"是的，洛尔辛。我想说是这样的，你们俩……"

在看守营房的后面朝厨房方向有一个简易仓库，羊奶就被存放在那里面。汉斯经常在那儿逗留。当他透过装有栅栏的小窗向外看时，他能看到猴面包树的枝杈。可惜米勒同志无法报道关于冷却方法的任何情况。他对这样的东西简直一窍不通。但是他研制的冷却装置的确让人印象至深。营地看守自豪地向每一位来访者，也包括那些只是处在押解途中的囚犯们展示这种冷却设备。这是一种什么样的奢侈啊：沙漠里的冰羊奶。他们也做凝乳。有时甚至做一种冰激凌。把猴面包树上的果实的果肉和羊奶混合在一起，这个主意是汉斯第一个想到的。一种巨大的享受。囚犯们把正餐后的这道甜点称作"猴鸡尾酒"。汉斯自己给这道配方命名为"按照敖德萨方式制成的果子露"并把它记录下来。不，不要又提到敖德萨了。干脆一次也不要再提敖德萨了。汉斯把他的配方称作"勒厄的夜饮"。

他到底是怎样的一个人，我指的是汉斯？毕竟人们把许多人都称作同志。归根结底所有那些在人们身旁端着步枪以射击姿势朝前线方向奔跑的人都叫同志。稍不留神，当人们转过身的时候，发现其他人都已经不在了。之前人们或许在一座兵营里，又在一列火车上，接着又在一个营地共同度过了一夜。人们几乎没有时间互相讲述些什么。一车精神失常的冲锋队队员。沿相反的方向朝街道下面冲锋。像白痴一样噼噼啪啪地胡乱射击。可能都是喝醉酒了。他们无所谓四周是否有人。然后就发生了这一幕：手榴弹被扔进橱窗。人们不谈论这样的事情。不知道有谁会听。不认识任何人。人们在抽烟。然后其他人走了。对他们来说战争也结束了吗？他们也有遗留在肩伤里的弹丸吗？尽管营地的草图已绘制完毕，我还必须收集更多关于汉斯的情况。

"汉斯到底怎样？"我在第二个周三这样问洛尔辛，在她还未把窗户重新关好并朝我转过身来的时候。她看上去很惊慌。我问得太突然了。太快了。

"为何要问这个？"

很快我用双手按紧脑袋。

"你头痛得厉害吗？"

"不，还可以。小毛病不碍事。真的。只是有时有一种刺痛的感觉。"她把我的床单抚平。我让挤压脑袋的双手又垂了下来。

"你为什么要打听汉斯？"

我耸了耸肩。"你不经常想他吗？"我反问道，但我马上也后悔提了这个问题。这问题听起来完全给人一种感觉，仿佛是我想断定自己的机会有多大。我想到了那个装有营地不同设计图纸的小文件夹，我中午就已经把它藏到柜子里我的衣服下面了。柜子上了锁，钥匙在我的床头柜抽屉里。

"请原谅我愚蠢的提问，"我说道，"你当然想他。我也想念他。想念你们。对你们来说这样的情况一定很煎熬。你们认识到底有多久了？"

洛尔辛尴尬地把目光移到一边："不是很久。"我点了点头。不是很久可能意味深长。如果让我尝试去回忆的话，我的童年时代持续的时间也不是很长。但是毫无疑问还是有许多年汇聚在一起。我之所以把童年时代感受为是短暂的,可能是因为单调乏味占了主要部分。每天都重复同样的事情。在这种情况下我怎么可能把不同的日子区分开呢?因此留在记忆中的就只有那些特殊的日子了。那些日子的确很不平凡。在学校里我和汉斯是同桌。不是和洛尔辛的汉斯,而是和另一个当然也叫这个名字的人。但是当我想到汉斯的时候,我会把叫这个名字的好几个人归纳在一起。通过这种方式我缩短了回忆,使我的思想显得有些正常有序。

汉斯。就一个音节。因为更多的我也不去思考。我不会去想我的同班同学。也不会想到汉斯叔叔,他本应每年至少来看望我们两次,但实际上却从未来过。一个被我叫作"大伯"的人。他是我父母在休假时认识的一位熟人。汉斯叔叔。一开始还满怀热情地被说出这个名字,在历经多年之后逐渐变成了沉闷的呼噜声。人们从未见过或者谈到过的某人,在人们记忆中都能够占据特定的、往往还不是很小的空间,这一点是令人惊讶的。

在这件事上归根结底只有对一种期待的回忆。期待他的到来。或许我跟汉斯叔叔的感情,就跟其他孩子与可爱的小耶稣的感情一样。只是在那种情况下人们要等待一生而不仅仅是几年的光景。虽然人们不会感到失望,但人们也得不到解脱。尽管这是一个成年人的思想。我从未怀疑过汉斯叔叔。今天我在思考,为何我父母从未自己到他那儿去过。为何他们没有看望过他。可惜我无法再向我父母提这样的问题了。总归只有当人们得到正确的回答时,提问才会显得有意义。但是我母亲会说些什么呢?

"你知道吗,我们也曾经年轻过。汉斯叔叔,他是一个有趣的男人。他很会逗人快乐。对所有的事情他都能说上两句。我们当时在阿尔高风景区度假。一天中午在膳宿公寓里,他坐到我们桌边突然问道:你们知道希腊国歌有一百五十八段吗?爸爸起初以为他是一名政客,你知道,就是来自安全部门的那种。或许他根本不是效力于安全部门,但尽管如此总喜欢探听别人的底细。因此你爸爸干脆没有任何反应。我也什么都不说。比如说十亿,我根本不清楚汉斯叔叔是怎样总想到这些东西的,这个数字如此普通,以至于人们根本无法对之加以想象。如果人们在出生时就开始数数,并且不断地数下去,那么到六十五岁时人们可能一直还没有数到十亿。总之他说了些类似这样的话。但是你爸爸始终没有任何反应。相反我却禁不住微笑了起来。如果人们能够想象到这一点。十亿。这样的数字人们其实一辈子也数不过来。可它们还是存在。但是有谁数过它们呢?我有过这样的思想。如果某人拥有十亿钱财,他究竟能花完这么多钱吗?你父亲注意到我在对上述评论进行思考,因为他不喜欢我这样,于是他就稍微皱了眉头。在皱眉时人们牵动了四十三块肌肉,汉斯叔叔说。听到这儿我真的禁不住笑了起来。在笑的时候只有十七块肌肉被牵动,夫人。他总是那么彬彬有礼,真的。第二天中午他又跟我们坐在一起。慢慢地你父亲也变得和蔼起来。你父亲一向都是一个胆小怕事的人。他不想被扯进任何事情。这在那段时期显得特别困难。因此我们几乎足不出户。可汉斯叔叔完全不一样。他很享受生活。在这次休假中我们几乎再分不开了。在最后一天晚上我们都喝了很多酒。你父亲在我们房间的沙发上睡着了,汉斯叔叔总是向我耳语那些事情。他从未碰过我。这种情况根本就无从谈起。甚至在梦里我们都没想过这样的事情。他也没有。但是就跟他对生活充满乐趣的本性一样,他也时常会开些玩笑。他唯一一次想看我两腿之间的地方,到最后还不忘彬彬有礼地说'夫人'。但他是怎样说出这番话的呀。我不由得又笑了起来。他在表述期间总会不停地穿插提及一些新鲜的琐事,比如大脑容量的 80% 是由水组成的,女人大腿的周长比男人的平均多四厘米。他懂得把一切都纳入一种关联。正因为如此他想看一下我的大腿。他能够把所有这些话都表述得和蔼可亲。而且我们也喝了不少酒。于是我就把裙子撩了起来。只是那么一小会儿。一个不起眼的动作。同时我一直在笑。至于你父亲,我突然不再肯定他是否真的睡着了。因为我自认为看到他眯起了眼睛。第二天我们按计划启程离开。我们俩都跟他道了别。没有评论。什么也没有。你父亲邀请他到我们这儿来。之后我们互相通信,又多次提到邀请他来的事。好的,好的,他每次都这么回复说,但他总是在最后一刻又有其他一些事情要办。他就是这么一个让人想不通的男人。但却彬彬有礼和乐于助人。你父亲不愿去波鸿拜访他。此外他从未直接邀请过我们到他那儿去。如果不请自来,这样做是不得体的。"

人们只需少量细节,就能构建出整个类型。标志越少,这样的类型就越精确。上学时坐在我旁边的那个汉斯几乎无法逃脱与汉斯叔叔的比较。他也就是年纪较小的汉斯。不管走到哪里他都会向我证明,长大后的汉斯应该是什么样子。他会把宽宽的脑袋转向我并说道:"人的心脏在二十四小时里会跳动十万次。"只不过凭这个他是打动不了我的。就算是他用"先生"来称呼我或者替我做家庭作业也不管用。即便那样也不行。但在这之后他突然站在我们家楼下,仰起脖子朝楼上呼喊。

"楼下站着你的一位朋友。"我母亲说。

"那不是我朋友。"

"真的吗?为什么不是呢?他看上去挺讨人喜欢的。"话音刚落她已经招呼他上楼了。我跑回客厅,刚才我就在那里做家庭作业,并砰的一声使劲把门关上。

"我叫汉斯。"我听到外面他的声音。

"这是一个令人愉快的名字。"我母亲说道。然后他们进了厨房。我母亲给汉斯倒了一杯牛奶。我把客厅门打开一道缝,越过走廊向厨房那边望去。我看不到他们俩。"人体血管的总长超过十一万千米。"我听到汉斯这么说。

"真想不到。"我母亲说。我轻轻把门关上,又坐回桌边。我想把耳朵捂住。但之后我没有听到汉斯最后是什么时候走的。外面一点儿动静都没有。我开始数数。或许我能数到十亿。然后我将冲进厨房,扯开嗓子宣布说所有这些都只是谎言。一切都是谎言。最后我听到开门的声音。我母亲来到客厅。

"我根本不知道你为何抵触他。他是个可爱的男孩。另外他给你带来了一本引人入胜的图书。《世界知识》。这本书他已经从头至尾看了三遍。"

"我不想看这本书,"我大声喊道,"他应当回到波鸿。走开,走开,走开!"

"可你在说些什么呀?他父母在这儿生活的时间比我们还长。波鸿,真是一派胡言。我把书放在书架的顶部,可能过一会儿你就又平静下来了。"

"怎么样,那本书你拿到了吗?"第二天汉斯问我。

"拿到了,"我回答说,"唾液腺每天会制造一升唾液,现在你就尝一口吧。"说完我往他脸上吐了一口。但是当然我没有这么做。当然我什么也没有说。我压根就不是那种对答如流的人。

"怎么不回答？"他又追问道。

"拿到了，拿到了。但是我不喜欢阅读。现在让我安静会儿吧。"

于是他再次登门来取回那本书。

"很抱歉，汉斯，"我听到母亲说，"或许以后会再借一次的。"

"最强壮的骨头是股骨。它是中空的。它的承重能力比用铸钢制成的一根结实的金属棒还要更强。"

"你真是无所不知啊。"我母亲说道。然后他们俩又消失在厨房里。现在他已经让她上钩了。这个小汉斯。手段比汉斯叔叔的还要更巧妙。很容易他就把话题引到股骨上来。于不经意间他就已经切中了主题。他肯定不是因为我才登门的。他来的目的仅仅是冲着我母亲。他也想看她的大腿。为什么不呢？现在很简单他只需假装不慎把杯里的牛奶泼到她的裙子上，这样他就能如愿以偿了。我谨慎的父亲在监狱里服刑，因为他们诬蔑了他。是谁干的？这人们就不知道了。为什么要这么做？这人们也不知道。出于何种原因？或许我知道这个。从波鸿寄来一封信。一名少年间谍挨着我坐在学校班级的邻座上，为了查看这里的情况怎样。人们派他前来检验女人的大腿。从波鸿坐火车赶来到底值不值得？

"希腊国歌有一百五十八段。"我父亲只说了这么一句。但尽管如此他还是被带走了。

"他们把他带走了。"当我从学校回家时，我母亲这么说道。我什么也没想，低着头用勺子喝我的汤。在这件事上我能想些什么呢？在上学路上有时我也会去接鞋匠的儿子贝尔恩德。然后我们一块儿去上学。事情恰巧就是这样发生的。我不是特别喜欢他。但他至少不像汉斯那样满口胡言。我在想，或许在跟汉斯的对抗中我能用得上他。在这方面任何帮助都是受欢迎的。

"唉,这样的事情你还不懂。"我母亲边说边抚摩我的头,而我则继续用勺子舀汤喝。汤已经不是很热了。

"他什么时候再回来?"我问道。

"他在监狱里坐牢,"我母亲说,"但不要把这件事告诉任何人。"

"为什么?"

"人们告发了他。"我想象告发是这样一个过程,在此过程中人们被绑在一张椅子上遭受电击,以不规律的时间间隔。电流强度要大于直流电治疗时的强度,尽管在这之后人们也总会闻到一股略微烧焦的味道。马上护士就会用酒精轻敷我的额头。因为我知道汉斯对此事负有责任,因此当我父亲一周之后一直还没有回家时,我就冲着他大声喊道:"我要告发你!"一位老师听到了这个。他问我说这句话是什么意思。为什么我想告发汉斯,特别是凭什么证据?

"我想让他死掉。"

"所以你想告发他?"

"是的。"

"那么他应该怎样死呢?"

"我已经说过了:用告发的方式。在一张电椅上。"

老师非常明智。他放学之后陪我回家并和我母亲交谈。

"他误解了一些事情。"母亲说。

"但为何偏偏是我们的汉斯呢?"老师问道。

"是啊,这我也不明白。汉斯是一个讨人喜欢的男孩。"

周五晚上我和贝尔恩德截住了汉斯。我们把他带到赛勒大街的一个后院里。没有人会去那个地方。后排房屋都空着没有人住。我们用一根绳子把他捆在地毯拍杆上，绳子是我从母亲的厨房碗柜里拿来的。晚上我必须把绳子再带回家。我们不能让他就那么站着。汉斯不再说一句话。

"现在他什么也不再说了。"我边说边往他肚子上又捅了一拳。贝尔恩德起初一直在笑。他跟平时一样笑得总是那么急促。因为害怕。我总共往汉斯的肚子上捅了四拳。谁也不应当看出他挨打的痕迹。但是如果走运，他的肚子里可能会有一些东西撕裂。这会让他一整夜感到疼痛，第二天也会如此。第二天汉斯不能一块儿做操了。这个胆小鬼。他坐在操场边上。夜里我梦见人们把我带到校长那儿了。

第二天我真的被带到校长跟前。我的班主任站在办公室里。一个男人和一个女人坐在写字桌旁边的两张椅子上。校长坐在写字桌后面。那两个人是汉斯的父母。他们想知道我为什么打了他们儿子。我一言不发。校长站起身，扇了我左右两个耳光。我还是一句话也不说。

"他说起过一些告密的事情，"我的班主任说道。然后又稍微压低声音说："他父亲在坐牢。"

"可是，"汉斯的父亲愤怒地说，"我们和这件事一点儿关系也没有。请允许我这么说。"校长在安慰他。班主任也在安慰他。我被打发回家。当我第二天早晨到校时，班主任对我说我要转到另一个班级。那个班上也有一名叫汉斯的学生。到处都有叫汉斯的。我不理睬他的话。我在想，无论他做出什么样的尝试我都不会上他的当。就算人们给我十万马克，或者给我十亿这个我连数都数不过来的数字，我也绝不会泄露希腊国歌有多少段。绝不。

"我最近刚刚想过，汉斯现在离开的时间已经比我认识他的时间多出五倍了。"洛尔辛说。

"也就是说一年。你们认识有一年了。"

"是的,比一年稍长,将近十三个月。"

"他从未戴过眼镜,不是吗?"

"据我所知从未戴过。"

学校里的那名汉斯也不戴眼镜。来自波鸿的汉斯叔叔也不戴。至少母亲从未说起过这一点。或许他们都已不在世上。他们中谁也不再活着,也包括校长。我的班主任。汉斯的父母。他们肯定都是政客。所有人都相互勾结。但是我该怎么做呢?不要再打搅汉斯。这话说起来倒挺容易的。现在我可以思考这件事。现在我有时觉得是贝尔恩德调唆了我。我不了解那个后院。我不知道人们在那里可以不受干扰。每当我又向汉斯的肚子上捅上一拳时,他都会突然哈哈大笑一声。

"唉,洛尔辛。"我想接着说。但我根本就不知道之后应当发生什么。

有时我被直流电治疗折腾得相当精疲力竭。但是今天我只是简单地躺在床上,不用去想某些特定的事情,或者去做由医生建议甚至是规定的肌肉练习。刹那间我在想,如果我现在完全保持安静,哪怕是一丁点儿的运动也不做,不呼气也不眨眼,那么我的肉体就会和我的闻起来稍带硫黄味道的灵魂一道浸入一种虚无。它们共同滑进一个装有墨水的大桶里,滑入一种空洞,就像分出许多病房的长长的过道那样空荡荡的。但是然后我禁不住咽了口唾液。然后我闻到了为晚饭新冲泡的薄荷茶的气味。从这个时候开始我只是躺在那里。没有知觉。身体浮肿。

在过去一段时间里我越来越频繁地产生这种感觉,即电流不仅给我充电,而且也会给我充气,让我像一只大河马一样膨胀,人们用薄的和磨损的橡胶轮胎缝合出一只这样的河马,让它在一列身着蓝色制服的少女上空悬浮。"一路平安，我的小近卫军军官，"她们在我下面唱道，"一路平安。勿忘我。勿忘我。"她们列队正步沿大街行军。股骨坚定有力。嘴唇冻得发青。在这些姑娘们年轻的时候，人们自己也很年轻。人们无法保护她们。我被黏合在一起的河马身子向上飘移。它四脚朝天倒在背上。现在我甚至都无法看到我下面发生了什么。

医生们很喜欢我的绘画。他们想知道我画在写过字的废纸背面并一再修改的平面图是什么，那些废纸是他们从办公垃圾里给我取来的。他们无法想象我在设计一些东西，一些根本就不存在的东西。他们以为我是在开始回忆。他们希望我把回忆以某种形式固定下来。因为我必须专注于对营地平面图的设计，因此当他们前来查房的时候，我没有那么快就想出该怎样回答。于是我为下一次做了准备，事先画好了一只河马。配着图画我还给他们讲述了以下故事："我父亲当过兵。"

他们点了点头。

"他和我一样当过兵。"

他们再次点头。

"我父亲在非洲作战。那时候我还是个小男孩。在他回家时我问他：爸爸，非洲在哪儿？很远，非常远。那个地方怎么样？跟这里一样，只是有很多河马。他说的原话就是这样的：跟这里一样，只是有很多河马。因此我想象那里的村庄跟这里的一样，有街道、许多人和植物。不，我压根什么也没有想象。我根本无须想象任何东西，那里的一切都跟这里的完全一样。唯一我必须想象的就是河马。我母亲从一本书上给我指了一只河马。在动物园里我们从未成功地饲养它。"

"现在我在思考，"我继续对医生们说道，"为什么我父亲要说这些？为什么他用了'只是'这个词？非洲跟这里一样，只是有很多河马。

他这样说是什么意思?"

我母亲也一句话不说,而只是点头和微笑。或者他根本就没去过非洲?为何他没有向我讲过任何关于土著人、沙漠、原始森林、毒蛇和村庄的情况?他不想回忆那些情景吗?人们在一个村子里拘禁过他吗?或者他点燃了茅舍,开着他的吉普车横冲直撞,朝所有东西射击,也击中了所有的东西,除了那只河马,它因为皮糙肉厚而不会受到伤害?

"您想成为这样的一只河马?"

是的,是的,是的,这样多好啊。河马军官。一路平安。一路平安。作为河马军官人们会生活得很幸福。正因为如此我在设计畜养鸟兽的苑囿。

他们还未离开病房,我就迫不及待地又拽出我为关押汉斯的营地设计的平面图,在图纸上继续画了起来。我知道:这是一招回马枪。我也不那么傻。他们现在认为我比实际上的还要更蠢。但是当人们突然向我发问时,我从来也想不出合适的回答。还在上学的时候就是这种情况。后来在军营里也是如此。最简单的问题我好想也无法胜任。到底什么叫无法胜任呢?我简直就是不会回答这样的问题。对此我不知道该说些什么。"持枪致敬!"在这种情况下其他人都会有所反应,而不必做过多的思考。但是在我身上却不会有任何反应。

"您现在彻底精神失常了?"

"是的。"其实所有的人都会这么想。但是他们嘴上不说。医生们也不说。他们在直流电机上校准电流。一切就是这样。他们不说话,只是转动把手。他们把红色的刻度盘转向蓝色的。他们扳转套上了厚厚的实心橡胶的手柄。我觉得这听起来就像是其中一则疯子笑话里所描述的那样。"如果一只河马来接受直流电治疗……"至少我还能清晰地思维。我能准确地思考一切。我必须在医生这里弥补缺陷。如果我过快地在走廊上跟在他们后面说些什么，这只能使情况变得更加糟糕。至于河马的事我不会这么容易就再忘却的。另外如果我父亲满口这样的无稽之谈……一名儿童的理解不会好到哪儿去。当时，也就是说当时作为孩子，作为小孩子，我想有一只这样的河马。不是成为河马，而是自己想有一只。因为我没有得到它，也就是无法得到它，所以我想自己成为河马。很简单我找不到其他解决办法。我别无选择。我只能那样做。

这是对精神错乱所下的一种非常实用的定义：除此之外人们别无选择。跟其他精神病类型一样这种精神错乱起初也把自己伪装得非常正常。然后它在等待时机。它在夜里屏住呼吸。这是精神错乱的早期症状：窒息。这就已经意味着：有你没我或者有我没你。但是他是谁呢？我又是谁呢？然后它会寻找一处小的空缺。一个非常狭小的漏洞，为了能够让自己钻进去。整个过程的奇妙之处就在于，至少先前的窒息症状会停止消失，因为它现在不必再屏住呼吸了。

因为是狂欢节。因此姑娘们身着蓝色的制服，裙子的贴边处饰有白色的镶边。一大桶啤酒被装在车上跟在她们身后。我身着化装服饰。河马的脑袋比我的更大。我透过两个鼻孔向外看。稍后他们会把啤酒灌进这两个鼻孔。这样眼睛就会有烧灼感。味道闻起来也很可怕。我无法反抗，因为我被打上了马掌而不能把手攥成真正的拳头。我不停地围着自己打转。出于绝望。我想脱掉服饰，但却做不到这一点。仅凭自己我做不到这一点。我母亲消失不见了。我父亲当时已经进了监狱。被人告发。他被绑在一张半没入水中的椅子上。小纸船漂浮着穿过办公室。一名穿制服的男子站在他面前。

"希腊国歌有一百五十八段,这个我们现在知道了。但是接着来看非洲。您对非洲有何看法?"

"跟这里一样,只是有很多河马。"他们又开始打他,尽管他的鼻子已经在出血了。为什么他不多留意一下呢?他身边肯定有谁带着相机。如果人们什么也记不住,那他至少必须让人拍一张照片。

"就是那边后面的那只河马?"

"啊,原来是这样,不,那不是真正的河马。那是穿着狂欢节服饰的我儿子。他的鼻孔里刚刚被灌进啤酒。这和非洲一点儿关系也没有。另外那边那个正在灌啤酒的人是鞋匠的儿子,如果您仔细看的话。因为整个画面有些模糊。"

"我以为他们俩是朋友。他们可是一块儿袭击了汉斯的呀。"

"是的,没错。但是情况很快就发生了变化。特别是在他们这个年龄。但是以后也会这样。有时人们干脆不清楚谁是朋友谁是敌人。如果人们感到害怕,人们就会发疯似的四处射击。人们无法预知,偏偏是这个村庄会和德国国防军勾结在一起。人们怎么可能预先知道这一点呢?没有任何指示。没有任何准则。我们总说的那句话叫什么来着:'在接近敌人阵线时所有的准则都作废了。'在战争中情况就是这样的。但是请问如果一个男孩问到这种情况,那人们应当怎样把这一切向他阐明呢?谁也想不到他会把河马这回事如此铭记在心。我必须把两件旧雨衣剪碎,我妻子再把它们缝合起来。在雨衣正面我们用自行车车胎拼出脸庞的形状。我们为这个男孩做了一切。为什么他不能站在路边也和所有其他孩子一样招手?为什么他开始跳起舞来、斜穿跑过随军女贩的行列、让人往鼻孔里灌啤酒?河马能够把嘴张得很大,容纳一名身高一米二的儿童。那个小汉斯,他是一个聪明伶俐的男孩。我妻子在向我谈起他时说的都是他的优点。他甚至想把一本书借给我儿子看。尽管如此我无法相信,我儿子把汉斯捆起来并打了他。在塞勒大街的后院里。那个地区实际上我儿子从来不去。另一个人,鞋匠的儿子,那个小贝尔恩德,我更相信他有能力做出这样的事情。这一点我完全可以想象得到。他和他父亲完全一样。事情应该倒过来才对,如果允许我说出这种关联的可笑之处的话。是他唆使我儿子那么做的。事实可能就是这样。顶多是这样。"

这正好就是我要对医生们说的。在河马这件事上情况就是如此。唆使我干出那种事的就是贝尔恩德。因为我跟汉斯没有任何过节,从根本上说没有。非洲不是波鸿。医院不是营地。事情总有一天要有个了结。我从他身上能学到什么呢?我相信,如果汉斯去过非洲,和我父亲在一个营队里待过,那么一切就将完全是另一个样子。但那时他还很小。还太年轻了。他后来必须首先和我去参战。然后就我所知也不是去非洲。也就是说不是直接和我一道,因为我再也没见过他。我去了另一个班级。但他跟我属于同一个年龄段。如果我们一直在一起,他就不会开着吉普车碾过幼小的黑人儿童,而是把他们放进河马嘴里。身高不超过一米二就行。那样的话他们还真有存活的机会。这样的机会我们却没有。我们必须从土豆地上跑过。一直不停地跑。河马有一个三米长的胃,它能容纳0.2立方米的青草。因此在非洲一切看上去都是光秃秃的。草都被吃光了。人们可以清楚地一直看到前线。

"是的,这种情况我们也感兴趣。"穿制服的人俯下身来对我父亲说。我父亲感觉到对方把满嘴的烟味呼到了从他的鼻子淌向下巴的那道细细的血流上。

"孩子们就是这样,他们总是瞎说一气。对他们的话人们大可不必在意。"

"不必在意?或许您会这样。但我们却把孩子们说的话当回事。这些孩子是我们的未来。他们有朝一日将会替我们上战场。但他们可能不会再经历战争了。我说的是可能。现在进来吧,汉斯,把你知道的讲给我们听吧。"

"河马的皮肤几乎有四厘米厚。大多数步枪或者手枪子弹都无法穿透它。"

"太好了,小伙子。怎么样,您现在想说些什么?谢谢,小伙子,你可以走了。或者最好在外面等着,如果我们又用得上你的话。"汉斯朝门外走去。我一直在问自己他到底戴不戴眼镜,但我不相信他戴眼镜。贝尔恩德戴过眼镜。至少是在开始的时候。直到眼镜破碎为止。是在什么时候破碎的?也是在狂欢节游行时吗?当啤酒通过鼻孔流到我的西服上衣上时?不,我觉得那是发生在以后。

"现在再回到您身上,我最亲爱的朋友。我不想让您在那个男孩面前丢脸。他是同一个男孩,您的饭桶儿子在塞勒大街的后院里把他……但是算了不说这个了。怎么了?您显得很吃惊,不是吗?"我父亲只能吃力地说点儿什么。他被折磨得很虚弱。他嘴唇发干。他失血过多。再加上电击的折磨。他被绑在椅子靠背后面的双手不由自主地抽搐着。穿制服的人把他的耳朵贴到离我父亲的嘴唇很近的地方。

"您说什么?我什么也听不清。我请求您说话声音大点儿。证据可能是确凿的。您的儿子故意装作不知道。他更愿意让自己保持愚蠢和一无所知的状态。让自己躲在客厅里。不愿意看那本书。而现在呢?现在您必须通过第三方获悉书里的知识。四厘米厚的皮肤,这可不是小事。三米长的胃。然后呢？"穿制服的人透过铁门向外面的汉斯吼道："你在哪儿，小伙子？"汉斯从板凳上跳了起来诵读道："在所有今天生活在陆地上的哺乳类动物当中，河马庞大的身躯仅次于大象。它的体型比犀牛的还要更大。河马的体重最大可达3.6吨。它和猪有亲缘关系。它能够把嘴张得很大，容纳一名身高一米二的儿童……"

穿制服的人又转向我父亲，用戴着黑手套的右手抓住他的颌骨并把它压紧。我父亲发出呻吟声。"您听到了吗？和猪有亲缘关系。好了，现在继续。或者您希望我们把您自己的儿子叫到这儿来？让他穿着狂欢节服饰？身上散发着啤酒的臭味？酩酊大醉？步履蹒跚？他在左侧马掌里握着一面小梳妆镜，用这面镜子他企图往随军女贩们反正也太短的裙子底下偷窥。用一把米尺他打算测量她们大腿的周长，为了从中计算出我们大家都非常熟悉的中空（我要强调一下是中空的）的大腿骨，也被称为股骨的直径。您到底觉得谁会站在您面前呢？"我父亲尝试说些什么。但从他嘴里出来的只有一声咳嗽和一些血液。

为什么我单单作为河马去参加了狂欢节游行呢？一切都是由此开始的。仅仅是因为我不想作为军人去那样的场合。也不想作为水手或者海盗。但我可以作为黑人去那里的。作为被烧焦的黑人。作为被吉普车轧扁的黑人。我的肚子被吉普车碾轧出三米长。我的嘴巴张得很大，以至于它能够容纳一名身高一米二的儿童。

河马知道尼罗河的入海口在哪儿。但它们不会泄露秘密。人们可以好几个月暗中守候它们。它们只是把沉重的脑袋转向人们，身体慢慢滑入水中。但是它们不朝入海口方向游去。它们会严加提防。它们知道自己早晚必须死亡。人们无法开枪射杀它们，但却能用一块岩石把它们砸死。或者用一个羽绒枕头使它们窒息而死。用一个大羽绒枕头。用一个天堂枕。用一床鸭绒盖被。它们躺在通常只是中空的股骨上，让它承受巨大的压力。它们的股骨能承受比坚固的钢铁更大的压力。这不是在开玩笑。一名发育充分的男子可以把自己撞向它们的股骨。全力砸向股骨。当父亲在睡觉的时候。或者假装在睡觉。因为演唱希腊国歌而感到疲惫。我亲爱的歌咏协会。很快再往绷带后面倒一杯烈性酒。再倒一杯。然后像布吕歇尔号战舰一样向前划动。唰啦，唰啦。但是股骨，它能承受这些。毫无疑问。承受整个汉斯叔叔的重量。还有最上面小汉斯的重量。小汉斯总是让自己固着在上面跟着摇摇晃晃地前进。带着他的书呆子脑袋。里面装着世界知识。这些知识已经有几公斤重了。但他却对此浑然不知，这个侏儒。他不知道现在玩的是什么游戏。他先是跟着学说一切。然后再把一切泄露出来。当然为此他必须被痛揍一顿。我们没有把他折磨致死，对此他应该感到庆幸才是，这个无足轻重的家伙。这些毕竟都是秘密情报。我父亲只把这些情报告诉了我。只告诉了我一个人。河马。尼罗河。

星期天上午 11 点刚过，当常去做礼拜的教徒们参加完弥撒回来、人们在大街上不那么显眼的时候，我朝墓地方向走去。如果人们问我去哪儿，我就回答说：去我母亲的墓地。方向没错。但事实上我是穿过了法尔肯霍斯特大街，为了去查看制鞋厂破损的橱窗玻璃。我不熟悉法尔肯霍斯特大街。可能是有一次我在去墓地的路上碰巧走过这条大街。这完全有可能。两个女孩在她们之间手持一根卷起来的跳绳，一直等到我从她们身边离开。用这样的一根绳子我和汉斯把贝尔恩德捆得结结实实。晚上烤土豆的味道弥漫在院子上空。打短工者杯中烈性酒的蓝色蒸汽从黝黑的窗户里飘荡而出，像棉花糖的细纱一样缠绕在晾衣绳四周。虽然我只是捶打了贝尔恩德的腹部，但从他的嘴里却流出了一些血液。他让脑袋下垂,为了使我能够停手。当这样做不起任何作用时,他就干脆屏住呼吸。他一直屏住呼吸,直到我们给他松绑。然后他瘫软在地上。我们抓起绳子跑出了院子。在家门口我们分手了。我们再次见面是在手里端着步枪前往前线的路上。贝尔恩德省去了战争的烦恼,他也不用上前线和躺在伤员营房里。尽管如此我无法相信,人们会因为腹部遭受了四次击打而丧命。

第二天早晨我被叫到校长办公室。贝尔恩德的父母身着黑色西服上衣和黑色女套装坐在写字桌旁边的两张椅子上。母亲的眼睛哭得红肿。父亲没有看我。校长想知道我昨天是否看到过贝尔恩德。

"没有啊,"我说道,"怎么了?"

校长只是摇了摇头,把我打发回班级。然后汉斯也被叫到校长办公室。我不再有时间向他悄悄嘱咐些什么。下午我们列队站在贝尔恩德的灵柩前面。他一直还在屏住呼吸。有人拭去了他脸上的血迹,给他穿上了他大哥的坚信礼礼服。礼服对贝尔恩德来说显得太大了。即便是挽卷起来的袖子也盖住了一半他交叉放在肚子上的双手。紧接着我们每个人都得到一块由贝尔恩德的姑姑自己烘烤的上面撒有黄油、糖和面粉的碎粒发面糕点。她抚摸我们的头顶,用充满同情的眼神看着我们。汉斯咬紧牙关。我听见他的颌骨在咯咯直响。在外面的花园门口他把他那块碎粒发面糕点塞到我手里,然后头也不回地跑了。

我在考虑是否贝尔恩德把双手交叉放在肚子上,是因为手底下有我在击打他时留下的伤痕。我在出拳击打时感觉他的腹部非常柔软。人们怎么可能往一些柔软的东西里打出一处创伤?甚至打出一个窟窿?人们可以在头上打出一个窟窿,但即便如此这样的洞往往也不会很深。人们绝不可能往窟窿里瞅并看到大脑。但为什么据说有人就是因为腹部挨了四次击打而死的？为什么有人应当打碎一家制鞋厂的橱窗玻璃？为什么人们应当怀疑这些事情都是我干的？

营地已基本设计完毕。它几乎可以说是完工了。我只需等待一个有利的时机，以便把设计图纸展示给洛尔辛，把一切向她解释清楚。周一我也必须向医生们解释一些情况。特别是关于我母亲的事情。我能说我就是周五忘记去看她了？这样说可信吗？但是什么是可信的？在坟前我至少什么也不必解释。这是一个好处。一个细微的好处。坟墓作为解释就已足够了。所有其他的理由都会沉寂。在坟前人们不再想起任何事情。人们交叉双手挡在肚子上的窟窿前面，俯瞰鳗鱼的脑袋，它正从缠裹它的报纸里探出头来。然后人们做一番祷告。父亲在祈祷中现身，他被捆绑着坐在地下室的一张椅子上，在为我的罪孽而死去。人们告发了他，为此现在电流正流经他的四肢。尽管那只是电流，但却有血液从他的嘴里淌出。就跟贝尔恩德的情况一样。

有时晚上我下楼去守夜人那里，和他一块儿抽支烟。"有这么一种情形，"我对他说，"我觉得许多人之所以死去，是为了使他们的生活恢复某种秩序。"他没有看我。"有时候在人们之间存在太多联系。亲戚。熟人。孩子。父母。最好是他们当中有些人死去。否则其他人不会有任何成就。您不觉得是这样的吗？"他一言不发，只是抽他的烟。"但是也不一定非是死亡不可，"我说道，"在死前人们会患病。疾病也是一种秩序。另一种秩序，但尽管如此也是一种秩序。一切都有秩序。"我指的不是秩序，而是关系。但我没想起这个词。

我父亲死了。我母亲死了。就这一点而言他们的生活恢复了某种秩序。闻起来像是被雨淋湿的冷杉树枝的味道。我走在街道的另一侧。但是一切我都辨认得很清楚。他们把两大块木质板材放进橱窗里，再用木板把橱窗钉住。玻璃碎片被扫成一堆。没有烟的味道。常去做礼拜的教徒们盯着我看。他们在仔细打量着我。我在路过时朝他们点头示意。这时那名守夜人和他的家人走了过来。看来他是个虔诚的男人。无论他从事何种职业，他都需要一种信仰。他试图和他的家人避开我。他有两个讨人喜欢的小女孩，年龄不超过八岁。她们手里没有跳绳，而是拿着用黑色护书纸包好的赞美诗集。他有一位和蔼可亲的妻子。她拎着一个带金色卡槽拉链的手提包。我的包里装着一条裹在报纸里的鳗鱼。我友好地微笑着。

　　因为我不再信任那些医生，于是夜里我从病房里溜出来去探访那名守夜人，他穿着轻便大衣坐在前面入口处的玻璃房里。一次我头晕得如此厉害，以至于我不得不一直不停地往前走，直到我穿着浴衣站在外面门口的瓢泼大雨中。或许是因为直流电治疗的缘故我没有感觉到下雨，但尽管如此我当然还是浑身湿透了。这时守夜人赶来把我又领回房间，给了我一条毛巾让我把身上的雨水擦干。此刻他对我来说就像是那些英雄和神话英雄中的一员，他们不断以不同的形象出现在人们面前，因其高大结实的身材和稍显单纯的本质，他令我回忆起希腊神话中囚禁了奥德赛及其随从的独眼巨人。我甚至还画了一张他的素描。人们在画上看到守夜人坐在他的小房子里。只是后来我不得不毁掉这幅素描，因为当洛尔辛来看我的时候，令人气恼的是它竟然公然摆放在那里。她不应当觉得这幅画和她的汉斯以及关押汉斯的营地有什么联系。营地平面图设计得非常成功。洛尔辛眼里噙着泪水。她无法再摆脱平面图的吸引力了。整个晚上都做不到。我不得不一再向她解释所有的细节。

　　"这里右下方是运送囚犯的卡车到达的地点。然后囚犯们必须从车上跳下来，被带到这里的两间临时木板房里。在那里他们必须脱掉衣服。他们必须上交自己的衣物。然后人们给他们理发。然后他们必须穿过一个被称作橡皮管的通道去除掉身上的虱子。这一切人们从外面是看不到的，因为人们用冷杉嫩枝从外部做了伪装。卡车的发动机被接在橡皮管上，它把除虱剂通过橡皮管吹进浴室里。之后他们必须上交镶补的金牙，因为营地里的气温会变得很高，这会使黄金熔化，由此可能对他们自己造成伤害。而人们想避免这种情况的发生。然后他们就可以休息了。休息时他们躺到一副大炉架上。这种炉架是按以下程序被生产的：人们不再需要的废旧铁轨被架在一个沟槽上。下面的沟槽里点着一堆火，囚犯躺在上面的铁轨上。"

我从洛尔辛的神态看出，我的讲述使她平静了下来。然后我们又审阅了其他细节。树上为单独囚禁准备的茅草棚。警卫人员的营房、厨房等等。高大的围篱。我感觉发烧。继而又感觉发冷。当洛尔辛打开窗户，为了把那两小瓶牛奶和那瓶可可饮料放到窗台上时，我不由自主地用双手抚摸自己的上臂。后来在她走了之后，我躺在黑暗中感觉自己滚烫的脸颊。现在又多了一种秩序。她离开时把那些图纸带走了。所有的图纸。无一例外。这对我来说完全是一种好处，因为现在不会再有人向我提出任何令人无法理解的问题了。我甚至还把我的迷宫草图也一块儿给了她。在那些草图的设计方面我没能取得进展。各个局部无法组合成一个有机的整体。一个地下室入口，或者说得更好一些是赛勒大街后院的一个地下入口。然后是台阶。许多台阶。多条通道。确切地说是竖井。带门的井状构造。钢门，或者门上配有沉重的锁头和门闩。随便在某处有一个小池塘，里面有一条鱼在游动。一条电鳗。一种危险的动物。不可食用。狂欢节结束之后封斋节又来临了。

虽然我父亲不信教，可那名冲锋队军官还是从池塘里捞出电鳗，把它淌着水举到我父亲的太阳穴旁边，他跟平时一样被捆绑着坐在椅子上。

　　1951年当然还远未结束。只是这一年剩下的时光我再回忆不起来了。或许我坐在我的房间里，等着有人来把我接走。我闭上眼睛屏住呼吸。如果我能坚持到岁末年初，一切就将因法定时效届满而失效。每一次岁末年初都像是一次升降级。达到年度学习目标并非完全不重要。它涉及的是秩序。如果人们留级就会产生混乱无序。不仅仅是混杂在其他事物当中的另一个年级和完全另一种生活。难怪那名党卫军士官会变得不耐烦。他是一个没有上过大学的男人，因此必须信赖规律性。使这样的人感到不安是很可怕的。就连医生也无法安慰他。至少他们上过大学。他们把直流电机上那两个刻度盘不断地反向推移。但这不起任何作用。他们填充表格和撰写报告，但他们也无法使我变得更加年轻。应该怎样做到这一点呢？当然人们希望会是这样。毕竟已经有了初步的构想。假设人们可以从我的记忆里删去一年，随便某一年。或许从每一年里拆去一个月可能也就够了。就像从今年里减去一个月一样。

82
摘自理论家们的观察记录

因为理论家们对世界做出了不同的解释，因此他们在这个世上待了下来，保留了对世界的最后决定权。

理论家们历经多年通过他们的思考形成了特有的脑袋，他们把这样的脑袋隐藏在飘垂的头发下面。他们在西服上衣的马甲里面穿着印有黑色蔷薇的衬衣，以示范性的形象穿梭于形形色色的社交场合，但也不会丧失哪怕是一丁点儿的分析思维能力。

理论家们觉察到名称的意义，几乎是强行使自己屈从于这种意义。这主要表现在他们没有能力在任意一家餐馆从菜单上挑选一道菜，或者像每一个普通人那样迈着坚实的步伐走进一家商场，在那里给自己选购一瓶剃须后使用的香液。因为理论家们在四十五岁之前都和他们的母亲生活在一起，之后又由一名昔日研究所的女秘书照管，这样他们的衬衣和裤子总是以熨过叠好的形式摆在铺了新床单的床上，所以在他们的思维关联里不会存在对某一种可能性欠缺的想象，故而他们也就不会全力考虑本体论需求。

当然理论家们知道，名称作为某一事件的名称是不会化为概念的，它不会同时凸显自己在意义方面的盈余和欠缺，但尽管如此他们有时也会谈到,在布鲁诺·瓦尔特之后所有对于马勒音乐的演出和录音,也包括对此强烈的批判都是垃圾。如果人们指出他们表述中的平民主义特征,他们就会立即反驳说,沉默仅仅是为了用客观事实的状况,使自己主观上的无能合理化,并以此把客观事实再次贬低成谎言。数字录音技术和新的演奏理论都同样拒绝了这样的认识。

对理论家们来说真实的历史消失在历史性背后。通过这种方式得到了解放,他们以一种放松的心态翻阅其他学界同行制作的相册,并自己把这种心态描述为是透光的,他们仅仅注意到不断发生变化的光线比例和领带款式,但却感知不到在被拍摄对象看来那种不可避免的悲剧。这种每周五在吃午后甜点时所进行的欣赏旨在对建构世界的本我实施转移分权,他们在这一领域的做法是史无前例的。

先前认识论方面的见解几乎一夜之间使某些体系变得不可接受,几乎尚未发展成熟,它们就使理论家们陷入那种存在危机,通常思想家就是因为克服了这样的危机而显出自己的不凡的。否则人们也可以马上去当海员或者成为车辆制造者,尽管车辆制造者的职业早已被铁匠的职业所排挤而变得过时。恰恰是车辆制造者和理论家这两种手工职业显示出了不容低估的共性。这两个行业生产的产品都承受了巨大的负荷,这就要求对材料的选取要谨慎细致。此外车辆制造者不仅制造轮子,而且也生产底盘,这也同样把他与理论家联系在了一起。"制造车辆骨架者"这个名称在不同地区代表的就是车辆制造者,它同样可以用来描述理论家自身。而且他们俩也都与街道清洁工有关联,如果人们把重音放在Kehre(转弯处)上,把街道理解为是通向转弯处的路径。

在第一次神经崩溃之后,理论家们谨遵医嘱在一家山地疗养院休养居留，在那里人们注意他们的饮食，对他们进行浴疗，使他们身体变得强壮。还没等到身体复原，他们就在返乡的时候和他们的父亲发生了激烈的争执，最后父亲要把他们逐出家门。因为理论家们拒绝离家，并示威性地把自己关在浴室里，于是父亲仓促启程踏上一次旅途，但他再也没有活着从旅途中归来，因为他还在第一次乘船航行时就死于胃出血。理论家们并未通过此事受到太大的触动，但在随后的冬天却患上了失眠症。他们感到精神紧张，很容易变得激动，此外还倾向于间歇性发热。在装饰圣诞树时一种瘫痪无力的感觉在他们的胳膊和肩膀处扩散开来。他们被从狭窄的踏梯上搀了下来，在瑞士和意大利度过了接下来的几个月，在那里他们上午开着一辆敞篷车以步速驶过街道，赞赏两旁商店橱窗里的陈列品。下午他们躺在旅馆的沙发上，尝试什么也不去想。几周之后他们的状况有所好转，他们鼓起勇气去翻看第一本书。那是一部消遣性小说，因为在这个时候看他们专业领域的作品可能会导致疾病的突然复发。

好像是为了证明他们的坦诚，理论家们全都死于他们时代的疾病。他们在鸦片的作用下让自己在家门口被一辆汽车撞倒，有时也在听完歌剧回家的路上，胃里除了一杯基尔酒什么也没有。直到最后他们还坚持认为，不是死亡从他们手里夺走了笔杆，相反倒是他们迎着死亡让自己的思想深入死亡之内，这样看来步伐本身描述的无异于那些偶然性事件中的一件，反省必须用这样的偶然性事件来衡量自己的敏锐程度。此外理论始于死亡艺术是不无道理的，这一点从以下事实就已得到说明，也就是身体在死亡状态下第一次静止不动，它不再用愿望、感受和欺骗性的想象来打断思维过程，因此完成了理论家们本来就开始做的事情。

当然这一切都是纯粹的理论，因为意识本身在大多数情况下过于软弱，而无法承受死亡的打击，因此它会陷入昏迷，往往根本就不再恢复知觉。从某种意义上讲理论和宗教在死亡中再次碰面，因为理论家们思考的问题即他们怎样有意识地挺过死亡，在以前就是宗教问题，但是该问题过多地纠结于对彼岸的幻想，而不是以事实为根据。额外再把这一变戏法者的把戏作为对死亡的克服加以兜售，从那以后这对于理论家们来说有些过头了，因此他们脱离了宗教信仰上的行列，确立了自己的思维方向。要是人们能够赋予这一问题本身一种可能超越回答能力的价值，干脆咩咩地喊出"死亡，你的毒刺在哪儿？"该有多好，可这无论如何也是不可能的。该发生的事情终究是要发生的，这一点理论家们当然已经预见到了：宗教必须为其思想逻辑上的错误付出惨重的代价，因为对于宗教而言死亡越来越坚定地成为他者的死亡。理论家们暂时吸收了这一思想，但在仔细考虑之后又摒弃了它。紧接着宗教在其最后的发展阶段蜕变为精神上的指导，具体说来就是人们为他者的灵魂担忧，在他者垂死之时坐在他的床边，把圣体递给他，通过对最后几件事情的处理让他对失去知觉不再感觉得那么明显。看到这样的荒谬，理论家们感到非常震惊：在涉及意识方面宗教所鼓吹的恰恰是相反的一面。教会分裂已成定局。壕沟已无法填平。

尽管如此这一决裂对理论家们来说也表明为灾难性的，因为它是由一种举措导入的，这种举措已无法再被介绍给非常仔细地关注理论家们一举一动的观众。很久以来人们总归想要的是具体的建议，最好是一种配有葡萄酒和酥脆饼干的生活艺术。如果不是具体的建议，那么至少应该是富有思想性的超验和形而上学，它们不能让每一个人一下子理解，但却令人神往，主要是令人惊异，以至于人们禁不住大声喊道：人们必须要想到这个。但是理论家们没有想到这个。他们所想到的丝毫也不令观众感兴趣。因此一切都还是老样子：在宗教的帮助下人们继续死亡，为了使精神得到满足，出现了所有可能性的江湖骗子，他们往往以箴言的形式而出现，这些人基本上都是古希腊人的翻版，只是融合了一些启蒙认识而已。这样的箴言适合做日历页，或者适用于那些通常在小市民氛围里探讨存在话题的场合。

但是理论家们也有哪些其他可能性呢？成为奥特尔塔尔公立学校的教师，在那里乡下学生因固执的榆木脑袋动辄被扇耳光？理论在传授方法上必须与学习对象相适应，这一点不论是学校的督学还是学生家长都不明白。可能在一所英国高级中学里被赏识的东西，比如在不做任何准备的情况下解释一种理论的思想过程，这在配有绿色写字石板的狭窄的木板房教室里更像是毫无目的的离题乱说，它与当地那位老教员的授课没有什么区别，他在开始上课后不久就不按教学计划的规定授课，而是聊起了战争和过去的时光。此外人们还要坐足足两个小时的公共汽车去一座小城，它在一个放映厅里每周一次播放一部影片。但是理论家们需要这样的影片作为对他们具有高度思想性的教学活动的必要调剂。电影越无聊越好。只是出入带有封闭小间的娱乐场所当然是被禁止的。在美国西海岸的一次巡回报告期间或许人们想满足一下这样的兴趣，在远离家乡的地方，操用一种与自己思想语言不一样的用语，用这种语言说出的名称显得像儿童般简单，而且还可以在一个铺设有黑色天鹅绒的迷宫里，在里面一只陌生的手突然抓住人们拖拽着他行走，人们不知道他将被拽往前面还是后面，这会在短瞬间使人们摆脱对彼岸问题的思考。

理论家们很少从可怕的梦境中醒来，梦里他们在高度现代化的医院里穿过镶玻璃的通道瞎跑,并使用相反方向的滚动扶梯。就像是被魔术师的手变回到童年时代,他们把小脑袋从一个地洞里透过一道栅栏挤出来享受外面的自由世界,在看到母亲扭曲变形的脸庞时已经太晚了,她正手执一把木槌朝他们的方向拉开架势。旅馆里出现了一种奇特的混乱,必须要由谁把这则关于一名失踪儿童的消息转达出去。

幸亏窗台上只积了几片雪花,书籍和笔记本跟平时一样都放在床边,理论家们一个人待着,再一次逃脱了命运的打击,但自己却回忆不起来有这回事。只是一切看上去都发生了如此大的变化,以至于未来对他们来说不再显得是可被巡查的了。在这方面涉及的不一定非是一位被仔细遮盖好,从外观看不出任何创痕,但尽管如此用相当熟练的手法被扼死的女士,理论家们虽然几乎手无缚鸡之力,但另一方面脖颈作为典型的身体和头之间的过渡和连接,其构造又是如此敏感,以至于即使是一次软弱无力的抓拧和最低程度的推移也足以招致死亡。

鉴于一次由他们自己实施的谋杀,理论家们干脆开始陷入沉思,而不是采取必要措施,把案情通知警方,并告知给他们治疗和熟悉详细情况的医生,这样做对理论家们来说当然是不可能的。尽管如此恰恰在这件事上不是从司法、法医或者精神病理学层面,而是在另一个层面上讨论不断产生的辩解和问题,这将是很有意思的事情,因为如果不是在这样的存在时刻,那人们应当怎样最终取得认识上的进步呢?究竟什么叫"神志不正常"?那种猜测又是怎么一种情况?即认为那名与理论家们多年关系密切的受害者早就暗示了她对生活的厌倦,这样理论家们可能只是满足了她的一个愿望,把一种潜在的对于死亡的渴望转化成了行动,无论那种渴望怎样来被明确地表达出来。

把这种情况应用于反省的客观对象，可能会导致令人生疑的结果。或许客观对象渴望在概念层面上被保留，渴望从具体向一般的转变，因为它简直厌倦了自己的独特性，而理论家们恰恰让这样的独特性来支配他们，让自己成为实现一种蕴藏在客观对象内部的更大能量的帮手，这样的客观对象表面上看总是显得很无辜，尽管恰恰是它们在理论家们的思考中确保了自己的主观性特征。难道仅仅是理论家们因为找到了一具尸体和缺乏具体的回忆而表现出的那种玩世不恭，使得他们不想把不断涌现、越来越强的思维能力用于自我辩解和自我捍卫，而是把这种思维能力引向他们所熟悉的、被铺平的反省轨迹，为了赋予他们的理论必要的存在特色，使之摆脱那一指责，即理论是与真正的存在并行的游戏？因为当理论家们遇到一些事情的时候，他们应当通过思考而非行动的方式抓住这样的机会。

不知什么时候理论家们理解了一切。通过重新解释物质的理论要素，他们能够让神学为自己效力。更有甚者：想象并改造客体的主体被主体间性沟通的构想所取代。但这为最后一步做了准备，也就是说理论家们断定，客观事实都是语言构造，对它们的真正认可仅仅基于社会约定，总体来说是基于占主导地位的权力结构，而绝非是基于一些真实存在的东西。因此在九月份的一个下午，理论家们合上他们的草稿本站在窗边。房屋沉浸在一束黄色的光线里。院子里一个男人把被风吹落的第一批桦树叶扫成一堆。理论家们往唱机上放上一张唱片。播放的歌曲是《大地之歌》。他们抽一支烟，把用过的杯子放进厨房的水槽里。然后他们接连拨了两个电话号码。第一个号码占线，在拨第二个时对方的自动答录机开启了。理论家们在沙发椅上坐了足足一个小时，凝视着前方发呆。在一种特有的寂静中外面天黑了。理论家们站起身来伸展四肢。他们走到书桌边，从桌上拿起几本书，把它们分类放到书架里。因为他们的电唱机没有歌曲播放完毕后的自动关闭功能，因此他们突然注意到一种咔嚓声，这让他们回想起他们忘记了关闭唱机。但愿金刚石唱头磨损得不太厉害。为这种过时的产品系列买到备用唱针不是一件容易的事情。他们从唱机上取下唱片，把它装入封套。完全是七十年代早期的风格，唱片封套上印有马勒的青铜头像和一张照片，照片上展示的是树木的黑色剪影和被风吹进夜色的残云。乍一看几乎很抽象，但仔细观察会发现画面非常清晰。理论家们把唱片归类放好，并把放大器关掉。然后他们在写字桌旁坐了下来，为了把他们理论的一些细节刻画得更加清晰。

83
对谋杀的回忆不是梦幻

一天早晨我们在去上学的路上得知，人们在亨克尔公园里发现了一具被谋害的女尸，只有两路有轨电车通到那里，除了一处栽有几株白杨的草地、一个周围栽植了花坛的面积较小的青石露台、几张被嵌入地上的座椅之外，公园里再无任何其他东西。几乎还没等到放学，我们就跑到事发地点，自认为从地面上深色的污渍看出了遇害者的血液，从灌木丛里随风飘动的碎布片辨认出死者的衣物。从那时起我们到处都能看到死人和尸体部位：从拖拉机上掉下来的甘蓝叶球，脱掉挂在脚架上的工作服以及地下室入口处被卷起来的油毛毡。我们在晚上聚会时也把各自的发现物一块儿带过去：一个肯定属于遇害者的空钱包，一片凶手丢弃的折断的刀刃，一顶弄脏的帽子或者一个烟头。这一切对我们来说都是圣人的遗物，然后又是间接证据，我们充满敬畏地把它们装在一个盒子里保存在工具棚里，只是有时把盒子从盛装土豆的破麻袋下面抽出来，为了证实一下我们对这起谋杀案的回忆不是梦境。

我们偶然听到一些讲述，说那名受害者是一位有声望的医生的夫人，她是市政广场演讲者协会最初的几名成员之一，事发时她赤身裸体，尽管被折磨得够呛却还是面带微笑。当时在观察我们的发现物时，我们在思考成年人的讲述里不断出现的"被折磨得够呛"可能是什么意思，很快这些令人害怕的阴森森的讲述就与性领域联系在了一起：紧抱在一起无法再分开的情侣，每月一次从女人的性器官里流出的血液，她们用绷带截取这些血液，并尝试在夜里偷偷地把带血的绷带随便扔到某个地方，人们从我们身上一些不知名的特征能够看出谁是私生子，在偷窥一个裸体女人时眼睛变瞎，在碰巧遇到一对彼此相拥躺在大黄茎田地后面的情侣时裆部被踹。但是前面提到的那种折磨要更严重，它是对无节制的欲望的处决，是剖开一只动物的肚子，是使人顺从，正如后来我在位于那两棵巨大的橡树之间的塔楼里、伴随着缓慢得令人无法忍受的时光脚步所想象的那样，当时我想到了带洗手盆的客厅，我看到血液流进了洗手盆，还有剩余的蛋花汤。

84
询问譬喻

我感到如此眩晕。

眩晕？

是的，您不知道这种情况吗？如果一切都在旋转，人们无法再找到辨认方向的参照，一切都在相互推移碰撞？

不知道。但是我觉得您经常出现这种症状？

对，是这样的。然后还伴随着精神烦躁。还有心率过快。

或许您应该去找医生看一下。

是的，我应当去就医。很显然。

不要总尝试一个人去解决所有的问题。这会使人们不堪重负。

是的，没错。我经常感觉对自己要求过分。

因为您把一些原本必须被说出来的事情憋在心里。因为您终于必须让自己摆脱整个过去的历史。我说的对吗？

您说的肯定对。肯定有道理。如果我确信自己真的能够彻底摆脱一切，那么……

那么您也会招认的，不是吗？

什么叫招认。忘记一切是不可能的：公园、秋日的树木、收音机里播放的布莱恩·威尔逊的歌曲、雾气、周六公路旁边走不完的小路、傍晚时分，当人们穿过从城市里慢慢升腾起来的夜色走回到停车场时，当人们还在对不同的事物表达看法时，人们意识到事情已经结束和过去了，尽管它还要持续数周、数月有时甚至更长的时间，人们整晚坐在家里思考，是否同情或者任意其他一种感觉也就足够了，因为人们不想放弃希望，因为事情是以另一种方式开始的……

您现在说的是一种譬喻吗？

一种譬喻？

是的，对红军派恐怖活动的譬喻，对您的恐怖行为的譬喻，对当年出现差错并让你们分道扬镳的所有事情的譬喻。我很愿意相信这一切都与最初计划的不一样，我甚至愿意假定您的意图是良好的，在我看来您也被附着了相当程度的单纯，它让一切都从您的指间滑落。

这不是譬喻。您知道，如果人们甚至都不能两人一起把事情做好，您理解，如果人们甚至都无法与他所爱的某人完成某事，即使人们认为自己的生命就取决于此也无法做到。如果人们甚至都不能在那种情况下把事情做好，甚至都无法在那种情况下……

我觉得，我知道您指的是什么，但或许您的要求太高了。您知道布莱恩·琼斯……

布莱恩·威尔逊。

没错，是布莱恩·威尔逊，布莱恩·威尔逊也接受过电休克疗法，布莱恩·威尔逊也常年病卧在床，布莱恩·威尔逊也不再有所建树。

正是这样，虽然布莱恩·威尔逊也没能成功地……

嗯，从某种意义上讲他还是成功了。

是这样的。

但首先他必须跌入低谷，必须承认事情无法再取得进展，必须失去他的两个弟弟，就像您失去了贝尔恩德一样，必须被他妻子抛弃，就像您被克劳迪娅和格尔妮卡所抛弃一样，必须走上所有的歧途和错路，吸毒，酗酒，还有真正的精神错乱，不是您自我标榜的那种，在那种状态下您一直还能同时过相当正常的生活，这种精神错乱伴随着真正意义上的精神分裂冲动，幻觉……

您想影射什么？

如果他没有遇到尤金·兰迪，他为他冒了一切风险，他全部的事业，他的职业道德，因为他明白了在这里他必须采取其他手段，因为在这里他必须二十四小时昼夜不停地照顾他的病人，把他逐渐引入一种新的生活，因为否则的话事情就会失败，绝对会失败，面对所有可能性的复发人们的心情已经足够沉重了……

您想说的是，您对我来说可能会扮演尤金·兰迪那样的角色？

在此期间我们彼此也都很熟悉了，您看到了，我是愿意真正理解您的，此外这样做您又有什么损失呢？一辈子在恐惧和孤独中度过，把事情搞砸，对形势判断错误，被驱逐流放，伴有心率过快、眩晕和足痛风，这到底是一种什么样的选择呢？为什么要抱定这些不放呢？

或许您说得对。仅仅是因为我无法想象这一点，仅仅是因为我觉得自己失去了最后的回忆。《让我更强，金凤花》那首歌开始的节拍，我能向您描述1969年狂欢节的每一个细节。四旬斋前的星期一学校放假，星期二我们修学旅行，女孩们身着男士外穿衬衫，她们往衬衫上写上了"和平与爱""滚石乐队"和"奶油乐队"的字样。

克劳迪娅也在？

克劳迪娅也在。然后我们去了爱思恩汉德。

但是您只穿了您的连帽风雪大衣？

是的，虽然我原本还要穿佩珀军士戏服的。

是明爱会那位女士给您缝制的那件红色的丝绸戏服？

不，那是在那次活动的前一年穿的，当时我母亲身体还很健康。那个时候她还织了很多毛衣。也给我班上的女孩们织过。她们都想有一件像我穿的那种套头毛衣，然后我母亲也给她们每个人都织了一件，但是当然不是给所有的人，而是只给克里斯蒂安妮、玛里昂和加比三个人。但是我刚刚意识到，她们从未穿过我母亲织的毛衣，而且我从未想过她们或许只是想拿我开玩笑。

为什么她们会那样做呢？

是啊，为什么呢？这我怎么知道。但是有这种可能。或许这是那些让我上过当的众多圈套之一。只是又多了一种，反正也无所谓。不管怎样我们在修学旅行那一天玩了躲避球游戏，或者类似于躲避球的游戏，用的是雪球，女孩对阵男孩，最后只剩下我和克劳迪娅。然后我让她向我掷球。

您本来就是一个讨人喜欢的男孩。

不，我就是对一切都不好意思。我不知道自己该做些什么，我只知道我不能向她掷球，这就像是一种模式，您知道的，我也刚刚才意识到这一点，我一生都在坚持这种模式。我总是让别人向我掷球。

您看吧？

什么？

您自己意识到了，在我们的会话中您是怎样想起越来越多的事情的，一切对您来说是怎样变得清晰的，这是每一次痊愈的前提。

痊愈？我不知道。已经有那么多人向我允诺过这个。

不是真的允诺，对吗？

不，不是真的。相反，就我所能回忆起来的，没有人向我保证过这个。我总是把这个寄托在某人身上，寄托在某个女人身上，但她只是又一次把球掷向了我——从双重意义上讲的。

您认为这样您会得到奖赏？

是的，大概是这样的。

当然这是多么幼稚啊。

极其幼稚。

但尽管如此您不断地把这种幼稚的希望寄托在新的人身上。

正是这样。

并一再感到失望。

正是这样。

恰恰是这一点更说明了我们俩应当共同做出尝试。

我没明白什么意思。

对我您不抱希望，您做好了对付我的准备，您不指望我做任何事情。您与我对抗，可您还是当着我的面才回想起所有可能的事情，比如那个狂欢节星期二……

是的，那个星期二，但是您想影射的是其他事情。

贝尔恩德，他也曾经尝试成为对您来说像尤金·兰迪那样的人物，把您完全置于他的卵翼之下，使您摆脱一切，和他待在法国，二十四小时完全受到监控，或者像其他人可能会说的那样，彻底洗脑？

事情就是无法成功。

什么事？

治疗的事，涉及我们俩的。不管您的建议出自多么美好的意愿，我甚至应该欣然接受才是,因为您在许多方面都说得有道理,但是它不会成功的,请您相信我。对我来说不会,对您来说也不会。

可究竟为何无法成功呢?

因为您是男的。

什么?

因为您不会真的向我掷球。您不会真的打中我。您明白吗?

您这么肯定吗?

85

成年青少年从埃彭多夫大学附属医院人格障碍专科门诊部主楼居高临下的演讲

内容涉及之年月顺序已不复存在

尊敬的到场来宾，亲爱的病友，尊敬的教授先生，尊敬的诸位男女医生阁下，在此我想衷心感谢能有这样的机会，就像多年前阿比·瓦尔堡在路德维希·宾斯万格医院所做的关于蛇仪式的演讲那样，站在你们面前，同样是以演讲的形式，来证明我不断的康复过程。

你们可以相信我，我非常清楚这次来之不易的机会的意义，因此我充分利用了过去几周的时间，为了找到一个在效果影响，尤其在承载力上适合在这里向你们描述的话题，从这个话题上你们不仅能够认识它的内涵层面，而且还能重视我个人和它的关系。在这里展现的乍一看非常合适，而无须再次与那篇对《橡胶灵魂》专辑所做的分析建立起联系，那是我在类似的情况下、当然是以当时不成熟的方式早在四十年前就已做出的分析，根据那篇分析人们会觉察到一种发展趋势，但却不会否定我个人的历史。

然后我又想，好像是为了纪念阿比·瓦尔堡，继续发展我对于"沼泽"意义的研究，以及我对于"门"这种现象的文化发展的思想，并最终尝试把它们统一在一篇报告当中，因为我认为这两个主题都同样有说服力，你们在这里看到了这篇报告的篇幅大约有写得密密麻麻的四十页。

只是在我昨天夜里最后一次对笔记做了浏览和补充之后，今天早晨临近五点时我带着一种奇特的感觉醒来，一种迄今为止我不熟悉的感觉，它在强度上彻底推翻了迄今我对自己所患疾病的看法，因为在醒来之后我无法再次入睡，于是这种感觉促使我在最后时刻改变计划，使得我想把这一直接经历到的认识融入我的陈述以便与你们分享。这样一来你们一方面看到我做了最周密的预先准备，另一方面又显得完全没有准备。治愈只能意味着，不再以给定的模式和强制性程序为导向，而是让每一个思想和感觉的瞬间都相应地注入这篇报告里。因为只有这样我作为病人才能够意识到并承担对自己行为的责任。

我回想起一集东德的老电视连续剧《报警电话110》，那是几周前我在这里的公共活动室里看到的。剧中一名犯有谋杀罪的刑事犯在被关押多年后正在谋求提前释放。在多次谈话中他企图把自己的罪行推卸给其他人和外部情况。就像他回忆中的场景所证明的那样，他在转嫁指控时不一定是没有道理的，但是他在最后才明白，一种真正的改过自新仅仅在于认识到自己的罪过。但是罪过只能意味着责任，否则它就只服务于由宗教和国家所实施的压迫。让自己面对并接受负罪感，而不想逃脱哪怕是一丁点儿的责任，这属于一种内心自由的生活方式的前提条件。

尼采在其《快乐的科学》中（请允许我复述他笔记里的一段，在这里引用我觉得非常合适）不仅宣称上帝已死，而且还叙述了佛陀的影子，在佛陀辞世后人们数百年还能在一个山洞里看到这样的影子，对此尼采评述道，佛陀的情况和上帝的没什么两样，我们肯定也能战胜他的影子。人们几乎可以认为，我们每个人在这里都面临类似的任务，在此我不想把影子按照荣格的理解方式定义为被我所拒绝的消极成分，而是把它定义为一种自身不再存在的现象的继续作用。

如果约翰·列侬1966年3月4日在《伦敦旗舰晚报》上说了下面这番话："基督教将要结束。它将萎缩并消亡。我无须对此辩论；我是正确的并且我将被证明是正确的。我们现在比耶稣更受欢迎；我不知道谁将首先逝去——摇滚乐还是基督教。耶稣本身没有问题，但是他的门徒太愚蠢太平庸。对我来说是他们的扭曲毁掉了基督教"，那么在这里人们不禁要问，列侬究竟是怎么想到要把披头士乐队和耶稣、把摇滚音乐和基督教进行比较的。这样的对比在这个地方经常发生，因此它们可能过于仓促地被解释为是精神畸变的标志，并被相应地加以对待。但是就跟当初人们只想把列侬的表述看作是亵渎神明的言辞一样，人们把一名病人的表述经常也只看作是他疾病状况的又一征兆，而不是去全力破译他所言的真正含义。

在我看来，基督教和摇滚乐之间的真正区别好像在于一种对暂时性的基本态度，因为和其他宗教或者制度一样，基督教自然而然地在争取自己的生存，固守旧有的传统和价值观，而摇滚乐及其延续即流行乐则一直以来就被打上了解散的烙印。一支乐队几乎尚未组建完毕，仿佛就已经面临着分手和各奔东西的威胁。恰恰是因为这种情况，列侬所提的问题即基督教和流行乐谁将首先从画面上消失，才显得是合情合理的。如果说基督教将形式和内容等量齐观，那么流行乐则随时准备着解散并以此重新组建。在此列侬对基督教和流行乐所做的比较也显得是有意义的,《约翰福音》中不也说过吗:"一粒麦子不落在地里死了,它仍旧是一粒;若是死了,就结出许多子粒来"?

在此期间基督教忘记了,为了能够富有成效,重要的是死亡和解体,而流行乐则使这种解体、使这种死亡成为其存在的组成部分。我们可以从少量不愿意解体的乐队身上观察到这一点,比如滚石乐队或者现状乐队:它们在践行一种麻木而空洞的仪式,该仪式沉湎于那种错误的表象,即通过身体的在场宣称自己的真实性,可事实上它们早已蜕变为翻唱自己歌曲的乐队,它们把唯一的志向转移到制作一份完美无瑕但同时也是没有生气的复制品上。在此我想起瓦尔特·本雅明的两句贴切的表述,第一句是关于在技术上可复制时代的艺术品的,第二句涉及他所提出的"光环"概念,这种光环仅仅见于消散之中。

"今天作曲家们拒绝死亡。"这是1921年7月埃德加·瓦雷兹的一句陈述,它出现在瓦雷兹参与创建的国际作曲家同业公会的成立宣言里。弗兰克·扎帕对这句话稍加改动,让它出现在自己六十年代所有的唱片上。但是扎帕的改动肯定不是巧合:"今天作曲家拒绝死亡。"在这里扎帕不是像约翰·列侬那样和宗教做对比,而是和所谓的严肃音乐,这种严肃音乐最晚从二十世纪中叶开始陷入类似的窘境,因为它和基督教教会一样坚持遗留下来的仪式,仅仅以此阻止了它的死亡。同时也阻止了自己的再生。

但是如果正如我们现在根据少量几个例子就已经看到的那样,流行乐的死亡完全具有积极的内涵意义,那么人们怎样理解尼采的这句陈述呢:"最重大的事件最难到达人的感觉层面:比如基督教上帝'已死'这一事实"?或许尼采根本未将上帝之死理解为是对一个古老时期的虚无主义终曲,而是相反向我们指出,人们也恰恰包括那些假托信仰上帝的人，他们根本不理解基督教的真正核心，不明白在世界面前让人步入歧途的真正的障碍物，即上帝已死，真正的信仰表达能够在这种死亡中、而非复活中被找到？

今晨五点我醒来时的感觉，是与一切和每一个人、主要也是和我自己保持一种令人难以置信的距离的感觉，这种距离也涉及迄今为止我认为自己所患的疾病，或者说是妄想症，如果在这里允许我描述的不太准确的话。我故意使用"妄想症"这个词，因为它不太特殊，可以公开接受人们的阐释。我躺在床上，外面天慢慢变亮了，感觉的空虚让我意识到，我的妄想症不能没有我而存在，也就是说不能没有我的观点、我的分析、我的阐释。在我看来妄想症与身体疾病的根本性区别也正在于此，身体疾病能够被分析，而妄想症本身就已经是分析了。只有这样也才能解释清楚，为什么被诊断为患有精神疾病的人，也能够作为伪君子、骗子、婚姻骗子或者政治家吸引其他人。另一方面治愈也是一种再分析形式。我今天早晨获得了这样的认识，当我感觉刹那间摆脱了所有的关系、所有的社会和私人约定，以此也摆脱了我迄今为止的妄想症，但这并不意味着我把自己看作是痊愈了。这要由其他人来决定。

但为何尼采把自己表述的核心也就是"已死"放在引号里，仿佛是他在引用别人的话？后来我们在列维纳斯的代表作《整体与无限》的开始部分里也找到了类似的情况，其中第一句话"真正的生活是缺席的"也同样被放在引号里，仿佛是哲学家提出这一句让其他人来分析。这两个好像是被引用的句子出自谁之口，这一点不得而知，人们难道不能把它们放在一起阅读，通过初步的尝试性解释声称，借助这两个句子人们能够解释缺席和死亡，它们之所以总是引言，是因为我们不懂怎样真正将它们据为己有？就像我许多年和几十年都不理解自己所造的句子，把我的疾病朝一个方向进行阐释，使得我永远也不可能真正认识我患的疾病？或者正如尼采所言："我们摆脱不了上帝，因为我们还相信语法。"在面对上帝已死和真实生活的缺席时人们跟我今天早晨将近五点醒来时的感觉难道不一样吗？也就是说我们对无动于衷和冷漠感到畏惧，而为了真正认识事物这样的无动于衷和冷漠又是必要的？我们宁肯固执于模糊和妄想症，也不愿明白上帝已死、真实的生活无法被体验以及我跟一切和每个人都分离开来？此外这是我们生存的基础，我们无法通过治疗措施来减轻、无法通过分散注意力来削弱这样的基础，而是只能接受和认可它们？因为我们在这个世上，就像列维纳斯继续陈述的那样。

耶稣问道："哪种做法更容易，是对瘫痪者说：你的罪孽被宽恕了，还是说：站起来，拿着你的担架四处走动？"相反尼采在对上帝和存在进行了思考之后，罗列了他的胃吃不消或者根本无法承受的东西，即土豆、火腿、芥末、洋葱、胡椒、所有在油里炸出来的东西、酥饼面团、花菜、卷心菜、沙拉、所有用动物油烹调的蔬菜、葡萄酒、香肠、肉上抹的黄油酱、香葱、新鲜的面包屑、所有发酵的面包、所有在炉算上烧烤的东西、所有用文火煮的肉、小牛肉、烤牛排、羊腿、羊羔肉、蛋黄、牛奶，也包括攒奶油、米饭、麦糁、热煮苹果、绿豌豆、豆类、胡萝卜、根茎、鱼、咖啡、黄油、棕色的白面包皮。他之所以罗列这个清单，是因为他没有能力（不同于在形而上学领域）从根本上为自己的不适表述一段解释性话语，因为我们遁入空想领域不是没有原因的，相比无法看到人的需求和感受性，简而言之就是我们身体的全貌，空想对我们来说显得更容易从思想上被把握。

面对现实和自身的弱点，在妄想症里不也能找到某种固执吗？固执，但从来没有足够的力量做到倔强。正如尼采在他的妄想症爆发前不到两年的时候给他的妹妹、亲爱的"骆马"所写的："第一我需要某人来监控我的胃；第二我需要某人和我欢笑并具有开朗的个性；第三我需要某人，他为我的社交圈感到自豪，能够在合理尊重我的情况下去接受'他人'；第四我需要某人给我朗读，但不会使书籍变得愚昧无知。原本还有第五，但我根本就不想再谈及它了。"这些愿望很平庸、单纯，还是正如尼采自己断定的那样，过于苛刻因而无法被实现？最大的伤害难道不恰恰是发生在那些我们无法如愿的琐事上吗？某人不借给我一百万欧元，这我能理解，但为何他连十欧元都不肯借给我呢？格尔妮卡不能日日夜夜地悉心照料和护理我，这我容易理解，但为何她连来这儿探视我都做不到呢？因为她不想对我的治愈造成不利？但如果我自己都不参与治愈，自己都不知道我该怎样被治愈，那这又是什么样的治愈呢？"宁肯困苦、多病、担惊受怕地在随便某一个角落里生活，也不愿'妥协'和融入现代的平庸！"尼采在同一封信下面继续写道。因为人们拒绝让我们平凡，因此我们至少想轰轰烈烈地失败。

但是我怎样才能更好地证明自己有责任能力，而不是通过有意识地承揽责任？把自己设计成时代因素和个人经验的牺牲品，这一点是容易理解的。为使我变成现在这个样子的强迫症寻找证据，这也是容易理解的。但是逃脱压在我身上的诅咒的唯一机会难道不恰恰在于，接受使我遭受打击的东西，在我这种情况下也就是妄想症？历史不恰恰是被保留在空想中的吗？或者换言之：肉体和灵魂不恰恰是在空想中反抗人的屈辱，即只能过一种生活，不管人们怎样让它转换方向，这种生活都只是沿直线向前滚动，为了在事后和跨越几代人之后（如果可能的话），去理解人们的所作所为？童年之所以对我们来说显得无法挽回的珍贵，是因为我们在童年时代还没有被分割，是因为我们还没有自己看不起自己，是因为我们不是向前趔趄，同时又向后回望，这样一来总是耽误了我们正在做的事情，最多使自己成为谜团。但是在空想中这一切都有了结局。在空想中一切都同时发生，我既经历了自己人生的整个历史，同时也体验了从两端超出个体历史范畴的事情。我同时潜入出生和死亡的黑暗之中，每一次动作行为都碎裂成一个由无限可能性组成的万花筒。

多亏精神错乱也总是尝试逃脱人所遭受的根本性屈辱，即不能同时过好几种生活，而是只能过唯一的一种。从表面上看可能显得是意识丧失、心不在焉或者心灵的缺失，但实际上这也总是逃脱生活一维性的尝试，因为只有伤残者才能够成功地发明一些以后被起草为历史的东西。

人们从牙齿可以看出一个人的健康状况，可恰恰是肺结核患者经常会有最漂亮的牙齿，它们当然是通过一种奶蓝色和某种透明度把自己泄露给行家的眼睛的。水尽管有重量却能被水泵抽到高处，人们用亚里士多德的观点"自然界厌恶真空"解释了这一事实。当挖井人在佛罗伦萨发现，在水泵的吸管里水永远也不可能达到十米以上时，据说伽利略用以下这番话捍卫了亚里士多德的原理："对真空的厌恶也是有局限性的"。后来伽利略的学生托里切利在气压中找到了今天通行的解释。如果人们把灌满水银和上端开口的托里切利玻璃管放入一个水槽里，水银就会倾泻而出并下降到76厘米的高度，处在水银面上部的就是托里切利真空。知道人们命名了一种真空，这是对每天在自己身体上感受到真空的精神病患者的安慰。短瞬间他会把目光从这种危险的世界初始原理上移开，把注意力转移到自己身上，尝试在自己身上定位托里切利真空。

绷紧在鱼嘴周围的水面，由瞪羚在树林之间扬起的沙尘，马鹿在矮树下踏出的林间通道，麦田里被踩出的大小路径：在人们理解测量学之前，对土地的丈量就已经开始了。他所看到的是直线和弧线的交叉，是嵌入三角和方块的图形。他从列队飞翔的鸟群中发现了双曲线和抛物线，在修建厩栏时发现了菱形和梯形，他还发现了蚂蚁的金字塔形、马蜂窝的截角八面体和被海狸啃成多面体的树权。他将要首先创立的算术和几何的抽象概念对他来说从一开始就被给定了具体的转化，就连那些他要钻进去的洞穴也是通过侵蚀和石块的运动而产生的，在他之前动物在里面睡过觉。他用武器检验预先确定的线条，学到了长矛在水中的折射以及箭在空气中的减速。他所描绘的世界尽管抽象，但始终是动物的世界。那些陆续出现的神灵对他来说都是造物主和建筑师，他努力仿效他们，为了终于能够自己建造一栋房子、一座塔楼、一条定线、一座永远使两块页岩相互束缚的桥梁。但是在他的努力过程中人始终受到大自然的威胁。

这种威胁主要体现在很难被战胜的沼泽地区，人们把这样的地区重新解释为是通往地狱、有时也是通向天堂的路径。这样的解释也恰恰是为了应对那种软弱无能的心境，带着这种心境人们看到动物、物品和自己所爱的人无一例外都通通消失在沼泽里。最初的描述使人感到非常抽象，它们往往只展示一面没有写字的黑板，仅仅是一条细线在顶端三分之一处沿水平方向把黑板分割开来。

既非液态也非固态，既不能被穿越也不是深不可测的，鉴于沼泽经常在多年之后看似完好无损地把吞噬的东西再归还出来，因此它也总是"在这之前"的象征，是去往最终目的地的前院的象征，是炼狱的象征，因为它吞噬但不破坏，保证身体始终有这样的可能性，即在缓慢下沉中被淤泥、泥浆和泥沼所净化，以此逃脱永恒的诅咒。也正因为如此（不仅仅是因为在它的表面像幽灵般出没的鬼火，用这样的鬼火它来吸引不稳定的生命），它是妄想的象征，因为妄想也经常被解释为向下滑进讳莫如深，被看作是失败的折返或者不成功的净化的后果。

人们想象沼泽里遍布着新生儿，他们还在身体热乎乎的时候就被无法控制自己生育能力的母亲们丢进沼泽沉了下去。这样人们比如在长在沼泽里的百里香的红色茎秆上，到处可见被割断和变僵的脐带。如果一个女人为了受孕而服用沼泽黏土或者把沼泽黏土涂抹在阴道里，可尽管如此她还是来例假了，那么她整个一星期都必须蜷缩着身子蹲在沼泽边缘，为了把她据说是从沼泽里提取的血液再还回去。

人们经常把老人丢弃在一处沼泽地带，希望他们会跟随泥潭的轻声吟唱而沉没，或者他们会受到带有咸味的水的瘴气的侵袭，遭受在那里腐烂的动物尸体的触染性传染，从而成为间歇性发烧的受害者并因此而死亡。凡是曾经见到过沼泽的人，谁都不会忘记一头处于妊娠期的母牛或者母马与泥潭的利爪绝望搏斗的场面，也不会忘记那些动物们在歪扭肢体时令人无法置信的姿态，当它们完全出于本能想要拯救自己腹中的胎儿而来回翻滚，为了能够让牛犊或者马驹很快离开它们的身体，为了在下一刻带着强烈的生存意愿把头向上拉伸并大声哞叫和嘶鸣，而在岸边跑来跑去的小伙子们一开始还尝试，用他们的棍棒给垂死挣扎的动物提供支撑，最终他们因自己无用的尝试而绝望地愤怒，用相同的器具向动物身上打去，为了缩短它和自己的痛苦，最后当只有脑壳从淤泥里露出时，再对准它的双眼用力击打两下，因为人们一方面说，牛和马的灵魂位于它们的左眼后面，因此牲口贩子在购买牲畜时也会观察它的左眼，为了从中看出它的性情和寿命，另一方面据称一只垂死动物的右眼会把它看到的人一并带走，因此人们在用棍棒戳捅时必须把脸扭向一边，这样做很容易会错失目标，导致在动物身上留下不必要的伤痕。这样的场景人们在农村题材画和街头说唱艺人的布告牌上能够重新找到，而不用眼睛去看便刺穿某一给定的目标则属于那些体育运动项目，它们正是从沼泽地周边的仪式里发展而来的。

在地域性基督教圣徒故事的形成过程中，人们把那种双重戳刺仪式和圣朗基努斯联系在了一起，他是罗马军团百人队士兵，在耶稣被钉上十字架之后用长矛挑开了他的侧腹，里面流出了血和水。据说朗基努斯双目失明，是耶稣的一滴血液滴到了他的眼睛上，从而使他恢复了视力。沼泽地区的圣徒故事把这一不符合事实的部分又改成了那种双重戳刺仪式的初始传说，因为一名盲人是几乎不可能成为罗马军团百人队士兵的，改动后的故事是这样叙述的，不管是疏忽还是故意，朗基努斯在刺向耶稣侧腹的同时，也刺向耶稣的左眼，也就是蕴藏灵魂的那只眼睛，他的这种冒险行为的后果是可想而知的，也就是说在这一刻他才变瞎了。因此加尔文主义神学也把这一解释看作是人的生存的矛盾心理的象征，因为朗基努斯一方面受命于他的统帅、另一方面也是受上帝的委托而行事，为了完成《圣经》的书写，他有必要用长矛去挑刺耶稣的侧腹，据《圣经》里记载，他不是腿部被刺破，更确切地说是被刺穿了身体。这种矛盾心理也表现在从耶稣体内同时涌出的血和水，以及受害者和案犯的同时受伤。

可能是为了纪念在沼泽里失踪的牲畜，人们在11月死者节日来临的时候，利用清晨的几个小时把新挤的牛奶倾倒在被大雾包围的地面上，为了从在地上出现的条痕和线条里，解释彼岸死者和留在这片土地上的人的命运。某些人声称，从这些曲线里发展出了我们的文字，而其他人又说，人们不知何时把交织在一起的线条理解成制造绳结的指令，也把它们理解成是沼泽自身的暗示，即人们怎样才能保护动物不被它吞噬。此外在火烧兰、冰沼草和茨藻属的叶片上也能重现人的血管纹理，从前兵卒们让人用沼泽龟鳖的甲壳制作他们的盾牌，以此他们想暗示，他们臆想自己已经到了死者的王国，因此不再惧怕任何事情和任何人了。

以前人们也把大脑想象成一种含有一块泥团的碗，一切被感知、感觉和思想的东西都仿佛是在一片沼泽里一样沉入碗里，为了再也不必以最初的形式浮现出来。那种完全得到证实的观点在这里显现出来，即感觉摧毁了被感知的东西，因为被感知的东西通过感觉发生了变化。就连弗洛伊德在关于他的第二种拓扑学的准备工作中还把本我描述成沼泽，"自我必须把沼泽里的水排干"，为了在底部建立起主体大厦。相反那一代表一种负投影面的沼泽（swamp）表达在美国的荣格思想追随者圈子里很快流行开来，这种投影面过于模糊，以至于人们无法准确地认识和命名它，人们把令自己不快、因而被排挤掉的成分通通随意和牵强附会地解释进该投影面里。

但是沼泽神灵往往是那些向人们转交文字的人，他们教会他用沼泽芦苇的秆子削出最早的书写工具。在此书写首先是一种归还被感觉破坏的被感知之物的形式，因此沼泽神灵不是简单地传授书写，而是要把书写作为义务强加于人。但是沼泽神灵既不是水也不是土,既非固态也非液态,既不硬也不软。他让对立面并列存在,彼此渗透。他的口号叫作第三种元素,是与非此即彼的背离。

一些早期基督教神秘主义者的观念被打上了很强的摩尼教和新柏拉图主义图景世界的烙印,他们认为上帝自己就体现为沼泽,因为他即使是在违背我们意愿的情况下,也绝不会让我们摆脱他的仁慈。这种对吞噬一切的上帝的设想在中非也有,在那里人们把天空想象成一种透明的沼泽,在这种沼泽里恒星、行星和云代表着在真正的沼泽里流失的东西、动物和人。每年一次在雨季的时候,吞噬一切的上帝就会到来,把沼泽天空连带里面的财宝吮吸得干干净净。在此过程中他如此贪婪,以至于口水从他的嘴里淌出,作为雨水降落到地面上。已经提及的诺斯底教派信徒的见解和肯尼亚部落的神话之间的联系,好像在中世纪晚期出现的沼泽教派身上能够被找到。这些教派同样认为,人死后会进入一片沼泽,这片沼泽就是上帝本人。他们把祭坛和祭礼用品沉入沼泽和泥潭,在一旁进行祷告,把从沼泽里冒出的雾气作为天主的放射物吸入体内。在民间词源学里他们把同音异义词"沼泽"(Moor)和"黑种人"(Mohr)等同起来,使自己主要与东方三国王中的黑人国王梅尔希奥融为一体,据说是他把永恒的黑金即沼泽送交给了天主。相反同族的沼泽人把第四位国王推选为他们的守护圣徒,根据圣徒故事他因为返回而从未见证过耶稣基督的降生。他们声称,这位国王并未通过绕道朝拜人子(耶稣基督)而踏上圣徒之路,而是确切地说直接骑马跃进一片沼泽里,为了以这样的方式直接和不通过上帝代表的介绍与他的天主融为一体,埃克哈特大师和天堂的信使西理修斯也都拒绝过上帝的代表。

沼泽的时态是进行时形式，它使两种特性相互转化。但是因为这种进行时形式自身永远不可能是特性（通过德语中动词不定式的名词化它好像正在成为特性），从"拿走"意义上讲的运动必须被连带写进表达，因此人们能够谈及一种"迷路"。在被我们领会为特性的时态之间迷路的时态，第一会是从"误入歧途"意义上讲的迷路，因此没有走上位于两种特性之间的直接和目标明确的道路，第二会是从"模糊的掺杂和渗透"意义上讲的迷路，因此在自身的运行过程中无法被重构、折返或者理解，第三会是从"正在解散的人群"意义上讲的迷路，因此无法以一种自身一目了然的特性被理解。

关于这种"特性之间的存在"的一个例子在法国象征主义者雅克·萨尔蒙－博尔默的诗歌《你最后的生存》（可能性翻译：1.论最后的存在，2.最后的生存，3.最后的本质，4.亲近某人）中能够被找到。他在诗里描述了一名年轻男子度过的最后的几分钟，那名男子掉入一片沼泽，知道自己越反抗下沉、拼命摆臂或者尝试爬到岸上，他就会下陷得越快。于是他决定静止不动，有意识地经历自己的死亡。在此过程中他思索"尚未"和"不再"之间的矛盾性，其间对他来说"尚未"逐渐地转变成了"不再"。同时他意识到，期待产生于对过去的回忆，这让他最终用他者的眼睛看待死亡（大意是：再次迈出那几步，为了踩碎"尚未"）。在布洛赫"显露"概念的思想发展过程中，萨尔蒙的诗属于他的私人读物，人们对此已不再感到惊奇。后来反精神病学运动通过影射弗洛伊德《日常生活精神病理学》中一处著名的口误，把"显露"概念拓展成"显龊"概念，其中也包含了对资本主义的极端批判，"显露"概念在布洛赫最初的笔记里还被称作"深入"或者"骑越深不可测的沼泽"。虽然恐惧好像使我们瘫痪，让我们告别不断给人安慰的"尚未"，把自己交付给永远的"不再"，但我们同时也感受到，只要我们还能思考一切，还能察觉到恐惧，就仍有最后的生命火花蕴藏在我们体内，这样在我们体内或许就会有最后的"尽管如此"发出声来，正如萨尔蒙-博尔默在他的诗句中所描述的那样，他在诗里写道（译文出自斯特凡·乔治）：

> 站着死去，轻柔地沉入
> 去往眼睛认不出路途的地方
> 不再预知周边的一切
> 感受不到离去的事物
> 在恍然悬浮中独自下沉
> 于不再和尚未之间

但又是什么从把我们不断拖向深渊的沼泽里延伸出了我们的感情、总的说来也就是人性状况，如果不是门，这一人类的根本性发明，它看似与其最隐秘的本质如此紧密地联系在一起，以至于人们倾向于把雅克·拉康的一句名言改写成：无意识的结构就像是一扇门那样。休伯特·费希特不想成为第四百五十位研究总督宫各门的白人，而是更愿意了解一些关于精神病院的情况。难道不是这种情况吗，即恰恰是门与精神有着很近的亲缘关系？因为正是精神病患者看到自己的内心经常被一个开口、一个窟窿、一条通道、一片薄膜，简而言之是一扇门所损害。门标记出了他者的本性，因为如果没有门就不可能获悉门后的情况和他者的空间。只有小丑才会觉得门是房间或者房屋欠考虑的附属物，只有不细心的人才会觉得门是对结构的削弱，而在灾难来临时人们恰恰是在门框里寻求保护，因为能够保持站立的只有门。灾难过后不再有房屋，而只有一扇门。立在瓦砾堆旁边。立在街上。这种情况也符合精神病患者的生活体验，他只剩下通道，而没有了界石和围墙。他认为自己一下子变得无边无际，因为人们也能绕过一道没有被固定的门。但是谁要是这么做了，谁要是绕过一道立在野外地区或者空无一人的建筑工地上的门，他就会更强烈地感觉到门的力量，把自己的行为感受为是对自然法则的违背。门是城市的象征，因此卡夫卡笔下想被允许通过大门的是一名来自乡下的男人，但恰恰是因为他来自乡下，他没有被允许入内，尽管门仅仅是为他而准备的，作为可以说是皈依之门，只有当我同时抛弃自己的出身和对门背后的希冀，我才能穿门而过，得到通道的赦免。一栋堆满食物的房子，里面的门被忘记安装了，一则儿童谜语里这么说道，如果没有门房子无法再思考世界，无法再仅凭能够被投射到一切表面的入口占领世界。没有任何通俗戏剧能够在没有门的情况下对付过来。门被上帝打开是一种仁慈的行为。我们在这里说的是所谓门的奇迹。对使徒彼得和保罗来说门自动开启。耶稣穿过关闭的门说道：我就是门。据说这是对阿拉米语最初文本的颠倒阅读，正确的读法是：我是牧人。即便是在"我是绵羊之门"（《约翰福音》10：7）那句话上，约翰也坚持这样的解释，因为对他来说门的象征比具体易懂的关于耶稣作为牧人的表述更为重要。耶稣作为门，作为通道，不是作为终点。在《马可福音》中一些东西就在眼前或者是显而易见的，如果它在靠近门的地方。门柱被涂上了血液，以便让惊恐从旁边经过。在希伯来语中门既是天堂之门，同时也是鳄鱼的嘴巴和轻浮的女人。墙和门成为相反的一对儿。"它是一道墙还是一扇门？"雅歌里这样问道。

人类文明的大多数发明创造都源于对死亡的恐惧，而怕死又产生于人对自然的不理解。如果仔细观察，在青紫色的夜空下雨云层层堆积，树冠瑟瑟发抖，草地印在泥土里，仅仅是对这种夜空的模糊的回忆，就能让我们识别出所有文明作品的起源。因为我们逃离了大自然，我们在规划住房时就不会觉得塔楼太高，不会觉得竖井太深，为了能够把这种总是起因于大自然的恐惧纳入正轨。因此就有了门。恐惧创造了门。门早就先于棚屋和房子而出现，对此我很肯定。门从一开始就是人的内在需要，随着道德和禁忌规定不断发展。在人感知自然与自己相分离的那一刻，他在大自然中发现了门。两棵长在一起的树木，岩石上的一个窟窿，一根被掏空的树干，对他来说孔洞无处不在。他通过一道门迈进每一片树林，通过另一道门离开每一片原野，当他夜里露宿荒原时，他用几根细棍在眼前竖起一道象征性的门，因为不是帐篷式屋顶，也不是天花板，而仅仅是门给了他保护和安全感。早晨他穿过门外出，晚上也同样穿过门返回。门为他整理了混乱的世界，很晚以后他才配着门给自己建造了一栋房子和一座城市。就连过着游牧生活的《诗篇》的撰写者也在第 121 篇里表达了这样的愿望：从现在开始天主看护着你的出口和入口，直到永远。

数千年过去了，各族文化按其对于门的见解早已有了进一步划分。比如亚洲人和他们的拉门，这种门通过并非朝固定的某一侧开启而否认自己是门，在此一种对于空间的评价不由自主地被表达了出来，确切地说这种评价赋予了门前和门后平等的地位，它把门前的大自然融入门后的空间。另一方面帘幕在东方和非洲充当了门的角色，那是用珠子串成的绳线和帘布，人们在穿过时把它们分开，它们不会使人的脚步停下来，而仅仅是遮挡了视线，它们是对一阵雷雨和一团大雾的映像。而西方世界则很快沉醉于翼门，它深刻影响了宗教与哲学的两分法思维：天堂与地狱，善良与邪恶，物质与精神，肉体与灵魂，内部与外部，前面与后面，这些构造全都把自己归功于门，门用铰链促使我们思考，门或者朝屋里或者朝屋外开启，但总会要求我们做出决定，它不像东方的门那么软，不像亚洲的门那样让人看不见。

我们在门的设计上反复润饰，但却不曾偏离最初的构想。我们使它成为沉重的教堂大门，成为酒吧的弹簧门，但我们绝不可能脱离它最初的原则。我们失去了门的安慰，得到的仅仅是分隔。先前给我们安全感的东西早已堕落成恐惧的象征，即使我们的上帝也不得不因为这种恐惧而失败和死亡。我们歌唱天堂之门和地狱之门，胆怯地在门口等候着度过了我们的半生：在医生和律师的门口，在通往忏悔室、地下室和囚室的门口。门变得更厚了，它们被装上软垫，使得不再有声音穿透到另一侧，但这样一来分隔的距离变得越来越大，因为门的另一侧远离了人们的视野。最终钢门使如此产生的距离变得无法克服，两个世界，两种生活，门变成了边界，人们无法再问：你是墙还是门？因为门现在只是墙的变种，门被上了锁和插销，它的存在仅仅是为了保护保险柜里的财物，以及把那些提出门的透明性要求的人关起来。

门作为希望的象征和所有目的论的目标继续具有现实意义，人们把去往天堂的入径同样想象成门是不无道理的。只不过我们经常根本不想知道，位于这道门背后的是什么，因为想要到达门前的渴望对我们来说应当既是有益的错误又是有利的动力，就像每个人都知道的那样，只要他露宿过街头，在房屋入口处心情压抑地注视过所爱之人住所孕育着希望的门。

尊敬的到场来宾，亲爱的病友们，尊敬的教授先生，尊敬的医生阁下，请让我在这里中断一下提个问题：迄今为止我能证明我不想再把自己刻画成受害者了吗？也就是说由家庭、学校和教会构成的国家机器的意识形态的受害者，后来又成为医院、疗养院和精神病院的受害者，我也不想再把自己刻画成那些反对上述国家机器意识形态的人的受害者，那些人以此又设计出新的意识形态，即我所拥护的暴力意识形态，就像我在另一个时期可能会拥护其他暴力意识形态一样，这样的暴力意识形态的任务在于，把班级里的我行我素者捆在后院殴打，让他们在挨完打后被捆绑着躺在那里，表示赞同地接受他们的死亡，后来自己还怪罪那些被打者，埋怨他们好像是怂恿了人们去捆绑和殴打他们，因此人们又再次殴打他们，或者扔东西打破他们的橱窗玻璃。但是我不想再断然拒绝这些涉及暴力和被囚禁在意识形态结构里的话题了，为了取而代之描绘青少年时期和谐宁静的画面，带着通常的多愁善感以及对单曲唱片和乐队的回忆，因此我不想停留在对《橡胶灵魂》专辑的再次分析上，而是想提这样的问题，为何青少年，也就是说我，为何我总是不断地听披头士乐队的歌曲，为何我总偏执于披头士乐队，就跟其他人固守神圣天主教会和罪孽的减轻一样，为何我不想认识到，滚石乐队在某些领域要有趣得多、距离自我毁灭要近得多。如果正如我一直假托的那样，我真的在乎确立自己作为被开除者的形象，那么最晚从《第十九次神经崩溃》或者《涂成黑色》开始，最迟从《我们爱你》或者《一起欢度这夜晚》开始，滚石乐队就应该成为我的首选乐队。是的，我甚至想大胆地宣称，那次在"歌手之家"饭馆里的精神崩溃，那种据说是化身死神的幻象，死神像一名教士那样给自己披了一件紫色的圣衣，紫色是作为忏悔、改过自新和心灵转变的颜色，因此人们在封斋节、基督降临节、葬礼上、复活节之夜以及在唱颂歌时都穿这样的颜色,我想宣称那次精神崩溃暗示的是一种无法解决的内心矛盾,多年之后那名青少年还尝试把自己从那样的内心矛盾中搪塞过去,他假称仅仅是在自己的房间里挂了一张滚石乐队的招贴画,假如克里斯蒂安妮要到他那儿做客的话,尽管他早已自己意识到,相比披头士乐队滚石乐队不失为一种选择,这不仅体现在更硬朗的音乐上,这种音乐他是后来通过齐柏林飞船乐队和奶油乐队才得以接受的,而且也因为更接近他风格的歌词,比如:我被淹死了,我被冲走了,最后只剩下死亡,或者:我头顶上钉着一根刺。当然那个年代的修士们也可以给他把这些重新解释为按照《圣经》观点所说的殉道者的象征意义,但是就《魔鬼陛下的要求》这首歌而言这样做变得越来越困难了,更不用说《同情魔鬼》或者最后《任血流淌》那首了,这些歌曲推出的时间正好是对那名青少年来说一切都已经倾倒的时候,永远倾倒了,永远跌入一种无尽的悬浮状态。但是如果我所有其他的论据都不足以令人信服的话,那么至少以下观点难道不是不容拒绝的吗?即相比披头士乐队滚石乐队更被他班上的女生,也就是被克里斯蒂安妮、玛里昂和加比所偏爱,因为滚石乐队的成员都是男人,而披头士乐队的成员则由男孩子、辅弥撒者、被改造过来的左撇子和艺术学校的毕业生组成,正如那名青少年还在当时就对自己以及从那时开始对余生的误解一样。披头士乐队成员是具有女性化倾向的雌雄同体者,即使他们蓄留胡须,他们看上去也像是戴了另一半缺少的面具似的。但是如果那名青少年依恋披头士乐队,他这样做就意味着不再留恋自己的性别,而滚石乐队则会将其目光转向那些迷恋真正男人的女孩们?这样的幻象难道不就是他性取向方面的决定性危机吗?在这种危机中他明白了自己不能再躲在借口后面,这种危机难道不是伴随着1967年6月25号那天的电视节目就已经开始了吗？在那一天十九个国家的电视台分别向三十个国家转播了一个节目，英国广播公司选中了披头士乐队，播出了一首新歌《你需要的只是爱》，那名青少年熬过了所有其他无聊的节目，熬过了那个西德的电视节目，它播放的是《罗恩格林和沃尔夫冈·瓦格纳在拜罗伊特》第二幕彩排的一段剪辑，熬过了那个东德的电视节目，它是关于耶拿西部格罗斯施瓦本豪森大学天文台的，直到披头士乐队长达3分48秒的节目终于出现，他们在混乱的录音室里、在来宾和管弦乐队之间演唱了他们的歌曲，米克·贾格尔的面庞一下子出现在荧光屏上，就像先前约翰和保罗的脸庞一样，他不可能看错，但当时就是不明白那是怎么回事，他也很想把这些弄清楚，但他弟弟当然不知道了，他父亲当然更不知道了，在看完介绍拜罗伊特和耶拿西部格罗斯施瓦本豪森大学天文台的节目之后就从房间出去了，他母亲喜欢佩里·科莫，当时身体还很健康，她当然也不了解这些而且反正也不会说父亲的任何不是，还在那天夜里他就久久无法入睡，因为他总在反反复复地思考，尝试弄清这些意味着什么，主要是想查明克里斯蒂安妮是怎样理解的。毕竟米克·贾格尔是做客披头士乐队，就像录音室里的一名观众一样，被披头士乐队邀请，哪个更重要呢，是邀请还是被邀请？恰恰对这个问题他不知道该怎样回答，因此第二天他在学校里避开了这个问题，特别是避开了关于那个节目的流言蜚语，或者当有人在课间跟他谈论起这个问题时，他马上就说挂在那里的是两个傀儡，实际上他们是罗莱克和博莱克吗？然后其他人压根什么也不说了，因为他们没有看过这些傀儡，但他不仅臆想出了这样的傀儡，而且正好还看见它们挂在那里，虽然他把罗莱克和博莱克与斯比尔博和胡比涅克搞混了，因为后两个傀儡是父子俩，来自捷克斯洛伐克，而罗莱克和博莱克则来自波兰，跟他母亲一样，这一点人们从名字的词尾就能听出来，因为她以前有时会叫他哈索克或者茨察皮金德，这可能是西里西亚语，意为"兔子"和"小孩子"，虽然他从未向她问起过这个，罗莱克和博莱克是兄弟俩，其实他们太孩子气了，而斯比尔博和胡比涅克是傀儡，傀儡总是具有一些忧伤的气质，尤其是捷克傀儡，因为它们会自动耷拉着脑袋和四肢，但这一切都让他提不起兴趣，因为他只想用这样的傀儡转移真正的问题，但尽管如此他牢牢地记住了这些傀儡，后来他不由自主地把它们跟约翰·列侬戴在脖子上的狐狸头项圈联系在一起，在那张裸体照片上列侬就是这样站在小野洋子旁边的，因为当时他就起了疑心，他无法再摆脱这样的怀疑，这种怀疑来自完全不同和事先未被预见的方向，因为它无法被消解，它就蔓延并反抗一切，反抗那种神圣天主教会，反抗被定义过的性别角色，反抗不幸的恋爱感觉，总的说来反抗所有的范畴和借口，相反如果要求他不再固执于范畴和借口，他就会拒绝这样做，继续拒绝，直到两年后不可避免地发生了那次精神崩溃，其原因他当时无法理解，后来也不理解，那次精神崩溃作为一种象征性的参见，引发了一段入院治疗的历史，正如保罗·麦卡特尼1965年6月14号演唱的《我很失落》，它在7月份出现在单曲唱片《救命》的背面，还在唱完第一小节时他就说了"塑料灵魂，天哪，塑料灵魂"这样的话，以此把灵魂第一次移入一种语境，这种语境能够允许这样的推论，即下一张同样在名字里含有"灵魂"字样的专辑应当被理解为是来自深处的呼喊（《我很失落》），一种所谓的"来自深渊"，被撞入黑暗的灵魂的呐喊。封面照片上披头士乐队成员的头像几乎是全画面、但却是斜着被放置，这样的展示方式是不无道理的，就仿佛是他们站在一座坟墓上,向下俯视一名死者、一名昏厥者或者一名坠谷者,在他进入一种暂时或者持久超验状态期间,他在头顶上辨认出那些人轻微扭曲和模糊的面孔,他们准备作为灵魂的护卫者用他们的歌曲给他指明道路。塑料截止到同年12月转变成了橡胶,这有多种原因。一方面塑料和橡胶(塑料/橡胶)经常被用作同义词。其中一个例子比如说从1941年开始陆续出版的漫画集《塑胶人》中的主人公,他主要以能够像橡胶一样拉伸自己的肢体而出众。他具有所有橡胶的属性,也就是说从最初意义上讲的可塑性,但却不具我们今天所理解的与塑料的相似性。在六十年代中期塑料还没有那种低廉和对环境造成污染的制品的怪味,而是象征了耐久性和牢固性,也包括无菌性和无限的可复制性。但是塑料主要是不真实和替代物的象征,就像在谁人乐队的同名歌曲《替代物》里所出现的那样,即一次是作为与珍贵和真正金属(银)的对照,"我出生时嘴里含着一把塑料勺",另一次又是作为无法掩盖事实的材料:"我能看透你的塑料雨衣。"弗兰克·扎帕两年之后即1967年演唱了《塑料人》,但是扎帕在具体的社会批判方面的目标是不一样的。塑料对他来说一方面是矫揉造作,另一方面是社会一体化的征象,他把这种一体化与秘密警察和纳粹联系在一起,他们成功地指挥和操纵被塑化、因而变得缺乏主见的人们。他本人在这样的塑料世界里找不到爱情,但是或者正因为如此他确信,"爱情永远也不会是一种可塑性产品"。扎帕在他的歌曲里把可塑性解释为纯粹的可变形性,这种可塑性在最新的理论里被解读为可描述性和可图解性双重意义,以此成为纯粹的造型可能性。卡特里娜·马拉布说过:"可塑性是一种改变形式,如果不抛开超验、飞行或者逃避。"这个定义也能用来描述幻想,因为疯子往往既感受不到超验,也感受不到逃亡或者回避的可能性，与此同时他者对他来说以客观物体而出现，这些客观物体经常由塑料组成，诱发他采取行动。因此恰恰是我们，这家精神病院的病人，在直觉上非常熟悉那些思维模式，就像以客体为导向的本体论设计的那些模式，在这样的模式下我们当然倾向于不仅仅给予物体一种同等的价值，而且往往赋予它们一种比给予人更大的价值。这样我更清晰地回忆起自己作为小孩用来玩耍的配有明信片的汉高乐鼓，我长达几个小时地观察乐鼓，为了在这个看似不能被改变的物体上发现变化，以此发现不仅限于关系和描述的东西。但是扎帕《塑料人》的中间部分从音乐上看是对《路易路易》的借用，奇想乐队在其音乐生涯开始的时候凭这首歌获得了成功。雷·戴维斯感到那句"你认为我们在歌唱别人"说的是他自己，并在两年之后的1969年3月用他自己的《塑料人》做出了回击，歌曲以"但是从来没有人从塑料人那儿得到真相"而结束。因此在一个时期里塑料显得无处不在，在那个时候那名青少年经历了青春期的变化，并同时遭受到瓦解和僵化的危险，这种危险在奇想乐队的《乡村绿色保护协会》或者扎帕的《美国小城》里都出现过，它们摸起来就像是一块包在玻璃纸里的金枪鱼三明治一样。1980年在经历了失败的个性化塑造之后，那名青少年的日常生活早已阴郁不堪，这时坠落乐队推出了单曲《我如何写弹性人》，在经历了近十年的音乐沉寂之后（期间那名青少年用脉冲音符和蓝调唱片来填补这样的沉寂），坠落乐队作为第一个乐队又开始重新以摇滚音乐的形式对他当前的状态进行永远不可能完全被理解、却因此更具效果的评述，正如马克·E.史密斯所唱的："我永远感激／我过去的影响／但它们不会使我自由"。但是那名青少年既不会感激过去的影响，也认识不到它们不会使他自由，无法使他自由，恰恰是如果它还继续抱定它们不放，对新的影响不理不睬，对过去的影响时而崇拜时而憎恨，不让它们最终消亡。但他至少认识到，那首歌不仅仅是一首歌曲，而且还把自己作为探讨的主题，同时也强调了流行乐中语言行为的基本特征，区分了表述与被表述、所写与所说或者所唱的差别，因为虽然歌词里写的总是"弹性人"，但是马克·E.史密斯在所有的工作室录音和现场录音中唱的却是"塑料人"。作为最后一个证明橡胶与塑料、柔韧性和耐久性之间联系的例子，我想回忆一下1961年的迪斯尼影片《心不在焉的教授》及其1963年的续集《飞天法宝之子》，片中由弗莱德·麦克莫瑞扮演的教授研制出一种新的橡胶形式，即飞行橡胶，缩写为"飞天法宝"（Flubber）。这种橡胶比如说可以用作运动鞋的鞋底，它使穿戴者有能力跳出惊人的高度，这样的高度接近于在失重空间里的运动。但是橡胶还有其他优点。那首著名的童谣里是怎么说的来着：我是弹球你是胶水，你所说的每一句话都从我身边弹开，然后紧紧地粘着你。橡胶提高了我自己的能力，保护我免受攻击，但就像披头士乐队在其文字游戏《橡胶灵魂》里所使用的那样，这样的橡胶好像也影响了我的灵魂，使得灵魂面临堕落成日用消费品的危险，就跟非常实用，但随时可被替换的橡胶鞋底一样。莎士比亚在《维罗纳二绅士》里就赋予了鞋和鞋底一种特殊的意义。仆人兰斯指着他的鞋说道："这只鞋是我父亲。不，左边的这只鞋是我父亲。不，不，左边的这只鞋是我母亲。不，那也不可能。是的，它是这样的，它是这样的，它有更糟糕的鞋底。鞋底有洞的这只鞋是我母亲，这一只是我父亲。"在这里也出现了鞋底（Sole）和灵魂(Soul)之间的文字游戏，超然于明显猥亵的影射，列侬可能是回忆起了他母亲"更糟糕的灵魂"，在他的童年时代母亲就抛弃了他。正如交通乐队在其《鞋洞》里所唱的,因为鞋上的洞不仅会让水流入,而且也能让世界上所有其余的影响涌入。在《橡胶灵魂》推出二十多年和《塑料人》推出六年之后,1986年5月保罗·西蒙再次着手研究"橡胶灵魂"的主题之一。被南非音乐家们的原始音乐也包括笃信所鼓舞,他录制了专辑《雅园》。这张专辑的名称也具有宗教色彩,恩典之国,迦南圣地,只不过仅仅是作为一种宗教的彩印画,因为这种迦南圣地无异于埃尔维斯·普雷斯利的别墅,类似于一种北美圣地,人们在影片和歌曲里不断地向他的别墅表达敬意。在《雅园》专辑里有一首名叫《她鞋底上的钻石》的歌曲。"橡胶灵魂"在这首歌里佩戴着钻石饰物再次出现。"那是一种免除走路时的忧伤的方法／我把钻石缀在鞋上",副歌里这么唱道,不再有橡胶灵魂作为鞋底垫层把人们引向形而上学的远方,而是作为一种贿金和对渴望的补偿离去,如果人们认为西蒙是在援引罗伯特·约翰逊的《散步蓝调》,另外歌里也这么唱道:"她从头到脚趾都有埃尔金式的运动／无论她去哪儿都会破一美元。"如果一个女人的运动就像埃尔金手表的走时那样准确和优雅,并且无论在哪儿都会为一美元而工作,那么人们必须要给这样的女人提供些什么。不过还有一个版本的《散步蓝调》,里面这样唱道:"如果我有这样的布鲁斯,那么走路会伤到我的脚。"在这种情况下钻石给佩戴者带来的是轻松,抑或钻石鞋底指的是一种美好灵魂的象征,它虽然保住了自己的清白,但却没能获得存在,在世上没有产生任何效果,而是如黑格尔所言,仅仅流散在充满渴望的肺结核里,这与《橡胶灵魂》正好相反,后者(这一点我们还将看到)尝试克服意识探寻的辩证过程,为了挺进到超然于善良与邪恶的领域。但是保罗·西蒙那首歌的另一个地方对我来说显得更具决定性,即:"她做了茶匙的标志／他做了波浪的标志。/ 可怜的男孩换了衣服 / 涂抹剃须后润肤水 / 以补偿他普通的鞋子。"我觉得这里隐藏了多个暗示。女人做了一个茶匙的手势，男人做了一个波浪的手势，这让我回忆起一则趣事，它讲的是一个男人和一个女人在争论怎样以最佳方式把一根绳子缩短。他认为用一把刀，相反她则认为用一把剪子。这种平庸的比较很快就变成了一场激烈的争执并不断激化。最终男人把他的妻子推上一艘小船，为了在湖中央再次向她提出那个问题，希望她能够妥协，在刀与剪子之间优先选用前者。当她拒绝这么做时，男人不假思索地把她从船上扔了下去。女人沉入水中，但在她溺亡之前，她又再一次浮出水面，在肺部已经灌水的情况下，用食指和中指做了剪子的手势。在这一讲述背后隐藏着比描写无法控制的争执冲动更多的东西吗？比如指明由刀所象征的毁灭性切割的不同文化，以及指出由剪子所象征的保留性剪切的不同文化？可惜在此不适合对这一问题进行更详尽的探讨，因为我还想谈及对保罗·西蒙歌词的另一种解释，这种解释把我们引向奥古斯丁，他一边对信仰问题进行思考一边在海边漫步，在那儿遇到一个小男孩，男孩坐在沙滩上，用一把茶匙把海水舀到一个洞里。"你在那儿干吗？"对于奥古斯丁这一令人吃惊的问题男孩回答说，他在把海水舀干。把海水舀干是不可能的，更何况是用一把茶匙，奥古斯丁教训他说。对此男孩回答道：想要通过思考领会上帝的伟大同样是不可能。有意思的是，奥古斯丁总是在他过于坚持思想的时候遇到一些儿童，他们提示他怎样能够真正和远离反省增强他的信仰。但是被象征为茶匙和波浪的男人和女人，在保罗·西蒙的歌里同样不能详尽地解释自己。此外女人在自己的鞋上缀上钻石，而男孩则穿着普通的鞋子，因此他换了衣服并涂抹剃须后润肤水。换衣服当然是作为引子，必须被理解为成年礼。但是在对普通鞋子的羞愧心理中还隐藏着第三种动机，它又将我们引回到披头士乐队的《橡胶灵魂》上。在1856年3月13日大约清晨5时许，夏尔·波德莱尔被一种声响从梦中唤醒，就跟我自己今天早晨的情况完全一样，他认为那种声响如此重要，以至于他在写给朋友的一封信里描述了它。米歇尔·布托尔详细分析了那个梦境，梦里波德莱尔光顾了一家妓院。他意识到在他走进前厅时，他的阴茎吊在敞开的裤子外面，他自己认为在这样的地方这种情况是不恰当的。同时他的双脚感觉潮湿冰冷。低头看时才发觉他正赤脚站在一个水坑里。他决定上妓院的二楼去洗脚。还没有到楼上他就迷陷在不同的过道里，在那里人们能够看到画有鸟类和不知名的无形生物的图画。他不敢跟任何姑娘打招呼，因为他对自己赤裸的双脚感到羞愧。在他继续往前走时他的一只脚被穿上了鞋子，然后又是另一只。最后他碰到一只活着的生物，它在这家妓院里出生并蹲坐在这里的一个小平台上。它必须蹲坐，因为从它的脑袋里长出一种橡胶状的阑尾，它把这种阑尾缠绕在自己的肢体上，这种橡胶蛇又长又沉，以至于它无法把它卷起来随身携带。波德莱尔和这个橡胶人聊了起来，得知它最害怕用餐时间，因为那个时候它必须带着它的赘生物坐在所有的漂亮姑娘中间。在此缺失或者不完整鞋子的象征被赋予了一种明显的性的隐含意义，它暗示对自己身体和性器官缺陷的羞愧。由此看来《橡胶灵魂》无异于一种使我们承受负担的阑尾，它以形形色色的宗教形式从我们体内长出，尤其让我们充满了羞愧和害怕？一个我们用以衡量痛苦的纲领，就像约翰·列侬后来在其对所有宗教和偶像的终曲里将要表述的那样？如果只是初步地对宗教及哲学批判的要义做出反应，人们就能发现《橡胶灵魂》涉及的是一种先于时代的纲领性专辑，在该专辑中所有的歌曲都围绕唯一一个主题：与形而上学划清界限探究存在意义的本体论问题。披头士乐队成员强调说，他们仔细考虑了歌曲的排序（"我们在排序方面下了很大功夫"），此番强调是不无道理的。首先映入眼帘的当然是一首名叫《流浪的人》的歌曲，歌中人变成了海德格尔式的人物。因为如果人们在《存在与时间》里寻找海德格尔的相关定义，人们就会注意到在人与像"无人""从不"和"不"这样的否定词之间存在着多么密切的联系。在此仅举几例。"某人（……）就是无人，所有彼此间的存在都已经把自己交付给了无人。"或者："只是某人与存在一样都很少在场。某人的举动越明显，他就越隐蔽和令人费解，也就越不是虚无。"再举最后一个例子："某人以非独立性和非真实性方式存在。这种方式并不意味着降低存在的真实性，跟某人一样无人也不是一种虚无。"披头士乐队以忠实的虚无主义方式也剥夺了无人的处所，彻底消解了既有的价值观，为了达到《为自己想想》这首歌的要求。在几乎每一首歌里旧有的价值观和协定都被揭露为假象，例如《我在看穿你》，它必须与《你不想见到我》联系在一起，一方面是通过在各自唱片面分别作为第三首歌的位置，另一方面是通过两首歌所依托的逻辑，根据这一逻辑那个把自己隐藏起来但我却能够看穿的人无法识别出我，因为他认为，我也会把自己隐藏在我事实上现身的地方。这是任何恋爱关系中的根本性窘迫，在治疗过程中的打交道方面显得尤为突出，与情人不同，治疗医师不会通过相互脱去外衣和衬衣获得信任，因为正如我们已经确定的那样，医生必须抗拒病人的幻想表演，即使他把这种情况解读为拒绝。但是乍一看没有宗教-哲学语境嫌疑的《橡胶灵魂》上的歌曲，在仔细观察时也会暴露为明显的，尽管也是加密的对上帝主题以及对权力和虚无主义意愿的表述。如果人们比如仔细观察《开我的车》这首歌，那么表面上看它好像是一种求职面试，面试中歌手表示愿意给一位女士当司机。歌里的各个节段也的确像是为一种口头上的工作协议而做的预备性谈判。人们在共同考虑是否能够启动一段商业关系，如果时机成熟并且人们达成一致的话，结果却表明那位女士根本没有车，在她购车之前她首先更需要一名司机，而现在她找到了这样的司机。情况比人们想象的要更复杂。在这里司机果真是一个流浪的人，因为他没有处所但却需要一个处所，为了定义自己的功能。在这种窘迫中他似乎面临着虚无。他有一份作为司机的工作，但却没有能够用以发挥自己作用的汽车。更有甚者，他的女委托人希望的是通过确定他的功能而使自己有一辆车。我们必须从这种所谓人际关系的僵局中象征性地看出人与上帝的关系，因为在宗教里我们也赋予上帝各种功能，反之上帝也赋予我们各种功能，对此却不存在一种必要的行为框架。在披头士乐队的这首歌里整个主题还得到另一种映照，因为歌曲是以这个问题开始的："问一个女孩她想成为什么。"所提的问题原本是她想从事何种职业。但她却通过给提问者分配了一个职位回答了该问题，一个应当使她受益的职位。这样一来无法再对施为者及其各自的愿望进行明确的区分，处所和功能第二次重叠在一起，它们因为互换性而在选取上显得更为随意。这是以被尼采批判为错误的虚无主义形式，对空缺但却存在的处所的一次成功的攻击。从形而上学层面对语言的不断拷问对于真实和极端虚无主义而言具有特殊意义，这不单单见于对这一主题来说纲领性的歌曲《词语》里，在这首歌里人们能够找到这样的自白："一开始我误解了／但现在我得到了它：这个词真好。""一开始"当然指的是圣经的创世故事，故事里上帝通过纯粹的语言行为让世界得以产生。这首歌是在旧约全书里的"一开始上帝创造了天地"和新约全书里的"一开始是词语"之间选取了第三条路,即完全按照尼采意图的对错误的自白。"一开始我误解了。"一开始是错误。尼采把错误描述为"自己思想"的前提。对于披头士乐队而言的类似说法是,我首先搞错,然后理解。无论我走到哪里,我都会听到它在继续述说,"在我读过的好书和坏书里",这样看来词语既是好的也是坏的,因此我们已经远离了善、恶的范畴,已经处在不但—而且的领域。在对词语和尼采作品中作为概念范畴的错误进行明确的自白之后,接下来是给第一面唱片画上句号并暗示理论意义的一首歌。这首歌的名字叫《米歇尔》。"美丽的米歇尔/这几个词语组合得多么动听",名字取代了词语。但是现在"米歇尔"这个名字又有了一些特殊的内涵,因为它向人们指出了一种性别上的双重意义,这种性别歧义只是在书写时(Michel/Michelle,米歇尔〈男名〉/米歇尔〈女名〉)才变得清晰。也就是说,意义在文字里显出差别,但在声音里却是雌雄同体的并呈悬浮状态。如果对这个名字进行切分,人们就会得到miche和elle这两个组成部分。Elle意为"她",是表示女性的人称代词,它通过自己被写入名字而获得了在场,使原本应当描述"你"的这个名字不断地移向第三人称。在我说"你,米歇尔"的时候,实际上我说的是"她,米歇尔",那边的那个。通过称呼他者的名字,我是在把它从自己身上移走,同时又在暴露出自己。但是如果我把Mi从Michelle上拆分,把它作为前缀来读,使它描述"一半""同中心"的意思,那么我从chelle也能辨认出scellé("印章")或者sceler("盖章、确认")的意思:通过这个名字一些东西总是只被盖了一半的章,这种印章或者抵押同时又总是被清除。《米歇尔》这首歌的歌词里有一处乍一看奇特的思想逻辑上的错误。歌手对一个名叫米歇尔的姑娘唱道："我只说我认为你会理解的话语。"这个句子指涉的是"美丽的米歇尔"那个人。如果我们认为被打了招呼的是法国女人（这从名字就能看出），打招呼者是英国人，那么法国女人几乎不可能只听懂自己的名字和 ma belle 这一名称，而是将会理解广泛得多和数量大得多的法语词汇。更确切地说情况正好相反，即歌手只拥有非常少的法语词汇量，因此更正确的歌词肯定是这样的：这是我唯一会说而且你能理解的话语。只是这里预设了一种巧妙的意义游戏。因为在其他地方歌里唱道："我需要，我需要 / 我需要使你看到 / 哦，你对我意味着什么 / 直到我真的希望 / 你将会知道我是什么意思。"这首歌里出现过两次"意指"和"意思是"概念。一次是"我想让你知道，你对我意味着什么"，另一次是"我希望你知道，我意味着什么，我指的是什么"。意义在彼此混淆。语言无法使意义清晰，因此人们必须在语言以外去寻求意义。在这种情况发生或者能够发生之前，他将会重复那些唯一的词语，他知道她理解它们，也就是能听懂自己的名字。所以情侣在说出对方名字的时候也总是表达出一种希望对方能够理解的隐含意义。当然《米歇尔》（Michelle）也能从音乐角度加以诠释，即作为 Mi-Echelle，也就是以 E 音阶的形式。《米歇尔》（Michelle）这首歌本身是 F 大调，这一点是引人注目的，也就是说，E 音阶至少在 C 属音里出现，但是 B 大调下属音还在第二个和弦里就降为 B 小调并过渡为降 E 大调，这样我们在和声上的确不处于 F 大调，而是确切地说处于不含 E 音阶的降 A 大调。在倾听这首歌时，大调和小调之间的来回摆动制造出一种特殊和奇妙的效果，这种效果只在副歌的结尾处得到了明晰，比如在"我的米歇尔"或者"不错的合奏"处响起了作为和声的 C 大调和弦，它又通过属七和弦 G7 得到了加强。也就是说类似于一首舒伯特的歌曲,音乐表述支撑了文字表述,在两种语言之间的转播相当于大调和小调之间的切换,仅仅是在提到名字时才产生表现为大调属音的清晰的和声,这是 F 大调和 F 小调共有的属音,其标记为 E 音阶,也就是 Mi。

慢慢地这张专辑清晰的结构和被精确计划的播放顺序在我们眼前铺陈开来。每一首歌都与另一首在主题和内容上相互关联。在描写人的作用和身份的教育歌曲《开我的车》之后,荒谬性在《挪威森林》里又得到了进一步提升。他拥有那个女孩,还是女孩拥有他?他应该坐下来,但是那儿没有椅子。最后她上床睡觉而他躺进浴缸,浴缸的中空形状能够让人回想起勺子的标志,大海或者至少弗洛伊德的海洋的感觉可以被指派给床,这样我们在不成熟的孤立无援之路上再次接近宗教范畴。但是男人和女人唯一的共性是对挪威森林的重视,这样的重视他和她都有所表达,但却带着完全不同的意图:她赏识木材是为了制作她的家具,他喜欢木材则是因为它具有良好的燃烧性能。在语言转向存在和处所之前,《你不想见到我》这首歌对时间问题进行了探讨。"一次又一次 / 你拒绝倾听",在这首歌的过门里这样唱道。这里已经暗示出,时间作为概念是应当被看到的,好像有不同的时间存在,因为日期感觉像年岁,小时感觉像秒。然后时间又变成了一件物品,这样的物品人们能够找到但也能再次失去:"我们失去了时间,它很难再被找到。"一切都是为在《为自己想想》这首歌里借助纲领性的开头"我有一两个字"、通过后几首歌导入的对语言的分析所做的准备,这种准备在指涉这一事实中达到高潮,即专有名词作为最初始的词汇代表着自我意义,也正因为如此它会过快地转移到第三人称。尼采在向妄想过渡时把自己描述为是被钉上十字架的人,跟他类似约翰·列侬早在披头士乐队解散之前就已知道:"现在看来他们想要把我钉在十字架上。"大约在同一时期保罗在歌里唱到了我们欠缺反省的复杂之路,这条路最终经由丑陋的历史壕沟通向希望之门,门后便是思想的终点。在保罗演唱《蜿蜒长路》这首歌时,他已经死了三年半了,因为他于1966年11月9日星期三凌晨5点在一起车祸中丧生。我们知道这一点,因为在《佩珀军士》专辑的封面上他带有血迹的手套放在秀兰－邓波儿－玩具娃娃旁边,他的替身演员戴着一副印有OPD(正式宣告死亡)字母的臂章,也因为他在《艾比路》专辑上身着黑色西服上衣,作为乐队四人当中唯一的一个右腿朝前穿越马路,主要是因为他现在终于可以脱去带有橡胶鞋底的鞋子赤脚走路,同时停在附近的大众车的车牌号是LMW 28 IF,它的意思不外乎是:琳达·麦卡特尼成为寡妇,保罗将会是二十八岁,如果他还活着的话。但主要是他作为唯一的一个人所佩戴的黑玫瑰暗示出他的过早死亡,而其他披头士乐队成员则身着白色的西服上衣,在其影片《魔幻神秘之旅》中作为歌手登场。他们唱的是哪首歌呢?是《你母亲应该知道》。因为保罗在他的车里被一个女人分散了注意力,结果飞速撞向一辆满载香蕉的卡车。跟杰恩·曼斯菲尔德一样他也在车祸中掉了脑袋。但是他的头滚出十多英里远,一直滚到她母亲的坟边。《你母亲应该知道》这首歌的歌词以矛盾的形式与这种朝向起点的循环回归有关,母亲就象征性地代表着这一起点,她是唯一一个能够超越自身存在朝两个方向瞭望的人,她也能觉察出什么已经先于她而发生并制约着她,因为歌里唱道:"让我们全体起立,配着一首歌跳舞/在你母亲出生前那就是一首流行歌曲。/虽然她在很久很久以前就出生了/你母亲应该知道/你母亲应该知道。"或者就如尼采自己所说的:"我存在,为了以谜语的形式来表达,当我父亲已经死去的时候,作为我母亲我还活着并变老。"

以此我想结束我的阐述,并对你们费了很大力气专注倾听表示感谢,虽然大多数话题我当然只能简要提及,正如物质的复杂性所表明的那样。

86

克劳迪娅和贝尔恩德回家

我们三人都没有睡个安稳觉,但是现在当我们沿柏林大街行驶并转入施特雷泽曼环路时,我们直起身来舒展四肢,明爱会那位女士朝我们转过身来,说我们马上就到了,问她能否让贝尔恩德和克劳迪娅在火车站下车。他们俩都说没问题,但然后他们想起他们身上根本没带钱,这时明爱会那位女士用一只手伸向她的手提包,打开包取出两枚五马克的硬币,把它们递向后座,我也更愿意和他们俩一块儿在火车站下车,站在那儿抽一根烟,而不是和明爱会那位女士单独坐在车里驶过最后的路程。现在竟然和她一块儿回家,这么早当所有的人肯定还在睡觉的时候,尽管第一班工人可能已经开始工作了,也就是说门卫已经到岗了,他会挥手示意我们驾驶的欧宝舰长汽车通过,即使他看不到我坐在后座上。就连在火车站也还看不出一丝热闹,我在想,下周我索性赶在上学之前早些起床,出来骑自行车兜一圈,把一切都仔细地看一遍,因为早晨的时光如此独特,看不到成年人的身影,我想起自己只有一次这么早来过火车站,当时在我们班去罗腾堡郊游的时候,但这时明爱会那位女士已经在弗里德里希皇帝环路公共汽车站对面停车了。

东德的那位女警察或者女军人非常和蔼，临行时给我们提供了色拉米香肠面包，还有那些由施马尔卡尔登的一家奶油杏仁糖工厂生产的条状水果干，这样的水果干原本只是专供运动员的，因此它们也叫DTSB水果干，其中的缩写意为"德国体操运动协会"，该协会也有自己的标志，就像我为1913红军派所绘制的那样，但它的标志设计不是自上而下，而是从左向右，TS字样在突前的位置，很有立体感，但不像Supermann（超人）的字体那样朝一侧变小，而仿佛是人们从棱角出发审视一个盒子。此外她还送了我们一些纪念章。贝尔恩德得到了一枚带东德国旗的，下面写着"东德建国十九周年"的字样，因为这些新的纪念章是10月份才刚刚到的，我也得到了一枚非常精致的，中间刻着一种飞碟，飞碟四周写着"泥鸽—移动靶欧锦赛，苏尔，1967年"，尽管我不知道这是什么意思，也不想去打听，因为那位女警察或者女军人非常和蔼，已经给我们解释了很多问题。但是克劳迪娅得到的纪念章最漂亮，因为那上面有列宁像，以镀金的形式向上凸起，底面是绿松石色的，可我们一越过边境重新回到德国，明爱会那位女士就收走了我们的纪念章，把它们干脆从车窗扔了出去，我觉得她这么做讨厌极了，因为她没有一丁点儿的改变，我也完全无所谓她来自东德还是西德，反正我也不理解为何她又和我们开车回去，因为要么她来自东德，那么她在这里就会被捕，要么她是西德本地人，那么人们肯定不会这么简单地放她走。但或许她也干脆是阵前倒戈或者被收买了，现在我永远也不再可能和她分开了，因为现在我应该高兴如果不用再上寄宿学校，尽管这对我来说也都无所谓。我也不再那么害怕东德了，如有必要我就逃到那里去，虽然我不太清楚怎样做到这一点，不清楚是否人们可以这么简单地越境，或者是否他们也会向人们开枪。或者是否我们的士兵会向我开枪，但我还有时间搞清楚这些。

我禁不住很快想起沃勒和其他人，思考他们现在是否必须去教养院，他们到底出什么事了，因为我很想知道，是谁抢劫了毛厄夫人的商店并发动了所有其他的行动，但或许克劳迪娅也能在基层工作小组查明这一点，但愿她和贝尔恩德还记着我们周六在洛赫磨坊场碰面这回事。可能开始这段时间我不能再外出和其他人聚会了，因为明爱会那位女士说，这样的交往对我来说很不利，还说我父亲现在更信任她了，我母亲也是如此。我在想对某人来说一种不利的交往方式是怎样的，是否贝尔恩德和克劳迪娅的父母也这样说我，这是一种奇怪的感觉，尽管我其实一点儿也不在乎成年人说什么，肯定也不会在乎贝尔恩德和克劳迪娅说些什么。

在我们让克劳迪娅和贝尔恩德在火车站下车之后，我们沿林荫路继续向上行驶，现在天才慢慢变亮，不知怎么地我甚至有些高兴回到了家，高兴又从学校旁边驶了过去，但只高兴了一小会儿，因为我又回想起我留级了，不知道接下来会怎样，因为我不想像阿希姆或者赖讷那样学一门手艺，但也不想进寄宿学校，去东德也不是马上就能办到，因为我至少必须十四或者十六岁才行，无论如何也不愿返回天主教神学院，因为我无法想象成为牧师，也无法想象当天主教神甫或者宗教课教师，因为我总归更愿意当演员，即使人们必须上骑术课和击剑课，必须背下很多东西。我母亲说过，想当演员人们就必须能够熟诵席勒所有的叙事诗，因此我也已经开始熟记席勒的《手套》，而且多少也记得差不多了，然后我又开始背诵《潜水者》那首诗，但背完前两节后就无法继续了，相反歌词我却记得很轻松，我能熟练背诵整个《橡胶灵魂》专辑，也包括《左轮手枪》专辑，其实所有披头士乐队的唱片我都很在行，只是特别早的除外，像《披头士待售》那样的录音室专辑，因为那张专辑上并不是所有的歌曲都非常好听。但是当演员这回事也不是非做不可。也可能是随便其他一些职业，因为我也喜欢画画，如果我继续上著名艺术家培训课程，或许我能够走上绘画之路，虽然人们在培训课上不会学像雅弗林斯基或者鲍迈斯特那样的绘画艺术，也不会学像达利那样的艺术风格，他的画风太难了，就像他画的那幅《耶稣被钉上十字架》，从上面看如此有立体感，或者他画的那幅反映自然风光里滑稽造型的装饰画，因为喜欢我把它挂在我的房里，或者唐吉，其实我觉得他的画更好，因为他总画小人物或者石头或者类似的东西，但有人曾对我说过，他总是把一切都颠倒过来画，画完之后才把画作翻转过来，这当然也是非常困难的事情，但我也不必这么做。

87
询问解释和澄清的区别

解释您这种情况……

为了澄清某一事实情况，在东德的侦探小说里人们总是被询问或者被传讯。我觉得不管怎样这听起来都更富有建设性和更现实，它能以某种方式让人镇静。

在这方面请您不要曲解。您不会认为您在那边凭您的伎俩就应付过去了吧？

那是一种完全不同的审讯风格，这一点您可以相信我。但如果这要给您更多的允诺……

我只是认为，"解释"① 这个词，或者整个解释计划干脆是失败的。

啊哟，现在又轮到您的蒙昧主义者表现自己了。

您指的是阿多诺？

他也是一个多愁善感的人，他从未真正走出过黑森州的乡村，这跟您完全一样。

是的，当他描写形而上感受的时候，原本甚至是人们从奥特巴赫、瓦特巴赫、罗伊恩塔尔和蒙布隆恩这些乡村名字上所感受到的希望。此外所有这些都不是黑森州的村庄，甚至连蒙布隆恩也不是。

您知道我指的是什么。

是指蒙昧主义？其实我不太清楚。除非您在指塞尔，这些我无法正确想象。

塞尔？

他曾经断言，福柯把德里达的工作方式描述为是蒙昧恐怖主义，但我认为这是不可信的或者是忽视语境的断章取义。

是吗？您是这样评判的？

就我而言不是。但是塞尔遭到了德里达的批判，在这种情况下他也没有别的办法。就跟您也没有其他办法一样。

这话是什么意思？

人们尽可能调唆所有的人相互争斗，声称有人说过另一个人的工作方式是不清楚和不准确的，然后当人们批判这种工作方式时，又说它是恐怖主义的，因为这样就可以宣称，一切都是一个巨大的误会。

我觉得他那样说不是没有道理的。

他说什么不重要。重要的是挑唆人们相互争斗，是操纵。

您是这么说的。但"恐怖蒙昧主义"这个概念恰恰令我感兴趣。它适合很多现象，也适合您的红军派，当然也适合您本人。整个责任感的缺失都隐藏在这个概念当中，这种不准确的分析，它又导致一种同样不准确的批判，然后当人们一再询问时，人们就可以说是把一切都推得干干净净。

询问？您真有意思。"问询！"也没太大区别。此外您偏离话题了。

如早已承认的那样这是您擅长的专业领域。我们讨论的话题是什么来着？

解释。我在问自己，与澄清不同，是否解释不仅在辩证思想方面，而且总体来说在方法手段上也都失败了，因为它有太多的计划。假如我们拥有一个澄清的时代，这难道不是愉快得多的事情吗？

借助这样的时代我们就避开了所有的革命？现在您在回顾过去的时光时还是脱离了您不成熟的思想，这很有意思。我祝福您。请您与过去决裂，请您清算和澄清，如果您不想解释的话。

我是别的意思。

我是这么认为的。

如果人们当时看到了那种情况，一方面是残忍……

您在说红军派？

不，我说的是警察、国家机器、当时整个无知的态度、欢呼的波斯人，您能回忆起，那些明显的不公，然后是在全球层面上，无论我想说些什么，都会自动引发人们想要对之加以反抗的条件反射。然后是全部的纳粹，他们装出一副好像什么也没发生过的样子……

我刚才还以为我们前进了一步，可现在您又是这种官方通告的强调。

是的，当然了。您说的对。如果人们再回忆一遍当时是怎样的场景，而且最终人们只能从感情上这么做，那么人们就能理解，一切都产生于那种不精确，产生于那种感觉……

正是产生于那种蒙昧主义。

您现在不知怎么地爱上了这个概念。但是就我而言，虽然，不，不是就我而言，因为它已经成为类似于政治标语的战斗概念了，它给人的印象是仿佛人们故意使一些事情含混不清，为了使自己经受得住攻击。

但是您过于使自己处于防御地位了。您想一下乔伊斯以及他是怎样与解释尝试打交道的：如果我能往主题上投下任何晦涩朦胧的话语，请让我知道。

是的,您说的有道理。我们最好还是谈文学吧。这是一个很好的例子。

不,刚才说的不是这个。我们还是停留在"解释"这个话题上吧——它与澄清不同。停留在失败的革命尝试上,停留在从混乱中诞生的恐怖上……

人们下了这么大功夫,为了从这种混乱的感觉中创造出一些东西,一些人们能够依附的象征性的东西,从而使自己根本不再对解释感兴趣。相反,人们想一再沉浸其中。

沉浸在这种感情的旋涡中?

在某种程度上是的。您认为一对情侣喜欢解释吗?您认为一个多愁善感的人、一名抑郁症患者喜欢解释吗?

那一名恐怖分子呢?

在我看来也不喜欢。他们都害怕解释就跟魔鬼害怕圣水一样。

您知道魔鬼是通过圣水才产生的吗?

知道,这您是从我这儿听到的。

我只是想再提醒您一下。

您想打乱我的计划。

这么说您有一个计划。我担心的就是这个。

当然我有一个计划。至少从某种意义上讲。

为了缩短整个过程,不妨换一种提问方式:您喜欢解释吗?

是澄清。我想澄清。我想澄清一个事实。就我而言也可能是若干事实。我想澄清当时是怎么回事,今天又是怎么回事。

但就是到不了解释整个事件的程度?

您难道不理解吗?解释干脆就是一种新的谎言,它同样模糊朦胧,尽管它高举阐明的大旗。没有象征性的东西,没有形而上学的东西,只有公民，他必须摆脱自己咎由自取的未成年状态。

可这种未成年并非错在自身，您是想这么说？

这又一次显露出原罪的痕迹。

这种想象不知怎么地会伤害到您，不是吗？

您注意到了吗，大多数儿童游戏都与灾难有关？

我觉得，它们之间的关联我不是很明白。灾难？

抓人、捉迷藏、红绿灯游戏……

当然是以无危险的形式，但是人们更偏爱紧急情况，在这些情况下人们遭到威胁，不得不躲藏起来，逃跑，不露出一点儿动静。

最后必须要有随便一种刺激、一种挑战。

是的，当然了，这种挑战与生活中的各种危险有关。生活就是这么设计而成的。所有的关系就是这么设计而成的。恋爱中的人也是这么做的。

啊，原来您想说的是这个：一切只是一场游戏，但突然某个环节出现了差错。比如性爱游戏，用这样的游戏情侣们想使他们的关系更富有活力。再比如红军派的恐怖游戏，其实它们仅仅是游戏性或试探性的联想活动而已。然后这应当为一切开脱罪责？

不，我不是这个意思。象征价值或者更贴切一些是象征的意义被低估了，在我看来。

是您低估了这一点，我亲爱的朋友。是您没有意识到这个。现在您才恍然大悟，是的，现在……

解　释：

① "解释"（Aufklärung），在德文中也有"启蒙运动"之意。

88
克劳迪娅或者历史的敏感性

克劳迪娅问自己人们怎样等候。

她把囚室称作铅室。

在此她指的不是卡萨诺瓦逃离的威尼斯铅室。

这样的铅室她不知道。

此外她无法合理想象怎样成功地逃亡。

克劳迪娅在思考,人们究竟能否等候,如果人们必须等候的话。

她看见伊卡洛斯跌入一个漠然的世界。

农夫目不转睛地盯着耕犁。

牧羊人朝另一个方向望去。

垂钓者只伸手去抓他的钓线。

就连太阳也开始下沉,仿佛它想让(伊卡洛斯的)死亡显得无益、荒诞,尤其是咎由自取。

克劳迪娅思考了片刻,任何死亡都是咎由自取的。

也包括在铅室里的死亡。

最终她还是逃离了铅室。

逃入太平洋。

逃进宁静的大海。

安息之海。

远离荒凉地区的岩石和城墙,前景处是露出水面的僵硬的腿。

克劳迪娅在考虑,在画面上的哪个地方能够找到代达罗斯。

代达罗斯,他创造了飞行和坠落的可能性。

有关的讲述是男人们的讲述。

那些失去儿子的男人们。

也失去了女儿。

他们失去了自己的儿子和女儿,因为他们过快地忘却。

克劳迪娅不会忘却。

因此她无法逃脱。

太平洋大的令人难以想象。

覆盖了超过三分之一的地表。

人们可以未被注意地坠入太平洋,未被察觉地在它里面下沉。

克劳迪娅在思考,是否人们也能不知不觉地在它里面生活。

她在专心研究阿里阿德涅的神话。

这个角色好像被分配给了她。

尽管怀孕是不可能的,她这么认为。

自从她来到了岛上,她的月经就再没来过。

歌剧《纳克索斯岛上的阿里阿德涅》。

她做了一个梦,梦里她生下了一个孩子。

虽然她生下了孩子,虽然那是她做的梦,可她却从孩子的视角看待一切。

孩子被拖拽到世上。

在孩子被拖拽到世上期间，母亲也就是克劳迪娅死了。

尽管如此克劳迪娅仍在继续做梦。

孩子被放到母亲的死尸上。

孩子感觉到母亲慢慢变凉的肚子。

只有在母亲完全消失之后，孩子才能独立思考。

母亲的腹部开裂，开始向内塌陷。

最后孩子一个人躺在一块蓝色的毛巾布上，在思考自己的第一个想法。

他想到了抢银行。

因为一名新生儿无法用他自己的第一个想法回忆一些事情，所以克劳迪娅又醒了过来。

现在克劳迪娅在回忆抢银行的事情。

她回忆这件事是为了转移自己对于孩子的注意力吗？

人们可以通过抢银行转移别人的视线吗？

在关于米诺斯和代达罗斯的讲述中不断出现的公牛象征的是人们无法逃脱的命运。

代达罗斯象征的是理论和神圣的东西。

他的名字意味着人工的和雕刻的东西。

他体现的是神像。

他体现的是自我取消。

代达罗斯为帕西法厄建造了一头人造母牛。

帕西法厄把自己藏在母牛体内并与公牛交配。

帕西法厄生下了半人半牛的怪物弥诺陶洛斯。

代达罗斯为弥诺陶洛斯修建了一座监狱。

它就是那座迷宫。

代达罗斯制造了各种外壳和形状。

没有内容。

内容挣脱了束缚它们的形状。

为了捉住那些失控的内容，代达罗斯又创造了新的形状。

他是人工的创造者。

代达罗斯向阿里阿德涅透露，她怎样能够凭借一根线把忒修斯带出迷宫，这样一来就取消了他自己的发明创造。

代达罗斯一边创造一边后悔。

只有在他创造出一些东西之后，他才能够意识到这一点。

但他没有从懊悔中学到任何东西。

代达罗斯为躲避米诺斯国王而逃亡。

他从一个岛上逃到另一个岛上。

米诺斯召集了周边岛屿的所有国王，给了他们每个人一枚螺旋形贝壳和一根线。

国王们应该把螺旋形贝壳穿在线上。

但他们都失败了。

只有西西里岛国王科卡罗斯在螺旋形贝壳的尖上钻了一个孔，把线绑在一只蚂蚁身上，让蚂蚁从那个孔钻了过去。

现在米诺斯知道了，是谁把代达罗斯藏了起来。

这是一种类比推理。

科卡罗斯没有看出贝壳的类比性。

米诺斯只是想到了她女儿的背叛和细线，以及那个把他女儿和细线联系在一起的人。

米诺斯陪同科卡罗斯前往西西里岛。

科卡罗斯无法拒绝这次同行。

在抵达西西里岛之后,科卡罗斯为欢迎米诺斯让人为他准备了一次洗浴。

当米诺斯在浴池里坐定后,科卡罗斯的女儿们把沸水倾注在他身上。

米诺斯死了。

米诺斯被埋葬在西西里岛上。

人们无法逃脱这个岛屿。

女儿们又必须做准备了。

克劳迪娅想起当地关于自杀天使的传说。

她问自己是否正确理解了这个故事。

她的语言知识不够好。

她不知道人们永远也不可能正确理解一则神话。

尽管如此人们有可能错误地理解神话。

克劳迪娅想起贝尔恩德。

贝尔恩德说:人们不会和那些人交谈。说完了。

贝尔恩德取笑领导人员办公室楼层使用的肥皂。

他说:那些肥皂早已不再是用骨头制成的,而是用花粉做的。

尽管事情和计划好的抢劫行动毫无关系,可克劳迪娅还是必须上楼去管理楼层。

那是一种考验。

这样的考验使克劳迪娅大为恼火。

现在她也希望,那些人当中的某一个跳出窗户向下滑翔,降落在售货亭前面的一摞日报上。

同时她认为自己总是做出错误的思考。

同时这一切令她回想起她所在的剧团。

因此你不是行家,贝尔恩德说道。你永远也不会成为行家。

因为克劳迪娅不是行家,所以她在关键时刻站在那儿凝视着天空。

尽管时间在围绕着她的双腿抽打。

就像在跳橡皮筋时一样,如果一个人一言不发干脆跳了出去。

她只是在那儿站着,而所有其他的东西都在旋转。

人们面部扭曲。

贝尔恩德喊道:快走。我们必须离开。走啊。马上离开。快点儿。快跑。

克劳迪娅想再次转过身去。

不,贝尔恩德喊道。

如果人们再次回顾自己的所作所为,人们就会呆若木鸡。

人们必须把做过的事情忘掉。

否则人们无法建立新的共和国。因为克劳迪娅无法忘却,她至少想使得她的家人全部死掉。

她想促使国家灭亡,而国家是那些能够忘却的人建立的。

克劳迪娅极其缓慢地抬起头来。

克劳迪娅极其缓慢地把头转向高处。

克劳迪娅极其缓慢地望着天空。

仿佛那是另外三十天中的一天。

众多试跑当中的一次。

仿佛她还一直能回来。

仿佛一切都只是一场游戏。

玩笑可以成真,人们随便这么说说。

以此人们想随便说说的是,严肃的事情不是从自身出发而存在的,而是以玩笑为前提。

因此人们应当拒绝玩笑吗?

也许吧,克劳迪娅在想。

或许这就是禁欲的意义。

从而使玩笑不能成真。

因此对禁欲主义者来说一切都是玩笑。

我要是能这么做该有多好,克劳迪娅在想。

说得更贴切一些:我要是这么做了该有多好。

取而代之的是她只会严肃。

极为精确地重复着每日流程。

仿佛那是跟什么有关。

一直这么做,直到它跟什么有关。

每天早晨6点钟起床。

每天巡视路线。

每天都站在银行分行门口。

真的每天都是如此。

克劳迪娅把这样做当成纪律。

克劳迪娅把这样做当成禁欲。

可是已经太晚了。

这样做已经变成了严肃。

如果这样做是严肃的事情,那么禁欲就不再有意义了。

人们必须重返玩笑。

然后人们才能成为禁欲主义者。

这是神秘主义者的秘密。

克劳迪娅跨越岛屿。

同时她看到了一切：草席、裹在脖子上的绷带、体温计。

她躺在棚屋里，隐约感到屋前有背着书包的孩子们。

孩子们在互掷雪球。

克劳迪娅必须一直躺着。

在吞咽时她感到嗓子疼痛。

然后她醒了过来。

一下子又醒了过来。

被灭火器里的东西又弄醒了。

那是房管员在栽倒并躺在地上之前，从背后扔给她的灭火器。

刹那间感觉像是在下雪。

白色的雪花，里面夹杂着房管员的血迹。

雪白和玫瑰红。

克劳迪娅在思考，如果和一个同龄的姐妹而不是弟弟在一起会否是另一种情况。

一个姐妹，她拥有人们缺少的一切。

但她还是和人们很相似。

克劳迪娅问自己什么是相同的。

克劳迪娅问自己什么是陌生的。

她问自己，为何在醒来时她总以为自己是在家里。

在她孩提时代的家里。

她已经三十多年不在这个家里了。

至少。

这个家根本不再有了。

这个家只在她的梦里还有。

克劳迪娅问自己，是否物品在梦里不容改变，因为否则人们就认不出它们了。

她问自己，梦之所以显得那么不真实，是否是因为人们在不变的事物中运动变化。

她问自己，梦里的恐慌感是否产生于变化和不变之间的矛盾。

克劳迪娅认为，即使是陌生的东西肯定也附着了一些熟悉的因素，为了总的来说能够被觉察出是陌生的。

陌生和熟悉产生于客体之于语境的张力关系。

语境好比是苍穹。

它填补空虚。

它渗入空隙。

即使无法解释的东西也有语境。

例如空中光的反射。

克劳迪娅在想：也许那是一架来接我的飞机。

她只是在想：为了来接我。

而没有考虑它来的目的是拯救还是抓捕。

她把这种思想称作没有语境的思想。

它是一种安慰，如果人们不再有希望的话。

人们让自己的句子不受质疑。

仿佛这些句子是另一个人想出的。

人们不再问用这些句子想表达什么。

克劳迪娅在想：那么奇迹呢？

该怎样解释奇迹呢？

奇迹也需要一种语境，在这种语境下它才能变得神奇吗？

一个事物有一种无法被看到的语境：或许人们可以这样定义奇迹。

奇迹以创伤作为语境。

所以看着某人伤口流血并因此而死亡，这样做不仅是残忍的。

同时这也是奇妙的。

白色泡沫中的红色伤痕。

伤口的奇迹。

圣徒身上无数的伤痕都在流血是不无道理的。

他们甚至从木头和石头里流血。

跟创伤一样奇迹也很难令人忍受。

如果克劳迪娅不受任何人打扰，沿岛上的小路从女人、儿童和男人身边走过时，她就会感觉自己是隐身的。

因为她对居民来说没有语境。

没有语境的东西是不能被看到的。

没有语境的东西会漂浮过去而不被认出。

因为我们甚至都看不出它是隐形的。

因为我们甚至都猜不到它竟然是存在的。

它是令人敬畏而又向往的。

被抓住就意味着被拖入一种语境。

那是国家和权力的语境。

那是警察和特工的语境。

当局所做的无非就是创设语境。

日复一日。

语境就是它们的网络。

代达罗斯接受了他十二岁的侄子作为学徒。

很快他就意识到，侄子比他自己更有天分。

或许他更有天分，是因为他不仅想到了形式，而且也能想象内容。

这与只会盲目行事的代达罗斯不同。

代达罗斯担心他的侄子将会超越他，于是把他从一座堡垒上推了下去。

但是帕拉斯·雅典娜还在空中就把他侄子变成了一只凤头麦鸡。

代达罗斯由此产生了制造翅膀的念头。

代达罗斯不会思考。

他只能理解他看到的东西。

因此他必须创造一些东西。

或者仿造一些东西。

通过翅膀代达罗斯不会真正使伊卡洛斯发生变化。

伊卡洛斯没有通过翅膀变成另外一种形式。

他没有通过翅膀变成另一个人。

他跌入海里淹死了。

他的尸体被冲到伊卡里亚岛岸边。

他也没能逃脱岛屿。

当代达罗斯在那里埋葬伊卡洛斯时，变成凤头麦鸡的侄子出现了并嘲讽他。

自身就在一座岛上的克劳迪娅思考岛屿的意义。

她思考神秘和超自然的东西。

为何米诺斯国王在神秘的中央处游泳。

克劳迪娅低头看自己夜里被抓破的双腿。

跟代达罗斯通过他的创造一样,克劳迪娅也通过伤口来理解。

因此她站立不动,当那个男人倒向一旁的时候。

她转过身去。

她惊呆了。

她想弯下身子。

正好在这一刻贝尔恩德把她拽走了。

克劳迪娅在想:修女和护士俯身查看伤残人员或许不是出于谦恭和善良,而是因为她们愿意观察伤口,为了从中发现奇迹。

既然已经被翻译过来了,那么伤口就必须叫作被施加的东西。

因为它连接了外部和内部。

因为它穿透了外部。

成了内在的东西。

在自身没有参与的情况下。

这就是奇妙之处。

人们不会有这样的愿望。

即使人们特别想要它。

人们不能挑衅它。

即使人们对看守高声怒骂。

即使通过清苦修行也不行。

自我致残。

自我放弃。

自杀。

因为它涉及的始终是自我。

人们不能借助自我而变得忘我。

这就是奇妙之处。

宗教是在高度设防的重刑犯监狱里被创立的。

这就是奇妙之处。

克劳迪娅在想：囚室里的沉默（在那儿我找不到任何人能够和我交谈）、走廊上和院子里的沉默（在那儿我不能讲话，尽管或者恰恰是因为人们可能会听懂我的话）以及在这里的沉默，这三种沉默之间的区别是什么呢？

三角洲另一侧，树丛的窄枝杈在沙沙作响。

流水映照在树叶银光闪闪的底面上。

鸟儿拍翅飞起。

克劳迪娅尝试去感受它们的振翅。

但胳膊却一动不动。

肩膀在抽搐。

翅膀称起来肯定很沉。

飞行的声音听起来是多么轻柔。

克劳迪娅被呼唤。

不是真的，但却是在她的梦里。

如果变化的和不变的东西再一次相互抗衡。

她看到那条窄街和街上的高楼。

雪花从房顶上以未雕凿的碎片形状突出在檐沟上方。

一根生锈的晾衣绳被绷紧横穿过院子。

它的另一头是在后屋的底层窗户之间。

靠左在入室门旁边的地方。

在这间住房里百叶窗总是关闭着的。

如果上午没有衣服挂在高高的晾衣绳上，克劳迪娅就会想象自己在绳子上保持平衡，从高处越过院墙看外面的小街，夜里在街上会停着那辆不熄火的黑色的公务车。

她穿过由晾晒的湿冷衣物组成的迷宫跑回到房子里。

克劳迪娅认为自己搞错了。

在走廊尽头的不可能是母亲。

一个胳膊上搭了一条被单的裸体女人。

左脚穿着一只高跟鞋。

屁股上有许多小的压窝。

小腿肚在颤抖。

门厅里有烟味。

有人在吹口哨。

找一个电波发射器。

她根本不可能看到那种情况，因为她甚至都没转过身去。

因为她从未转身。

当时也没有。

尽管如此她跑到外面穿过原野，但却总是到达铺有鹅卵石的同一条小街。

铺石路面因为下雨而发光闪亮。

然后她昏厥了过去。

倒在马路中央。

有人把她送回了家。

肯定是有人把她送回了家，因为她再次醒来时是在自己刷有白漆的木床上。

她穿着一件新洗过的睡衣，脑袋四周缠着绷带。

她只能吃力地喝一口水。

什么东西从外面带着一种咔嚓声在敲打着窗玻璃。

窗帘是拉上的。

她不知道现在是什么时间。

当她母亲来到房间时，她还以为可能是晚上了。

母亲坐到她的床边。

她在出门时化了妆，闻起来有香水和浆衣液的味道。

母亲往克劳迪娅的嘴里塞了两颗花生。

她亲吻了一下克劳迪娅。

她的嘴唇因抹有口红而感觉粗糙。

克劳迪娅看到她哭了。

当克劳迪娅询问何故时，母亲一句话不说，只是指了指手上的痛风结节。

然后母亲笑了起来，把头发高高盘起在克劳迪娅的床前跳起舞来。

在一个盘子上放着一块烘焙的带坚果的蜗牛形面包卷。

微红色的光线照进院子里。

在母亲正想要走的时候，外面开始下起了雨。

克劳迪娅说：雨水会让你的发型走样。

母亲说：胡说，我事先做了防备。

母亲亮出一个灰色的麻袋。

这种麻袋通常装的都是死人,在他们被埋进土里之前。

它是为普通人准备的一条普通麻袋。

为那些没有钱的人,他们买不起棺材也雇不起棺侧送葬者,恰恰就剩几个马克给拿锄头挖土的人。

他的锄尖嵌入一块根杈并卡在里面。

那个男人利用挖土中断的间隙,点燃了一支方头雪茄烟。

一根光秃秃的蕨类植物的枝杈冻得硬邦邦的悬挂在墓地围墙上端。

一小片纤细的叶子滑落掉进一个绿色的插瓶。

那个拿着尖嘴锄的男人站在火葬场旁边,喝着他的第一瓶啤酒。

他用打火机打开酒瓶。

那个男人在等小费。

母亲把灰色的麻袋又重新叠好。

她把麻袋像围巾一样对角折叠。

母亲说:如果下雨,我就把这条麻袋套在头上。

然后她离开房间。

克劳迪娅从枕头上拽下套子,把头塞到里面。

雨下个不停。

克劳迪娅窒息而死。

母亲塞给拿尖嘴锄的那个男人五马克。

为此他应该挖一个小而舒适的墓穴用以埋葬小姑娘。

树根像栅栏一样在克劳迪娅身上生长。

谁也没能把那个麻袋从她的头上取下。

有人说:我认为,我们可以用土来填塞它。

克劳迪娅想大声叫嚷,但是麻袋在她的头上挤压得更紧了,窒息了每一个音节。

克劳迪娅想从1数到12,但最终只数到9。

因此她没能复活。

有时候会因为最小的事情而失败。

她又一次从头开始。

克劳迪娅在想:我曾经是1吗?

她在想:我曾经是2吗?

在每一个数字上她都这么想。

她必须保持清醒。

不能陷入片刻的打盹。

不能对尖嘴锄失去警惕。

她不能陷入沉思,而是必须要盯紧尖嘴锄。

克劳迪娅想到牺牲自己双手的主意。

或者这样她能够继续活下去。

她把双手伸向尖嘴锄。

尖嘴锄很轻松地就穿了过去。

母亲眼里噙满了泪水。

她随身带来的花生掉进洗手盆下面的小桶里。

拿尖嘴锄的男人被告知,现在需要挖两个墓穴:一个用来埋葬手,另一个用于剩余的身体部位。

剩余的,那就是克劳迪娅。

或者克劳迪娅和她的双手待在一个墓穴里?

毕竟是手构成了人。

用手去抓取构成了人。

没有抓取就没有概念。

克劳迪娅无法做出决定。

拿尖嘴锄的男人说道：以前这种情况很正常，您所想的绝不是什么异乎寻常的情况，它是屡见不鲜的，它是常见的。

在面临死亡时人会回忆起古老的习俗。

人最古老的风俗之一便是剥死兽的皮。

克劳迪娅在拖延时间。

也就是说，克劳迪娅在剥去时间的皮。

时间的皮是什么呢？克劳迪娅在想。

时间的皮到底可能是什么呢？

雨一直还在下着。

埋葬手的那个墓穴里灌满了水。

水来自四面八方。

水从土壤里涌出来。

双手被安放在一个红色的天鹅绒枕头上，被放入专为其准备的墓穴里。

双手还是热的。

通过下葬期间的摆动，双手最后一次触碰在一起，像是在相互安慰一样。

母亲站在埋葬手的墓穴前面。

或许她更喜欢克劳迪娅的双手而不是克劳迪娅。

埋葬克劳迪娅的墓穴在此期间被填平了。

她想大声叫喊，但却做不到。

她想思考，但却做不到。

一铲土接着一铲土。

一层接着一层。

最后她又看了一眼那根晾衣绳，以及晾衣绳上端蓝色的夏日天空。

然后就只有由新土构成的没有手的残余身体耸立在那儿了。

像是无头花梗一样。

风还没有拂过，它们就已经不见了。

克劳迪娅对自己说，事情也只能这样了。

她沿着一条路行走，走出一片树林，看到了大海。

她无法在阿里阿德涅和她的姐妹淮德拉之间做出正确的选择。

雪白和玫瑰红。

阿里阿德涅和忒修斯一道逃离了她的父亲米诺斯。

在纳克索斯岛上阿里阿德涅在海滩上睡着了。

当她醒来时，发现忒修斯失踪了。

因为忧伤阿里阿德涅自缢身亡。

或者她意识到自己因忒修斯而怀孕，于是便生下了孩子。

在分娩期间她因为中了阿耳忒弥斯之箭而身亡。

阿耳忒弥斯因为同情杀死了阿里阿德涅，因为她知道，阿里阿德涅将摆脱不了与忒修斯的分离之苦。

忒修斯娶了阿里阿德涅的妹妹淮德拉。

通过阿芙罗狄蒂的魔法淮德拉爱上了希波吕托斯，他是忒修斯和一名仙女所生的儿子。

当希波吕托斯拒绝了她的爱时，淮德拉便自杀身亡了。

阿里阿德涅不能爱忒修斯。

淮德拉不能爱忒修斯。

原因是不同的。

最终会有太多的人死亡。

最终会有太多的人死亡,当时克劳迪娅在长达两个星期的时间里也是每天晚上都把这句话轻轻说给自己听。

尽管事情的起因仅仅是一位理解迟钝的先生,他拒绝交出自己的汽车。

房管员头部受伤,但还活着。

或许是雪花治好了他,克劳迪娅这么想道。

更详尽的情况她也不感兴趣。

她不想看大字标题和报刊文章。

第二天克劳迪娅坐了一个小时的火车出城,坐在一座乡村小教堂前面的一个小山丘上。

她这么做,仿佛一切都没有发生。

但晚上她又坐车返回了。

同样的疼痛不断侵袭克劳迪娅。

来自腹部的彻骨的寒冷。

脖颈疼痛。

无法活动双腿。

然后她的额头又狠狠地撞在了门上。

走廊里急促的脚步踩着磨损的地毯从她身边经过。

她躲在楼梯下面的小房间里。

之后她又藏在桌子底下,一直数到 20。

然后藏在床底下,一直数到 10。

然后藏在炉子后面，一直数到7。

然后藏在厨房水槽下面，一直数到3。

最后是藏在摆钟里面。

整个过程结束。

克劳迪娅在想：不管是谁来，他都会把我带走，把我像被猎杀的动物的皮毛一样绑在他的马脖子上，带着我跨越耕地追猎。

在这一想法上她无法与剥去死兽的皮建立起联系。

镜子前面的那盏小灯还亮着。

唇膏放在香水瓶旁边。

玛利亚木质的面孔在闪烁的烛光里扭曲着。

串着祷告小纸条的细针插在旁边的木板上。

影子投在纸条上，扯拽着祈祷词的字母，在它们身上擦来刮去，随意画涂祈求，直到愿望仿佛得到满足为止。

一直咕咕叫的鸽子生着珍珠母颜色的眼睛，宛若救世主一般飘落下来。

它把祷告小纸条浸入圣水盆里。

麻木的熏香味道。

擦拭过的潮湿地面。

墙面上的冰晶。

盐垢。

霉菌。

忏悔室里紫色的圣衣。

克劳迪娅闭着眼睛在圣餐凳前面走过长长的暖气栅栏。

下面的地下室很深。

比教堂高高的殿堂还要更深。

人群喊叫起来。

那匹马沉入河中。

它的鞍具拖拽着它下沉。

和它一起下沉的是人们从它身上剥去的柔软的皮毛。

克劳迪娅唱道：我们城里有儿童死亡，啪啪。

人们首先切掉他们的小手，啪啪。

人们把他们脸朝前按着，人们挤压他们的脖子。

在他们的屁股上擦拭醋和动物油。

啪啪，啪啪，啪啪。

她歌颂的这些儿童被扔到卡车上。

一个，两个，小天使在飘扬。

他们躺在白色的面袋中间，总是两人一组并排躺在一起。

雪白和玫瑰红。

阿里阿德涅和淮德拉。

他们的血管里被注射了一些东西。

这些东西看上去是蓝色的，有时是绿色的。

现在他们不必再去上学了。

这情形有点儿像是在夏令营里。

早晨他们必须挖坑，中午他们可以建造沙垒。

一些东西顺着他们的腿流了下来。

它闻起来像是水、葡萄酒和面包。

像是馅饼和圣餐饼。

玫瑰花饰的尖从镶铅的边缘处脱落。

它们作为红色的碎片落入蓝色的天锅里。

甜粥被煮开，在锅里不停地流动沸腾。

克劳迪娅在祈祷：圣母玛利亚，请制止你的儿子吧。

约束他的渴望。

喂他皱叶甘蓝。

坚果和屈指可数的屈膝礼之母，空床之母，新发型和浓香水之母，马尾结和剥皮之母，黑暗的走廊、十七处凹痕、湿冷的床单和生锈的晾衣绳之母，黑莓丛和带围墙的庭院之母，请为我让一个陌生的男人拥抱，请为我在院子后面的小巷里现身，请为我站在永远关闭的窗前，请为我和我写在祷告纸条上的被阴影扭曲的名字出现在去往塔楼的冰冷的门边，请为了我。

淡绿—灰白色的跳动。

一块石头堵塞住了窗口。

克劳迪娅的疼痛从颌骨延伸至胸腔。

谷仓后面的溪流发出半窒息的汩汩声。

青草在风的吹拂下倒向一边。

右拳里一直还攥着一张纸巾。

指甲一直还钻在鱼际里。

一道缓缓下沉的弯月。

建筑师对地牢的一次圆规设计。

一台小型玩具机器用以定位的压痕。

大理石板上一个带有发光刻度的旧木盒，缠绕在上面的线圈已经不见了。

意大利流行歌曲。

发黄的壁纸褶皱。

在克劳迪娅的舌头上出现了一道椭圆形灵光。

一只雀鹰绕着被扔向空中的木棍飞了一圈。

一根短而灰色的尾羽落在克劳迪娅的前额上。

两个男人扛着猎枪朝树林方向走去。

一、二、三、四,基石。

一切都必须被藏起来。

克劳迪娅说:但我是建筑工人丢弃的那块石头,结果成了基石。

广阔的原野面积,中间夹杂着城市和乡村的痕迹。

大海像是一个被切开的胃。

更确切地说像是肾脏的横断面。

或者像一个蜜瓜。

不,还是更像一个胃。

泛着淡红色的亮光。

里面有一条蠕虫在蜿蜒爬行。

人们从铺了瓷砖的房子里出来。

站在狭窄的街道上。

克劳迪娅异常缓慢地离开了地球这块狭小的地方。

异常缓慢地远离了蛋花汤。

但她四个月之后就拥有了武器,识别出真正的敌人。

然后又过了四个月,更确切地说是三个半月。

然后是坐牢。

克劳迪娅用睡眠度过了在监狱里的头两个星期。

或者她假装这样。

她看着一小片天空,记录下一个句子。

然后又记下一个。

然后那张纸被抽走了。

一种囚犯的秘密通信出现了。

于是她闭着眼睛躺在木板床上,轻轻说句子给自己听,直到她把这些句子熟读成诵。

为了在铅室里安慰自己,一开始克劳迪娅用"你"来称呼自己。

因为没有人和她说话。

因为人们和她说话仅仅是为了让她沉默。

让她顺从。

克劳迪娅有这种感觉,仿佛她同样只是想用"你"来使自己顺从。

好像是另一个人想用"你"这种称呼来使她顺从。

一系列男性名词在她脑海里浮现,因为她用来跟自己说话的"我"是男性的。

男性的"我"在对女性的"你"说话。

这就是"你"这种哲学的困难所在,即"你"总是女性的而"我"总是男性的。

最终所有的安慰都会因此而失败。

克劳迪娅撰写了一段对武器的描述,把它称作"你"的新型哲学。

步枪:一片蓝灰色的云飘了过来。仅此而已。没有子弹。没有流血。某人穿着蓝色的短上衣突然把胳膊高高举起。步枪是无辜的武器。死亡总是离它很远。它躺在尸体上,仿佛将要入睡。

绳子:绳子可以用所有的东西搓成。我在窗边自由地摇摆。被卷起来的床单。睡衣鼓了起来。腹部膨胀。红色的伤痕。从这儿高处可以看见那间棚屋。一个男人在里面睡觉。头枕在一张桌子上。旁边是沙坑。

金属线:金属线把陶土分割成光滑的薄片。从它里面不应当产生出任何东西。不能是夫妇。只能是木块。再没有其他东西。

斧头:斧头是一种在冬季使用的工具。它靠在一棵树上。

刀具:刀具是母亲的武器。就像步枪是父亲的武器一样。母亲总是把刀具的刀刃朝向自己。

克劳迪娅在想,当时他们并没有说太多的话。

从未谈论过理论。

车库里停放着一辆旧欧宝车。

偏偏在那个时候。

克劳迪娅和贝尔恩德开车出发。

武器放在汽车的杂物箱里。

戴上墨镜。

铺着鹅卵石的街道。

左转,然后右转,再次左转,沿林荫路向下行驶。

发动机转动不均匀,车辆停了下来。

一个人朝他们走来。

贝尔恩德变得非常偏执。

这些猪狗特务,他说道。

是便衣,他说,接着又说:我要干掉这家伙。

那个人只想检查一下发动机。

他站着抽烟,把双手弄得污黑,

贝尔恩德在方向盘上敲来敲去。

方向盘上罩着仿皮套子。

手指上套着带气孔的赛车手手套，手腕处缀有白色的按钮。

胡施克·封·汉斯坦。

踩一下油门，那位游手好闲者喊道。

贝尔恩德踩了油门。

欧宝车猛地向前冲去。

贝尔恩德把方向盘转向一边。

差点儿撞到一位骑自行车的退休者。

那位游手好闲者砰地关上汽车引擎盖。

贝尔恩德连声谢谢也没说。

踩油门开走了。

实践看上去是这样的：紧接着继续开往银行。停车。下车。随身带着枪支。但不采取行动。周四银行里没有足够的钱。工作日理论覆盖了资本理论。工资袋理论。在大理石桌旁填写汇款单。贝尔恩德不知道到底怎样办理。克劳迪娅也不知道。我能帮您吗？又来了。人们只需在夹克衫下面藏一支枪到处乱窜，这样每个人都会变得乐于助人的。不，谢谢。重又走出银行。返回车库。回到家里。吃罐装小香肠。听收音机。没有理论。实践看上去就是这样的。

克劳迪娅写了一张明信片：亲爱的爸爸，我想念你把手放在我头上，以及你的尾巴在我嘴里的情景。

同志们发现了这张明信片。

他们说道：这是什么乌七八糟的事情？

他们说道：我觉得你根本就不了解你父亲。

他们说道：我觉得你母亲离婚了。

他们说道：我觉得他是坐飞机在美拉尼西亚群岛上空坠毁了。

他们说道：我觉得他被海里的鱼吞吃了。

贝尔恩德说道：只是不要把它寄出去。我们缺的正是这个。你明白吗？不要再做这种反革命的心理胡扯了！你难道不明白吗？这个卑鄙的家伙，只知道一味地自我爱抚，干脆不再意识到社会矛盾。这是彻底的蒙蔽。洗脑。该死。真是瞎胡闹。我在问自己，你在这里究竟想做什么？是的，我真这么问自己。或许你也扪心自问一下吧。

克劳迪娅什么也没想。

她站在窗边，看外面那辆在此期间被重新喷涂了油漆的欧宝车。

四只轮子和两个车轴：这是先前的法西斯主义原则。

每一台发动机都是法西斯主义的，任何法西斯主义都需要发动机。

实践看上去是这样的：早晨去银行，但这一次是真正采取行动。不再犹豫不决。接下来的七天每个人自由支配。不要再写明信片了，克劳迪娅！你听到了吗？不能写明信片！只能吃罐装小香肠，听收音机，下翻窗一打开就马上射击。卧倒，起立，卧倒，起立。国防军训练。手不离枪，即使在睡觉时也要这样。你必须把枪这样握在手里，使得手一旦滑落你就会立即醒来。什么也别说。更不用说在睡眠中了。一句话不说。什么也不说。不对任何人说。决不讲任何话。实践看上去就是这样的。

克劳迪娅又写了一张明信片：亲爱的爸爸，我不再有所成就了。我干脆不再有所成就了。我向你保证，我绝不会再有成就。我没有取得任何成就。我让那个男孩给我看手纹，只有三条手纹，三条短的手纹，一根小型梯子。然后就像其他人和天使摔跤那样，我和他摔跤并赢了他。我的奖品是头部负了一处伤。或许是被从空中飞来的木块伤到的。

但他却面露微笑，就像其他人在睡眠中才有的那种微笑。

因为她自己也感到疼痛，所以克劳迪娅发现了疼痛与飞行愿望之间的共性。

当她在自己的棚屋里蜷曲成一团时，她恰恰在呼吸开始不畅的那一刻产生了这种感觉，即现在能够从狭窄的窗户飞出去。

克劳迪娅在岛上四处漫步。

他开始画那些遭受疼痛的人的姿态。

为了绘画她坐到一家临时代用的野战医院的角落里。

在席子上躺着病人。

垂死之人被抬到棚屋后面。

他们应当首先经历到雪天的到来。

克劳迪娅在想：或许雪天指的就是死亡。

或许雪天只是一种隐喻。

就像基督的归来一样。

就像即将到来的革命一样。

所有这些只有在死亡中才能够被实现。

一种被雪封住的感觉。

身体姿势在不断重复。

不受患病的身体部位的影响。

不受疾病的影响。

不受疼痛的影响。

克劳迪娅看到一群狩猎的男人在围着一只鸟站着。

男人们在仔细打量那只鸟。

他们分析它的死亡姿势。

看起来好像是他们在寻求一个共同的概念。

第二天克劳迪娅尝试，以类似的方式分析疼痛姿势。

哪种姿势会导致死亡。

哪种姿势会导致痊愈。

亲戚们阻止特定的姿势。

尤其是那些预告死亡的姿势。

他们偏爱其他姿势。

亲属们经常在好几天之前就已知道死亡何时来临。

他们知道这一点，因为病人的姿势无法再被纠正。

克劳迪娅自认为发现了一种特别的姿势，它可以作为道岔发挥作用。

这种姿势表明了两种状态：第一，灵魂没有力气继续生活在肉体里；第二，灵魂不愿意离开肉体并消散。

那些出乎意料以这种姿势死亡的人会变成幽灵，并继续骚扰死者家属。

因此死者家属会相应地对死者迁葬。

或者他们在死尸僵硬之前使死者采取另一种姿势。

如果一只动物以这种被克劳迪娅称作"道岔"的姿势而死亡，那么人们必须停止对它的同类的猎杀。

通常情况下死兽会抹去它同类的痕迹，使得对它们的捕猎永远也不可能。

克劳迪娅在想：或许这是从生态学角度来看一种完全有意义的规定。

死者被赐予某种休息状态，为了使其同类得到再生。

克劳迪娅在思考"灵魂"这一概念，意识到她找不到画面来对应这一概念，但尽管如此能对此想象出一些准确的东西。

一幅没有表明任何内容的画面,但总是以相同的方式重复出现。

或许那也只是一种感觉。

克劳迪娅预感到,灵魂概念也包括幽灵和厄运概念,它们严格说来在岛上是不存在的。

她没有预感到,灵魂概念也包括幽灵和厄运概念,它们从广义和普遍意义上讲也是不存在的。

克劳迪娅不知道,在狩猎中虽然有这样的规定,即如果动物以某一特定的死亡姿势被发现,那么该动物的种属在一定时期内是不允许被捕杀的,但是如果同一种属的一只被猎杀的动物以另一种死亡姿势被发现,那么这一禁猎期也就可以结束了。如果说一开始每隔一段时期就会有一名猎手被派出,为了让他猎获一只动物并从它的死亡姿势看出,人们能够获准再次捕猎,那么当地人很快就利用这一规定,为了规避法律并持续和不受控制地查看,是否一只动物以一种新的姿势倒毙,这样人们就能够重启捕猎或者根本就不再中断狩猎了。

克劳迪娅同样不知道,虽然大多数亲属不希望让垂死者陷入克劳迪娅所描述的那种"道岔"姿势,因为这样一来会存在死者的幽灵骚扰他们的危险,但其他亲属恰恰偏爱这种姿势,因为他们从一种类比推理出发,认为他们作为相同种属的成员跟动物碰到的情况一样,在一段时期里将会免于死亡。在此必须区分免于死者幽灵的迫害和暂时摆脱自己对死亡的恐惧。

克劳迪娅刻画、命名和描述了以下疼痛姿势:

1. 乌鸦

脸朝下把头深埋进地里、席子里或者草垫里。病人好像是用一个鸟嘴把自己插进土壤，无法再使自己解脱出来。胳膊稍微弯曲，手背轻轻地挤压臀部，双腿收缩。重量都压在膝盖上。身体好像给自己添上了黑色。仿佛是黑夜沉降在身体里并在体内溶解。同时一种暗淡的光线在围绕着病人跳动。

2. 伊卡洛斯

他与乌鸦相似，只是双臂以一种方式伸得很开，这让它们显得不真实，好像不属于身体的组成部分。他也腹部朝下趴着，他也把头向下伸向地面，但他的后颈好像受了伤，几乎像是被灼伤一样，他朝上的脚掌也是如此。

3. 穿墙而过

病人用弯曲的四肢把自己挤压在墙上。在一定程度上他好像是成功地把一条胳膊或者一只脚挤了过去。但事实上只是肢体被剪断、折断、朝着他掉转了方向。他渴望看到另一种情况，渴望看到彼岸，因此过早牺牲了当下的安宁。

4. 被遗忘者

看上去几乎像是她自己在疼痛中忘却了自我。她四肢伸展仰面朝天，人们无法判断她是在睡觉还是醒着。她的脸庞表现出陶醉的神态，就像在女圣徒和女殉道者脸上所能看到的那种。但她的手指内翻，双脚的脚趾凑在一起。人们几乎可以认为她又把自己装扮了一番，因为她的乳房明显上翘。为了不被色情因素所干扰，人们必须有意识地回忆起疼痛。

5. 物品

某些人把一件东西紧紧握在一只手里。他们把它握得那么紧，以至于指甲深深地嵌入鱼际，即使人们把他们手里握的那块木头、那根麦秆或者光滑的卵石强行取出，手里也会留下相应的印记。

当地人讲述道，有些生物在人与神灵之间扮演着中间人的角色，他们就跟我们的天使有些相似。这些天使中的每一个都代表着一种死亡类型。最受尊重的是那些自杀者天使。他们来到垂死者身边，用他最喜欢的刀割断他的喉咙，在他身边一直待到他死亡。他们缝合好伤口，擦去血迹，让自杀者的面部冲着升起的太阳。如果自杀者被找到，他的伤口已经愈合，身上也看不到血迹了。但是一旦天下雪，所有的人都会被天使接走。

克劳迪娅梦见下雪。

她又回到家坐在院子里。

天开始下起雪来。

克劳迪娅把头缩进脖子里。

雪花首先挂在晾衣绳上，然后慢慢朝庭院方向滑落。

一片接着一片。

雪花之间闪烁着一架微型飞机的探照灯。

克劳迪娅做出七次描述下雪的尝试。

第一次尝试：那是在夜里。父亲竖起大衣领子。我把广告牌上的数字指给他看。你没看到吗，我说，已经过去二十多年了。雪花像微小的鸡骨一样飘落。我穿越田野跑回家里。走廊里很冷。楼梯处一片黑暗。

第二次尝试：崇拜父亲遗留的东西。一件衬衣。一片皮肤。一个他从前喝过酒的碗。人们带来一些装在一个袋子里的东西。然后还有一些像是把手的东西。即使他们把身体指给我看，我也知道它实际上是完好无损的。

第三次尝试：人们把我塞进没有被鞣制的皮革里，疯狗吐着白色的泡沫，风把它们吐露在外面的上唇的下垂部分刮进卷起的报纸里。我用冰凉的指尖清点些什么。我倾听风的坠落，倾听小船掉入冰冻的湖里的声音，倾听裹着星星的厚厚的云层的坠落。

第四次尝试：我在黑暗的走廊里坐在锁闭的门口，把那根木工铁钉在我的围裙上磨得锃亮，然后把它钉进我的玩具娃娃的头里。

第五次尝试：一种棉絮般的感觉在我的嘴里扩散开来，就像我想象的面包师陈列柜里的那些黄粉色的泡沫团，我在年纪特别小的时候曾经用手指它们，但却并未得到。

第六次尝试：圆圆的乌黑发亮的眼睛扯拽着她的发丝。花园里雪花从木槿上飘落。湿衣服冻得有些僵硬挂在晾衣绳上。血迹几乎已经看不到了。剪碎的头发黏糊糊地贴在我的前额上。有人给我披上了一条围巾。我看到两个男人在一条船上，他们打算把一些东西沉入水底。

第七次和最后一次尝试：我的未婚夫是那个带有彩色条纹的水球，它泄了气干瘪地躺在玩具箱里。在它旁边的是积木块和魔法石。

克劳迪娅的尝试都失败了。

早晨克劳迪娅感到不适。

收音机已经开始广播。

贝尔恩德站在厨房里。

对着瓶子喝烈性酒。

能够使人击中目标的烧酒。

其他人也想同行。

太引人注目了,贝尔恩德说。

就我们俩。

克劳迪娅低头看着地面。

贝尔恩德把胳膊搭在克劳迪娅的肩上。

然后呢?

什么然后?

在这之后。

我已经说过了:每个人自由行动。

七个星期。

至少。

然后呢?

我们看情况。

什么看情况?

然后我们就见面。

外面的天灰溜溜的。

克劳迪娅一口东西也吃不下。

面包反正也发霉了。

不再有肥皂了。

谁现在会想到用肥皂呢?

至少洗完手之后去抢银行。

还是把牙刷带上吧。

贝尔恩德递给克劳迪娅一把枪。

给你的。

不要。

你也练习过怎么使枪的。

无所谓。

必须带一把。

我不想要。

你必须掩护我。

我掩护不了你。

克劳迪娅走到外面的门厅里。

一摞一摞的报纸堆在左右两侧的墙边。

我们不能先做点儿别的吗?

做什么呢?

不知道。

就是嘛。

我们需要钱。

你就干脆这么想,那是你父亲的银行。

他把他的钱都存在那里。

那又怎样?

钱只能使人们不幸福。

胡说,人们做任何事情都只是为了钱。

他们这么想而已。

贝尔恩德往克劳迪娅的大衣口袋里塞了一把枪。

她对此浑然不知。

尽管如此后来她也不会说她对此一无所知。

克劳迪娅问道：你准备好面具了吗？

贝尔恩德点了点头。

他们五个人站在厨房里。

其他人都在冷笑。

外面下起了雾。

轻声下楼因为怕邻居听到。

克劳迪娅翻了翻白眼说道：但是在这里就要卑躬屈膝了。

贝尔恩德说：你就不要再为银行的事生气了。

贝尔恩德发动汽车开走了。

其他人开车去野外。

彼此睡在一起。

至少是相互紧靠着睡。

不是相互紧靠着睡在睡袋里。

时不时有人在去上厕所的路上从你身上跨过去。

临近四点时克劳迪娅经常会醒来。

当天气又湿又冷的时候。

她在想，窗户跟当时一样是开着的，当它们被炸弹炸成碎片时。

天空挤进屋内。

外面又平又黑。

那就是银行。

还有七分钟。

为何只有两个人一起行动？

难道不应该有一个人待在车里吗？

为何没有再来一个人呢？

他们只能把事情弄糟。

那我呢?

你不会的。

两分钟,然后我们就又出来了。

把面具给我。

没带面具。

但你说过的呀。

我们干吗需要面具?

谁都能看到我们的所作所为。

我们不会躲藏起来。

小市民的害怕。

心都要跳到嗓子眼儿了。

呼吸困难。

克劳迪娅必须下车。

贝尔恩德也跟着下车。

他们刚刚把门打开。

穿越到马路对面。

几乎没有来往的车辆。

两三名等候者马上挤了进来。

其中一个穿着白大褂。

他是想换零钱的商人。

腿像是被钉子钉住了一样。

贝尔恩德撞了克劳迪娅一下。

玻璃门开了。

热气迎着克劳迪娅扑面而来。

她再一次感到眩晕。

然后穿过第二道门。

举起手来!

闻起来像是咖啡的味道。

人们在想：只是个玩笑而已。

他们微笑着转过身来。

看到贝尔恩德手里的武器。

克劳迪娅向前迈了一步。

我们甚至连一个袋子都没有，她这么想到。

贝尔恩德重复道：举起手来!

现在他们把手举了起来。

举得笔直。

保险柜开了。

一个人把身子靠在上面，为了把它推着关上。

住手，不能这样!

先把钱取出来!

贝尔恩德僵直地举着枪。

他看着克劳迪娅。

因为袋子。

去，把那个袋子拿来!

把所有的钱都装进去!

所有的人都站着别动!

克劳迪娅也站着没动。

只是在那儿站着。

一句话也没说。

什么也没做。

银行职员把袋子拿了过来。

还有窗口里的钱!

职员把所有的钱都倒了进去。

他把袋子递给贝尔恩德。

贝尔恩德碰了一下克劳迪娅。

她接过袋子。

袋子从她手里滑落散开。

克劳迪娅用另一只手去抓袋子。

她想转过身去。

倒着后退,贝尔恩德嘶嘶地说。

克劳迪娅倒着后退。

外面很冷。

克劳迪娅的手指紧紧抓着袋子像是瘫痪了似的。

突然马路上也有了过往车辆。

他们无法过马路到停在那边的车辆那儿去。

但我们必须这样,贝尔恩德说。

你看见了,过不去的,克劳迪娅说。

否则他们随后就跟来了。

很快向右转。

转过街角。

一个男人刚好从他的车里下来。

我们就开这辆。

贝尔恩德从后面猛击那个男人。

克劳迪娅向马路对面他们的车辆望去。

它傻傻地停放在那儿。

马上就引起了人们的注意。

或许我们还是过街?

没时间了。

那个男人开始反抗。

把钥匙交过来!

那个男人根本不愿从命。

贝尔恩德把枪直接直挺挺地顶在他的胸前。

那个男人一直还不明白是怎么回事。

贝尔恩德从他手里夺过钥匙,从他身旁挤了过去。

克劳迪娅从另一侧上车。

把装钱的袋子夹在腿中间。

那个男人扑向贝尔恩德。

贝尔恩德端平手枪扣动了扳机。

那是一声轻弱的枪响。

克劳迪娅起初以为子弹根本就没有射出。

那个男人一边咳嗽一边从贝尔恩德身上滑了下来。

贝尔恩德把他踢开。

踢到大街上。

上车。

发动汽车。

踩油门。

那个人怎么办？

王八蛋。

贝尔恩德开车离开。

克劳迪娅往后视镜里看去。

她看不到那个男人。

王八蛋。

贝尔恩德开得很快。

他变换车道。

拐弯。

再次拐弯。

又拐了一次。

从怀里掏出手枪把它插进腰间。

王八蛋。

克劳迪娅在起草一份传单，它应当对一切做出辩解。

她写道：账目很简单。国家。家庭。教会。你在一种不明确的罪责中艰难度日。你在一种无法形容的无生命中艰难度日。你拖着自己艰难地穿过一种异化的生存。因此谋杀是每一次革命的核心话题。即便意外的谋杀也是。即便最后行动失败后的自杀也是。因为没有人会认真对待不愿意杀人的人。

克劳迪娅又通读了一遍她起草的草稿。

她在想：贝尔恩德也会这么写的。

克劳迪娅一边撕碎草稿一边考虑，是否可能在政治公告内部存在一种自己的语言，或者在政治公告里涉及的恰恰不是这个。

她又一次认为自己想的都是错的。

这种思想的确是错误的。

但是克劳迪娅指的不是这种思想。

克劳迪娅在思考戒律。

一条戒律应当减轻思想的负担。

一条戒律是人们无法转向其反面的东西。

例如你不应该杀人。

贝尔恩德说：那些不愿杀人的革命者很快自己就将被人枪毙。

克劳迪娅一言不发。

克劳迪娅不想讨论杀人。

不想把这个话题岔开。

剩余的一切都是空洞无物的言辞。

贝尔恩德说：你为什么一句话也不说？

对此克劳迪娅也一句话不说。

后来也什么都不说。

在法庭上也不开口。

在监狱里也不开口。

克劳迪娅不想谈论人们不能谈论的事情。

她想保持沉默。

因此克劳迪娅进了监狱。

因此贝尔恩德得以幸免。

克劳迪娅记录道：一名被判死刑的囚犯的头颅在宣判后四十八小时之内必须一下子被打开。就像人们切开一个熟透的甜瓜一样。因此甜瓜享有一种特殊地位。它不能和其他食品一道被保存。它被放入一个单独的婴儿围栏。人们对不听话的孩子说：我们把你关进瓜棚。

尚未结婚的情侣聚在一起时必须把目光朝向天空并相互挤压面颊。他们不允许交谈。他们必须从颌骨及额头肌肉的运动中看出对方所说的话。

象征婚姻幸福的动物是两条甚至不到三厘米长的蠕虫，它们拥有非常不健全的神经系统，处于海绵和海蜇之间的发展阶段。如果一对情侣决定结婚，他们中的每一个人都必须把一条这样的蠕虫送到接生婆那儿。接生婆把这两条蠕虫放到一个碗里，坐到她的棚屋后面观察蠕虫，从它们的行为中看出能否建议那对情侣结婚。

采集的水果只能煮后被食用。采摘的水果总是被生吃。

一名美国游客声称，有人在他的饭里混杂了一只被肢解的青蛙。那只青蛙现在在他的肚子里又还原完整，使他的肚皮破裂。

如果人们把一条脐带挂在一根树杈上，那些人们平时很难捕获的动物便会自己高高跃起，把脐带套在脖子上让自己吊死。

通常情况下当地人把疾病认为是器官、血管、肌肉、肠子等的缠绕。因此脐带能够治愈疾病，它被放入病人的嗓子里，因为它自己就有螺旋和结节。

如果有人找到一条脐带，它的长度正好与他肩胛骨之间的距离相一致，那么脐带就会赋予他飞行的可能性。他只需用双手把它绷紧，然后从一个山丘上跳下去。这种情况一再发生，但并未削弱人们对脐带赋予飞行力量的信仰。当一次飞行尝试失败时居民们会声称，那是一条被伪造的脐带，这样的脐带广为流通。既有更好又有更粗笨的仿制品。更好的仿制品是用狐狸肠子或者家兔的肌肉和肌腱肉制成的，更蹩脚的干脆就是由卷绳组成，人们把这样的卷绳在沼泽或者淤泥里存放了几天。

存在这样的想法，即只有在体内形成一种与舌头相应的对比物，人们才能开口说话。这里所说的是睾丸或者卵巢，它们直接通过一条渠道或者一块肌肉与舌头相连。

如果一个男孩或者一个女孩到了十三岁这个年龄，他们就会被父母带到教士的棚屋里，让他们单独待在那里。不是呼唤鬼神、向正处在青春期阶段的孩子传授文身技法或者用新宰杀的母鸡的鸡血溅污他，而是教士仅仅向孩子鞠躬，把象征教士尊严的项链戴在他的脖子上。从那个时候开始孩子必须连续三天做他自认为一名教士通常所做的事情。在这段时间里教士被允许说话，做出儿童般的行为举止。那是一种独特的场景：教士坐在棚屋前，用一个玩具在娱乐消遣，四处乱跑，对过往的岛上居民做恶作剧，他向他们身上扔黏糊糊的小树枝，或者从他们的篮子里偷拿水果。与此同时一名十三岁的男孩表情严肃一言不发，他在努力实施一些他认为是神圣的行为。在这三天期间在孩子心里所发生的是多种多样的。一方面人们把他当回事，因为他被要求有自己的想象力和观点。另一方面他又被迫自己想象宗教和仪式。教士在做他看似放松的游戏时一直在非常仔细地观察着那名儿童，经常会发生这种情况，也就是他认真考虑孩子的每一个动作行为，并在他以后的仪式活动中采用它们。这样一来在民众和教士之间就形成了一种深刻的联系，因为每个人在其一生当中都会有三天的时间自己成为教士，能够通过他的行为活动参与构建这种职业。如果教士死去，那么最后在他那儿经历入会仪式的男孩就将接替他的职位。

人们用一种表达来描述教士之死，按字面翻译它的意思是：他变成了孩子。在他的葬礼上场面非常热闹，很像儿童过生日的情形。尸体面临的好处是不再感受到痛苦，它现在被赐予了享乐，这样的享乐在身体生前是被拒绝的。人们用一块帆布把教士的尸体紧紧裹住并系牢，紧接着拖着它穿过村庄，把它从山丘上推下去，把它吊在树上、浸泡在海水里等等。干尸在长达三天的时间里在岛上的各个地方出现，比如突然蹲坐在一间棚屋旁边，或者在堆满块茎和根茎的高高的手推车上驶过。然后教士才被抬到墓穴处下葬。

克劳迪娅在想：一种仪式的目的是为了吓唬参与者。因此有意识地引入和践行仪式是无稽之谈。仪式总是对暴力的表达。我不会选择这种仪式。它被强加于我，仅仅通过强迫起作用。它是父亲的仪式。至少克劳迪娅不了解其他仪式。

有人讲述了如下的故事：从前有一头公牛，它从海里耸立起来，希望能够用它的脊背触到天空。多年来它一直在等待自己变得足够强壮，现在它立起身来，把大海连带水藻一起高高拽起，用从它身上滴落的海水淹没了岛屿。公牛显得很孤独，因为它想要接触天空的要求未能得到满足，尽管它身躯庞大可天空仍然无限遥远。它凝视前方。它尝试唱歌，但却发不出声来。它尝试说话，但不知道该说些什么。它尝试跳舞，但蹄子在异样的土地上感到疼痛。

另一个人以另一种方式讲述了这个故事：从天上掉下来一颗孢子。它有两个翅膀，人们说它以前被囚禁在一座岛上，只有在它借助人工翅膀飞到空中之后它才逃脱了那座岛屿。它落到地球上把自己埋在那里。孢子躺在树林的土层下面呼吸着。它想仅凭自身的力量创造地球。但是地球已经存在，因为否则的话公牛会生活在什么地方，在它投入大海、为了有朝一日重新浮出海面之前呢？

对此克劳迪娅提了以下问题：为什么诸侯的行宫在每一条街道的

街头和街尾都能找到？为什么有些人认为，树根就是树木附着在天空并伸向地球的枝杈？为什么其他人认为，公牛夺走了人的语言，自己又不知道该怎样使用语言，就跟它不会说话一样它又把自己淹死，为了使自己摆脱负担？

克劳迪娅撰写了一种描写性解剖学，把它称作你的古老哲学。

头：必须首先到外面去。必须首先到灰尘里。保持头部姿势，为了拖着身体穿过院子。被按进皮垫。

头发：被用蝴蝶节扎在一起。然后解开蝴蝶结。自己把自己剪短，从而使得不再有蝴蝶结合适。

耳朵：被堵上了。母亲的耳朵在有耳沙发上，她在那儿用烟嘴儿吸烟。圣母玛利亚：也是聋的。尽管如此要求自己被别人听到。更确切地说是被耐心倾听而不是被听到。

眼睛：被眯起。

鼻子：折断了。不是故意的。

嘴巴：尾巴。

嗓子：被勒紧。只有在呕吐时才是开启的。

胳膊：向后。

手：在胳膊下面吊着。

手指：为了清点分钟。

腿：张开，否则是麻木的。

脚：套着连裤袜。

肚子：有被抽打过的鞭痕。

阴道：只能容两根手指。

肛门：容一根手指。

按顺序思维。

逻辑思维。

着眼于结论的思维。

男性思维。

阿里阿德涅在设想男性思维:1.迷宫,2.忒修斯,3.米诺斯,4.半牛半人的怪物弥诺陶洛斯。她在设想父亲谈妥了什么。七个年轻男人,七个年轻女人,父辈留下的遗产,他们必须承担遗产的后果。遭到破坏和刚刚又被重建的国度。继承顺序。主导思想成了铅锤。通向阴间地狱。否定接替。通向纳克索斯岛。

无穷尽是空想。我们在寻找边界。必须知道里面在哪儿和外面在哪儿。克劳迪娅在行走时寻找记号。石头、枝杈、树墩。一道围篱。一座封闭花园。即使没有独角兽。就像在院子里随便走走那样。只是没有注意到这一点。

克劳迪娅尝试再次以其他方式来理解她的故事,她把个人情况纳入普遍情况,以此转向母亲的诅咒:

每一个故事都以"从前……"开头,每一次"从前……"都有一位生产的父亲,和一位把生产之物扔到地球上的母亲。我问自己,为什么孩子们不大声哭喊并四肢着地保持不动,一旦他们开始感知世界。在我们没有供暖的后院舞台上度过的下午和夜里也没什么大不一样的,在那里我们模拟表演自己的童年,不知疲倦地一再相互挤压爬行并大声吵闹,直到我们声音嘶哑说不出话为止,而演出却被一再延迟并最终完全取消。我们应当对台下的那些人说些什么呢?我们想对自己说些什么。我跟在贝尔恩德后面上了车,我们一直不停地驶过城市,总是在围着银行兜圈子:不再四肢着地。他们在我的床边放了个铁桶,因为在这期间他们知道我又要呕吐。关键是在那一刻谁也不要碰我,因为否则的话我会喘不过气并高声尖叫,然后他们又会从工厂里跑出来,手指上沾满了油污,站在我们四周围观。那个可怜的女孩,头发凌乱并且总穿着工装裤。不,这没有任何意义。再来一遍:母亲咒骂父亲。诅咒起了作用。但却反过来针对她自己。因为得病的恰恰是那些他睡过的女人。这事流传开来。出租屋被挂上了黄旗。晚上人群在酒馆后屋里围绕着自己的命运唱歌。同样是那些空气污浊、烟熏火燎的房间,我在不到十六岁的时候就从那里面搬出去。那辆黑色的汽车在用砖砌住的院墙门口等候着,我的脸被最后一次压进皮垫里。母亲的诅咒。母亲,当你张开双臂站在银行楼顶的时候,你的诅咒对你来说又有什么用呢?黑夜在火车站后身的灯海上面淌着口水。我们当时要是把他拖上我们的法庭就好了,把他拖上我们的木偶戏舞台,舞台刚好容得下他的大头面具,然后对他判刑并立即执行,用木槌行刑,直到他鼻血喷溅。但是他跑了。他捆紧小背包去往城市,为了在那儿的场地上击败敌人。他从一个小瓶子里喝烈酒,身上带着小时候玩的弹弓,此前他在家里徒劳地寻找这些弹弓,为此让眼睛哭了个够。唉,小家伙,就连你也没能摆脱我的诅咒。相反。当他们把我的腿打断时,你比我哭得还厉害。直到最后还总是听话地做家庭作业,夜里把你的被子给我盖。如果让我选择的话,我最不恨的人就是你。看见他妹妹裸体躺在酒吧桌子上,在同一张桌子上父亲签署了法案,然后把啤酒浇在上面,吸了口鼻烟并握手,桌子后面是脱下连裤袜的腿……很快把书包挡在脸前就像是听到炸弹警报时那样,很快跑到前面喝一杯柠檬汽水。我马上接你并送你回家。你不明白在这里看到的事情,不明白是因为没什么可明白的。抱歉,我其实很想让你避开这一切。与此同时她坐在靠背椅上,用烟嘴儿吸烟,凝视白兰地酒杯上幽暗的微光。不再倾听自己的脚步声,当我必须到过道那头去取蛋花汤,然后去钩织协会。随身把包和短上衣带上,这样你就不必再回来了。夜里在厨房火炉旁边的长椅上我一再用手锤击瓷砖。小家伙把耳朵堵上。然后他在一把裹着包装油纸的梳子上吹奏父亲的曲子,父亲用右手握勺舀蛋花汤喝,同时伸出左手去抓我的小腿肚。天空开启又闭合,玛利亚显现。她十六岁,衣服下面什么也没穿,为了让酒馆里的那些人有一些笑料。这是我儿子,这是我的心,这是我完好无损的阴道,这些话直接出自最近男人们粗俗的玩笑。我儿子向我讲述了这个玩笑。我无所谓,我无所谓,我想终于感到不适,然后枪支在我手里就几乎没有什么分量了,手指干脆就那么像是完全附带地扣动了扳机。

从德国无线电广播里大声播放着流行歌曲。

父辈的流行歌曲。

现在也有了立体声版本。

经过严格训练的合唱队队员。

从中间向两边分开梳理的头发上涂着发油。

举起蛋花汤调羹打招呼。

左手里握着裹有包装油纸的梳子。

长久的轻声哼唱变成雷鸣般的响声。

克劳迪娅把头向后仰起。

她闭上眼睛。

她在等候。

她在等候贝尔恩德驶向某个地方。

等候他驶离马路。

等候他们在行驶中翻倒。

等候一切都被烧得精光。

等候一切结束。

终于结束。

讨论文化结束。

克劳迪娅还是以官方通告的语调写了一个关于肮脏的父辈遗产的句子。这个句子的原文是：你们没注意到吗，肮脏的父辈们强迫你们以这种方式交谈，强迫你们谈论一切，强迫你们互相理解，这是肮脏的父辈遗产，毫无疑问，总是毫无疑问，这样他们就能够享受清静，不被打扰地签署法令、用勺子舀蛋花汤喝、破除我们的贞洁、决定什么时候什么事情法定时效期满。

克劳迪娅又做了最后一次尝试：

院子上的天空带有横纵条纹，夜里它沿逆时针方向旋转，往我的床上用品上投下奇特的图案。你们的用意都是好的，你们都跟我在路上不知怎的丢失的小家伙一样可爱，一整夜他都把头靠在我的肚子上，好像那里有什么东西能够被听到，除了在里面胡作非为的父亲的蝎子、百足虫和蠕虫。诅咒。为了入睡我翻过身侧躺，两只胳膊交叉叠放在耳朵上。慢慢地蜡烛烧完了。现在又是冰雹和风暴，以及一架掉入一片田地的飞机，一个头部受伤的男人从飞机座舱里跌了出来。但是父亲也有父亲和母亲，也有一道魔咒。生活不可能是这样的，但它就是这样的，就像一加一那么简单，总是像一加一那么简单。一头公牛和一个女人生下一个儿子，儿子永远否认公牛，但心里却一直装着它。对他来说它将白花花地从潮水中耸立起来，杀死它的亲生儿子们，直到它自己有一头公牛作为儿子。就像一加一那么简单。

克劳迪娅坐在一张白纸面前。

她手握一支彩笔在纸上画来画去。

一直在画来画去。

那都只是些线条。

然后是图案。

刹那间她辨认出些什么。

然后整张纸都变成了黑色。

因为画来画去而变成了黑色。

除了画来画去再没有什么可做的。

在来去之间不存在任何东西。

父亲的父亲。

父亲的父亲的父亲。

克劳迪娅的喊声传得不够远。

它到达不了真正的起点。

因此它也到达不了终点。

克劳迪娅坐在一张白纸面前。

她在写一篇关于假期的作文。

她写道:这就是我的假期。

我父亲去参加一次为期两周的训练。

那是美好的假期。

我不必再把蛋花汤送到那边去。

我不必再把头压进皮垫里躺着。

我体重增加了三磅。

每天晚上我只呕吐两次。

母亲对我很满意。

她把我从厨房窗户扔了出去。

我一下子能够悬浮起来。

我飘浮到树莓上空。

我飞向苍穹。

我撕开天幕。

从里面流出液态熏肉。

这是童贞女玛利亚为她唯一的儿子做的。

我用张开的嘴接住它(液态熏肉)。

我带着它飞回家。

我把它喂给小家伙。

喂给没有头的玩具娃娃。

直接喂到嗓子里。

炸弹在夜里轻声爆炸。

伤者也只是在小声地叫喊。

他们在死亡时显得很体面和有教养。

自己把自己排成一排。

为了不打扰父亲。

在路过他们的死尸时,父亲用刚刚擦亮的皮鞋把这个或那个人的衣领理顺。

克劳迪娅坐在一张白纸面前。

她在写一份代替宣誓的声明。

她写道:这是一种美好的人生。

我可以对此发誓。

所有的人都尽力了。

直接喂到嗓子里。

没有拐弯抹角。

直接走进后屋。

躺到桌子上。

每个人用两根手指。

这样可以。

已经十六岁了。

代替猪猡我宣布自己不受法律保护。

谁都可以把我的头打掉。

当我从商场楼梯下来的时候。

把装营业款的银箱举在手里。

或许我的喊叫声一直传到了六楼。

那是卖玩具的柜台。

父亲在那儿刚刚买了一套厨房设备。

为他的新女儿。

还买了一个熨斗。

被套总是向左偏转。

系衬衣时从领子开始。

然后是袖口。

克劳迪娅坐在一张白纸面前。

她在画一把枪。

她用彩笔和阴影线把它画得很漂亮。

她很有天分。

她以后应该会有出息的。

克劳迪娅把那只画好的漂亮手枪剪切下来。

她拿着它下楼跑到大街上。

她向四周噼噼啪啪地射击,击中散步的人,让他们倒在街边排水沟里丧命。

风把克劳迪娅的纸枪吹向左侧。

现在开始散布射击。

又有更多无辜的行人瘫倒在地。

有人用昨天的报纸给克劳迪娅折了一顶帽子和一艘纸船。

克劳迪娅肚子痛。

她总肚子痛。

总是到了关键时刻她就肚子痛。

人们为圣诞节戏剧表演把她打扮得如此漂亮。

父亲感到如此自豪。

院门口整齐摆放的尸体和穿着粉红色小孩衣服的克劳迪娅。

现在:肚子痛。

我们还有活性炭药片吗?

甘菊茶也没有了。

天已经黑了。

那辆黑色的汽车在等候着。

克劳迪娅往窗外看去。

窗前挂着一张白纸。

上面画着一个没有轮廓的黑色造型。

不断地用彩笔重画,直到什么也看不到为止。

窗户突然弹开。

童贞女玛利亚让融化的熏肉像雨点般落在克劳迪娅的眼睑上。

那是一种祝福。

一种永恒的祝福。

89
工厂主的游戏

　　工厂主的另一个游戏是给我看一个火柴盒,里面生活着两只非常小的动物,他把它们称作萎缩的山羊。其中一只山羊是白色的,另一只是黑色的。当这两只动物被从火柴盒里抖搂出来时,它们把脑袋彼此对在一起,长时间沉重地呼吸,仿佛它们此前一直在睡觉,现在是第一次见面。工厂主现在拿起盒底,把它倒扣在那两只小羊身上,把盒子在桌上推来推去,并要求我说出盒子下面两种颜色中的一种。如果我说黑色,他就停止推动,笑着把盒底掀开,给我看那只白羊。如果我问黑羊在什么地方,他就回答说:"它在白羊的肚子里。被吃掉了。"然后他把火柴盒重新扣在单个的羊身上,又把盒子在桌上推来推去,最后把两只动物指给我看,它们又在沉重地呼吸,完全跟刚开始一样面对面站着。
　　作为在一个以他的名字命名的环状珊瑚岛上进行的原子爆破的发明者,工厂主强迫我和我的同学钻到桌子底下。我们把书包紧压在头上,躺在地上祈念主祷文。人们拿进来新的卡片。你们的学习结束了,女教师宣布说,从今天开始改学另一种方法。因为先前工厂主暗中塞给我一张纸条,上面是他自己算出并发布的辐射值,这是一张现在看来非常重要的纸条，因此我被人用"您"称呼，在新教师的讲台旁边得到了一张自己的小讲桌。在校园里人们在打扫死麻雀。不再有课间休息，根本没有放学的时间了。没有任何图片的走廊是我们唯一的家园。我们吃夹心面包片，用一根吸管从包装袋里喝牛奶。有时从空中会落下灰絮。

工厂主在塔楼的一个小房间里存放着一个用沉重的金属饰物锁闭的箱子。从未有人见过箱子里装的东西，它们替代了他的良知。如果他产生怀疑，他就会想到那个箱子，这会令他精神焕发，给他增添新的力量，以至于他能够忍受看着来自上流社会的女士们不穿衣服从他面前列队走过，而不至于躁狂症突然发作。

此外工厂主还是弗里德斯坦饮食自动售货机的发明者，这种自动装置曾于五十年代在拉恩-迪尔县引起轰动，在那个地方的每一个街角都能找到。当时人们还饱受严格的商店营业时间的奴役，弗里德斯坦饮食自动售货机使得人们能够在白天和黑夜的任何时候，在投入一马克硬币的情况下买到一块夹心面包和一种他们喜欢的甜食，在位于郊区的少量加油站也是如此，在那里人们通常只能找到汽油、机油和汽车配件。

工厂主从我的悲痛中提取内吗啡肽，然后在国际市场上销售。我的痛苦越大，他的生意就越红火。在一些大陆人们的身体状况远好于以前。他们靠我的抵抗力生活。不久产品要计划上市。为此我被考核了一些伦理问题：一个人的生命称起来分量不像两个人的那么重，在这个问题上我们都达成了一致。一个反正天生倾向于悲伤和无所事事、倾向于虚度人生和白白浪费生命的人（或者无论人们怎样描述，就像我现在所做的这样），应当把他的身体提供给那些人以服务其身体的

841

健康，他们只是短期和在紧急情况下才被迫悲哀的。

在这期间人们在学校的操场上把我来回推搡。人们强迫我把雪茄烟往肺里吸，把我关在卫生间里。如果我沿走廊行走，低年级学生就会假装仰慕地拜伏在地上，而高年级学生则露出胳膊，让我看上面的酸液腐蚀。在此期间我觉得老师们也是令人生疑的。他们在我背后窃窃私语，在人们把我推下刚上过蜡的楼梯时也不干预。

只是一场常规战争，我总是这么自言自语地说，当我们从学校礼堂里的彩色幻灯片上看到成功爆炸的画面时。我们在体操馆里围绕着躺在担架上的伤员跑步热身。某些伤员从结痂的绷带下面露出微笑，其他人一把掀开盖在身上的布单，向我们展示他们裸露的肢体残余。还有一些人在大声吼叫，一切都像是雪花，像是雪花，像是在某一个星期天的黄昏落在屋顶上的雪花，那是工厂主为了安息而为世界安排的某一个星期天。

我让蓝色的墨水从一个被咬破的自来水笔的墨水囊里滴到膝盖的伤口里。我烧掉所有的恐怖图片，最后只保留一张，然后把灰烬埋掉。一夜之间我把雪橇放置到花园里。

城市后身页岩附近的山谷最终被转变成了一处度假天堂。两只眼睛一闪一闪的机器兔每隔十五分钟就从桥上驶过，为了娱乐观众桥梁在一种机械装置的操纵下从中间断成两截，以至于那两只动物坠入深谷并化为烟火。有一个挂在树上的工厂主的造型。如果人们从它下面穿过去并突破一道光栅，它就会有勃起反应，开始手里握着一根用泡沫塑料制成的巨大的飞廉恐吓人们。杂技演员们像是处于失重状态在飘荡着棉花糖、汽水粉和爆米花香味的空中滑翔。在一个帐篷里人们可以通过放大镜观看火柴盒里的那两只微小的绵羊是怎样在彼此争斗的。一个布告栏上解释说，火柴盒有一个双层底面，根据倾斜程度它可以首先向左或者向右打开，用这样的底面工厂主就能够决定争斗中表面上的胜者了。现在才得知这一切，而且知道原来是这种情况，这让我感到很难堪。我们家厨房也同样得到了复制。涂油的木桌，总是不停拍打的门，透过它人们可以眺望外面冰冻的黏土痕迹和远处的山岗。被挤压在厨房后面角落里的小凳上，那个人应该就是我了。被画上的龇牙咧嘴显得很滑稽，因为那个长得像我的人嘴里衔着一个堵嘴。至少我想解开他手腕上的绳索，但是安保人员切断了电源，这样我必须和其他参观者一道排成两列出去。

工厂主说：教育是一种双重束缚外加电力。他计算出一名十三岁半的普通少年的发展阶段，并把它们用图表的形式加以描述。相比较而言我缺少维生素和新鲜的空气。我被送到乡下。因为罗圈腿我不能正常行走，因此其他孩子最喜欢把我装在一个桶里沿山丘往下滚，人们通常都是把喂猪的厨房垃圾倒在这样的桶里。晚上我收听儿童广播节目，写一张不会寄出去的明信片。

一次我偷偷观察了一个女人，看她是怎样在工厂主离开之后跪在一个浅蓝色的塑料盆上面，看从她体内是怎样流出一些东西的。当她走到隔壁房间时，我蹑手蹑脚地进到屋里，从圆木桶里取了一些样品。我从液体里过滤出一些布满针刺的小鱼，把它们装进空的自来水笔的墨水囊里，在那里它们和密封球嬉戏了半天之后死亡了。我一口气喝下了这种精炼的汁液，随后我失去知觉，梦见了以下情景：一间产房，但是躺在产床上的不是女人，而是一个大木球。医生们在用锯和锤忙碌着，为了把球体打开。我不想看里面是什么，但最终不得不看。

在农村寄宿学校的食堂里人们搭建了一座小型舞台。工厂主小声对我说，我应当为其他孩子们模拟表演《圣经》里的场景，然后他们应当猜出那是什么。当我不知道他是什么意思时，他就从我身上扯下衣服，用我的衬衫卷绕成一条绶带：这就是基督的葬礼，他边说边把我推上舞台。孩子们大呼小叫，乱扔纸团，嘴里喊着：看啊，这个人。真叫人绝望，工厂主说道，因为他意识到，这种闹哄哄的场面也不再使他获得真正的消遣了。

周五我们学习把水变成葡萄酒、把蛇变成棍棒、把石头变成面包以及把面包变成玫瑰，但我们只能在紧急情况下才可应用这些技能。吃晚饭时每个人得到一颗米粒、一小片洋葱、一滴油和一小块帕尔梅干酪。我们必须用这些原料给自己做一顿烩饭。周六我们又学习滴血的墙壁、哭泣的雕像（泪和血）、伤痕（永久的和那些只在隆重的节日里才能够被看到的）、各种各样的显灵、主显节当然还有幻想。最后在周日我们学习用舌头说话，使死者复活，对猪群、盲人、瘫痪者和聋人的着魔。午饭后我们必须决定是相信圣体共在论还是圣餐变体论。我选择了圣餐变体论：既来之，则安之。紧接着提供咖啡和蛋糕。据说谁要是想要点儿别的，他就应当自己把它变出来。幸亏那个已经来这儿两次的男孩对我说过，那实际上是一种结业测试，因为他们想看一下是否人们准备把自己的能力世俗化。有两个人真的很白痴，他们把干巴巴的脆皮奶酥蛋糕和麦芽咖啡变成了香蕉船甜品、可乐和苹果馅饼。他们没有得到合格证书，不得不在门口长达两个小时地号哭并气得咬牙切齿。我是在嘴里和马上就要下咽之前，才把麦芽咖啡变成了真正的咖啡，把脆皮奶酥蛋糕变成了黑森林樱桃蛋糕。

工厂主坐在院子里，让孩子们往他身上扔石块，自打我能记事起这就是他的一种怪癖。他让成年人用步枪和手枪子弹向他射击，用刀和其他工具刺他和砍他。因为没有任何东西能够对他造成伤害。他在每隔一周的星期天从 13 点到 14 点半都要这么做。这一次我带来了我的小弓，用一根熊的肌腱把它绷紧。我从树莓上取下那根细小的树枝，根据工厂主儿时的噩梦，它是当时唯一向被称作爷爷的人和黑尔姆弗里德器具的发明者郑重保证让他的养子安然无恙的东西。人们当时拔掉了那丛黑莓，以为它死了就把它不在意地丢在了一边。但是在夜里仅仅是靠最后的力量，它又把一根狭长的根须按压进土壤里，以此使自己获得再生。我轻轻地拂过枝条上的刺，把弯曲的树枝作为箭矢慢慢绷紧在弓柄和弓弦之间。

90
L教授访谈录

代表《荒诞心理玄学》杂志
对精神分析学家伯恩哈德·吕克里希特博士、教授的采访
未经编辑的录音副本

《荒诞心理玄学》杂志：在您的同意下我们最好把采访当作是一次会议，也就是说我们以关联的方式进行谈话，事后我再对全部材料做相应的加工和整理。

吕克里希特：好的，好的，当然了，这也正合我意。相比按照固定的模式这样往往会产生有趣得多的观点。

《荒诞心理玄学》杂志：当然我要简短地从您的履历开始，也就是：1953年出生于黑森州的威斯巴登，从小在那儿长大并上学，然后在柏林上大学，读的是社会学和哲学专业，正是在七十年代末去往巴黎，经过培训成为精神分析师。这样的介绍非常简短，或许我们的谈话也从那个地方开始，以此为出发点如果您没有其他建议的话。

吕克里希特：没有，这对我来说完全合适。毕竟采访主要涉及的是我

的工作,实际上它就是从这里开始的。或许我们可以从我的第一本出版物开始,您看如何?

《荒诞心理玄学》杂志:那篇论及歌特施密特的文章?

吕克里希特:正是。我觉得从那篇文章里可以产生出一些有意思的话题。

《荒诞心理玄学》杂志:太好了。我只是再简要地强调一下,为了让您大概知道,我还想谈论哪些话题:首先当然是您的工作方式,由您所创立的疗法等等,然后,为了不让我们的谈话显得过于枯燥和理论化,我想探讨一下您刚刚出版的自传……

吕克里希特:自传,这样说当然有些夸张,那不过是我人生的一些随笔……

《荒诞心理玄学》杂志:那好吧,但恰恰是围绕题为"叶琳娜·卡瑟古埃特·斯密格尔夫人的乳房"那一章节爆发了一场相当激烈的讨论,对此我们必须加以探讨,首先我们来看一下您在那一章节里使用的"同性恋阶段"这一概念……

吕克里希特:哎呀,好吧,我认为这件事弄得有些满城风雨,但它慢慢又已经平息了下来,或许它根本就不再那么令人感兴趣了,也根本不再具有现实意义了。

《荒诞心理玄学》杂志:我不这么看,毕竟它涉及的是一场进行得相当激烈的普遍性辩论,也就是说同性恋是受基因决定的还是……

吕克里希特:是的,当然了,但是我所说的同性恋阶段……

《荒诞心理玄学》杂志:您在一个地方甚至谈到了一种"同性恋解决方案",说实话对此我也不敢完全苟同。

吕克里希特:这是从双重意义上讲的解决方案,即一些事情得到了解决，但人们也同时脱离了一些事情，这不是某些人所说的那种最终的解决办法……

《荒诞心理玄学》杂志：是的，我们当然也应当探讨这个问题，即在辩论中又出现了针对您作为德国人的非常粗暴的怨恨，您战后十多年……

吕克里希特：八年。

《荒诞心理玄学》杂志：什么？啊，原来如此，是的，没错，战后八年，这段时间也足够长了。

吕克里希特：那当然是很棘手的一个章节，在我写这一章时我也已经意识到了这一点，但是对我来说那些记述首先是对个人事务的描述，个体经验，可说是并非总是想完整的思想，因此我在写作时有所保留，并非对一切都从理论层面加以论证，这样做也根本是不可能。如果我讲述说，我在那次谈到过的学术研讨会期间和一名年轻的阿拉伯人度过了几天的时间……

《荒诞心理玄学》杂志：在您参加研讨会期间，您把他囚禁在一个旅馆房间里。

吕克里希特：囚禁，这完全是无稽之谈。我从未把房间门锁上。他随时都可以走。不是这回事，这件事被媒体彻底歪曲了。

《荒诞心理玄学》杂志：当然了，这样的事情自然会唤起人们对耸人听闻事件的欲望：一个老男人……

吕克里希特：如果我也能获准马上插一句嘴的话，当然我那个时候也不再年轻了，但我连五十岁都不到。我在那一章里刻画了年龄这一主题，探讨了我的健忘，但主要是涉及变老的感觉，这种感觉在年轻时也能侵袭人们。

《荒诞心理玄学》杂志：但您肯定比您年轻的朋友大二十岁。

吕克里希特：当然了，这一点没错。我也根本不想否认这一点，但如果您读过这一章的话……

《荒诞心理玄学》杂志：我是读过。

吕克里希特：那么您也知道，它是对我祖父母的回忆，尤其是回忆我祖母的死亡。

《荒诞心理玄学》杂志：您回想起您的祖父，是因为您的阿拉伯朋友跟他一样抽雪茄烟，因此您也把他称作大卫多夫。

吕克里希特：他抽的是一只海泡石做的烟斗，但是没错，这令我回想起我的祖父，在假期里我经常晚上和他一块儿坐在阳台上，与此同时他在抽着他的雪茄。那是让人感到安宁和有安全感的时刻……

《荒诞心理玄学》杂志：这样的时刻突然被您祖母的死亡打断了，那是一起自杀，如果我没理解错的话。

吕克里希特：当时我当然不知道那是自杀。就像我压根儿就不知道我祖母的死亡，因为我母亲和她的姐妹也就是我的姨姨们不想让我知道一些事情，因此她们对我讲道，我祖母居留在海边，将会在那儿得到休养。

《荒诞心理玄学》杂志：当然不是这回事。

吕克里希特：不，当然不是。恰恰是这一点我也感觉到了，当然是无意识之中，感觉到事情有些不对，平时跟祖父在一起时的那种令人愉快的沉默也跟以前完全不一样了，它的性质变了。但这仅仅是一种感觉，没什么特别的。归根结底是跟在梦里一样的情形，梦里人们所处的情形一点儿也不显得特殊，它非常平常，人们甚至可能经常经历到它，但它却承载了完全不同的感情。是的，大致就是这样。然后那个时候我生病了，做了这个有些乱伦的梦，梦里我来到母亲的卧室里，她给我看了她的乳房，上面就跟贴画一样能够看到我连环画和儿童画报里的人物形象。

《荒诞心理玄学》杂志：您在学术研讨会上想起了这种情形，当您看到叶琳娜·卡瑟古埃特·斯密格尔夫人的乳房时？

吕克里希特：我恰恰没有看到她。她的位子实际上是空缺的。那也是我当时作为孩子感受到的内心矛盾，无意识之中感受到的，也就是被欺骗，有意识地被家庭中的女人们所欺骗，而我祖父则对此保持沉默。我祖父迄今为止令人镇静的沉默，现在却有了一种让人不安的特性，我独自一人感觉到这种特性，却不知道它从何而来，因此我生病了，因为我无法解决这一内心矛盾，此外试图在自己身上寻求罪责。

《荒诞心理玄学》杂志：罪责？

吕克里希特：是的，罪责，一切都不再是一直以来的那个样子了。我觉得这是我造成的。当然也因为我祖母不在人世了。

《荒诞心理玄学》杂志：它涉及的是隐藏的东西，也涉及发现裸露。

吕克里希特：是的，因为我母亲的乳房归根结底是被遮盖的，是用图片盖住的，我祖母的也是，她在自杀前患有多年的老年痴呆症，经常赤裸着身子穿过房子乱跑，也会跑到外面的花园里，她总称自己穿着带网眼的睡衣。

《荒诞心理玄学》杂志：她的带网眼的睡衣？

吕克里希特：是的，这是她的表达方式。可以说她是在用一种服装术语描述她的裸露。我母亲和我的姨姨们沿用了这种做法，这种表达在我们家成了一种固定习语。

《荒诞心理玄学》杂志：但是您所谓的同性恋阶段是怎样适应这种情况的呢？这我不是特别清楚。因为如果我没读错的话，您和那名年轻男子没有发生过任何性接触，同时您又在详细地分析卡瑟古埃特·斯密格尔夫人名字的意义……

吕克里希特：因为这属于同一范畴。因为两者不能彼此分割。这也就解释了那种误解，解释了那种对我的指责，说我这样做仿佛同性恋是一种自由决定的事情而非……

《荒诞心理玄学》杂志：但是您说了……

吕克里希特：严肃地讲，一个非常原则性的问题出现了，现在它应当以我为例得到解决。一方面我们多年来和几十年来一直在说，性别是一种社会约定或者社会分配，从真正的意义上讲性别是不存在的，我们极力主张让越来越多的中间阶段得到认可，主张从总体上消解对性别的定义，另一方面就我们的性取向而言，我们又追随一种非常简单的基因遗传模式。

《荒诞心理玄学》杂志：但这是无法理解的吧？恰恰是同性恋者过去和现在始终面临这一论点，即那是一种后天习得的性变态，人们可以对之加以改造……

吕克里希特：这我当然也知道，这让整个事情变得如此困难。只是我认为，人们不能一会儿这么说一会儿又那样论证，仅仅是因为社会的共识每次都不一样。或者我们解放我们的性别和我们的性生活……

《荒诞心理玄学》杂志：但您恰恰不能成功地做到这一点。

吕克里希特：您说的完全正确。我没能成功。我想描述一下这种情况。

但这样做我既不想说那一般是不会成功的,也不想说那是不可能成功的(这听起来也会有些矛盾),因为我们的遗传属性已经相应被确定了。

《荒诞心理玄学》杂志:然后您通过对叶琳娜·卡瑟古埃特·斯密格尔夫人名字的分析尝试这样去做。你从德语、我认为也是从英语字形出发,把"叶琳娜"(Janine)分析成"是—非"(Ja-Nein),也就是说分析成一对矛盾符号,这样的矛盾符号几乎在所有当时对您来说能致病的领域里都有所反映:性、回忆、童年、亲近、死亡、年龄等等。

吕克里希特:是的,没错,然后是对"卡瑟古埃特"(Chasseguet)的分析,Chasse 当然是"狩猎"的意思,我被追赶,而且是被我的感觉和恐惧追赶,但是我也反过来追捕,我猎获了一些东西,出于情感的宣泄把它扔到我旅馆房间的床上。Guet 令人回想起"埋伏",因此我害怕下意识的东西,害怕狩猎过程中的埋伏,担心可能会在摸索中掉入自己设置的陷阱,担心会弄巧成拙,以至于我精心策划、所有的人都要听我指挥的演出会暴露出戏剧原形,而我自己则无法胜任这样的戏剧。一场演出也必须总要以现实为导向。最后"斯密格尔"(Smirgel)让我回想起"磨光""摩擦",也就是"性交",但也包括"手淫"。此外它也能拼写成 Schmier-Gel("润滑凝胶"),这是人们对于同性性交所必需的东西。

《荒诞心理玄学》杂志:整个过程您可以大致归纳如下:"我担心在追踪我的过往历史的过程中掉入一个陷阱,也就是说掉入同性性交的陷阱。"但是恰恰是在这一点上,很抱歉,恰恰是在这一点上我跟不上您的思路。我简直无法理解,您是怎样得出这一结论的。

吕克里希特：如早已承认的那样我对这件事的解释不是特别清楚，如果我事先预料到由此会产生何种误解……对我来说此事从根本上是要指明我当时面临的那种内心矛盾，指出我作为异性恋男人或许不得不承认，只有在一种同性恋关系中才能找到安全感，这种安全感我在与女人的关系中徒劳地寻求了一生。

《荒诞心理玄学》杂志：您也是这样分析"大卫多夫"（Davidoff）这个名字的，您给那名年轻男子起了这个名字，此外您在语言上甚至都无法与他沟通。

吕克里希特：是的，我知道自己给他起了这个名字，虽然他吸的是用海泡石做的烟斗而非雪茄烟，因为在这个名字里恰好能够找到我对这一认识的反抗。具有同性恋倾向的小大卫与我创造的歌利亚战斗，最终不得不失败。因此我虽然把他带进我的旅馆房间，但我马上就用一个拒绝性的名字"大卫多夫"（Davidoff）来称呼他，也就是 David off！可以说是"大卫，走开！"

《荒诞心理玄学》杂志：您怎样评价这一论点，即认为您的讲述涉及的根本不是您真实的经历，而是把加缪的《局外人》中的讲述据为己有？某些相似的情况是不容否定的：在那里是母亲之死，在您这儿是祖母之死，在那里是谋害阿拉伯人，在您这儿是囚禁阿拉伯人，同时警方的调查被精神分析反省所取代。

吕克里希特：说实话我对此非常吃惊，因为我根本就没有想过加缪，这种情况的确经常发生，当人们在自己的传记里徘徊时，人们干脆就忽略了那些显而易见的共性。只不过这一点也驳倒了那种论据，即认为我用一种殖民主义的眼光看待美丽、未经驯化、性开放的蛮族人，这当然都是胡说八道。毕竟最终是那名年轻的阿拉伯人战胜了我。

《荒诞心理玄学》杂志：这并不一定是对一种殖民主义眼光的驳斥。

吕克里希特：当然了，您说的有道理，可是……

《荒诞心理玄学》杂志：那一章节以一段简明扼要的描述收尾，它描写的是最后一天在您位于圣艾蒂安的旅馆房间里的情景，您的阿拉伯朋友或多或少自愿和以一种迷醉状态在那里度过了最后几天的时光，但直到那时你们从未有过性接触。在您答应他还要给他买一件告别礼物以及共同进餐时，他站起身来脱去了衣服。我引用您的原话："令我感到非常惊讶的是他说一口流利和纯正的法语，让我明白在我们分手前他现在想和我性交，而且他这样做不是无偿的，而是要以一笔一定数目的金钱为报酬。我尝试对他的要求不当真，但当他不依不饶时，我只得以严厉的措辞和姿态予以还击了。对我的反应他丝毫不以为然。相反他脱光衣服站在我面前，在他大声向我表明他不容拒绝时，让我吃惊的是他的阴茎以一种令人称奇的结实有力的勃起竖了起来。这一幕不仅分散了我的注意力，而且让我陷入极度的困惑。我感到眩晕，我马上就要至少用手去握住他的阴茎，如果不是把它放进嘴里的话。我在我的西服上衣里搜寻钱物，把身上带的所有的钞票都递给他，大概有四百或者五百马克。他对我说，我应该把钱放到一边，一旦我们完事他就会把钱拿走。对此我回答说，他应该干脆把钱拿走不要再打扰我，因为我没有兴趣和他性交，虽然我也完全在意他。但尽管如此他不断膨胀的阴茎还是刺激了我，我有些尴尬地意识到自己的阴茎也开始勃起，尽管相比而言勃起的力度较小，但我的阴茎至少在蠢蠢欲动。他把我扔到床上，用阿拉伯语说了一些我听不懂的话。他脱去我身上的衣服。我感到害怕，因为我不知道他想怎样对我，但同时我也感到某种刺激。他再一次用严肃和克制的声音对我说，他需要钱，但只有在我们先进行一次无论怎样的性行为之后，他才愿意把钱拿走。我不知道为何我在这一刻仍固执地拒绝满足他的要求，尽管我受到刺激而兴奋，当时的情况逻辑肯定也告诉我最好对他让步。我甚至开始抽噎和啜泣。不是因为害怕，而更多的是感到自己被那种抗拒的感受压得喘不过气。他把我转过身来让我仰面躺着，从我掉在地上的裤子上抽下腰带，用它把我的双脚牢牢捆住。然后他走进浴室，把那两根用来挂手巾的绳子从墙上扯下来，为了用它们把我的双手捆在床上。紧接着他给自己穿好衣服。他挨着摇晃不稳的桌子坐到椅子上，往海泡石烟斗里塞上烟叶把它点着。他在那儿坐了半个多小时，抽着烟往窗外看。我一句话也不敢说。最后他把烟斗放到桌子上，起身离开了房间。他没有碰床上放在我身边的那五百法郎。我把钱给了清扫房间的女仆，她在临近中午时发现了我并把我从困境中解脱了出来。"

吕克里希特：是的，这种剧情的反转……

《荒诞心理玄学》杂志：从这样的反转中某些人也看出波德莱尔的痕迹。

吕克里希特：波德莱尔？

《荒诞心理玄学》杂志：散文诗集《巴黎的忧郁》里的那首诗，他在诗中描写他是怎样攻击一名乞丐的，直到对方终于还手并把他打倒。紧接着他和乞丐分享他手头的现金，因为他们现在彼此都是平等的。

吕克里希特：可能是吧，但是人们也过多地把我置于文学的参照系中。

855

《荒诞心理玄学》杂志：您不曾有过文学创作的志向吗？

吕克里希特：以前有过。当然是在我来巴黎的时候。但是用当时我非常崇拜的布莱士·申德拉斯的话说：作为如此糟糕的诗人，我不知道已经走到了尽头。

《荒诞心理玄学》杂志：不乏这样的声音，它们评判说您在文学领域拥有比在治疗学领域更多的才华。

吕克里希特：或许因此我们还是最好来谈论我的工作吧。

《荒诞心理玄学》杂志：是的，这样最好，我们再从您的第一本出版物开始吧，它是一种对乔治-阿瑟·歌特施密特思想的发扬光大，歌特施密特跟您一样出生在德国，然后同样来到法国，虽说是因为完全不同和比您更戏剧性的情况，在这里生活了几十年，也用法语写作。

吕克里希特：在他的《当弗洛伊德看到大海》那本书里，歌特施密特还探讨了怎样把弗洛伊德术语翻译成法语，他建议不用迄今为止的 Ça、而用代词 En 来翻译"本我"（Es），因为"本我"在指涉事物时既模糊又精确，但又不提到（En）。我觉得这一建议非常可信，更有甚者，它朝类似的方向开启了我的思想，于是我在我的文章中似乎是建议对他的倡议进行扩展，即在法语中用扬抑符（^）来描述弗洛伊德心理动力论中提到的"本我"。这种重音符号代表了文字也包括语言中的一些东西，它们以前是能够被看到的，但在此期间却缺失了，也就是 S（Es），就像在一些法语词里一样例如 île（岛屿）、même（相同的、自己）、être（存在、是）等等。类似于歌特施密特提出的 En，"本我"指向一些东西但并不直接命名它，但它已完全消失，压缩成一种变音符号，与另一个字母、另一种层级联系在一起。

《荒诞心理玄学》杂志：您所谓的外语疗法就是由此发展而来的。

吕克里希特：从某种意义上说是的。后来，在这里我很想提及一下，我把扬抑符不再划归给弗洛伊德的"本我"，而是把它分配给内隐记忆，这种记忆有别于我们的叙述性记忆，也无法进入我们的语言系统。但这只是顺带提一下。是的，然后我开始拿我的病人们来做如下实验，我对他们说：好了，我们现在学一种新的语言，我们学这种语言仅仅是为了能够表达我们的疑问。

《荒诞心理玄学》杂志：人们必须怎样想象这种情况呢？

吕克里希特：如果有人来找我，我就对他说，我们用德语来做治疗。

《荒诞心理玄学》杂志：但如果他一句德语也不会说呢？

吕克里希特：这甚至是治疗的前提条件。这就好比是一堂使用浸没教学法的语言课，也就是完全沉浸在外语当中，从第一次治疗开始。

《荒诞心理玄学》杂志：这起作用吗？

吕克里希特：在这方面我取得了非常惊人的成就。只是，这一点我必须补充，那是一段我自己对任何实验形式都持开放态度的时期，或许在做实验时我也经常有些过分，因为对每个人来说这样的一种治疗形式肯定是毫无意义的。另一方面那又是一种真正令人动容的感觉，它只能与人的内心感受相提并论，当母亲第一次听到她的孩子说出自己的词汇时，当病人用这种对他来说全新和陌生的语言谈论他的疑问时。您凭自身的经验可能也知道，这种实验的一个巨大的好处在于，人们用一种外语只能很蹩脚或者根本不可能撒谎，也不可能拐弯抹角地说话，因为人们同样根本做不到这一点。这样我往往会很快取得初步的成功。后来我对方案进行了相应的优化和调整,或者把它只作为疗法的一部分加以应用。

《荒诞心理玄学》杂志:后来又是怎么产生治疗—发展—治疗的?

吕克里希特:一位来自德国的昔日的校友拜访了我。

《荒诞心理玄学》杂志:他是已经谈到过的蒂莫,他后来让您的著作《提摩太世代情结》使用了他的名字。

吕克里希特:是的,没错。

《荒诞心理玄学》杂志:除此之外他在您的生活里也扮演了一个并非无足轻重的角色。但我们肯定还会谈到这一点。

吕克里希特:嗯,这我不太清楚。不管怎样在他来拜访我之前,我们肯定有二十五年没有再见过面了,因为从我七十年代末移居法国开始我就再没去过德国。

《荒诞心理玄学》杂志:一次也没有?

吕克里希特:是的,一次也没有。

《荒诞心理玄学》杂志:或许我们在这个地方可以探讨一下,为什么会是这种情况——或者为什么一直还是这种情况,如果我得到的信息准确的话?

吕克里希特:我不知道这究竟有无必要,但我现在想在我的疗法这个话题上多停留一会儿,而不是马上又把它搁置一边。

《荒诞心理玄学》杂志:当然了,很乐意。

吕克里希特:这位校友可能是听说了我的情况,因为他长期患有躁郁症,这种症状很难被治疗,因此他专程来探访我。这样就发生了一些非常奇特的事情,因为原本我也能用我的语言浸没疗法来对他进行治疗,只是正好颠倒过来,也就是说用法语,但是说实话我干脆没想到这一点。后来我经常思考为何当时没想到那样,在这期间我认为，在我和我的老校友之间存在一种特殊的认同，尽管我们很久没见过面，但归根结底我无法对他进行治疗，也不应该对他进行治疗。但是当时，是啊，当时不知怎么地我的视线受到了阻挡。

《荒诞心理玄学》杂志：但尽管如此从这次相遇中还是发展出一种从本质上看全新的治疗形式。

吕克里希特：是这样的。那是我同时遵循的两条途径。一方面是所谓的治疗—发展—治疗，在这种模式下我和病人共同拟定一种治疗形式，更确切地说，患者自己研发出一种治疗形式，它能够使他解决自己面临的矛盾。同时我又创立了语境疗法，在这种治疗过程中患者想象一种历史或者地缘、家庭或者社会语境，在这种语境下他生成一些似乎是虚构的回忆。例如如果您允许一名患者回忆纳粹时代，尽管他当时还没有出生，那么就会出现一些令人惊奇的事物，由此人们经常到达真实心灵创伤的本源。历史提供了一种特定的框架，为了让人们能够讲述通常无法分类的事情，因为个人的回忆无法被划归某一特定的时态。一方面它是对他者历史的接收……

《荒诞心理玄学》杂志：但是这样一来您极大地远离了传统的精神分析，可您好像一直还感觉自己属于这一学派。

吕克里希特：在我的大学时代……

《荒诞心理玄学》杂志：在此我们或许可以谈论一下您的青年时代和您的政治纠葛？

吕克里希特：如果您能让我把刚才那个思想表达完整的话。

《荒诞心理玄学》杂志：当然可以。

吕克里希特：正如已经说过的，在我的大学时代人们必须在马克思主义和精神分析之间做出选择，把两者兼而有之的尝试很快就被认为是失败的。我作为马克思主义者必须仇视精神分析，虽然当时就跟阅读其他文献一样也至少阅读了流行的弗洛伊德的作品，但尽管这样也要仇视精神分析。《日常生活精神病理学》《梦的解析》《关于歇斯底里的讲座》，所有这些在《蓝卷》（《马克思恩格斯全集》）出版之前都曾是重大发现，即便如此我后来也不得不反对精神分析。现在我自己也是精神分析师，但我认为最好的精神分析师恰恰是那些不觉得对精神分析负有义务的人，就像最好的马克思主义者恰恰是那些不觉得对马克思主义学说，更不用说对其思想和现实的践行负有义务的人，就像最好的基督徒恰恰是那些不相信上帝的人，总之就像所有不需要意识形态和信仰的人，但尽管如此他们也能认识到各个学说的力量。因为无信仰者不必捍卫学说，因为任何学说都被烙上了"你不应当知道"的戒律，因为每一种学说都建立在错误的基础上，只有那些能够看到这些错误的人（因为他们不信仰这种学说）才能真正践行并继续发展这种学说。我信仰教会的学说，艰难地尝试去解决历经千年聚积在这些学说中的矛盾，我相信弗洛伊德的作为世界解释模式的学说，尝试把他学说中的矛盾和盲点、把他的社会误判连同他往往可疑的继任者们一道并入一种统一和协调的学说，通过上述做法我成为一种妄想系统的牺牲品。

《荒诞心理玄学》杂志：您要把这种情况表述得这么清楚？我只是问一下，因为您在图书终稿里可能想要表达得委婉些……

吕克里希特：不，不，可以就这样。人们必须看到弗洛伊德的观点当然并不完全正确，但尽管如此精神分析仍提供了一种实用的思维模式，马克思的话当然更有道理，但却不适用于意识形态，基督教当然也不在理，没有人是绝对正确的，在所有其他的困难方面我为我这代人所看到的唯一的好处就是，知道或者在我看来预感到我们没有一种可以信赖的制度，因为我们经历到的是祖父们的谎言、是父母的隐瞒和老大哥们盲目的行为主义，预感到我们至多是把这一切融入一种无知的状态。当我意识到这一点时，我想到了我创立的唯一真正的新理念，那就是正如前面已经说过的，让每一名患者自行研发疗法，通过他想象和虚构的移情和认可协助他治愈疾病。是否某人患病，这从根本上说是次要的，因为他被折磨，或者因为这种折磨只是他想象甚至是完全虚构的，因为他在患病。如果我使他有可能不被自己传记所限地去思考，特别是在这种情况下去意识和感受，如果我能对接受精神分析的对象说："好吧，讲述一下你的童年，就仿佛它是在纳粹时期发生的，讲述你的孩提时代，就仿佛它发生在一个童话般的国度，在一个陌生的国度"，那么我就往往最接近真实情况了。疯子自比为拿破仑或者耶稣的陈词滥调，这些一般会导致把某人送入精神病院让他接受治疗的状况必须首先得到认可，为了查明这个作为拿破仑或者耶稣、作为纳粹少年团团员或者柬埔寨难民的人将会说些或者感受些什么，为了使他能够构建自己的世界，只有在这样的世界里一种治疗才是可能的。这样我也就不必再像许多人那样否认自己的过去了……

《荒诞心理玄学》杂志：您明确地提到这一点，这真是太有意思了，因为人们刚刚指责您……

吕克里希特：当然我那个时候是个王八蛋，所有当时不是王八蛋的人往往更难接受过去，因为他们受过磨难，必须捍卫这种磨难和受害，因为人们往往无法像否认罪行那样很容易地否认痛苦……

《荒诞心理玄学》杂志：罪行是一个非常好的关键词……

吕克里希特：这也必须被克服。

《荒诞心理玄学》杂志：什么？

吕克里希特：这种受害人与罪犯之间的严格区分……

《荒诞心理玄学》杂志：但是请允许我打断一下，这压根儿……

吕克里希特：我可不想对二者进行均衡，或者就一种主观臆想的罪责而言在两者之间建立起联系，而是我想指出这两种状态都能导致心灵创伤，心灵创伤的标志就是排除对外显记忆的回忆。但是如果我创造了一种相应的语境，我就能够进入内隐记忆，使因受到创伤而分裂的记忆以一种虚构形式通过叙述对外显记忆重新开放。

《荒诞心理玄学》杂志：这种情况其实也适合于您吗？我指的是，这种情况适合于每一个人，还是只适合那些受过严重创伤、显现出相应疾病症状的人？

吕克里希特：后来我在我的《提摩太世代情结》一书里使用了我校友的名字，因为我在提摩太的历史里找到了一种对于整个一代人的譬喻，也就是我自己所属的那一代。一方面这一代人的父母在纳粹时期自己都还是孩子，另一方面他们（父母）又远离了学生运动，该运动成员的父辈们大多具有纳粹背景。我将把这一代大致划定在1953至1963年的十年跨度上，因人而异当然也可以提前或者延后几年。简而言之这一代人患上了所谓的提摩太情结。

《荒诞心理玄学》杂志：这也跟巴德尔－麦因霍夫情结以及您自己的过去有些联系吗？

吕克里希特：您说什么？我觉得我没听太懂。

《荒诞心理玄学》杂志：您不知道《巴德尔－麦因霍夫情结》这本书吗？

吕克里希特：我听说过，但没看过那本书，如果您指的就是这个。

《荒诞心理玄学》杂志：这就奇怪了，或者可能也没什么奇怪的，因为您凭自己的经验知道那种情况，也就是说无须间接了解那种情况。

吕克里希特：虽然我不肯定您想影射什么，但我猜测您暗示的是我在德国的历史……

《荒诞心理玄学》杂志：正是，由此就产生了这个问题，即您说的能否应用于另一个国家……

吕克里希特：您这么说很有意思。当然您很幸运很晚之后才出生，如果我对您的年龄估计正确的话，但或许事情涉及您的父母，因为您知道，凭借维希政权和根本算不上辉煌的抵抗运动，法国也拥有一段完全相近的历史。类似的现象您在所有的国家都能找到（当然稍有不同），不仅仅是在那些经历了独裁统治的国家，有时这不会让事情变得简单，而只会让它变得更加困难。您想象一下，您不仅经历了没有明显罪责的一代，而且还面对看似清白的两百多年的过去，这样人们就必须换一种行事方式，或许变换一下方位。或者人们进入神话、童话和臆想之中，然后往往就会发现它们根本就不那么奇幻。

《荒诞心理玄学》杂志：这跟提摩太又有什么关联呢？

吕克里希特：我对提摩太这个人物形象的好多方面感兴趣，一方面是他的名字，可以说是"恐惧神"的意思，它由 timao（恐惧）和 theos 组成，缩写为蒂莫（Timo），但只保留了"恐惧"的意思。这个提摩太几乎只在《路加福音》的《使徒行传》里出现，此外还出现在保罗书信里，其中有两封是写给提摩太本人的。在论及这些书信时每一位精神分析师当然都会想到拉康针对美国作家爱伦·坡的短篇小说《失窃的信》的著名讲座，我在我的书里用两个章节探讨了保罗写给提摩太的信和坡的《失窃的信》之间的联系。请允许我在此从中选取一个方面，因为它会把我们引向一个非常重要的话题，也就是说我让自己没有从真正的词源出发把 purloined 的词义（失窃的）分解为 purluigner（拿走）、prolong（拉长）和 postpone（延缓），而是从粗俗词源角度把它解读成 pure loin，也就是"纯臀肉"的意思。Loin 就跟 Lenden（臀肉）一样也总是生殖器的同义词，事实上保罗真的把一封失窃的信写在这样的臀肉上寄了出去。他把这封信亲手写在年轻的提摩太的身体上，提摩太在《使徒行传》里出现的目的也仅在于此，也就是把这封信带在身上。在《使徒行传》里发生了一些独特的事情，任何圣经批评都无法真正解释这样的事情，我把它理解为是一种无法解决的历史矛盾被转移到提摩太的体内，此外保罗在第一封哥林多前书里把它描述为"天主体内我可爱和忠诚的孩子"。

《荒诞心理玄学》杂志：您是怎么理解"被转移到体内"的？

吕克里希特：把某人身上携带的和整个社会排挤掉的东西转移到孩子们的身体记忆里，也就是我已经提到过的内隐记忆里。在《使徒行传》的第十六章里这么说道："之后他（此处指保罗）也去了德尔贝和吕斯特拉。看啊，在那儿生活着一位门徒，他的名字叫提摩太，他是一个虔诚的犹太女人和一位希腊父亲的儿子。保罗希望在传教途中把他带在身边；因此他出于对生活在那片地区的犹太人的考虑对他行了割礼；因为所有的人都知道，他父亲是一名希腊人。"在此发生的令人无法置信。需要强调的是这里涉及的是一位门徒，也就是一名已经信教的年轻男子，保罗很想把他带在身边作为陪伴者。这名年轻男子未行割礼，虽然他有一位犹太母亲，而犹太教实行的是母系继承制。但正如记载的那样，母亲已经"变得虔诚"，很早就变得虔诚，毕竟她反对对她儿子施行割礼，因为犹太男孩都是在出生后的第八天被行割礼的。保罗自己是在大约三十二岁时成为基督徒的，他在五十岁左右去了吕斯特拉，在那儿他遇到了提摩太，提摩太的生日不详，但我们可以推测他当时大概是十六到十八岁，因为保罗很快就把重要的任务托付给他，其中包括从一座罗马监狱里再偷带一封信出来。也就是说，提摩太的母亲在耶稣死后不久就已经"信教"了，提摩太作为基督徒的时间和保罗本人的大概一样长。但现在保罗却对提摩太施行割礼。一名基督徒实施一种旧约中的仪式，通过这种仪式一名男子被吸收成为犹太教区教徒。一名基督徒对另一名基督徒行割礼。这种割礼被用同一个词即 perietemen（切、割）做了描述，《路加福音》在几个章节之前也用这个词命名了以撒的割礼。为了真正理解这一令人无法相信的过程并能够对此做出解释，我们必须简要回顾一下使徒保罗的历史。他是一名享有罗马公民权的法利赛犹太人，与提摩太完全不同，他经历了一段成为妥拉教师的学习时期，成为最邪恶的基督徒迫害者之一。在犹太教区内部他也坚持对皈依的异教徒施行割礼，为了使皈依变得容易这样的割礼经常被执行。如果人们从老保罗的历史出发,那么他针对提摩太所采取的行为是完全可被理解的,但是在他皈依之后几乎过去二十年了,在这期间洗礼取代了割礼,更有甚者,那是对信仰的精神理解,它比遵守仪式更为重要。对此保罗在第二封《罗马书》中写道:"天生未行割礼并履行法律的人将成为你的法官,他判你拘泥形式、接受割礼和触犯法律",稍后又写道:"心灵的割礼是发生在精神世界里而非形式上的割礼。"因此他的态度很清楚,保罗不是拐弯抹角讲话的人,既不是作为使徒保罗也不是在他皈依之后。因此他对提摩太施行了割礼?因为可能对未受割礼的人表示不满的犹太人?这不大可能。不,那可能是另外一种情况,他想把自己的遗产、把受过割礼的人自己的身体记忆转交给他"可爱和忠诚的孩子",转交给他最喜爱的门徒。在此过程中保罗非常有意识地忍受了这种情况,即他通过这种行为陷入自相矛盾的境地。在此我只能笼统地谈到这个问题,但是我对提摩太情结的理解,按照一种类比推理可以表述如下:我所命名的这一代人的父母不是纳粹,但他们是在纳粹统治下长大的,就跟保罗一样,他是基督徒,但却是作为犹太人被教育的,两者都或多或少有意识地把自己的遗产转交给他们的孩子,这让这些孩子感到困惑,正如令提摩太感到困惑的是,他被一个男人施行了割礼,而这个男人自己却宣称割礼是多余的。在提摩太事件中一切都是相对未知的,在提摩太那一代人的情况里当然不是。在大多数情况下父母对他们的经历保持沉默,他们努力成为正直的民主主义者,跟他们的父母他们不发生冲突,他们的父母往往已经死去,本身就在战争中经历了许多磨难等等。这样一来他们就对他们的孩子施行割礼，把他们被排挤的经验和创伤转交给他们孩子的内隐记忆和身体记忆，如果他们愿意这样的话。现在我要问您，人们应该怎样接近和怎样达到这种被转移的、这种被无意识传授的经验，这种"心灵的割礼"，就像保罗贴切描述的那样？从这一关联出发，我给我的治疗—发展—治疗这种治疗形式又补充了有意虚构的回忆语境。我可以在自己身上充分尝试这种方案。我向自己呈现不同的历史或者地理语境，为了从中生成自己的回忆，由此我意识到，我怎样能够生成来自纳粹时期的"回忆"。

《荒诞心理玄学》杂志：但是这样的回忆有多可信，如果人们在一般性回忆中就必须总要产生这种怀疑，即这些回忆涉及的是所谓假记忆体综合征？

吕克里希特：您将会发现以下观点在所有的治疗医师身上都很普及，恰恰是在解离性人格疾患领域，即认为在治愈方面重要的根本不在于回忆是否真的正确，而在于严肃认真地对待患者，相信并安慰他们。至于我的观点，是的，人们可以简短截说，人们可以马上认为那都是错误的回忆。但是这里涉及的不是回忆，而是回忆制造的冲动。精神分析认为，被分析对象通过治疗进入一段无意识的回忆，他产生相应的冲动并由此得到治愈。但这只能借助某些回忆才能成功，这些回忆必须供受试者的外显记忆和叙述记忆支配。所有的身体记忆和内隐记忆都不能以这样的方式被复制。

《荒诞心理玄学》杂志：借助拓宽后的记忆语境您成功地做到了这一点？

吕克里希特：至少我有机会。当然在我的主观尝试方面我不能列举数字了。但那是达到多方面被排挤的身体结构的另一种可能性。如果您想一下记忆也包括叙述记忆和外显记忆是怎样起作用的,想一下记忆是以怎样复杂的形式重叠成不同的历史层次的,那么我相信这种治疗方案也能在其他领域得到有益的应用。

《荒诞心理玄学》杂志:您是怎样理解历史层次的?

吕克里希特:举个例子:在我的故乡有一处阿道夫高地、一条阿道夫林荫路、阿道夫大街等等。这里所说的阿道夫是指拿骚的阿道夫公爵,他于十九世纪出生在比布里希宫殿。但在战后德国"阿道夫"当然是一个承载了太多元素的名字,恰恰是因为人们普遍用"阿道夫"(名)来称呼希特勒(姓),人们无法对回忆进行划分和诉说,如果我穿过阿道夫林荫路,那么我不会想到那个阿道夫,而是会想到拿骚的阿道夫公爵。

《荒诞心理玄学》杂志:既然我们现在已经谈到了您原先的故乡,也谈到了您刚刚实施的治疗方案,那么您不应当也对您的过去表明态度吗?因为如果我理解正确的话,过去不是私人的事情,因为人们把过去也转交给另一代人,以此使他们承受压力。

吕克里希特:您指的到底是什么?

《荒诞心理玄学》杂志:啊,您是知道的,过去一段时间指控您的声音变得高涨,说您于七十年代在德国参与了恐怖主义行动,说您在法国潜伏了起来,接受了一种新的身份。

吕克里希特:我听说过这样的指控。

《荒诞心理玄学》杂志:对此您怎么评论?

吕克里希特:据我所知截止到现在人们没有拿出任何针对我的具体证据。

《荒诞心理玄学》杂志:这对您来说就够了?对一个像您这种地位的

男人？特别是考虑到您创立了这样的解释和治疗模式……

吕克里希特：您的意思是，我这人不值得信赖？

《荒诞心理玄学》杂志：另外也有这种意思。

吕克里希特：这是一种人们自很多年以来在我的家乡以海德格尔为例进行的讨论。讨论的问题是，一个曾经是反犹太主义者和纳粹的男人的哲学是否会有价值。

《荒诞心理玄学》杂志：那您是什么态度呢？

吕克里希特：这必须由每个人自行决定。人们必须相应地研究哲学，如果哲学坚持自己的标准……

《荒诞心理玄学》杂志：但是在这个问题上人们不也能谈及一种补偿或者更贴切是一种排水系统吗？也就是人们对真正的事情闭口不谈，相反却建构一种哲学，它看似在研究其他一些东西，但其实却明显是在研究自己。因为如果海德格尔批判笛卡尔以来的哲学，认为它干脆把现实割裂为两部分，即一方面是精神，另一方面是与精神相对的世界，同时他尝试用他的"存在"概念重新消解这种割裂、这种任意的划切，那么他事实上是在又一次进行割裂，也就是把现实割裂为政治现实和哲学现实，最终割裂为私人现实和哲学现实，因为至少从1935年开始他隐瞒了，他之所以对纳粹们感到失望是因为他们对他来说显得不够纳粹，他隐瞒了自己继续是而且直到最后始终是一名血液与土壤思想家和反犹太主义者，但尽管如此他尝试劈叉，撰写一种不抽象的哲学，尽管它最终必须还是抽象的，因为它排斥了遭到谴责的部分。

吕克里希特：啊哈，被谴责的部分。巴塔耶。一个有意思的话题……

《荒诞心理玄学》杂志：但是我想停留在您的问题上，探讨您被谴责的部分，如果允许我这么表述的话。有趣的是恰好是这名患者，您昔日的校友，从他的名字里您发展出了整个一代人的心理情结，恰恰是他被捕了，而且他也好像提供了您的许多罪证。

吕克里希特：我已经说过了，这个蒂莫是我的一位老同学，他有严重的心理问题……

《荒诞心理玄学》杂志：但您用您的疗法治愈了那些心理问题，如果我理解正确的话。

吕克里希特：治愈，这只是一个概念。您看，如果福柯比如说描述那些医生，他们对患者的病痛……

《荒诞心理玄学》杂志：无论治愈与否，请您不要偏离话题。这个提摩太指责您，在柏林参与了针对一个会议中心的恐怖袭击。

吕克里希特：您瞧，这是一件相当复杂、此外也是非常隐私的事情。我和这个蒂莫，我们俩曾经爱上过同一个女人。

《荒诞心理玄学》杂志：警方也同样已经在通缉那个女人。据说她在美拉尼西亚群岛的某个地方。

吕克里希特：对此我一无所知。但是我认为，当时在我们三人之间肯定有一些事情出了问题。克劳迪娅，那个有觉悟的女人，她有一个非常复杂的童年，或许遭受过虐待，蒂莫当时就已经患有抑郁症，重度抑郁症，伴有短暂的躁狂间歇期。此外两人还在青年时代就接受过多次精神病治疗。

《荒诞心理玄学》杂志：您说的我理解对了吗？您想暗示他们俩不是真正有责任能力的人，他们的供词没有任何价值？

吕克里希特：我不会这么说的。

《荒诞心理玄学》杂志：但它听起来却是这样的。它听起来甚至给人这种感觉，仿佛您是这种三角关系中唯一正常的人，这再次引起了人们的怀疑，即您不仅从德国逃到法国并在这里潜伏起来，而且您还逃进精神分析的世界，为了似乎在它里面躲藏起来。

吕克里希特：我觉得您现在有些过分了。

《荒诞心理玄学》杂志：您这么认为？

吕克里希特：当然。如果我们把话题重新转向我的专业能力，我觉得这样要有意思得多……

《荒诞心理玄学》杂志：这些难道不属于一类吗？我的意思是，没有任何迹象反对这一事实，即您在您的青年时代也做了一些在此期间使您……

吕克里希特：我无法回答您的问题。

《荒诞心理玄学》杂志：这真是岂有此理，尊敬的教授，恰恰是您想要这种割裂……

吕克里希特：请您不要再使用这样的嘲讽口吻："尊敬的教授"……

《荒诞心理玄学》杂志：很遗憾我禁不住使用了这样的口吻，因为说实话，我觉得您用这种态度质疑了您自己的治疗观点。

吕克里希特：您必须让我来决定自己的态度。

《荒诞心理玄学》杂志：恰恰不能这样，因为否则的话您的整个详细解释，一切……

吕克里希特：什么是一切？您究竟期待我做什么？我为什么应当……我觉得这样令人难以置信。不，真的，这样一来我的忍耐……

《荒诞心理玄学》杂志：您的忍耐？

吕克里希特：是的，我的忍耐。

《荒诞心理玄学》杂志：但或许我们刚刚对您有所触动……

吕克里希特：您现在还想以我的治疗师自居吗？

《荒诞心理玄学》杂志：我绝不会这样的，我只是认为……

吕克里希特：那么就请保留您不恰当的言论吧。

《荒诞心理玄学》杂志：啊，我现在明白了您说的那种无意识的承受指的是什么，这种您现在突然采取的官腔……

吕克里希特：我不允许这样……

《荒诞心理玄学》杂志：可以理解。

吕克里希特：不，和您这样下去丝毫没有意义。彻底毫无希望。您想激怒我。

《荒诞心理玄学》杂志：我还什么都没有做。

吕克里希特：您又来了。不。结束了。这场谈话……

《荒诞心理玄学》杂志：谈话？

吕克里希特：结束。完毕。您也正希望这样。

91

为何字母表能够被写进话语并篡改话语的意义

A 字母表以这个元音字母开始,这是关键性和根本性的错误。我们在语言中永远无法和解的原因也仅在于此。我们所认为的开始可能是中间。而最初的终点,完整的、无缺陷的、环状的大写字母 O 即希腊文字的最后一个字母,却是语言真正的开始,从它里面产生出的孩子首先是 U,然后是 A,最后是 E 和 I。一开始从后面束缚我们的不是混乱,而是洞穴或者深渊,是大海和感到无聊的波娜女神的哈欠,因此我们持续和绝望地探寻我们的开始,它(开始)逃脱了我们并将一直逃脱我们。字母 A 代表欺骗和背叛,它是脱离现实的理论字母。

B 谁要是说了字母 A,他就进入语言的束缚之中,必须模仿 A 把 B 也说出来。模仿某人说话就意味着,宣称所说的话属于他自己。同时人们重复他的话,也就是照他的话再说一遍,这样他自己已经不在现场,人们不再对他本人说话,而是对第三者。通过另一个人对第三者说话是语言的基本原则。语言仅仅是出于这一原因而得到发展的:因为不在场(创造语言的人和语言所论及的人的双重不在场)。A 迫使我说出 B,B 把我推入语言,使自己和 A 联系了起来。第一个介词产生了:ab(脱离、离开)。处在起始位置的就是 Ab-kehr(背离、背弃)、

Ab-gleiten（滑倒、滑下）、Ab-rutschen（滑落、滑脱）、Ab-winken（示意拒绝、示意通过）等等。我们的语言朝着世界旋转。字母B代表过境和过渡，但却是朝着由外力所决定的终点。

C 字母C构成了三位一体。我们的字母语言是一种基督教的语言。字母C从不单独出现，而是固着在H和K上，在S和H之间移动。如果我们发现它孤零零一人，那它就是他者的标志。它听起来像是K和S，但从来不是它自己。如果A是圣父，B是圣子，那么C就是圣灵，这样在ABC这个神圣的名字里C也只是表面上显得不受牵累，但它自己并不存在，将会立即重新消失在文字里，成为纯粹的符号。字母C代表灵魂、空气和细菌。

D 字母D的意思是双倍、重复、结巴和迟疑。因此它自己不能被加倍（我们的文字保留了否认过程）。它是指示世界见解的象征。它说"那边的那个东西"和"那边的那个人"，好像是在回答"在哪儿"和"谁"这样的问题。它伸出食指说"你"，只是太亲密和太快，尽管它又立即退回到自己的迟疑当中。人对面的物与人通过字母D被描述了出来。尤其是动物。T是从D当中发展而来的，就跟P是从B发展而来的一样。在方言中两者又返回到那里。T尝试有意识地执行由D所进行的有欠缺的与外部世界的划界。它们俩都是人造字母。字母D代表他者和周边环境。

E 字母E是与世界的背离。它的意思是过饱和恶心。E不像D那样结结巴巴地迟疑和不断重复，而是让语言河流无关紧要地继续在自己内部回响。它只是表面上具有深度，实际上在成倍出现的地方却缺少阐释行为。双写E是意义匮乏的标志，这种意义匮乏应当通过广度或者深度的感应作用加以掩盖。大海、海洋、空虚、灵魂，所有这些都是描述事物的概念，我们把这样的事物理解为外壳，它们里面除了我们的想象再无任何其他东西。这样 E 就是表示数字的字母，它几乎总是隐藏在这些数字的名称里，哪怕是作为变音的附属物。从 8 这个名字里缺少字母 E 人们可以推断出，8 无异于是数字系统里的一个停顿，作为"小心"的呼声，它应当提醒我们，在 7 这一最后一目了然、具有"超越"象征意义的数字之后，在数字的个性化方面再无新的东西出现，而是它会向任意多数、向无法区分的大量、然后当 8 倾倒时向无限过渡。字母 E 代表外壳和箱子。

F 字母 F 的意思是不自在和裸露。它与嘈杂声的距离要比和语言的距离更近。它是野性的欲望，愤怒和死亡能够在这样的欲望里被找到，因为与 F 一道涌出的还有呼吸。F 是语言的薄弱环节，因为粗野的叫骂、诅咒和漫不经心地说出被文字神圣化的名字都和它一起成了否认。它无法通过 V 的伪装或者 P 的哑谜——自身是作为遭受文明化奴役的字母从 B 里产生出来的——连同从属的 H（代表沉默的字母）被排挤掉，而是像幽灵一般毫无重点地穿过文字和语言出没，尽管人们慢慢尝试通过替换或者删除的方式，剥夺以 F 打头的词汇（Firmament/ 苍穹、Fee/ 仙女、Freiheit/ 自由，等等）。字母 F 代表未被驯化。

G 字母 G 隐含着善良和仁慈。它是柔和、母性和理所当然的付出，它永远无法像 B 和 D 那样通过委派文明的字母而被削弱。相反，K 的发明增强了 G 无懈可击的地位，给 K 自己分配了一个局外人的地位。

H 前面已经说过，字母 H 的意思是沉默。它代表的是缺失的兄弟、阴影、愿望、所有从一开始显得被诅咒和消失的东西。它是穿过花园的上帝的气息。它是一个没有开始和不结巴的词汇。

I 和 J　它们俩是一对双胞胎。

K　字母 K 是守卫者。它站在岩石之间一句话也不说。

L　字母 L 位于软字母三位一体的起始位置，其中 L 是最软的字母，N 是最硬的字母。L 标记的是一种不出声的歌唱，它只是做出舌头滚动的样子，但自己却什么也不说。同时它位于三位一体的前列，其中自指性的 M 在被 N 排除的过程中指向 O 里的上帝。这样一来它也是置身度外的标志，是 P 的翻转，后者在另一侧结束了三位一体。相反它消极和狐疑不决的鲜明特征使得它是代表懒散的字母，这样的字母既不热也不冷，为了还能够参与到一打（十二个）当中，它不敢占据中心位置。

M　M 就其本质而言是表示占有关系的字母。它给人的印象仿佛是指向胸脯，而自己又好像要从上面飘落。它在哼唱中使身体振动，避免了嘴唇和喉咙的发音。

N　N 是否定的字母。它有 M 的四分之三大，断然拒绝了 M 的方言发展趋势。这样它必须保持否定，除非它在 M、N 和 O 的三位一体中从否定的自身指向神圣。

O　O 是上帝的字母，不仅是因为它原先作为希腊文字的最后一个字母结束字母表，而且还因为上帝从不是能够被看见的上帝，而是在他的画面背后所隐藏的东西。因此人们把上帝（Gott）写成 GOtt。上帝的仁慈让神圣的 O 跨越人的死亡的双重交叉而照耀，以此体现了上帝创世过程。而到了今天，在任何可能性信仰的另一侧信仰自身只能是思想形象，人们必须把上帝写成 gOtt。仁慈缺失了，相反它成了永恒的循环，死亡和画面作为其切线在原地保持不动。

P　它是文明化的 B。同时它也是 M、N 和 O 这一三位一体框架的另一部分。P是深入到静止不动的文字自指内部的开端。

Q 字母Q的意思是例外，为了能够存在它迫切需要每一种规则。Q实际上不是字母，它是从字母表中逃出来的无任何意义的东西（正如Y意为"什么也不再"）。它被拽了进来，和其他字母一并罗列，但它的存在是一种抽象概念。它是一种必须存在的基本粒子，但绝不会被人所隔离。更有甚者：相比在其他字母里，在字母Q里门更容易向空白页即无文字状态敞开。这样Q作为一种外来和其他文化的残余物可能会对我们的文字构成永久威胁，以至于我们永远也无法像魔像前额上的那个字母一样把它擦去，而不至于剥夺我们自己的文字，为了统治我们这种文字跟魔像一样使自己独立，并凌驾于我们的语言之上。

R 它是代表背叛和失望的字母，就像从革命中产生了俄国、从法律中产生了复仇那样。字母R像是避雷针一样消失在土壤里，它未完成的动作引发了反应，为土壤和血液做了准备，把自己的能量导入血液。字母R里映现了反射。视网膜上的刺激。

S 诱惑。任何事物所面临的困难。缠绕在手腕和脚踝上的锁链。战胜我们的蛇。没有被完成的东西。两只手抓向虚无，无法闭合成8字形，无法进入无限的睡眠境地。字母S站得笔直，但却没有支撑。它在摇摆。

T 字母T代表黄昏/破晓和欺骗性的安静。白昼从它开始，黑夜以它结束。时间和永恒都同样导致它这一结果。它被从"警察"这个词里删除，但尽管如此也同样统治着这个词。

U 它不仅仅作为半圆连接两条线段。它还连接词语。单独作为缩写已经足够有力，但尽管如此它还是喜欢跟在其他元音之后。

V 就如同从B发展出文明化的P、从D发展出占优势的T一样，字母F那种不受限制的欲望、疯狂的愤怒和极度的兴奋又被增添了高贵和成比例的V。与P和T不同，V甚至在声响上也没能与产生它的F区分开来；如果它通过做出说外语的举动尝试这样去做，那么它就会倾向于默不作声了。它存在的目的是为了否认和歧视F不受阻挠的声响，给它（F）掺和一种书面的不确定性，这种不确定性拦截和重新解释F所散发的一切野性。字母V代表的是灰色理论、阴谋、否认和间谍活动。

　　W　W是提问的字母。在结束前有三个字母，就像回答它的D一样，在开始之后能够找到三个字母。它是思考的辅音，是在语言展开之前的停止，一股吹动音节的微风。

　　X　字母X自己什么也不说，尽管它好像代表一切。它是一种自我封闭的交错配列，其逻辑仅仅基于它不断以一种循环论证证实自己。它是异国风情的象征，尽管它在删去一些东西，但它恰恰证实了如此被标记的东西并强调了它。

　　Y　字母Y的意思是失去和忘记，但也意味着流传下来的东西和古代。Y曾经有一种意义。今天它成了毫无意义的符号、树杈或者交叉路口，在这样的路口儿子们杀死他们的父亲，为了把自己从语言中解脱出来。它是未完成的十字架的符号，是沙漠中呼喊者的符号。曾经它是一切，现在它什么也不是。

　　Z　字母Z不知道怎样自己说话。它位于字母表的末尾，但尽管如此感觉自己并不属于那个地方。它只能跨越所有其他字母与A交谈吗？还是有一种更快的连接？从头到尾（从A到Z）或许就是意味着头和尾（A和Z），因为在两者之间没有任何东西，其他字母在两者的连接处都消失了？字母Z代表不确定和对自己的声音一无所知。

92

虚构的友好第四和最后部分的自传体前言

（这一次真的是自传体）

我总是几乎上瘾地不断搜寻作家的传记，他们都是长年患脑闭塞症、最好又同时患有抑郁症的作家，比如乌韦·约翰森，在此我不断增长的年龄对我来说显得是缺陷，因为其他人除了或多或少完成的作品之外，至少还必须证明自己的死亡，而我自己则作为叛徒继续活着，左胳膊下面夹着一本包在塑料袋里的艺术画册走过长长的行列，右手里拿着一块莱比锡果仁蛋糕，后来在喝茶时表明，蛋糕几乎没有底部，而是仅仅由一种覆盖了一层杏仁泥的核桃奶油组成，因此它对于我的口味来说有些不平衡。我在用勺子吃蛋糕时读到，约翰森1979年，也就是在距离他死亡还有五年的时候，必须重新吃力地教会自己写作，我边吃边考虑，我怎么能够重新（在我来看也是吃力地）教会自己写作。为何要这样？我问自己，并马上找到了三种回答，但它们不是真正令我满意，此外它们好像还彼此矛盾。一方面我首先想到，我不必总对"我写什么以及是否我会写作"这个问题撒谎。另一方面或许通过写作，哮喘和有损形象的皮肤病将会得到缓解，据说我青少年时期的主人公现在也在患皮肤病，我患的是一种所谓无法被治愈的老年痤疮，它有一个好听的名字叫玫瑰痤疮，而他患的则是一种寻常型痤疮，能被治好，但可能导致初步的疤痕和毁容。从一般心理学角度我在想——在此感受到的不是心理学，而是把自己感受为粗俗，从单纯和幼稚意义上讲的粗俗——，那种带着鼓出和凹陷的水痘、像红色火焰一般写在我脸上的东西或许会逐渐褪色，最终甚至会消失不见，如果我重新教会自己写作的话。第三我认为必须要叙述一些事情，尽管我一直都是相当短暂地这么认为，大部分时间又不这么认为，因此人们也可以把第三点删去。

艺术画册跟果仁蛋糕或者最好跟蛋糕的名字一样碰巧也来自莱比锡，来自那里的博物馆，它将维利·鲍迈斯特（Willi Baumeister）和卡尔·霍费尔（Karl Hofer）进行了对比。出于完全个人的原因我觉得这种对比很有意思。在此又有三个不可思议的理由：第一，两位画家在我出生那一年都已死去。第二，在舍费尔艺术品商店（像我的主人公那么大时我在那儿为我的艺术明信片收藏买一些卡片）主要出售维利·鲍迈斯特的明信片，这样的卡片我也会买，尽管他的画作我不是特别喜欢。此外我不得不说，维利·鲍迈斯特的画片所在的领域代表的是现代派，这在当时主要是抽象艺术，因为我对所有现代派艺术都感兴趣，我就连带买了他的图片，因为他至少不是我所拒绝的具体和现实风格。当然我不排斥超现实主义和维也纳虚幻现实主义流派，但我拒绝一切被我纳入庸俗忧伤范畴的东西，比如也包括我很讨厌的卡尔·霍费尔。第三，不知什么时候我的欣赏品位发生了变化，但我却没有意识到这一点。很多年里我不再去想维利·鲍迈斯特，也没有再听到关于他的任何消息，因为他在七八十年代被人遗忘了，在这之后我又一次回想起他，翻出旧的艺术明信片，再次感到对他的画片的兴趣，尽管当时我只是对这些画片进行了分类而没有继续加以欣赏，但我却感觉它们离我特别近，令我回忆起一种图画赏析的感觉，总的说来令我回忆起一种与艺术的关系，这样的关系我肯定有过。随着年龄的增长我对卡尔·霍费尔也同样更加亲近，但我并没有刻意这么去做，特别是他用以描摹战前世界的那种忧郁在当时可能是离我太近了，在当时经常很相似的战后世界里，在此期间通过时间距离他的画作的氛围与略微伤感的情怀融合在一起，我在六十年代或者东德七十年代的黑白电视连续剧里也在寻找这种情怀。同时我觉得维利和卡尔这两个人物对于战后德国的二元世界来说是典型的，战后德国自身也按照二元制模式被划分为东部和西部、共产主义和资本主义等等。在小说临近收尾时应当有一段长篇独白，我想让我笔下主人公的父亲即一位工厂主在独白中详细介绍一下这种二元性，在他用他的思想观点（那是一种为新自由主义蓄势的态度）尝试废黜这种二元性之前。战后世界二元性的幽默之处恰恰在于对我来说现在才变得清楚的那种相似性，即相互抗衡的力量之间的相似性。霍费尔和鲍迈斯特之间的对立绝非是无法克服的，随着时间的推移对立会变得越来越模糊不清，最终现出真正的构造，就像马勒和布鲁克纳或者披头士乐队和滚石乐队之间的区别和敌对一样。

　　除了这一编目和约翰森的传记之外，我还阅读了菲利浦·索莱尔的《时间漫游者》。我偶然把书翻到某一处，它讲述的是艺术家们的母亲，普鲁斯特的母亲，她使自己患哮喘的儿子窒息身亡，阿尔托，他不断受到自己母亲怀孕的迫害，莫扎特，不为母亲的身亡所动（《依旧一首美妙的奏鸣曲》），赛琳，当然也包括索莱尔没有提及的约翰森的生平，在此母亲都扮演着一个成问题的角色。一方面母亲尝试，很实用地用一个眼罩来果断治愈左眼的斜视，另一方面她又总重复说：你像是一只公绵羊一样在斜视。但约翰森的母亲据说是出于关怀才说的这番话，因为她为自己的儿子设想出外科医生的职业，如果要把一个人剖开，人们就必须有一种准确的目光。但是哪一种灵感在这里使另一种灵感合理化呢？是职业愿望使母亲在面对痛苦时表现出的无情合理化，还是母亲的无情使职业愿望合理化？因为母亲们干脆不剪断她们孩子们身上的脐带，因此她们显得如此残忍，因为她们早已不再是养活孩子，而是通过孩子在养活她们自己。这样第二次和真正的背叛就发生了：约翰森被崇拜希特勒的母亲从祖母勒赫尔所在村镇的安全氛围中，打发到位于波兹南附近的科斯滕德国寄宿学校。我笔下主人公的母亲显然不拥有这种权力，因为她身体瘫痪。但在她瘫痪之前当然也有一段时期，意外瘫痪是在一天中午降临到她及家庭头上的，当时她正在充分尝试新的搅拌器。突然她的双腿不听使唤，她不得不把按在搅拌器上的双手移开，因为压力盖子自行开启，当她瘫倒在地上时，从搅拌器里喷出的生面团遍布在刚刚贴了墙纸的厨房里。

总之最后几年我无法记述，因为我无法用语言来描述在面对自己人生时的那种尴尬感觉。我的经历对我来说显得如此欠缺和平庸，以至于这种欠缺构想也扩展到了我的思想和感觉上，并且从那里继而扩展到我的见解和想象上，因此最后我根本不再有任何东西，只感到一种空虚，在这样的空虚里有时我会得到某一项任务，受到某种询问，为此我能够撰写一段文字，因为好像是另有他人使我坐到了打字机旁边。贝尔恩德·诺依曼在他的约翰森传记里写道："从事写作的人都在隐藏自己。写作在隐藏中演变为不情愿的传记，成了写作的原本话题",这段话正好道出了我所遭遇的内心矛盾,因为我在写作中甚至连隐藏自己都做不到,因为这种隐藏变成了我人生的主旋律。也就是说人生阻止了写作,或者说得更贴切是我在面对自己人生时的感觉,前面已经提到的尴尬和欠缺阻止了我为了记下一些东西而足够严肃认真地对待自己。青春期和不洁净的皮疹余威不减,它确定了我的命运,像一具石棺一样覆盖在失控的增殖反应堆上。

菲利浦·索莱尔写道:"我的身体,它是聪明的:它知道它不是一幅图像,它应该在这个时代的投影终端。也就是说,它想待在主人身边,它是火山熔岩,持续不断,注重仪表,穿着礼服,被人认可,受宠若惊,有所希望,需要抚摸,受人喜爱。它喜欢说话,并尝试不停地诉说自己的位置。它有时喜欢自己进行回忆。然后梦几乎总是一样的",然后他又列举了诸多我在梦里也经常会碰到的平庸琐事,汽车找不到了,手机丢失了,这在我的梦里还从未出现过,身份证件,与此同时人们身处很远的陌生地方。早在十多年前我就常年在写有关梦境的日记,在记录了上千次梦境之后又搁笔不写了,但不是因为我做的梦越来越少,而是因为越来越多。

比如今天夜里我迈进一家灯光昏暗的钟表店。店里表面上看空无一人,但然后我在一根柱子后面发现了一名男子。他一声不吭,但却用敦促的眼光看着我,因此我向他慢慢走去。现在我看到他的后脑勺缠在一种钟表装置里,他自己无法使它从里面挣脱出来。我用双手抓住他的脑袋,但不是向前拽,而是用力旋拧它,把它拧紧在钟表装置上,而不至于使它从身体上脱落。现在他又可以正常活动,行使自己作为售货员的职能了,以便服务一位在这一刻急急忙忙地进到店里的先生。在售货员与那名男子进行普通的销售会谈期间,我清楚了这名顾客实际上是一个疯子，他想把我们作为人质绑架。每当售货员转过身去，为了从其中一个抽屉里取出一块新的手表给那名男子看时，他就会跑到窗边，伸出胳膊朝外面瞄准，嘴里模仿枪响的声音。在这种情况反复了几次之后，他手里真的有了一支猎枪，但却是反过来持枪，也就是把枪口对准自己。尽管如此为了躲避他我们还是逃到柱子后面，之前售货员就站在那里。当那名男子用猎枪对准自己继续在店里跑来跑去时，售货员用眼神示意我，我应当把钟表装置从他的后脑勺里再拧出来。但我无法成功地举起胳膊。现在那名谋杀犯开始大喊一些我们听不懂的命令，虽然命令是用德语喊出的。突然店门被撞开，两个身着白衣的小姑娘在秋叶的簇拥下走了进来。她们举着一面过大的横幅标语，我能在上面辨认出几个相互之间毫无联系的词语：锌壶、橡木桥、鲤鱼眼睛、锈蚀和挥舞镰刀。

93

虚构的友好4：
从平缓本体论到心跳停止本体论

（一般叫作：大脑电气活动静止）

世界慢慢从我身边沉沦。或者我从它身边沉沦。或者气泡从我身边沉降。或者我从它们身边沉降。终于那种恐慌的感觉消失了。我一边下沉一边思考，但这样做仅仅是因为思考不会马上停止。因为我所想的比其中一个气泡还要更空，它没有内容，形式如此脆弱，以至于我根本不敢真正去思考所想之物，而只是把它在我眼后脑中保留片刻，直到它自行解体，向下沉入肺部，把我肺里的空气挤出。我从那些植物旁边沉沦，它们都是用灰色的毛毡制成的。有人把它们从青年旅社的床罩上剪切出来，因为我在它们叶片上的有些地方能够看出"脚端"字样。其后能够隐约看出一只钟表的轮廓。它是一只带磷光指针的红色闹钟，就像我在自己临终床边的床头柜上希望看到的那种，因为在我们家世世代代通行的做法是，人们给将死之人把这只红色的闹钟放到床边。母亲们不再能够认出挥着手朝她们跑来的自己的孩子们，孩子们也不再能够认出他们的母亲，当他们放学后靠着母亲们的汽车在等她们的时候。我承认,在我到达地面时我还在想这些事情。降落是有终点的,我可以让自己蹲下来,与此同时最后的气体从我的肺里涌出,我的右手像一只木偶的手一样再次从我身边向上飘荡,仿佛它是想挥手致意。奇特的是,整个一段时间里我就这么一动不动地待着。就连我的右手也再次向下回落,与左手一道放在我怀里。我正在惊奇人们不呼吸能够坚持多久时,我被人揪住拽了起来,人们猛晃我,捶打我胸部,扇我耳光。左一巴掌右一巴掌,然后又是左耳光。我原本不想再分开的嘴唇被强行掰开,一股热乎乎的气流挤进我的口腔,使我的肺部重新膨胀起来。

当我把眼睛又睁开一条缝时,我看到格克汗先生在半明半暗的房间里坐在我身旁的一个凳子上。是他把我放回到行军床上的。透过窗前两条毡毯之间的缝隙,一些傍晚的阳光夹杂着几片绒毛照进屋里。像是为了使自己找准方向,我想起了格尔妮卡。然后我试图大声斥责格克汗先生。但是从我的嗓子里只出来一种可笑的嘶哑声。尽管如此他知道我是什么意思。

"一名徒步旅行者,"他说道,"他在旅行期间在路边休息并睡着了,然后他被粗暴地叫醒。起初他以为是在做梦,但当他睁开眼睛时,他看到一名骑手从他的马背上下来,用一根棍棒来揍他。他尝试反抗,尝试避开击打,最后他吃力地站起身来跑向一棵苹果树,为了藏到那里不让袭击者发现。但对方尾随而来,从地上捡起熟透的苹果,把它们塞进被痛打者的嘴里,越塞越多,强迫他把苹果通通吞下去,直到他的肚子不能再装下一点儿东西为止。旅行者精疲力竭地倒在地上,但是那名骑手一直还不放过他,而是再次用棍棒揍他,把他从左向右、从右向左地赶来赶去,直到太阳落山。"

"您是想用这样的谎话为您对我的所作所为辩解吗？"我用略微嘎嘎的嗓音问道。

"你是代表上帝仁慈的天使加布里尔。上帝赐福于你看见我的时刻。因为我先前已经死去，是你赐予了我生命。你就像母亲寻找她唯一的孩子那样寻觅我。我在你面前逃跑，就像驴子试图逃脱它的主人一样，就像小丑自认为能逃脱风那样。请不要惩罚我的错误。假如我知晓你的计划，我从一开始就会赞美你的，被打者就是这样回答抓住他的那个人的，就像我现在抓住您一样。"

"我始终不理解您的寓言，但这或许也是因为您的击打一直还使我有些昏昏沉沉。"

"这则寓言很容易破解。骑手在接近沉睡者时看到，一条蛇是怎样通过他张开的嘴巴滑进他体内的。假如他叫醒他，告诉他自己所看到的情景，那么恐惧感就会马上涌上旅行者的心头并令他丧失勇气，还在同一时刻他就将倒毙在骑手脚下。与此相反他一直殴打对方、喂他苹果吃并再度殴打他，直到他精疲力竭地把内脏里的所有东西连带那条蛇呕吐出来。"

我沉默不语。对此我应当说些什么呢？说他尽管让我沉陷下去好了，否则他就应该早点儿出现并给我把药拿来？

"穆罕默德教导说，如果人们给弟子讲述他体内的黑暗，他就会感到害怕，精神崩溃并死亡，当他想象这种黑暗时，他就不再有力量进行斋戒和祈祷。"

"反正我几乎无法再下咽任何东西，至于我体内的黑暗，在此期间我已经非常熟悉它了。但是祈祷，我不知道在最后几周里您是否将会教会我祈祷。"

"鲁米也不再是最年轻的弟子,当他遇见沙姆斯的时候。只有沙姆斯才使他走上正确的道路。"

格克汗先生走后我继续那么躺着,但我还是想起了一句祷告。祷告词是这样的:"亲爱的上帝,使我虔诚吧,让我升入天国。"起初我很难为情,只能结结巴巴地说出这么一句简单的儿童祈祷,但紧接着我认为,这句祈祷是多么美妙啊,因为它表达自无信仰,但却承载着最崇高的信仰,即对上帝仁慈的信仰。当我对格克汗先生说他将不再能教会我祈祷时,我说话的口吻是如此卖弄风情,仿佛我从未祈祷过,仿佛我不必非常吃力并经过很多年的训练才使祈祷技能退化的,因为这样做对我来说如此轻松,太过轻松了。但紧接着我想起了下面这番话:"希望只不过是一名江湖骗子,他不停地在欺骗我们,因此对我来说幸福在我失去它时才刚刚开始。我很乐意把这个句子固定在天堂之上,但丁就曾经用这个句子给地狱加了标题:弃绝一切希望吧!入门者!"但尽管如此尚福尔还是自杀了。虽然他不仅看穿了一切,而且也能以简明扼要的方式加以表达。还是其中一件事与另一件事毫无联系,也就是看穿与人们必须生活的生活毫无联系?

我躺在床上,看着天花板在想:"为何人们总说,一切都是一个圆?一切也同样可能是一个正方形。还是正方形是一种太过人性化的设计?如果涉及形而上学的话,人最终会因害怕角和棱而退缩吗?自身的傲慢潜伏在角度里吗?就像是处在交叉路口时的那种不自在,因为这样的路口总是要求人们做出决断,而圆则无须做出任何决断地围绕着自己旋转?"

追忆人生是一件奇特的事情。在自己面前人们不能像在其他人面前那样如此惬意地用数据总结人生。然后人们又会产生一些奇特的想法。为什么我没有至少偷过一次东西？为何我没有策划过任意一场骗局，无论它是怎样收尾的？就我而言也可以以入狱作为结局。不一定非要是谋杀。

我们所收集的只不过是从另一个地方拿来的，这样一来每一次结合也同时是一次分离。

我来到诊疗室。雨水以长长的条痕沿窗玻璃流淌。我坐了下来。我的验血血样慢慢沉入一个试管里。我在思考是否人们可以把这一过程称作凝集。我的两管脊髓采样变成了灰色，它们看上去像铅一样。在夏天长达三周的时间里，我的双手手背必须在与锁骨相齐的高度被缝在胸脯上。我被带进邻室，在那里人们把治疗椅和两台器械指给我看。还有一个月的时间。"但我必须在病床上躺着，"我心里在想，"其实我是想今年夏天去海边。在撒满钉子的沙滩上漫步。木板箱在海面上漂浮着。从远处驶来一艘船只。"

疾病发作之后我睡了过去或者变得昏迷，在我的脑海里只剩下宽敞空旷的房间图景。换言之我感到无比空虚。不仅仅是我的脑袋空虚，但尤以它最为空虚，因为身体的感觉都是以它为出发点的。因为我的脑袋空虚，在那儿也就无法形成对我身体的感觉。一个粉刷了白色涂料的房间，一种耀眼的白色，就像在六十年代的科幻电影里看到的那样，白色在角落里稍微减弱，几乎不留缝隙地过渡到我逐渐平息的脉搏的黑色之中。在这间无限的房间中央有一个赭色的盒子，上面捆扎着一根灰色的细绳。我自己完全歪斜，就像据说存在于我们大脑中的那种身体感受图片一样扭曲变形，生有硕大的手掌和膨胀的嘴唇，只是反过来长着微小的脑袋、圆圆的乌亮的小眼、招风耳、向内翻转的鼻子、向内翻转的胳膊和腿、向内翻转的尾巴。房间在围绕着我运动，同时我也在它里面运动。但是那个盒子却显得非常独特，它对我有一种强烈的吸引力。我不想去碰甚至打开那个盒子，只想这么观察它。

格克汗先生拿走了我随身带来的那几本书。他坚持自己的鲁米－沙姆斯前提。沙姆斯和鲁米在一个房间里隐居了四十天，而外面的一切都陷入厚厚的积雪里，弟子们一个接一个慢慢离开鲁米的居所，首先是印度人，然后是阿拉伯人，最后希腊人也离开了。然后在四十天之后门又打开了。沙姆斯和鲁米走了出来，开始馈赠、出售鲁米丰富的藏书，并用它们交换乐器。鲁米学习弹奏鲁特琴。因此在这里也是摒弃分析性思维而转向歌曲，歌曲是神秘主义者真正的表达方式，只是这样的表达方式我也不会再学到了。

格克汗先生谈到的鲁米房子四周的积雪让我禁不住想起了披头士乐队的《救命！》专辑。不是因为我当时根本就没看过的影片，而或许是因为在过圣诞节时赖讷得到了《救命！》专辑作为礼物，并带着它在第一个圣诞日来找我，穿过当时总能保持很久的积雪，而专辑唱片上的歌曲却都很短，总计十四首歌里只有唯一一首演唱时间达到了三分零几秒。

毫不迟疑，或许这里面蕴含着整个秘密：毫不迟疑。

在那幅画面从我脑海里消失之后，我一直还闭着眼睛躺在格克汗先生放置我的那个地方，我有这种感觉，仿佛我会在睡眠过程中醒来，不是真正变得清醒，而只是意识到自己在睡觉，然后我立即想到那个盒子可能代表着什么。在它里面安息的是我的思想吗？还是一种思想被保存在里面，迄今为止它使所有其他的思想都陷入不安？又是眺望一处景色的无辜的眼神，一片覆盖着白雪的原野，一条小路构成了原野的顶端，它可能会引发一段痛苦的回忆，因为我曾经和一个女人在那条路上走过，途经在原野上劳作的农夫，当时已经是周六的傍晚，天空逐渐褪去了冬季的灰色变得幽暗，不顾寒冷我们在一张长椅上坐了下来，目光经过光秃秃的树木向下望去。或许那个盒子就像是"克尔白"天房一样，而我自己却不清楚"克尔白"天房象征着什么。如果我记着这回事，我会向格克汗先生打听的。

今天我穿过毗邻的房间走了半个小时，在一个柜子里发现了一台老旧的便携式电视机，对此格克汗先生可能一无所知。很多年前我在一处度假公寓里见到过一台完全一样的电视机，只不过我回忆不起来具体是在什么地方，以及我是一个人还是和其他人在那儿。为了调台人们必须转动一个小轮子。只是那台电视机只能接收一套节目，一套当地电视台的节目，电视台可能就在附近。有时在午夜过后我也能收看到德国电视二台的节目。一段时间之后黑白画面会变成绿色，然后转播会中断一刻钟，但又会自己重新开始。

在世界青年大会上的一次讨论。与会者当中有一名无神论者。有人被安排成无神论者。有人有这样的思想，即相信他自己否定的东西。在特里尔一位接受电视采访的牧师站在大教堂门口，讲述人们是怎样促使魔鬼参与修建教堂的。人们欺骗他说修建的是一家酒馆。径直走了进去。人们聚集在中殿。因为上一周的事情我一直还感到精疲力竭。从一名神经病学专家到下一名那儿去。其中一名专家给我的头部装上铁丝网。另一名只是打量着我。地板发出嘎吱嘎吱的声音。楼梯发出嘎吱嘎吱的声音。猫。阳台上晾晒的衣服。八月份的寒冷。八月份的雨天。晚上。失去知觉。正如福柯所说,现在开始了知道和沉默的游戏，患者接受了这种游戏，为了始终主宰与自身死亡的神秘关系。

有时我在想，至少现在我必须再次质疑并推翻一切：性心理发展、无意识、天才和精神错乱、心身医学、被排挤物、十二步项目、自助团体、爱情的拯救力量、解脱性的跳窗、自我证实，然后是自我宣称，当然还有自我袒露，以及对自我袒露的害怕，然后是那种同样神经错乱的感觉，即置身局外，作为没有任何参照的拟像。简直就是为了无任何负担地离去，就像其他人整理他们的证件那样，从吕肖－丹嫩贝格县离开，我们作为童子军成员时总这么说。

相比死亡其他关系要复杂得多。第三国就像在以前蹩脚的B级片拷贝里那样向西方指出，核裂变试验还在继续进行。核裂变。这让我回想起某些事情。或许让我回想起我在体内的某个地方到处携带的真正核心？这就是问题的要点。对此我为何会想起托马斯·曼？托马斯·曼已经死了。我活了这么久，而他已经死了。他把自己理解为德国人的代表。人们也必须首先想到这个。其他人不加疑虑地就相信这一点。代表。一种分身（面貌极相似的人）。德国人的代表。我将表达如下看法。短时间内我自认为从电视机的沙沙声里听到了卡内蒂高亢的声音，但这也是不可能的。卡内蒂同样已经死了。到底什么是第三方供应商？难道三位一体已经在象征层面上解体到了这一步，以至于第三方就代表了威胁本身？

"你没有足够的自信"，有人从白色的电视机的沙沙声里说道。"你不相信你自己的叙述能力"，另一个人这么说。是这样的。我也不相信神圣的天主教会，不相信其中一个神圣的天主教会。即使该教会也不相信它自己的叙述能力。为了叙述它还需要另一个人。需要你。需要魔鬼。需要撒旦。需要新教教徒。需要无信仰的人。需要精心设计的矛盾。需要天与地。需要天堂与地狱。需要天堂与炼狱。我看到了我这一代最优秀的人物。我不是很清楚我这一代是什么。不清楚它应该是什么。我只看到了脑袋。它们向远处滚去。最终也包括我的脑袋。

电视画面上是一名正一瘸一拐行走的牧羊人,然后是其中一名必须总演所有亚洲女人的女演员,她和另一名负责演土耳其女人的女演员一道在一家高档妓院里。周围变得安静下来,周围是安静的,周围一直都很安静。夜幕降临,我和任何人以及任何事情都没有联系。特别节目《您理解玩笑吗?》临时清洁工被骗。时而是一头大象站在昂贵的瓷器之间,时而是一头棕熊。当女人们去求援并在帮手的陪同下返回时,那些动物已经通过一道暗门消失不见了。我能够观察到,人们多快就会怀疑自己的理智或者怀疑自己的感知。明天我也会再次生疑。今天我没有力气再去怀疑了。

一个女人刚刚修完指甲回来。人们怎样称呼做这种事情的女人呢?也干脆把她称作女修指甲师(Maniküre)?还是女美甲师(Manikeurin)?或者女美甲员(Manikeuse)?只要我不知道答案,我就无法继续思考。

午夜过后三辆警用车辆驶上大街,因为斜对面有一个女人在失控地喊叫和哭泣。是过路人报的警。站在窗边的男人说,她喝了太多的酒。我们想看一眼那个女人,过路人朝楼上喊道。可以,楼上的人向下喊道。没有一点儿动静。楼里的其他住户也不出声。警察来到现场,听取过路人的汇报。然后他们走进楼里。稍后一名警察提着一个蓝色的衣服袋子从楼里走了出来。紧接着是另一名警察和那个女人。她在手指间夹着一个烟头。走路时显得缺乏自信。身子摇摇晃晃。

这名患者在计数心跳、脉搏以及盲人手杖在房屋外墙面上摸索前行的击打声,对他来说数字就代表了某种意义,因为他自己不再有任何思想了,对这名患者而言中午麻木的天空是令人无法忍受的。一切

893

静止的东西好像都已做好了手术准备。被包扎了绷带，被注射了镇静剂，带有被清空的肠子和麻木的大脑。如果患者向天空望去，他会看到苍穹被向两边拉开，被白杨像用线夹一样在两边固定着。他向屋顶看去，等候着外科医生的切割，害怕透过裂开的伤口看到内脏，害怕如雨般倾泻到他身上的血液。唉，如果那种灰色只是蝗虫和青蛙就好了。

在两年前的一个星期一早晨，我在美茵茨大学附属医院看完病之后在我出生的故乡做短暂停留，在那儿我沿莱茵河河畔散步，以前我和父母在那个地方走过了无数个星期天，突然一名男子朝我迎面走来，问我是否知道那个阿道夫住在什么地方，因为他打算买他的房子。那名男子好像并未饮酒，此外也给我一种普通、更确切地说是平庸的印象。他大约有六十五岁或者快七十岁的样子，但是好像不习惯于穿西服。我尝试一言不发地避开他，但他不依不饶地跟在我旁边走，最后往我的大衣兜里塞了一张二十欧元的钞票，为了像他所说的奖励我费心的思考。这种孤独无助和夸张的姿态感动了我，因此我把那张钞票退还给他，告诉他这附近既有一处阿道夫高地又有一条阿道夫林荫路，但是起名者是另外一个阿道夫，即阿道夫皇帝。我话还没说完就猛地意识到，当然不存在什么阿道夫皇帝，而是我指的是拿骚的阿道夫公爵。我想更正我的错误信息，这时那名男子指向街对面的一家咖啡馆，他很想邀请我去那儿喝杯咖啡。还没等到我回答，他就穿越马路向对面走去，我多少自动地跟在他后面，为了不使谈话就这么简单地中断。但是那名男子好像没有听到我关于阿道夫皇帝的评述，因为还未等到我们在衣帽间附近的一张圆桌边落座，他就讲述说他打算对阿道夫的房子进行改造，因为他不是纳粹，他自己也是在那一天出生的，在那一天阿道夫在元首地堡里熄灭了灯（自杀身亡），因此他以某种方式强制性地感觉自己与阿道夫结成了姻亲，特别是因为他也曾经爱上过一个叫埃娃的姑娘，但是这段恋爱没有产生任何结果，因为他最终娶了住在行政区大街上的绘画大师舍恩布拉特的女儿布里吉特·舍恩布拉特为妻，当然这给他带来的好处是使他拥有了一份稳定和能够抗拒危机的工作，因为人们总想在墙上挂点儿什么，无论他们的境况有多糟糕，外面的情况看上去越糟糕，人们就越想把室内布置得更漂亮，这也是可以理解的，他在过去四十年里负责处理的正是这样的事情。但是现在在他六十五岁生日的时候，生日庆典本应于昨天即四月二十号在市政厅地下室酒店极为隆重地举行，他却收拾好自己的东西搬进了怡东酒店。"我自己有七个孙子，尽管儿孙中没有一个人愿意继续经营我的家业。"他补充说。但是凭他对他妻子的了解，她是几乎不会让庆典泡汤的，因为已经为将近五十人预订了宴席，他也给她在共有账户上留下了足够多的钱，以便能够支付庆典账单，此外她除了那栋可以部分转租的大房子之外，还有一套出租房子，那是她从她父亲那儿继承的，因此她不会受穷的。他对家里所有的财务状况并不是十分清楚，但是他已经筹集了一百五十万欧元，用这笔钱是能够做成一些事情的，尽管一幢别墅就像阿道夫的那样当然价格不菲，这一点他已经知道。只是现在在他没有工作的时候，他需要一个新的活动领域，恰恰是这么一幢破败的别墅会不断要求人们对之进行修葺，归根结底他实际上能够对别墅的所有地方进行维修除房顶之外，因为他有恐高眩晕症，至少是从某一高度开始，在梯子上他站了一辈子。在他继续讲述期间，我们俩各自喝了一小壶咖啡，我很吃惊这个男人绝不是令我讨厌的那种类型。我甚至在听的时候突然发觉自己在为他的说辞辩解，因为我也说过阿道夫皇帝之类的无稽之谈，人们不能责备这名男子把元首的生日和元首的死混为一谈。

"因此您说,"我还来不及再次纠正先前言语上的过失,在短暂的停顿之后那名男子就出乎意料地又说道,"这里涉及的是另一个阿道夫?人们知道关于这个阿道夫的一些情况吗?另一个阿道夫是因为与第一个有关联所以才选取了同样的名字吗?因为如果他是一个见多识广的男人,那么从根本上讲我不在乎要使哪一幢别墅成为纪念馆。这对我来说无所谓。到处都有一些事情可做。"我看了一眼通向卫生间的那道门上面的钟表,掏出我的钱包为了给自己喝的咖啡付账。"所有这些都算在我的差旅费上。"那个男人一边说一边把那张二十欧元的钞票压在玻璃烟灰缸下面。当我站起身时那个男人也跟我一块儿站了起来,但他那样做是为了起身与某人告别,而不是也为了自己离开。"我现在每天早晨都会在这儿筹备规划,"他说道并跟我握手,"如果您得知一些新的情况,无论是关于哪个阿道夫的,前面已经说了一百五十万欧元肯定是没有问题的,除了房顶所有的工作我都自己做,也包括电和煤气,验收方面也不成问题,我认识以前的很多同事。"说完这些话他又坐回到椅子上,从他的夹克口袋里抽出一张纸条,开始研究一些数字列。

我在黑暗中不断听到一些不连贯的语句。"如果明天天公作美……""当然这要取决于是否……""一开始我认为……"我想象日光照进我的房间,我将会闻到其他一些东西,而不是这个房间的气味和我睡眠的味道。或许闻到的是一丛盛开的灌木或者一棵树。此刻在我脑子里完全是自发地产生了一种死亡和复活的哲学。它是众多来世哲学当中的一种,基于那种对今生的徒劳渴望。形而上学是从疾病中发展而来的,而健康的身体更确切地说是致力于研究物理法则并设计出一种运动哲学，人们可以这么说吗？人们必须使物体运动，物体的功能就在于被移动。人的功能就在于移动物体，这样是为了能够用一个公式来表达人生，这个公式是由物体阻力的大小和物体在人手的作用下移动距离的大小所决定的。

即便我尝试去回忆女人的身体，但这也只是招致了不同季节的画面。就连断断续续的旋律也只让我回忆起不同季节，仿佛季节的交替是人存在的本源话题。对日本诗人来说这早已是众所周知的事情了。

那种自我异化在我内心过于根深蒂固。这样我也只能想象一种异化的死亡：即殉难者之死。在死亡中还在否定自己，不是为自己，而是为一件事情、一种思想、为任意假托的一种解释而死，最主要的是让其他人来分析自己的死亡，这是自我异化的巅峰。其他人对此可能会有不同的感受，对他们来说自身卑微的存在可能会在殉难者之死中得到超越，但我从一开始就知道，殉难者之死的真正残酷之处恰恰在于，直到生命的最后一刻仍然否定自己。

另一方面殉难是一种许多人无法得到的恩宠。相反他们必须屈辱地躺在床上死去，因为殉难不能也不允许被激发。

还在诊断前我就无法再让自己离开了，这与诊断毫无关系，或者与此也毫无关系，即我已经感觉或预感到它非常乏味地与离开自身有关。人们说的就是这么简单。我根本无法再换一种方式来描述。离开。放弃。这已经是习以为常的了。在此期间这已成为普遍的说话方式。对医生来说也是如此。在性高潮到来之前持续的时间相对较长，而且也仅仅是伴随着疼痛。脐带缠绕。复发。出于类似的原因萨德开发出他的施虐淫行为。我压在身下的女人被我所爱。因此在上述前提下产生的亲密使我感到更加苦恼。我这样表述，就仿佛是医生把我说的话作为一种供词加以记录，然后把记录放在我面前让我签字：在此说明，在上述情况下亲密令他感到苦恼。他看上去惊慌失措和缺乏自信。不停地摩擦自己的小臂。在别人的询问之下解释说，一段时间以来在那里（小臂处）感觉到一种强烈的瘙痒，但从表面上却看不出任何东西。在此说明，他不知道应该笑还是哭。在别人的询问之下解释说，角色都是被分配好的，这样也最好。在此说明，他虽然有过那种想法，但事实上对他来说尝试和另一个女人在一起是绝对不可能的，尽管他能够想象和另一个女人的问题不必以这种形式出现，但他马上又补充说，那样的话将会有另一种问题出现。他不自信地笑了起来，再次摩擦胳膊，补充说现在反正一切都不重要了，现在反正一切都无所谓了，他想现在了结此事，必须了结此事，因为她的女伴有了另一个男人。

卷帘门在八月的风吹下发出噼噼啪啪的声音。月份＋天气／天体＝里奥·雷瑟的歌曲。里奥·雷瑟已经死了。现在再谈荣誉已经太晚了。对于快乐而言也是如此。这样的时代都过去了。飞机穿行在云层之间。有人骑着一辆自行车在来回兜风，他在自行车上安装了牌子，牌子上讲述的是政治家们的谎言。谎言。一切都是谎言。这完全符合我的观点。一切皆谎言。神经病学专家在撒谎。精神病医师在撒谎。精神分析师在撒谎。她在撒谎。我也在撒谎。

平静的水面。沙拉。从药店里买来的药。我社会保险方面的漏洞。未被开启的信封。更多地相信自己的叙述能力。走向街头。观察人们。不同的情况。写下来。返回。坐在厨房里。交谈。恰恰是鸡毛蒜皮的琐事。恰恰是无关紧要的事情。没有任何结果。人们待在一起。不想像其他人那样掉入同样的陷阱。这一切都太费力了。感到绝望的人毕竟是极少数，这一点归根结底是令人惊叹的。或者人们不向外袒露自己的绝望。不可思议。人们现在也不再抱什么希望了。倒退十二步。加深自己。这话是什么意思？使自己变深？躺得再深些？失去自我？太好了。我参加。

药方。药片。副作用。其他药方。其他药片。其他副作用。可以忍受。这样没问题。人们还有什么不满足的？安置好了。休养几个月。然后奇特的是，身体有了抗药能力。也就是说我有了抗药能力。我和我的身体。疗效成了泡影。加大剂量？在您这种情况下不是很有意义。某些现象得以保留。请您不要离去。您必须一块儿活下来。向下走十二步。地下室楼梯。潮湿。湿冷。墙皮脱落。

我和一位年轻的、我不认识的女士坐在一家咖啡馆里。一家私人快递公司的邮差手执一个狭小的包裹来到我们桌前。他问我们是不是那些人，他们在这家咖啡馆里坐过然后跳了窗。他指的是我们俩作为抑郁症患者从窗户跳了出去并摔死。我们确认了他的猜测，然后他把那个小包裹递给我们，我们在他的电子板上签收了包裹。纸板盒里放着两粒硝化甘油胶囊。当我把其中一粒拿到手里时，它变形成一种类似胎儿状的东西。出于某种原因我认为我要再次逃跑。

我从手机上接听电话。一个声音说道，人们根据对我过去十二次谈话的内容分析查明，我是阿拉伯人，是侯赛因医生的三个儿子当中的一个，因此我才接到的这个电话。打电话的人没有道出他的名字，在我的追问下他只是说道：他们现在又顺手牵羊地拿走了我的自行车。我猜这句话的意思是他的自行车被偷了。我自己正推着我的自行车走下山丘，去山下一家被遗弃的工厂。当我在山下想把自行车锁住时，我意识到人们偷走了我的车锁。起初我感到惊讶，然后我认为或许他们先偷了我的锁，为了紧接着能够把自行车偷走。

我沿一条大街行走，途经不同的餐馆，穿过一个好似在疗养地的长廊，从那里接着去一栋阴暗的房子，进去之后我沿楼梯上楼。我想去楼上一处犹太人居住的住房。那里的氛围就像是在一家旧书店里一样：书籍上满是灰尘，深色的木质书架，锁闭的玻璃门。我待在走廊里等候。一个男人走了过来。我问他在这儿我能否学一些关于犹太教的东西。他想知道我的名字。我告诉他我的名字，然后他说维策尔是一个犹太名字，还说他有一个小包裹给我。那是一个包着钉子的小口袋，口袋上真的用希伯来文字母写着我的名字，但奇怪的是我却能读懂这些字母。我下楼上了我的汽车，可是车却无法开动。我给全德汽车俱乐部打电话，他们也马上派人来到现场。装配工人很快往汽车引擎罩下面看了一眼，说在一天之内修好是不可能的，因为这种老式欧宝车的发动机根本不再被允许出售给犹太人了。

我从一家宾馆餐厅出来上楼。起初我开错了房间门并吓了一跳，当我看到房间里一个男人躺在床上，我不知道他是在睡觉还是死了。我关上门继续沿走廊前行。我的房间门是敞开的，因为清洁人员正在打扫房间。我说我的房间根本用不上打扫。于是一名女清洁工问我，是否我希望至少让人很快用吸尘器把房间吸一遍，因为她看到了我的喷雾器，说灰尘对于哮喘病人来说是不利的。我表示同意，于是另一名清洁工拖着一台吸尘器走了过来。她直接走向衣柜，在我的短上衣兜里乱翻一气，大声朗读她在兜里找到的药品的名称。她对此大加嘲讽，说人们被医生开了这些药，是为了在自己的母亲面前装出一副了不起的样子，如果人们不是真正生病的话。在她说这些话的时候我非常生气，大声呵斥她应该收回说过的话，威胁说我要让她尝尝厉害，将会让人把她开除掉。但是她很倔强，即使我用力把她挤压在门框上她也不服软。

尽管我不愿意，但我还是采取了主动。尽管她愿意，但她还是保持被动。我们对此达成了一致。有时其中一个人大叫，然后又是另一个人。总是交替进行。很少两个人同时这样。太让人迷惑了。否则的话情形几乎会跟以前一样，那个时候我们有时还会聚在一起。现在顺序被确定下来。其他人一辈子独身不婚。也未尝不可。我甚至认为教士也可以戴耳环。为何不行呢？谁要是给自己买了一张火车票，他也就连带买了赎罪券。这很划算。我不再信任我叙述的对象，就连我的幽默我也不再信任了。简而言之：我对什么都不再信任了。

我对卡尔·迈小说的故事情节所反映的美国风光总是有不同的想象，在电影院里看第一部根据卡尔·迈的作品改编的影片时，我惊奇于那些不具代表性的草地、树林和岩石，在它们当中只是偶尔散落着一株苍白的仙人掌，因为我不知道，那些卡尔·迈影片都是在克罗地亚拍摄的，影片中的仙人掌都是用木头刻成的模拟物。当我后来得知这种情况时，我感觉自己上当受骗，就跟被那些老师所欺骗完全一样，他们本人就曾经是纳粹，却又装出一副仿佛是他们亲自创立了民主制度的模样。人们系统地教会我们去猜疑各种嗅觉、各种直觉、特别是想象力，恰恰是在诸如艺术、音乐和宗教这样的教学科目中，这些科目看似处在国家机器的意识形态范畴之外，能够更加紧迫地给意识形态注射疫苗。

上帝想把巨大的恩宠赏赐予谁呢？我注视着这些快活的战士们的脸庞。当然他们都是些年轻人。但是人们不也曾经怀有理想吗？现在他们拿着一个十字架穿过德国瞎跑。他们来到一座城市，人们用战后历史上最严厉的安全防范措施使这座城市变得安全。如果教皇在人群当中洗澡，他会认为站在周边的所有的人都被搜查过了。同时是竞选活动。同时休假季节接近尾声，我们又返回到日常生活当中，带着较少的时间和稍多的谈资。白天的事情就是这样发生的。不是发生在我身上。不是发生在这里。是在其他地方。在企业里。失业的残酷之处在于，人们无法再去往另一个地方。人们只得待在家里。残酷的是没有可被处理的琐事了。人们现在可以坐在那儿直接等死。非常直接。电视向人们展示该怎样转移自己的注意力。首先是私通。其次还是私通。第三是重新回到第一个伴侣身边。最好是带着孩子。如果还有一些可让人大叫的事情就太好了。谁大声叫喊，他就不是死人。

这名患者认为使他生病的是那些混杂在一起的事物，并尝试从痛苦中查明一种导致他病情的原因。但是他越深入和清晰地分析他生命的不同时期，他越细心和精确地在昏迷的睡眠和痉挛之间埋头于自己存在的各个细节，他对于不被留意的渴望就会变得越发无法满足和令人痛心。这名患者渴望的东西，就是他同时自认为识别出的造成他病情的原因。他渴望的不是其他一些东西，而是相同的东西。他渴望他的生命的回归。但那只是他生命的片段和碎片。即便是现在他仍在说，他愿意"忍受某事"，但却不清楚这个句子是什么意思。这是一句天生就被赋予我们的古老的法律套话，仅此而已。再一次漫不经心地步入大自然，在大自然中闲逛，仿佛它从未决定过生命。笑着过完自己的生命，坦然面对发生的一切。最后他应当惊讶得简直说不出话来：死亡作为最后一次狂欢节日，节日期间一切都在摇摆和旋转，各种颜色就像火箭一样从物体和身体里嘶嘶地射出，在他一直还高举的手中的灰色草莓波烈酒酒杯上方倾泻而下。如果他现在听到有东西在敲击一只玻璃杯，那么它不是被自己的手指握紧的甜点勺，用这把勺子他正在预告马上要发布一段祝酒词,而是长颈鹿造型的鸡尾酒搅拌条,它在家用酒橱里在外面一辆驶过的卡车的作用下震动颤抖。孩子们手里紧握着湿漉漉的小花束列队而来,匆忙单调地背诵他们的祝福。他用手拂过他们的头顶,往他们被花梗划出线条的拳头里各塞了一枚十芬尼的硬币。然后他向乐队打了个手势,在镶木地板上开始了第一支舞曲。他用右手紧紧搂住那位年轻女人的腰身,左手和她的手一道举得比平时更高,仿佛他想挥手致意。光线透过社区会堂棕色的窗帘照到成团的雪茄烟雾里。

最后当人们把治疗仪器移到患者的床边,为了让淡绿色的光线把他暖热,或者当整个住房里都变得安静下来,仿佛不再有人做任何工作了,这时那名患者想做些奇特的事情。他要了一张纸条,用一种无法形容的吃力用人们裹在他手里的铅笔在上面写了些什么,那是一种难以辨认的潦草的书法,更像是一幅草图而不是一个单词或者一个句子,或许它应当是一段路程或者一幅平面图。他用最后的力气往一个人的耳朵里小声说了些什么,这些话他好像是故意保留到现在的,但是他的话已经无法再被听懂。最后的情景就跟生命中的其他时刻一样,人们想做一些特别的事情,一直以来就想这么做,早在第一天夜里就想这么做,当人们感到口渴,还不知道喝水已不再是补救办法了,早在那些夜里就想这么做,当人们赤裸着身子在走廊上又找到自己的时候。它好像是一种矛盾,但又不是矛盾,很简单,那种奇特和特别的事情只是被感觉和想象的,但从来不可能被体验。如果我把它说出来,它就会失去任何特性,因为在我尝试使无法理解的事情变得可被理解时,这样的事情就会永远消失不见了。或许我们故意等这么长时间,直到人们无法再阅读或者理解它,恰恰是因为我们预感到人们无法阅读或者理解事情本身，就算它被清楚地写出或被表达出来。它是一些奇特的事情，因为它奇特，所以它很快就结束了，它使用的是对一个火车站站前广场或者一条铺石街道的混乱回忆。事情的过程被说得很快，但是如果让我说的话我就会弄错，我将会掩饰事实真相，将只会认为我认真调查了这件事情，觉得它一点儿也不奇特，而更确切地说是自然和易懂的。我们所表达出的那些童年时代的闹剧蒸发和消散在一种理性的现实当中，我们不断地使自己清醒地进入这种现实。童年时代的闹剧之所以消失了，仅仅是因为我们犯了给它们命名的错误码？患者知道了他作为孩子不知道的事情，他知道奇特的事情是没有名字的，是不能够被描述的。出于这一理由患者派人去请一位神父，因为他现在把上帝理解为是这种奇特事物的象征。神父对他说，上帝是爱，是复活和生命，如果患者在这一刻微笑，那么他的微笑不是因为充满幸福的喜悦，而是出于一种完全不同的理解：他知道上帝恰恰不是神父所说的一切，而仅仅代表奇特的事物，这样的事情他作为患者也同样能够很容易地随便说说，尽管是用其他的话语来说。他将会这么去做，但只有当人们不再理解他时，然后当他自己也不再理解这件事的时候。

  在八月份的诊断快要来临时我又爱上了一个女人，她在马路尽头的面包店里作为帮工工作了十四天。因此每天中午三点半我都要去那儿买一块脆皮奶酥点心，事实上它尝起来味道糟糕极了。我把这块脆皮奶酥点心带回家，在四点过十分的时候就着一杯咖啡把它吃掉，与此同时我收听德国广播电台，为了得知在文学世界里都发生了些什么。我自己用圆珠笔在伍尔沃斯打字机专用纸张上画眼睛。这种打字机专用纸张我是在伍尔沃斯大楼里买到的，尽管我总的来说害怕进入伍尔沃斯大楼。伍尔沃斯大楼里唯一让人快乐的东西就是那种每隔十分钟响起的广播通知："请到7号收银台来一名商场侦探。"我在想，商场试图用如此简单的手段控制光顾这里的人们，而我则在商场后面的敏利得先生收款台处结账，因为那个地方从来就没有人。

说爱上某人可能过于夸张。这是一个了不起的词汇。就像酗酒。或者抑郁。或者癌症。或者恐怖主义。它们都是些了不起的词汇，然后它们在灰暗的医院走廊里被限制在一个可被忍受的程度上。医疗改革的目的无异于要把死亡理应得到的正常和平庸归还给它。在这里的西方世界。住在两居室住房里的没有工作的人对死亡的期待变得平庸，同样变得平庸的还有在相应医学管理的死亡疗养机构里所发生的一切。拒绝心肺复苏术。毫无意义的繁文缛节。没有别的。最终反正不发表任何见解。

此外教皇和红衣主教们认为，天主教最特别的地方是这种情况，即人们不能给自己指派和设计意义，而是这种意义是自上而下的。在这样的时刻罗马教廷对我来说显得有些过于单纯。每一名偏执狂患者、每一位普通作家以及每一个坠入爱河的人都认为，他的意义是上面分配的。几乎没有人会产生这样说的想法：很明显，一切都是自己设计和想象的。就连我也不会。我指的是我作为这一内心独白的叙述者，这一过时和再次被搅拌在一起的自白散文，它与用圆珠笔画在打字机专用纸上的眼睛没有任何区别。只是不那么具有强制性。因为战争就是这么产生的。刑讯和迫害。每个人都认为他存在的意义是由上帝或者自上或者自下或者不管从哪个地方给定的，而其他人则带着他们悲惨的意义构造在相互绕行。我不是巴伐利亚人，甚至我的叙述者都不是巴伐利亚人，但是人们干脆无法用其他的表达方式。或许可以用其他的表达方式，但不会表达得更好。

因为在垂死的孤独中儿时的孤独再次赶上了我，所以在从众多的睡眠状态中醒来之后我做了如下思考：位于洛厄磨坊场公园边的阿斯克勒庇俄斯神殿，在那里医术神在一名孕妇怀胎第十一个月的头几天里现身，到了这个时候这名孕妇仍无法分娩，医神把她的怀孕诊断为是假妊娠，为了紧接着从她体内把一名男婴的假体剪切出来，他给男婴取名叫蒂莫，给他穿上棕色的灯芯绒裤、蓝色的高领毛衣、绿色的尼基套头毛衫和棕色的皮鞋，并打发他去游历世界，目的是在他未满六岁的时候，他应该反复被一位紧挨着他的邻人绑架和杀害，这就不至于使否则的话依靠他的假体将会被实现的事情实现，即成为躲在一个纸箱里的刺客，刺杀对象是国家的统治者们。提摩太成为代表腹痛的圣徒，因为他整个童年时代都患腹痛，他成为毫无意义的牺牲者的象征，因为他作为年轻男子仍被保罗施行了割礼，因为耶稣使徒们当时一直也在寻找一名年轻男子作为传教旅途中的陪伴者（吉贝尔凯尔伯文化节期间幽灵列车车身上的牌子用希腊语和阿拉姆语两种语言预示着，他们在哪儿给人们允诺工作和殉难者之死）。

在此期间"克尔白"天房真的空荡荡的，格克汗先生说道。但是以前它里面填充了三百六十幅神像，其中包括胡巴尔的画像，画像由红色的玛瑙组成，有一只镀金的右手，人们在画像前用七支箭矢来预卜，因为"克尔白"天房最早是由亚当作为神居的映像所建，但之后它被大洪水毁坏，最后由亚伯拉罕重新修建。亚伯拉罕也是从天使长加布里尔那儿得到那块黑石的人，黑石就位于门边左侧的角落里。黑石最初从天上掉落时是白色的，但通过人的罪孽而变成了黑色。它在水中不下沉，是一种被冻结的天使，在最后的审判时它将保护所有那些触碰过或者亲吻过它的人。穆罕默德毁坏了"克尔白"天房里的所有神像,格克汗先生认为,我也应当像穆罕默德那样毁坏我头脑中的所有神像。当我问他,接下来我是否应当把我的脑袋也奉献给真主阿拉,他只是微笑了一下。"巴亚齐德·比斯塔米说:我花了三十年时间找寻天主。突然我意识到,他就是在找寻我的那个人。当我像一条蛇离开它的皮那样离开巴亚齐德时,我看到了:被爱的人、恋爱中的男人和恋爱中的女人是一致的。在长达三十年的时间里我使天主成为我的镜子,现在我是我自己的镜子。"

又谈到了蛇。或许我真的应该多读一些神秘主义者的作品:亚维拉的德兰,圣十字约翰或者安哥拉斯·西勒辛斯。巴亚齐德·比斯塔米或者鲁米听起来也不错,但人们只在自己的宗教信仰里才能亵渎神灵。渎神的可能性是所有信仰经验的基本前提。事情的幽默之处恰恰在于,人们不能变更自己的宗教信仰,而只能克服它。如果宗教有一种意义的话,那么其意义就在于被克服。许多宗教为皈依者设置了种种障碍,自己却不再清楚为何要这样。真正原因在于皈依者的性格特征,通常情况下皈依者都非常敬畏和保守,无法为废除宗教做出任何贡献。当然信仰的守卫者们会认为,这里涉及的是划界、选择和专一性的形式,最终可能还涉及一些非伪造(为了不说"纯粹"这个字眼)的形式。这当然是无稽之谈,因为皈依者们反正都会不加考虑地接受、相信一切并不加批判地跟诵一切,因为他们根本没有其他选择,只能跟诵一切。那句经常被随便说说的话"耶稣是唯一的基督徒"这样看来真的是正确的,因为他是犹太人并克服了犹太教。事情的错误之处在于,给克服宗教的过程起一个新的名字,以此又把它提升到宗教的高度。使徒时代的基督徒们还能够意识到这一点。或许保罗对提摩太施行了割礼,只是为了以此对他说:"你要回忆起你真正的宗教信仰并克服它。"这就是事情的关键。宗教信仰至多说明人们不相信什么。照这么说我信仰天主教就意味着:我不相信天主教教会。因为人们只能不相信自己熟悉的东西。我不相信印度教或者神道教神灵,这反正是不言而喻的。但这并不是不信宗教。我只在我信仰过的领域才会不信神。

学者们对鲁米说:"我们和你听到的是同样的事情,但我们不为所动,不会因此而兴奋若狂,陷入心醉神迷的状态。这是为什么呢?"对此鲁米回答说:"因为我听到的是通向天堂的门开启的声音,而你们听到的是那扇门关闭的声音。"在此这位神秘主义者难道不应该对尚福尔的话进行改写,把他说过的句子颠倒过来这样说:"我陷入心醉神迷的状态,因为我听到通向天堂的门关闭的声音。"

卡尔·拉内:"如果死亡天使把所有那些我们称作历史的毫无价值的垃圾都从我们思想的空间里清除出去,如果死亡制造了一种无比寂静的空虚,而我们满怀信仰和希望、默默地把它接受为我们真实的本质……"剩余的话我又记不起来了。就跟帕斯卡说过的话相似,从他的作品里我也只回想起对空洞的恐惧,可能是漏看了他对信仰的自白。

屋前花园感染发炎的甲床在边缘处化脓形成黄色的水仙花。前面是街道带有开裂的焦油气泡的多磷的皮肤。后面是板材建筑发红的、渗水的和结痂的病变症状,伴随复发性炎症的天空软骨每晚都会从这些板材建筑上面飘过。行列式住宅的窗户带着肿胀的眼睑凝视着夜晚。黄色的厨房灯光作为颗粒状的分泌物从木质十字架和窗帘之间透射到外面。后院的老茧上盖满了蕨类植物的管圈。

在精神分裂症患者身上会发生以下情况:大自然被经历为是自我

的外衣或者身体，气氛的变化被感受为是对自己心理波动的表达，自身的死亡被视为是世界末日。这是上世纪二十年代一位精神病医师所写的。把自身的死亡视为世界末日，精神错乱者就是这么感受的吗？我们自己呢？不是世界末日？世界继续存在，只是我要走了。那位精神病医师就是这么想的吗？可惜在他临终之时我不在场。我很愿意听他的忏悔。我们会经历很多可笑的事情。但那是另一个时代。那是科学信仰的黑暗年代。天主教会最重要的教条尚未对外宣布。查理一世还没有因为使用毒气而被行宣福礼。如前所述，当时是完全不同的时代。精神病医师在精神病院的花园里把自己装扮成鬼怪，往精神分裂症患者身上泼洒墨水，为了发现他们是否有能力在他们的胡思乱想和这样的玩笑之间进行区分。归根结底是一个荒唐的念头。

"正想做某事。"这是一种多么奇妙的表达啊。我决定采取行动，仅仅是通过这种决定到达概念层面。行动自身是从属的。日常生活中的化体论。

我再重复一遍，没过八十年之后，年轻人戴着十字架游历各地。八十万人将会到达安全防范区，在那里共同欢笑和祈祷。最后是祝福。此外人们发现，患有某种大脑畸形的人在股市上要比人们宣布为正常的人有更大的机会。我现在是怎样想起这个的？不知道。

死亡使对人、物或者情境的具体想象和回忆越来越陷入停顿，这一点比如说也可以写在我的讣告里。现在我也能看懂由克劳尔出版社出版的《抽象绘画百科全书》里的插图了，该书摆在电视机旁边我父母的书架里。鲍迈斯特、温特尔、康定斯基或者特鲁科斯的画作是先于死亡而产生的。就连哲学和宗教的尝试，即看到事物背后的东西和解放所有偶然事件的本质，也不是在彼岸才可执行，而是在现世的死亡当中就能实施。我现在明白了在祈祷练习期间尽管教父热心的努力我也没理解的东西：宗教无异于在具体物化之外给事物指定位置的尝试。但是这种来世指的并不是另一个世界，而是指现世的对面。人们只能在死亡中经历现世的对面，当颜色和气味向前涌去、然后才出现画面的时候，或许因为如果没有画面我们就无法思考到最后时刻。现在我很遗憾，当初在舍费尔艺术品商店买了许多印象主义和超现实主义艺术明信片，回家后把它们插在我的相册里，而没有多挑选一些抽象派图片。此外我自己总是反过来欣赏少量的几幅抽象画，不断尝试化抽象为具体，而不是尽可能长久地不被保护地忍受抽象。

事情也取决于人的日常状态。比如今天我用尽所有的力气紧紧抓住我可怜的余生。因此在讣告中对死亡本身只字不提或许是更好的做法。因为死亡的确是一个漫长和多变的过程，根据人们对垂死者进行询问的不同时间,他(垂死者)将会谈及他的恐惧或者一种解脱的感觉，谈及死亡的抽象以及自己对来世的理解。事情确实有两面性，使我对死亡的当下无法忍受的主要是回忆。在活着的时候我总可以以此来安慰自己，即我能再重复一遍经历过的事情。即使在大多数情况下这样做是不可能的。我再仔细聆听一遍《橡胶灵魂》专辑。我又一次去宫殿花园，看看夜莺路现在变成了什么样子。如果他们砍去了树木剪掉了灌木丛，那么人们什么也做不了了。或许这种情况甚至让人感到安慰：夜莺路不见了，反正我无法再返回到那条路上，它只存在于我的记忆中，因此记忆不一定非令我感到痛苦。无法忍受的仅仅是这种思想，即一切都在继续存在，只有我无法再返回到那里去了。我忽然觉得自己浪费了太多的时间。但不那么做我又该怎样呢？我坐在床上对着空虚发呆的那些下午时光，即便我不这样而是出门，或者经常与赖讷或者阿希姆碰面，但现在这也同样成为过眼烟云了。

医生们用粉笔在白色的身体上画圈。他们用磁石和传感器巡视身体，为了发现生活在它水分里的是什么。死亡不是根据垂死者的信仰戴着不同的面具、头上插着小束羽翎来临的，它既不是作为裹着一个无面披肩的女人，也不是作为无法放下手中镰刀的农夫而出现的，它干脆什么也不是，是从骷髅骨骼之间钻出的一些东西，是一种发出绿光的零线图和一种被延长的声音。病床被来回推移，人们一开始用蓝笔、后来用红笔描画病人的体温变化曲线。

历史不是通过否定被根除的，而是通过使自己成为一种时尚导向。永恒的生命是需要付出代价的。那些外出战斗的人作为被清空的外壳返回到杂志和宣传册子里，他们如此空洞，以至于人们现在终于可以把一切都塞到他们里面，每一个愿望和每一件产品。曾经作为玩笑开始的事情，即广告让自己学会了一种心理学知识，现在看来好像能够像一种历史声明一样得以实现，因为发现无意识的漫长历史并未使人们获得更多的意识，更不用说导致了本我向自我的发展，而是完全合乎逻辑地招致了一种设计在广告中的社会无意识。

如果官方的历史书写未能成行，那么唯一的可能性即在于把自己的历史赋予过去。

如果意识令人痛苦而无意识又不再供人们支配，那么人们很快就会到达死亡的境地。人们应该向何处掉转方向，如果不是去往死亡之乡？这样一来转变反向就成了切断电源。谁若想逃脱这种情况，他就会选择在一个板材建筑居民区里用假名否定自己，躲藏在他一生都想通过成长而脱离的地方只能令他感到羞愧。

在某一特定时刻修建居民点是那么毫不掩饰的真诚，这样一来它同时也具有了社会象征意义。它就像资助它的政治制度一样真诚。人们不害怕在这些被精确测量过的居住区域里培养投放炸弹的人。人被错误地当作金钱和其他资源被估量。在样板间里被推来推去，他们还必须为人们用来关押他们的囚室支付门票。修建居民点和政治之所以是那么毫不掩饰的真诚，是因为它们向人们承诺在他们对面的只有死亡。不剥夺他们的这一绝对权利是那些高年级学生得出的认识，或许是他们唯一的认识。谁能想到制度真的会从一开始就摊牌吗？但是这种坦率之所以会显得如此肆无忌惮，是因为人们肯定谁也不会去探问纸牌的内容的。当那些高年级学生不遵守约定、恰恰做了这样的事情时，制度便陷入了恐慌，试图在一种精制的仪器后面掩饰迄今为止显然的东西。这样的话制度的实质果真就被暴露出来，坦率被揭露为是一种伪装。

我想返回到牢不可破的二元性时代吗？在最开始话语刚一出现时是：天主教还是新教。然后是：披头士乐队还是滚石乐队。紧接着不断这么循环下去。自来水笔的二元性是：百利金还是戈哈。交际用表的二元性是：荣汉斯还是杜格纳。电唱机的二元性是：博朗还是叨佬。录音机的二元性是：根德还是飞利浦。电动火车的二元性是：迈尔克林还是弗莱施曼。画册的二元性是：《米老鼠》还是《费克斯和福克西》。冰激凌的二元性是：和路雪还是优帕。电视报的二元性是：《请听》还是《电视听与看》。罐装牛奶的二元性是：幸运的三叶草还是芬达。电吉他的二元性是：吉布森还是芬达。高级文理中学的二元性是：人文学科类还是新语言类。后来还有舞蹈学校的二元性：比尔还是韦贝尔。当然还有俄罗斯或者美国。红军派或者纳粹。问题或者解决方案。此外对于边缘群体来说还有第三种选择。安德烈的父亲因为是理发师，所以他选择了自由民主党。汉斯-彼得·格策属于新使徒教派,他在上宗教课期间必须坐在学生公共休息室里。也有卖莫哈冰激凌的,但它不是特别好吃,人们只在万不得已时才吃它,比如因为位于莱茵河畔的那家售货亭没有别的可提供。有时我也看《费利克斯》画册。我父母买来《铜锣》作为电视报,因为里面总写着从何种年龄开始一种节目适宜被观看。还因为它是由天主教会推荐的。

时代摇曳和预感的元素仅仅在摇摆画和果冻里才会出现。在被成年人称之为儿童不受控制的领域里,他们被包装得五颜六色的怀疑得以表达出来。一幅画用手指向未来,然后又马上弹了回来,仿佛什么也没有发生。一块颤抖的甜点,能够感觉不到痛苦地被切开,好像总还是完整的,无论人们从它身上切去了多少。就跟在三十和四十年代人们迫切需要一种背心哲学一样,对于五十和六十年代而言人们也必须创立一种摇摆画哲学。摇摆产生于二元性,这种二元性好像把第三者元素排除掉了。总而言之是摇摆这个词:它在其中一侧总是具有口语特征,而在另一侧则把摇摆提升到踌躇不决的高度,指出了优柔寡断性格中的道德失败。

当一台手提收音机第一次播放《苍白的浅影》(A White Shade of Pale)那首歌时,我能再一次返回埃尔特菲莱游泳馆吗?或者去赖讷·施密特家的小房间,当我们从他父母的乐柜里收听歌曲《便士街》(Penny Lane)的时候?汽车收音机里播放着《红宝石星期二》(Ruby Tuesday),当我父母去他们新的平层别墅里拜访格雷格一家、而我们则必须在车里等候的时候,借来了《星期六的孩子》(Saturday's Child)这张专辑,当我父母周六下午短暂外出时在客厅里播放这张唱片,忏悔星期二在乡公所聚会上听了《金凤花,让我更强》(Build Me

Up, Buttercup）或者在贝尔托德的庆祝会上听了《等风来》（Waitin' For the Wind）：它就像是人们一再寻求的初吻，但只在幻想中才能重构这种初吻。所有的电影和所有的书籍讲述的都只是这种情况，但生活自己却不是这样，因此人们很容易会产生这样的想法，即想用暴力来反抗这种生活，反抗被遗弃和千篇一律的重复，而不是去回忆人们曾经有过的那些瞬间，尽管它们后来在忧郁中也会对抗人们：是的，格尔妮卡的一个吻，尽管在这之后不久她就辱骂我，最终毫无理由地离开了我。是的，《平装书作家》（Paperback Writer），尽管你们（披头士乐队成员）解散、死亡、让人开枪把你们打死并变得不重要。是的，这一瞬间。是的。正因为不合情理，所以我才相信。

巨大的建筑和用橡皮膏费劲地粘在一起的汽车。统治和压迫原则，该原则被置于一切之上，在所有的事物背后都能被发现。空旷的广场，夜里巨大的火车站大厅，狗在大厅里游荡，我坐在一个显得太小的行李箱上，箱子上印有格子图案，还贴有来自达沃斯的行李标签。

那是回忆而非生命的继续前行。我回忆起明朗的中午光线，它就像是从一个卷筒上被扯下并遮住太阳的玻璃纸。眼睛玻璃体里的小脉冲星。嘴里只有一道神经束。为了辨认永恒，视野必须变得更小。在那边其中一根篱笆桩上、在最下面的钣金环上有一条木缝，除此之外再无别的。为了看到那条木缝，人们必须跪下去，把双手放平撑在地上，胳膊弯曲，然后弯下上身。这是一些只有孩子们才会做的事情，因为他们没有任何其他打算。禾秆的嗡嗡声，金属线的轻微振动，几乎觉察不到的地面的坍塌。除此之外没有什么别的可被报道的。只有在回忆中我们有时才意识到，这一切是多么的平淡：道路、灌木丛、灯影，而且真的一切都在我们脚下塌陷，因此事物仍然存在，而我们无论有多执拗都在消逝。

血管里还留有对比液,我就这样在那儿躺了一会儿之后,人们又把我推进另一个房间,给我展示拍自我头部和腹腔的图片。那些已经死亡的部位却还完好未损,其他活着的部位却受到损伤。人们给我展示的这些图片证明了,我还在孩提时代时身上就已背负了所有的印记,比如我用力抓住姨姨的手,再比如斜歪着脑袋的姿势,所有这些都早已指明了上述身体部位的状况,只是迄今为止没有被正确地解释而已。疾病就是钥匙,它使生命倒回到出生并变得可被解释。我现在消瘦到只剩皮肤和骨头,只能喉部发出呼噜声,一句话也说不出来:一切都能够被理解,组合成一个有意义的整体。

被放到一边的茶,其中一块蛋糕,蛋糕旁边的叉子,钝得没有任何光泽,狭窄的茶托边缘,茶水表面一个微小的气泡在旋转,紧紧抓住这一切,同时又因为它的渺小而仇视它。

小教堂前面的台阶,低矮的围墙,一个人工修建的池塘,其后是用墨汁和水彩画成的云朵,用笔尖刮出一个月亮的轮廓,火车的轰鸣声。

"一名启程去印度的商人问他所有的家庭成员,是否他可以从那里给他们捎点儿什么回来,因为他很大方,他也问了家里的雇工甚至包括宠物。他最喜欢的鹦鹉生活在一个非常漂亮的笼子里,它对他说:请你去丛林里问一下生活在那里的鹦鹉,它们可以自由地飞翔,而我却生活在这里的笼子里,必须远离它们而死亡,这样是否公平。这名商人在印度处理完业务之后,他走进丛林地带,在那儿遇到一只鹦鹉,他把自己鹦鹉所提的问题又提给了它。在它听完问题之后,它开始浑身颤抖,跌落在商人脚前,停止了呼吸并死去。商人回到家里,在分发完所有的礼物之后他也来到他的鹦鹉跟前,向它讲述了所发生的一切。鹦鹉在听的时候也同样开始浑身颤抖,从它所站的杆子上掉了下来,停止了呼吸并死去。商人大为惊慌,开始为失去他的爱鸟而哭泣。最后他把它从笼子里取出来,为了把它葬在花园里。在他手里拿着死鸟还未走出房门时,那只鸟突然从他手里跃起身来,振翅飞到一棵树上。当商人问它为何它会表现出如此奇特的行为举止时,那只鹦鹉回答说:我只是在仿效丛林里我聪明老师的榜样。我通过模拟死亡使自己获得了自由。"

我在思考,格克汗先生用这个故事想告诉我些什么。我只是在模拟所有的事情?我应当仿效故事里的例子,浑身颤抖,倒在地上,不再呼吸,因为通过这种做法我会获得自由?但是自由到底是什么?或许它是那种好处,那种神秘主义者们所拥有的巨大好处,也就是说他们能够使用所有那些我早已不敢再上嘴的概念:自由、爱情、真相、解脱、极度兴奋等等。联系到故事里的鹦鹉我又回想起那只大山雀,它一头撞在我郊游时光顾的那家咖啡馆的窗玻璃上并落在地上,回想起那种感觉,即我是怎样把它拾起来放在手上,一段时间之后它又向上跃起飞到冷杉树上去了。跟这段回忆一道我又想起了所有其他情景:缸砖建筑、旅馆房间、落雪、灰色的保暖腕套、浴室里的灯光和闪烁的微光,所有这些都是我相信过的东西,现在我把它们永远地抛在了我身后并克服了它们,因为我想独自度过生命中的最后时刻,一直都想这样,最终也必须这样。然后我又想起一句不连贯的话:"因为你没有爱",我在思考这句话出自何处,但就是想不起来,尽管它肯定是一首歌的歌词,因为"没有"这个词是升调,"爱"这个词被拉长,而我根本就不喜欢唱德语歌的乐队,如果播放的是德语歌,我总是马上就停止磁带的运转,即使刚开始是碎石声响摇滚乐队(Ton Steine

Scherben）的演唱。因此我更要问自己，为何偏偏现在我想起了这样的歌词，而不是来自《铁轨上的血迹》(Blood on the Tracks)或者《迟到的天空》(Late for the Sky)中的某一行，直到二十岁时我仍在反反复复地听这两张专辑？"当你笑时，你不是在笑。当你哭时，你不是在哭"，那句德语歌词之前是这样唱的，然后就是"因为你没有爱"这句。现在我也知道了这首歌是谁唱的：是东京饭店酷儿摇滚乐队唱的。现在我也明白了，没错是现在，真正的认识、真正的情感认识只能来自二十岁的人，这种认识只被十四岁的人理解，因为他们都还在说神秘主义者的语言，因为他们富有活力，因为他们还相信，位于我们面前的长路一步一步地通向天堂，因为他们不知道期待他们的是什么，就跟我不知道期待我的是什么一样，当时在凯尔伯文化节上，因为信仰、爱情、希望还未经过滤和未加剪切地决定着人们的感觉，还未被拉直成真、善、美的东西，即那种被文明化的垃圾，那种最小的公分母，那种神经错乱的过于天真的蠢话，隐藏在这种蠢话后面的只有恐惧。恐惧在统治。恐惧在披着理性的外衣统治，它催生庞然大物。不：不要温和地走进那个良夜。怒斥吧，怒斥光的消逝。怒斥机器。怒斥人类机器。怒斥笛卡尔和任何本质实体和精神实体中的分裂，因为会思考的物质实质上是被延展后的物质，它不断蔓延扩散，制造越来越多的二元对立概念，我们跌入这些概念的漏洞之中并在里面沉没。尽管天色已晚，天空早已拉上了帷幕，云层还是又一次短暂地散开，使得雪花旋转着落下，雪花如此晶白，以至于它们几乎又已经变成了蓝色。在它们后面是一道光线，只是一刹那间，然后……

……然后是布袋木偶。刺猬，脑袋过大的魔术师，尤其是那些塑料面庞融化成畸形鬼脸的布袋木偶，因为有一次出于疏忽我让人把它们放到了暖气上。它们的眼睛汇流成巨大的疮疤。我辨认不出它们的嘴巴在哪儿，但它们却一刻不停地在讲话。它们的声音非常尖锐。它们想在我这儿抱怨我。它们说的有道理。我在一生当中做了太多错事。首先我让生命过快地结束了。这是我最大的罪责。我甚至激励生命从我身边扬长而去，把我甩在后面。我躺在墓穴里盯着它们看。我的嘴里满是沙子。

我父母乘飞机从房子上空飞过。我独自坐在厨房里，坐在洋槐树枝跳动的光影里。浅蓝色的橱柜门因为没有关严实而发出敲击声。工厂散发的灰色尘埃在缸砖烟囱上空缓慢飘落。房管员拖拽云网把它罩在钢质脚手架上。教堂司事把教堂握在他伸出的左手里，因为他被解雇一事而哭泣。尽管我父母离得很远，我还是能清楚地听到他们的声音。他们说我应当自杀才对。我应该给自己把动脉割开，或者最好从窗户跳下去。不是从前面跳出去，而是跳到后院里。

我一直还躺在幼儿园院子里的行军床上，院子就在下跨道的入口后面。锅已经准备好了，但是没有人来把我煮开。星辰沿它们习惯的轨迹从我头顶驶过。很快孩子们就会过来，为了在院子里玩耍。他们建了一座沙垒，对那个男人不感到吃惊，他躺在那边，觉得自己还是一名青少年，尽管他早已死去。孩子们在沙垒里钻了洞，非常小心地在里面修建了过道。这项工作一直持续到下午。太阳在平房后面倏忽而过，他们的冲锋衣就挂在平房里的小衣架上。一切都很小，卫生间、桌子、椅子。他们必须把几乎所有的桌子都挪到一起，为了把我放在上面。他们往我的眼窝里塞上塑像用的黏土，用指画颜料给我的脸涂色并且给我梳头。不知什么时候他们又失去了兴趣，重新回到外面的院子里。他们围坐在沙垒四周，让他们的玻璃弹子一个个地从上面穿过沙垒里的过道向下滚动。如果一颗玻璃弹子消失在其中一个洞里，那么等着看它是否从下面又重新出现是奇特和令人兴奋的事情，尽管整个过程只持续几秒钟的时间。

那是一条灰色的麻袋，如果没有钱买一具棺材，死者在下葬前就被装入这样的麻袋里。死者家属把所有拼凑的钱都支付给了搬运工和那个男人，他清晨五点钟就开始用锄头翻掘冰冻的土地，直到锄尖陷在一块树根里卡住不动。他站在那儿抽半支香烟。墓地围墙上挂着冰冻枯死的黑莓树枝。一颗干燥发黑的浆果掉进一个绿色的插瓶里面。那个拿尖嘴锄的男人十点半就已经吃午饭了。他站在火葬场旁边啃一根热香肠，香肠是另一个骑自行车的男人用一把木钳从一个银色木桶里夹给他的。熏香的香气在拐角处缭绕着。悬垂的踏板让管风琴像狗一样狂叫不止。男人在等他的小费。他的蓝色的工作服一年只有一次送到洗衣店让人清洗。有人把那条灰色的麻袋又重新叠好。他像叠围巾一样沿对角折叠麻袋。

天在下雨，天在下雨。我感到窒息。我死了。拿锄头的男人从我的存钱罐里得到了那枚五马克硬币，用这些少量的钱他可以买香烟抽。他必须挖一个埋葬男孩的墓穴，一个小巧舒适的墓穴。然后树木的根茎像一道栅栏一样在我身上生长。就连医生也无法从我头上取下麻袋。你必须鼓起腮帮子，他喊道，但是我的肺里一点儿力气也没有了。他听不到我们，医生对我父亲说，可我却非常清楚地听到他说的话。没有用，看来只能做手术了。乙醚透过麻袋滴了进来，流到我的前额上，最后淌进我的脖颈里。我现在要把麻袋剪开了，医生说道。请小心一点儿！我母亲喊道。我一直还清醒着。手术刀虽然很小，但却比墓地上那个男人的锄头更为锋利。尽管麻袋里很黑，我还是把眼睛紧紧闭住。没有起任何作用：头也跟麻袋一块儿被剪掉了。我母亲眼里噙满了泪水。她让人偷偷把随身带来的配有可可糖稀的切片香蕉丢进洗手池下面的小桶里，桶里放的是用过的创可贴和绷带。那个拿尖嘴锄的男人被通知，我们现在迫切需要两座坟墓，一座埋葬头，另一座埋葬身体。这在以前不是什么特别的事情，他一边说一边用夹克衫袖口擦鼻涕。屡见不鲜。司空见惯。天一直还在下雨，水在继续填充埋葬头的那座坟墓。水不仅从天上掉落，它还从不同方向的土壤里涌来。他们把我的双手叠放得很整齐。但是麻袋吸足了雨水，直到我的脸被挤压为止。因为我母亲无法忍受我的微笑，那个拿尖嘴锄的男人就用锄柄把麻袋向下推进水里。我向上一直看到十米高的跳板，接着继续仰望夏日的蓝天。

我的头和身体分别躺在埋葬头和埋葬身体的坟墓里。我说不出来疼痛从何而来。树木的针叶落进月光里。夜晚马路转弯处的路面上闪烁着光亮，仿佛是在夏天一样。我闻到电热暖枕的味道，当它被调节到第二挡的时候。我又闻到了雨后火车站东出口前面鹅卵石路面的味道。时间是周六的晚上。我在那儿等着，只有孩子才会那样等候。公交车停车场上空笼罩着一团由铁锈色调组成的浓雾。拿尖嘴锄的那个男人有些分心，因为他在盯着一个女人看，女人用一个发夹把她的头发向上盘起。雨在一瞬间下大了，雨水打在他未受遮挡的前额上。他诅咒土地，用力用锄头翻掘土壤，仿佛我并未早已被永远埋葬。我最后看到的是他扭曲变形的脸庞，他的面容显得不清晰，因为麻袋布而变得模糊不清。在他的头顶有一根震颤的树枝，好像刚刚有一只动物从它上面跳开。

安布罗修斯说，死亡总是一些好的事情，因为它把灵魂从牢狱中解放了出来，死亡是我躲避尘世各种灾祸的安全港湾，虔诚地生活过的人都不必害怕死亡，因此我不应该现在在我马上就要获得宽恕的最后一刻怀疑，必须克制自己不提这样的问题，即为何上帝把灵魂塞进我的身体，把我的灵魂恰恰塞进我的身体，如果它（灵魂）在那里只是被囚禁起来的话。奥古斯丁说，不，灵魂和身体不是彼此区分的，而是一个统一的整体，灵魂是身体的形式，现在我明白了，为什么他们不想让我待在神学院里，不想让我待在医院里、学校里和家里，为什么谁都不想见到我，高年级学生不想，克里斯蒂安妮、我父母和格尔妮卡都不想，因为我干脆什么都不懂。我既不懂灵魂也不懂身体，既不懂安布罗修斯也不懂奥古斯丁，因此我没有自己的观点，因此我什么也不是，我没有任何社会地位，没有任何宗教信仰。我像克劳迪娅那样躺在我的小舞台即人工草坪上，它内衬了我坟墓的第一米见方，我不明白死亡本身其实无异于一种测试，也就是说我即使在死亡中也必须证明我的状况如何，如果我现在出了毛病，现在在我咽气之前，在我停止呼吸和心脏停止跳动之前，那么我就会失去一切，如果我现在在意识完全清醒的状态下观察我自己的死亡，我就会赢得一切，我就会像少许人、像极个别人那样享受永恒之光。

格克汗先生一整夜都坐在我身旁，用一条毛巾布浴巾擦拭我的额头，它闻起来有一些发霉的味道，这让我回想起我的童年时代，回想起我浅蓝色的毛巾布浴巾，我在想，我在整个成人时光里都没再使用过浴巾，总的来说"浴巾"这个词或许只在引申义里才存在，或者当人们发烧和死亡的时候。然后人们又会想起浴巾，或者人们正好取来一块亚麻布，用它浸蘸凉水擦拭额头。但是这种情况只见于影片当中，片中一个充满同情的女人坐在一个男人身旁而男人则躺在床上，躺在一张真正的床上而不是行军床上，但这归根结底也无所谓，因为这些画面只令那些人感兴趣，他们或者留下来或者想象他们自己将是什么样的情形，当然并不是每个人都有像我这样好的运气，并不是每个人都能拥有某人就像我拥有格克汗先生一样，他在照管我，现在又开始唱些什么，因为他意识到时机已经到了，因为一切都不再重要了，我在额头上感觉到毛巾布浴巾的每一个小颗粒，我自己不再认为现在一切都会很快过去，它跟我想象的完全不一样，我只听到格克汗先生轻声、非常轻声的哼唱声。

我的嘴唇干涩，我的喉咙沙哑，但是我也想从我来说唱点儿什么，哼唱些什么。或许唱些《橡胶灵魂》专辑上的歌曲。或者是奇想乐队的歌曲。但我只想起《宗教诗歌集》中的第四百八十七首：《我们只是尘世间的过客》。以及：《健康幸福的小鹅》。

但是生命就这样结束了。人们没有挑选的余地：

生命不是舞厅，

生命非常严肃。

它会带来某些内心烦恼，

如果你了解了它。

格克汗先生微笑着跟着哼唱，同时他在把浴巾的水挤干。无论鲁米还是恩斯特·内格尔，无论东京饭店酷儿乐队还是碎石声响乐队，最终重要的仅仅是，人们真的把自己说的话当真，最终人们会把一切当真，至少在我尝试去哼唱那首歌的时刻，但然后我又被分散了注意力，因为我注意到那些品行可疑的明星们在我脚头被调至静音的电视机的这期娱乐节目里坐了多长时间，他们在轮流传递一件物品，把那件物品在他们手里转来转去，同时一边笑一边做出各种怪相，因为他们肯定猜到了人们干嘛需要那件物品,因为他们在大半个节目里都必须要做这样的游戏。我认为人们需要这样的物品,是为了用它让你们头上挨一下子,这当然会破坏那一瞬间,那一和平、和解的片刻,但或许死亡也没有任何和解的特征,而只是简单地依循某种机械原理。一种非常简单的机械原理。没有别的。依循死亡的机械原理。

于是我尝试再次回顾我的人生,为了能够让自己完全听凭这种机械原理的处置,但恰恰是现在,当我应当再次回忆起我生命中的美好时光,在我看来也应当回忆起不太美好的时光,但至少是我生命中的一些东西,恰恰是现在我想起了那个女人,那个显然是虚构的女人,她在我们教士的一次布道里反复出现。因为那个女人总是很晚来教堂做礼拜。然后她遭遇了一起致命的交通事故,当教士带着圣礼赶到出事地点时她已经死了,因此在布道里是这样说的:上帝来到这位女人身边时已经太晚了。还在当时我就觉得这件事非常卑鄙,无法正确想象这样的事情,尽管另一方面人们不会知晓此事,因为我在另一则故事里读到,一个男孩不断地违反星期天弥撒规定,在一次雷雨天气里他甚至被从教堂钟楼顶端掉下来的一个十字架砸死,尽管我尝试回忆自己的人生,回忆任何一些事情,可我还是依恋着那些布道,从那个时候开始我没有一次再想起它们,现在我必须认为,教士也曾经对现代人进行了布道,他在布道里提到了《等待戈多》,但在说的时候总是在最后连发两遍T的音,当时这让我感到很糊涂,因为我在订阅的戏剧杂志里也看到过这种情况,但是他之所以这么做,是因为否则的话他无法引起这种出人意料的高潮,即生命的意义就在于等待戈多,等待上帝。现在所有的人齐唱:健康幸福的棉花糖,一百年后一切都将消散。

94
1969年7月3日夜里真正发生了什么

我所说的全部关于红军派1913的胡扯都只是为了转移人们的注意力，因为我不希望人们查明我真正做了些什么，为一些人们没有做过的事情而受到指控要更容易一些，我最愿意把这些事情一直保留到最后，也就是说永远只有我一个人知道，因为它非常可怕，的确是一些人们根本不会相信一名儿童或者一名青少年（我还不完全是）能够做出的事情，特别是因为我也无法再撤销它或者以某种方式对它加以弥补，这其实是最糟糕的情况。因为当我不小心弄坏阿希姆的磁带时，人们还可以对这样的过失进行修复，也就是把买新磁带的钱从我每个月的零花钱里扣除，只有那期带有《银湖宝藏》收藏图片的杂志人们无法再用其他东西替换了，阿希姆把它借给了我，而我又把它忘在更衣室里了，因为那些图片不再有售，即便有人们也不可能再把它们收集齐全了，因为图片被装在小袋子里，人们永远也不会知道从售货亭买来的小袋子里装的是哪些图片，因为其他人也早已不再彼此交换图片，其实事情也没那么糟糕，因为我们其实也不再那么对《温尼托》感兴趣了，但尽管如此这件事也令我很遗憾。但是相比周三我在吉贝尔凯尔伯庆祝会上的所作所为这根本不算什么，那件事真的非常可怕，也正因为如此我当然不想承认，因为我害怕然后会发生什么，因为事情不像人们承认、为此做出道歉然后就过去了那么简单，因此我也更愿意承认所有其他我没有做过的事情，比如有关红军派和明爱会那位女士的事情，也包括其他人对我的根本不正确的说法，因为一切都不像我真正所做的那样糟糕，但现在我也想承认这件事，因为这样下去没有意义，因为我无法做到只有我一个人知道这件事，因为我干脆无法做到这一点，因此我也会讲述1969年夏天的那个周三我在吉贝尔凯尔伯庆祝会上、也就是在那次我已经谈到过的吉贝尔凯尔伯庆祝会上做了些什么，那个周三我坐在一个纸板箱里飞往伦敦，接着从伦敦机场坐火车去维多利亚车站，在那儿吃了一份和路雪巧克力酒吧冰激凌，我感到惊讶，因为插在售货亭上的小旗看上去和我们家乡和路雪冰饮店的旗子完全一样，我惊讶于周围任何地方都站满了人，可惜的是我必须乘坐的那趟火车不是从滑铁卢站出发的，因为《滑铁卢日落》(Waterloo Sunset)是我最喜欢听的奇想乐队的歌曲，也就是说和《日子》(Days)以及《见到我的朋友们》(See My Friends)一道，但是然后我在售货亭给自己买了最新一期的《披头士图书月刊》，那是第72期，封面上披头士乐队成员乘坐一艘划艇穿越泰晤士河，这已经让我感到安慰了，此外我在画面上看到了一些真正奇特的东西，因为在船的侧面刻着弗里茨、奥托、玛丽亚、安娜这些名字，起初我认为，这些名字是披头士乐队想象出来的，因为这正好也是四个人的名字，因为他们或许是从明星俱乐部里知道的这些名字，如果这样他们就是约翰·弗里茨和保尔·奥托。但是乔治·玛丽亚和林戈·安娜，这不管怎样也搭配不在一起，尽管披头士乐队的一首歌就叫《安娜》，但我不是特别喜欢这首歌，我觉得这首歌也根本不是他们写的，此外这些都是老旧的名字,今天没有人再这么叫了,只有我祖母的姐姐还叫安娜,奥托和弗里茨,这两个名字只在玩笑里才出现,然后我又想,这四个德国名字很简单就是一种标志,象征着他们想从德国得到帮助,这多少平息了一些我的疑虑,因为我当然已经产生了怀疑。于是我乘坐了开往克劳利的那趟火车,乘车期间我又更加仔细地观察了期刊里的照片,然后我睡着了,因为去克劳利要花几乎一个小时的时间,而且当天早晨我也起得很早,从克劳利开始我搭便车旅行,也一直坐到了上哈特菲尔德。然后我步行走完了去往度假农场的剩余路程。当时已是下午很晚,天已经变黑了,当我看到那间农舍的时候。我首先绕着农舍蹑手蹑脚地走了一圈,然后一直等到天完全黑下来,但是当天完全黑下来而且不知怎的也让人觉得阴森森的时候,我几乎是在最后一刻又退缩了,因为我干脆害怕了起来,但是然后我在树篱后面听到从房子那边传来一声动静,在黑暗中看到他从房子里出来向花园里走去,他穿着浴衣,手里拿着一只酒瓶,他看上去根本不像在照片上那么英俊,而是脸庞要宽阔得多,然后他在游泳池边坐了下来,但只是把双腿浸入水中,继续对着酒瓶喝酒,同时身子在来回摇摆,这时我没有再多想,索性越过花园篱笆,穿过荆棘丛(期间我还划破了胳膊),在黑暗中从后面慢慢靠近他。是的,然后我把他撞进游泳池里,就这么简单,我自己也完全没有想到整个过程会如此轻松,因为我只是轻轻地推了他一下,他就向前倒了下去,没有一点儿动静,也没有说任何话或者发出任何喊声,真的一点儿反应也没有,并且他也同样悄无声息地沉了下去。接着我根本无法再做出任何举动,因为我身子一点儿也动不了,也无法进行任何思考。我也不想思考任何事情,在这一刻我还能想出什么高尚的事情呢?如果我思考了一些事情,那么肯定又会产生某些怀疑，这是最糟糕的，如果人们做了些什么，然后产生怀疑，而人们不知道现在应该做些什么别的，因此我只是简单地站在那儿盯着游泳池看，从房子里射出一些灯光照在水面上，这时我又一次感到非常惧怕，因为我压根儿没有想到房子里可能还会有人，某些追星族或者他的经理人或者随便是谁，因为我只看到了他，于是便越过篱笆穿过荆棘丛，然后我就站在那儿什么也没想，只是看着他的手是怎样松开酒瓶的，看着他是怎样腹部朝下斜着漂过泳池的，看着他的浴衣是怎样吸满了水并在他上面像一朵云一样漂浮着，然后我尽快离开泳池向篱笆方向走去，但我必须再次折返，因为那期《披头士图书月刊》从我裤兜里滑掉了，起初我担心我在黑暗中找不到它，但然后我发现它躺在草坪的正中央，现在我终于离开了那里，没有再回头看一眼泳池，因为我害怕他还活着，虽然我也同样害怕他死了，我最希望有这种可能性，即他又苏醒了过来，或者房子里有人找到了他，假如那里可能还有其他人的话。然后我沿着乡间公路往回走，直到来到一片小树林跟前，我躺到一棵树下睡着了，尽管在此期间天气相当冷，而我只穿了一件短袖衬衣，没有穿风雨夹克。第二天早晨我又沿同样的路线返回，也就是说至少返回到伦敦，只是以不同的方式而已，因为我无法再飞回去，因为那个纸板箱在降落时破损了，因此我只得乘坐从多佛尔到加莱的渡船，乘船过程中我感觉很不舒服，渡船上只有从自动售货机里提供的饭菜，为此我不再有必需的零钱，因此我只有在开往德国的火车上才能够吃些东西，因为车上人们也收德国马克，我能够用身上最后的两个多马克给自己买一根小香肠，配着香肠只有一片面包，不是小圆面包，但尽管如此味道还不错，在火车上我也睡了觉，因为夜里睡在树林里时我总是不断醒来，因此我现在困得要命。在我真正到家之前又过了很久很久，然后我从火车站坐4路车沿林荫路向上，时间已经是周四傍晚，一切也都已经在凯尔伯草坪上搭建好了，幽灵列车、履带式车辆和碰碰车，这一切我是在赖讷家附近的高速公路桥上从公共汽车里看到的，然后我在公爵广场站下了车，因为我还想路过毛厄夫人的商店取一下新一期的《流行音乐》杂志，它也已经到货了，然后在回家的路上我就开始翻看它。当然里面还没有刊登任何新的消息，因为就连我在火车站看到的那些报纸上也没有刊出一些特别的，至少在前面的几版里没有，但相反在每月只出一期的《流行音乐》里却登载了一些事情，一些令我恐慌到极点的事情。因为里面登出了一张滚石乐队的照片，照片上布莱恩·琼斯站在最前面，其他乐队成员站在他后面，所有的人都在笑，他一边笑一边用手指向其他人，照片下面写着，布莱恩·琼斯六月初退出了滚石乐队。当我读到这则消息时，我感觉它的确是一个巨大的震惊，这真的非常可怕，我几乎要号啕大哭起来。但之后我让自己平静下来，把整篇文章又仔细阅读了一遍，但是文章里只写道，这个消息千真万确，他在录制新唱片时就不再真正参与了。这时我开始剧烈发抖，尽管天气还很热，比英国的天气热得多，我必须在裴斯泰洛齐学校附近的台阶上很快坐一会儿，因为我意识到一切都是徒劳的，完全是徒劳的，因为我只希望滚石乐队当中唯一能够与披头士乐队竞争的人，唯一原本应当属于披头士乐队的人，因为他跟乔治·哈里森一样也演奏西塔琴，他想到在演唱《红宝石星期二》（Ruby Tuesday）那首歌时使用竖笛，在演唱《在我的掌控下》（Under My Thumb）那首歌时使用木琴，在演唱《魔鬼陛下的乞求》（Satanic Majesties Request）那首歌时使用摇摆画，他让给《佩铂军士》拍照的同一名摄影师拍摄这样的摇摆画，我只希望他不继续待在滚石乐队。但是如果他现在离开滚石乐队，那么他也可以加入披头士乐队，这样披头士乐队就将有五名成员而滚石乐队有四名，尽管这也很滑稽，但这样一来所有的成员就将聚在一起，他们会相互协调共同出色，这样克里斯蒂安妮也就不会再嘲弄我的披头士乐队了，因为那样的话披头士乐队就将是无与伦比的了。但我现在弄糟的恰恰就是这一点，我恰恰阻止了这一点，因为我干脆没有想到在披头士乐队和滚石乐队之间会出现一些情况的变化，没有想到一个人会离开或者甚至死亡，一个年龄正好两倍于我的人，因为文章当中也提到他二十七岁，而我十三岁半，也就是说几乎 $13\frac{3}{4}$ 岁，但是布莱恩·琼斯也要更老一些，因为他是二月份的生日，只是现在他不再会变老了，我在考虑如果我也不再会变老该是怎样的情形，那么现在一切都将结束，世界将不再发生变化，如果我不是正好在毛厄夫人的商店里买了那期《流行音乐》杂志，我甚至都不知道布莱恩·琼斯退出了滚石乐队，那么我也就不会知道谁人乐队即将推出的摇滚歌剧，《弹球奇才》（Pinball Wizard）也是该摇滚歌剧中的一首，它或许跟《摘自一出少年歌剧》那首歌相似，后者在两年前就已推出，但从未以慢转密纹唱片的形式，从未是一部完整的歌剧，或许《弹球奇才》也是这种情况，但我永远也不会得知这一点了，我想起了高大的杰克，高大的杰克，就像童声合唱队所唱的那样，又在思考为何他们竟然要用德语来唱：高大的杰克，高大的杰克，妈妈说的是真的吗？你不想回来了，啊，不，啊，不。或许他们在布莱恩·琼斯的葬礼上也会唱这首歌，尽管他不叫杰克，长得也不是特别高大，但是有这么一张单曲唱片《跳跃的杰克·弗莱士》（Jumpin' Jack Flash），唱片正面上布莱恩·琼斯在一只手里端着一杯威士忌，另一只手里握着一支三叉戟，就像原本是海神尼普顿所执的那种，仿佛他知道自己将在一年之后死亡，端着威士忌泡在水里，知道他将溺亡，但不知道有人会把他推入水中，不知道有人将专程从德国赶来，一个甚至连十四岁都不到、年纪只有他一半大的男孩将会把他推进水里，因为他想拯救披头士乐队，因为他不知道这一切都是多余的，他这样只能把一切弄糟。布莱恩·琼斯现在甚至成了像殉难者一样的人物，因为乐队中还从未有谁死过，现在他是作为唯一一个死去的。这样滚石乐队就可以对此大加想象，让人像对待圣臬玻穆那样崇拜他，他也是被人从一座桥上撞入伏尔塔瓦河溺亡的，就跟我把布莱恩·琼斯撞入游泳池一样，只是在他四周没有像发生在圣臬玻穆身上那样出现五团火焰，但是滚石乐队完全可以这么声称，对此我不能有任何反驳，因为否则我就会出卖自己，然后他们也可以把他的行为假定为是一次殉难，仿佛他一切都是计划好的，先是退出滚石乐队，然后是游泳池里的殉难者之死。五团火焰也不再象征被钉上十字架的耶稣身上的五处伤痕，而是代表滚石乐队的五名成员，但同时他们也和所有其他正派的乐队一样仅剩四名成员，不仅是披头士乐队，也包括谁人乐队、奇想乐队、小脸乐队和猴子乐队。事实上当我在周六下午的凯尔伯庆祝活动期间站在后面的一辆履带式车辆旁边偷偷抽一支塔林牌香烟的时候，米克·贾格尔正在伦敦的海德公园里放飞一千只白色的蝴蝶并朗读一首诗，诗里出现的正是我担心的事情，因为他尝试宣告布莱恩·琼斯为圣徒，甚至给人一种琼斯像耶稣一样仿佛又已经复活的印象，因为在此期间距离我把他撞进游泳池里正好过去了三天，现在米克·贾格尔一袭白色的戏装站在那里，戏装看上去有点儿像人们在主持《节奏俱乐部》（Beat Club）音乐节目时所穿的那种，他朗读的那首诗也开始与《圣经》里的完全一样，因为诗里也是这么说的：他没有死，他不在睡觉，他从生命的梦想里醒来，而我们却迷失在暴风雨般的幻象里，徒劳地与幻影抗争，在出神的恍惚之中用我们精神的刀刃与无懈可击的织物争执，皮特·汤申德也说过，尽管他不是在海德公园，而是在自己家里说的，说他以前曾经想成为像布莱恩·琼斯那样的人物，但现在不了，因为他不想死，但对布莱恩来说那是非常普通的一天，对摇滚乐来说也是如此，对布莱恩来说那之所以是非常普通的一天，是因为他是每天都会死去的人，这也只意味着死亡对他来说是非常普通的事情，他能死亡也能重新复活，也就是说他其实跟西门·马吉斯或者其他创造奇迹的人以及那些假先知们一样，他们在滥用他们的能力，但谁也不敢这么去说。此刻我想起了披头士乐队，他们其实也有一名叫布莱恩的成员，即布莱恩·爱普斯坦，一个也已经死去的布莱恩，但不知怎的他并不显得那么重要，令人尴尬的是他们会把他重新掘出，仅仅是为了与滚石乐队保持同步，要是我我不会这么做的，因为那个人仅仅是他们的经纪人而已。我又闻到溪流后面大黄茎叶的味道，我感觉非常不舒服，虽然我顶多只抽了两支烟，但也是因为我自周三以来睡得太少的缘故。因为我还不想回家，我就沿溪流方向走了一段，突然我禁不住想起了那名在这里溺亡的男孩，当时那个男人越过围篱朝我家花园里张望并且那么奇怪地看着我，当时那个男孩的年纪正好是我现在的一半大，他还不到七岁，而是只有 6¾ 岁大，据说他是在浅水溪里淹死的，但这肯定不正确，因为事实上是那个男人干的，他越过篱笆朝我们家张望，就像我在布莱恩·琼斯家所做的那样，我在想，如果那个年纪是我一半大的男孩当时死去了，而现在年纪是我一倍大的布莱恩·琼斯也死去了，那么最好我现在也应死去，当然也是跟他们俩一样溺亡，那么我们三人就构成了三位一体，6¾岁、十三岁半以及二十七岁，或许我可以重新弥补这件事，如果我沿溪流再向上走一段，朝洛厄磨坊场方向，当天完全黑下来时，我就在那儿躺到溪流里，在那个地方溪水也更深一些并积聚在一起，这样我就可以在那儿溺亡了，这样所有其他的事情就都无所谓了，也包括留级、和克里斯蒂安妮以及摇滚歌剧的事，这样我也能再抽一支烟，尽管我现在已经感到眩晕了，不管怎样这也无关紧要了，因此我又点着了一支烟，反正是最后一支。然后我扔掉烟盒，跟在履带式车辆后面跳到溪流的另一侧，穿过没有剪割的草地和正在开花的大黄茎田朝洛厄磨坊场方向走去，与此同时天黑了下来，旋转木马的音乐声也变小了，我在想事情其实很可惜，因为我可以事先在家把一切再仔细地看一遍，我的宝物箱和从皇冠马戏团买来的披头士乐队的画册，也包括那期《披头士图书月刊》，因为它特别珍贵，但接着我就感到难受极了，我很容易就从斜坡上滚了下去掉进水里，水不是特别凉但也不是很热。我看见披头士乐队成员乘坐的那条刻有"弗里茨、奥托、玛丽亚、安娜"名字的船驶来，我向他们招手，但他们从我身边驶过，好像没有看到我一样。然后我看见西门·马吉斯站在凯尔伯游乐场方向的一侧，在洛厄磨坊场方向的另一侧站着彼得，西门·马吉斯对彼得说：你瞧，我可以杀死这个男孩，现在你再把他唤醒。我朝彼得那边看过去，彼得手里拿着一把钥匙，我问道：您是用这把钥匙为虔诚的信徒们开启天堂之门，也是用它把不信教者推下地狱的吗？但他摇了摇头说：不，这把钥匙是他们于1971年5月6日在汉堡从阿斯特丽德·普罗尔手里夺下的，警察将会花三天时间把它插入2166个门锁，但没有一个门锁能够被打开，只有试到位于吕贝克大街139号四楼一套住房的第2167个门锁时才成功了，在那里人们将会找到你的尸体。在他说这番话时我吓得不得了，因为距离那个时候还有几乎两年的时间，我不知道自己在那里是死的还是活着一直躺到那个时候，这对我来说其实也无所谓，因为两种情况都很可怕，但最终我也是罪有应得，因为我不比那个约瑟夫·巴赫曼好到哪儿去，他于去年四月专程从慕尼黑坐车去了柏林，就跟我专门坐车去了伦敦一样，在那儿他卖掉了自己的手提收音机，为了用卖得的钱买一把手枪，然后他用这把枪朝鲁迪·杜契克开枪射击。那个约瑟夫·巴赫曼紧接着说道，他很伤心鲁迪·杜契克没死，如果他有钱的话他甚至会把鲁迪·杜契克锯碎。我永远也不会这样谈论布莱恩·琼斯，因为我事实上会感到高兴如果他还活着的话，我绝不会有把他锯碎的念头，因为这样做既恶心又残忍，因为他们也以这种方式对待了那个西门，当他在波斯宣布自己信仰的时候，因此在有这个想法时我就已经感到非常奇怪，也不知道是什么原因我想起了明爱会那位女士，突然她也站在刚才彼得站过的位置上，因此我很快朝另一侧的西门·马吉斯望去，但现在站在那里的只有来自全德汽车俱乐部的那名男子，起初我根本不理解他突然来这里做什么，但然后我明白了当时那一幕不是偶然，当时我父亲的汽车半路抛锚了，明爱会那位女士脱下她的连裤袜，把它交给来自全德汽车俱乐部的那名男子，为了让他把它用作三角皮带，但实际上这一切都是两个人事先商定好的，因为这样一来明爱会那位女士能够继续清白到最后一刻，而所有其他事情都是来自全德汽车俱乐部的那名男子做的，包括突然袭击、伪造忏悔书以及针对我们散布的全部谎言，其次他也对沃勒和其他人的死亡负有责任，他用连裤袜把他们捆在一起，然后把他们扔在一条荒凉的高速公路上的某个地方，那个地方除了他没有人去，然后他又马上返回，根本不去理会所有那些发生故障的车辆，因为他还要安排更多的事情。他也能开着他那辆黄色的甲壳虫汽车去往各个地方，所有的人都很高兴看到他并向他挥手示意，因为他们认为他会帮助大家，可事实上他只是又抢劫了一家杂志商店，并声称那是我们干的。我又回头向明爱会那位女士看去，但是站在那儿的又只是彼得，就他一个人，就像牧师看人们的眼神那样盯着我看，人们清楚地知道他们（牧师）在想什么，但人们根本不知道他们为何要想这些，为什么他们总认为人们是一只迷途的羔羊，尽管我现在当然真的是一只迷途的羔羊，我又向另一侧看去，因为或许来自全德汽车俱乐部的那名男子最终还是能够帮我的，但他也同样不见了，因此我可能只是想象出了这一切，因为站在那儿的一直还是西门·马吉斯，他再次对彼得说他杀死了我，现在需要做的是怎样使我重新复活。我想说我根本不是真正死亡，但或许这样做压根儿算不上是聪明之举，因此我表现得非常安静，静待彼得做些什么，但彼得又一次只是摇了摇头，我认为他不会那么做的，他不会让我任凭西门·马吉斯、这个假先知摆布的，突然我四周的溪水变得非常冰冷，这肯定是西门·马吉斯使的一个魔法，或许彼得认为发生在这里的一切只是一场游戏，或者可能他也在等待我真正死亡，但是我害怕真正死去，因为在正确和错误信仰的争执中也经常会出现一些偏差，因为人们无法准确地区分这两者，这也是人们所希望看到的。一名儿童很快在一个地下室里躺了很多年，一名正好年龄是我的一半大的儿童，人们也不知道他为何要在那里躺很多年，那个约瑟夫·巴赫曼也躺在一个地下室里，因为他在行刺完鲁迪·杜契克之后服用了二十片安眠药，但是人们马上就发现了他并把他送进了医院，因此他存活了下来，如果鲁迪·杜契克和刺杀他的人都存活了下来，但布莱恩·琼斯却没有，那么刺杀他的人也就是我可能也无法幸存,那么我就不必再抱使自己复活的希望了,地下室里的那个小男孩也没能成功地复活,尽管他后来成了圣提摩太,人们因为腹痛而呼唤他,因为他总是腹痛,跟他一样我也总是腹痛,但尽管如此我无法再成为圣人,因为现在已经有了一名专司腹痛的圣徒。但我可以成为咽峡炎圣徒,因为我也总患咽峡炎,或者最好这样:我让人摘除我的扁桃体,然后我就可以像圣西门举着铁锯那样把它们举在眼前,或者最好像叙拉古的圣露西那样把她的眼睛放在一个碗里举在手上,或者像卡塔尼亚的圣阿加莎那样把她的乳房放在一个托盘上举在身前,但这让人感到非常恶心,比眼睛还要更恶心,因为人们无论如何想要看过去,我起初也认为那是某种形式的布丁或者类似的甜点,但他们不会那样举着扁桃体,因为肯定也已经有了一名扁桃体圣徒,如果还没有,那么圣布拉修斯也会接管这一角色的。但其实这对我来说也无所谓,在我看来他们可以私下里把这一切都商定好,因为我正感觉到我是怎样变得极度疲倦,我的四肢是怎样变得沉重,越来越多的水是怎样涌入我的嘴里的,我仍在认为,彼得或许也根本不可能再使我复活了,不仅是因为我通过杀了一个人而犯下了深重的罪孽,而且也因为我今天在星期六没有去参加忏悔,而是去了凯尔伯庆祝会。即便去参加忏悔反正我也不会坦白自己的罪行的,因为这根本没有写在《儿童忏悔镜》上,上面没有写:我把一个人推进一个游泳池里,甚至在《成人忏悔镜》上也没有写明这种情况,在那上面只写着:我打了其他人吗?以及:我杀害了成长中的生命或者在公路交通中危害他人了吗?但上面只字未提一起真正的谋杀或者一起杀人罪,或者类似于从背后把某人推进游泳池的罪行,尽管它当然是一起深重的罪孽,虽然它没有写在《忏悔镜》上。它的确是一种如此可怕的罪孽，以至于它甚至都没有被写在《忏悔镜》上。在《儿童忏悔镜》上只写着责骂或者殴打他人，但我既没有责骂也没有殴打过他人，但是在《成人忏悔镜》上也写着：我有自杀意图吗？这似乎也是一种罪孽，只是它听起来如此滑稽：自杀意图，在这方面我只想到了那个男孩和布莱恩·琼斯，但那并不是什么意图。如果人们想要死去，人们不会故意这么去做，尽管我当然知道这是一种深重的罪孽，知道自杀者也不会被葬在神圣的土地上，或许彼得之所以也无法使我复活，是因为我自己杀害了自己，是因为西门·马吉斯只是利用了这一点，给人一种仿佛是他杀害了我的印象，因此彼得也一句话不说，不知怎的反正我不喜欢彼得，我也不知道为什么，但不管怎样所有的耶稣使徒我都不喜欢。他们总是那么严厉，就跟老师一样，根本不像耶稣，在他们那儿人们必须严格地遵守一切，而耶稣则时不时会宽恕人们，但是耶稣使徒们不会宽恕人们，如果你躺到溪流里，那这就意味着你有自杀意图，那么你也就无法再复活，即使你还是个孩子，尽管自杀和意图这样的话语根本就没有写在《儿童忏悔镜》上，但是这对他们来说也无所谓，人们要么做家庭作业要么不做，就是这样，没有借口。或许彼得会给我父母写一封信，说我自己杀害了自己，因此也就无法复活，并要自行对此负责，就像在留级和所有的事情上一样，因为我总是对一切负有责任，但现在我也不在乎这些了，我也不在乎他们会把我葬在墓地的围墙墙边，那里的泥土是没有被神圣化的，他们也不会为我演唱《生命中的一天》那首歌，就像我在自己的葬礼上所希望的那样，谁也不知道我的这个愿望，虽然我曾经对赖讷说过，或许也对亚历克斯说过，但是他俩肯定不会被询问的，他俩甚至连辅弥撒者都没有做过，因为也没有牧师来，教堂不想跟自杀者有任何关系，因为自杀者不再能够忏悔和悔恨，因此他们比杀人犯更加恶劣。而我，我甚至集两者于一身，因此对我来说根本不再有救了，绝对无救了，但现在这对我来说也无所谓了。

95

论远处的噪音

1. 许多年之后一名记者坐在他父母的客厅里，正在为一段公司简介挑选照片。当他母亲来到走廊里时，她对他低声说道："你父亲的脸变得有孔了。"他没有机会打听她说这话到底是什么意思。后来他站在他父母和那名记者身后，越过他们的肩膀欣赏那些铺在客厅桌子上的照片，这时他自认为能够把他母亲先前所说的话归结为涂了黑漆的头发和黑白照片的光滑轮廓，这些照片和他父亲很不像，以至于他甚至都回忆不起来认识照片上那个在他童年时代拍摄的男人。

2. 他走进地下室。那是夏天的一个下午，在明爱会那位女士住过很多年、现在闲置的客房里冲个澡，为了在稍后进城赴约时显得精神焕发，这其实是比较务实的做法，他故意把约会定在那个时候，为了缩短在他父母家的拜访时间。但他没有勇气在这里脱去衣服。他没有勇气打听毛巾在哪儿。

3. 在想毛巾的同时他四周被各种令人麻木的声响所包围，轻微的剐蹭声、吧嗒吧嗒地拖着脚行走的声音、从其他楼层传来的敲门声，这禁不住令他回想起父母及其雇员的持续活动。当时他从未有意识地感受到从地板、天花板和墙壁后面传来的那种勤勉的活动声，慢慢地那种声音使他麻醉并渐渐使他入睡。

4. 他走进昔日明爱会那位女士的客厅,他父母把他们在楼上不再想要的各种家具都推到了这里。他在墙上发现了一些小窟窿,它们或许是在固定架子时留下的。他把它们解释为是明爱会那位女士在这里留下的神秘记号,为了以此保持她对这个地方的影响。就跟他当时在迁出别墅时把自己最喜欢的印第安人造型藏在顶楼一根屋梁后面一样,但实际上却不知道为何要那样做,尽管那个造型只是单一的棕色并用铸塑制成。

5. 他和他母亲是唯一参加为期三天的全体员工去柏林郊游的家属,这次郊游同时也是一次意想不到的再次与他父母独处的机会(他弟弟待在家里由一名护理人员照顾),尽管他们不断地被公司职员所围绕。员工的在场并不妨碍他,相反更令他感到愉快,因为他们的在场保护了他免于被过度关注,就像地板、天花板、墙壁和门同样保护了他一样,因为当他躺在自己房间里时,它们过滤掉了所有的噪音。

6. 他不由自主地把这次全体员工郊游和一张照片联系在了一起,那张照片是他母亲铺在客厅桌子上的众多照片中的一张,在记者走后他又第二次浏览了它们。人们在照片上看到他年轻的父母站在一处商店通道里,他认为是他自己拍摄了这张照片,当时他父母在通道上的一家珠宝店里给他为参加圣餐仪式挑选了一块荣汉斯手表。当他向他母亲提起这件事时,她却反而给他讲述说,在晚上的庆祝会上一些公司成员是怎样不守规矩的,此外他们是怎样通过不断补订、然后又只呷了一口便搁置一边的昂贵的葡萄酒和香槟酒导致了一笔巨额账单的。

7. 情况表明那名记者根本就没有走,而只是去他的车里找寻三脚架和闪光灯,因此他决定再在周围区域骑半个小时的自行车,为了不让自己也成为新闻报道的一部分。街道几乎没有变样，尽管人们对房屋进行了现代化改造和修葺。当他意识到自己接近了那块地区时，以前工厂和他父母家就位于那个地方，今天矗立在那里的是又一幢配有长长的滚动牌的过时的购物中心，它空置的底层空间曾经被设想作为停车位，在接近那块地区时他掉转方向，沿墓地背后往回骑。两夜之后他梦见自己又沿那条路线骑行了一次，途中在林荫道向下倾斜的地方他被阿希姆超越。阿希姆骑的是他那辆旧的红色的比赛用自行车，他停在公爵广场站等我；在老公爵广场旁边，在法国梧桐树下，在小电话亭附近，可以看见艾伯哈德·考夫曼父母的瓷器品商店，那里现在一个超过真人大小的蜘蛛侠在一家也已经又过时的影碟出租店上面正沿外墙面攀登。他很高兴见到阿希姆，尽管阿希姆不再关注他，而是干脆从他身边经过朝主教堂方向骑去。醒来之后他回忆起，在那个地方的拐角处有一家烟草店，它也出售公共汽车票，他曾经陪阿希姆到那儿去过一次。在他的梦里阿希姆很瘦、有雌雄同体特征、年轻、不到二十岁、穿着黑色的皮装，而且他有乳房，就像梦里出现的情形，他能够透过衣服看到阿希姆的乳房，能够看到丰满的半圆形球体，它们可能符合他天真的想象，在当时。

8. 就好像是梦要尝试填补漏洞，它又引领着他从公爵广场返回到他父母的新家，那里一切都和他两天前所看到的一样，只是他在地下室里遇到了明爱会那位女士。她一丝不挂，但没有乳头和阴部，而是看起来就跟早先照片上的女人一样，她们的性特征通通被润饰掉了。他向她打听时间，她从墙上的小龛窿里取出一些手表，但它们的指针都不走。然后她在他面前表演了一支据说是罗马天主教的圣餐舞。但是音乐与舞蹈不配套，因为那是一种德语摇滚乐。当他向她指出这一点时,她假托不知道他在说些什么,但却重新穿上了衣服。

9. 结构化的周作息时间,在特定的日子里总是重复出现的饭菜(周二:面条、番茄沙司和鸡蛋,周六:大杂烩等等)以及远处摆脱了自身噪音、自身结构的声响。人们可以随时打听毛巾在哪儿,总有一条熨烫过的毛巾挂在那里,一场叛乱总是已经在结构自身中被安置好并在结构里被保存。比如高年级学生在他们活动的那座小城的结构里被保存,在高级文理中学的结构里被保存,红军派被保存在西德的结构里。在此重要的是,创立结构的那些人却意识不到结构。就像父母意识不到他们在远处制造了哪些噪音,因为他们自己只感受到附近的噪音,并且是联系到招致这些噪音的具体活动。红军派的终结是1969年11月在巴黎开始的:巴德尔和恩斯林,被阿斯特丽德·普罗尔在花神咖啡馆拍了照。因为他们不明白,他们的反叛是由远处西德的噪音决定的,反叛在其结构里也孕育了爆发,也孕育了巴黎的放荡生活。

10. 从实际考虑出发,明爱会那位女士在卖掉工厂而且他母亲相对康复之后也随他们迁入了新居,住在地下室的客房里,就跟红军派在保护性并使人入睡的远处的噪音中一样,历经多年发展出某些妄想。由主观臆想的西方经济制度的崩溃、伴随着银行破产和所有在此期间已经司空见惯的事情所引发,她多年来第一次从睡眠中被唤醒,这样的睡眠是远处父母的噪音传介给她的,现在她尝试去保留这种睡眠,但却不清楚自己事实上是在担心何种损失。她在一段时间里避免与人接触,甚至更确切地说是蔑视他父母之后,就像红军派蔑视决定其自身的结构、高年级学生蔑视高级文理中学的结构那样,她现在寻求与人会话。因为母亲从未关心过财务事务,所以对她来说首先必须让父亲相信,取消人寿保险、消除所有的银行账户是多么有益的事情,这样做是为了用钱来投资黄金，投资尽可能小的金条，它们在后货币时代将适合用来交换。父亲作为商人断然拒绝了她的建议，主要用以下论断驳斥了她提出的上述建议的合理性，即如果发生可能性的经济崩溃所有的人都将面临相同的境况，那样的话谁都不再拥有财富了。也就是说他相信结构，而明爱会那位女士则不信任这种结构，因为与父母不同，她早就不再自己经历结构，而只是把它作为远处的噪音加以感受。事实上她是第一次（这一点她自己也不知道）面对死亡这一思想，也就是面对结构的危害，只有这种危害才使得她的生活和她与普通生活的划清界限——自从工厂被出售和搬家以来她就再没过正常的生活——成为可能。因为父母拒绝把她的担心变成他们自己的担忧，于是她被迫自己采取行动。她开始储藏食物，敢于想出这样的念头，即在金钱经济制度崩溃之后，在黑市上主要是享用品和成瘾性药物将会构成一种绝佳的交换商品。因此她又额外储藏了甜食和酒精饮料。但她不理解的是，通过使她的系统完美她永远也不可能满足最初引发她恐惧的东西，即对于因为远处的噪音而丧失结构的恐惧。相反她把精力转移到使自己的预防体系趋于完美上来，最后被警方在李斯尔厂房里的一次例行检查中逮捕，当时她正准备购置数量较大的海洛因。接下来对她住处的搜查——父亲的一名律师得以阻止使搜查范围扩大到其余的房子和父母的房间——正好导致了她所担心的事情：她失去了自己的住处，这样一来也就失去了在场但又遥远的父母的结构，因为他们觉得常年同意并连带资助了她的毒品消费。

11. 远处噪音的结构提供了如此大的保护，以至于人们有意或无意地必须把自己引向惊恐。切·格瓦拉在玻利维亚只有大自然的结构。因此他每天都要在日记里记录关于高度的情况说明。他在一种难以想象的无聊中等待革命,但是跟所有其他人一样他只是在等待自己的死亡。

12. 或许也因为他们还没有冰箱或者从父母那儿学得了这样的习惯,以前人们把东西放在外面对着院子的窗台上。主要是食品,但也包括人们不想放在屋里的东西,比如用破旧衣服包起来的颜料罐,或者还有那些想被扔掉、但还不应当被扔掉的物品。有时这些东西被人忘却,整个夏天都堆放在那里,当他站在院子里向上看时,每一栋他永远也不可能踏进的住房都会泄露一些它自己及其房客的情况。

13. 所有这些都在他的脑海里穿梭,当他临近傍晚朝火车站方向走去时,风正从田埂的桦树上面吹过,云闻起来有一股蓖麻油的味道,他看到一个牵马的男人就像是定格在他的童年时代一样。男人走在马身旁,那是一匹高出他的步履沉重的老马。然后大黄茎叶垂下了头。一道长长的阴影越过街道,从空置的居民楼一直落到市郊小果园的窝棚后面。他理解对于结构的渴望,这种渴望把明爱会那位女士赶进精神错乱,把那些高年级学生赶进叛逆,把他自己赶进忧郁。

14. 他再次尝试回忆那个梦境,梦里阿希姆骑着他那辆红色的比赛用自行车超过了他,回忆期间他禁不住必须想起那个他们彼此失去了联系的夏天,因为阿希姆连续第二次留级,不得不退学离校。可能是为了在阿希姆的父亲返回之后开始一段新的人生历程,同时他父母从过道上面带有卫生间的狭窄的旧宅住房里搬出,迁入城市另一端的一栋高楼里。在此期间阿希姆在梅赛德斯公司开始了一段学徒期,阿希姆再次邀请他去参加他的生日聚会,尽管他只比阿希姆大几个月,尽管他们仅在不到一年的时间里没有见过面,但当他拿着由明爱会那位女士包好的送给阿希姆的礼物出现时,他显得要比对方年轻得多。在来参加生日聚会的其他男孩当中他谁也不认识,所有的人都抽烟,也允许在阿希姆父母的住房里抽烟,这让他觉得很奇怪。他和其他人坐在一张低矮的桌边,吃一块蛋糕,从窗户向外眺望城市全景。他本人买的,但是由明爱会那位女士包装好的礼物是单曲唱片《徽章》(Badge),他把唱片放在他的方格纹挎包里。阿希姆好像不再对音乐感兴趣了,其他人也没有送他任何东西,因此从包里掏出单曲唱片送给他将会令他很难为情。在其他人笑着谈论他不知道的事情时,一种对黑暗狭窄的楼梯间的渴望侵袭了他,那是通向阿希姆原先住房的楼梯间。一种对狭小门厅的渴望,门厅里立着摆放电话机的小桌,为了去往客厅人们必须穿过门厅,阿希姆的房间就在客厅旁边。在搬家时阿希姆肯定把所有的画册都扔掉了,或许甚至扔掉了他的唱片。不过他不惊讶于他们坐在客厅而不是坐在阿希姆的房间里,他也没有机会再看到他的房间了,因为阿希姆的父亲来到客厅,提醒阿希姆和其他人到了该走的时间了,他现在可以捎带他们进城,因为他反正也要驾车去那个方向。阿希姆和其他人跳了起来,相互讲述他们在城里要喝些什么,而他则害怕必须跟他们一道去他不熟悉的酒馆,必须在那里喝他不想喝的烈性酒,因为他喝不了烈性酒,因为阿希姆的新朋友们不理会他,在他们当中他反正也感到不自信。因此他说,他必须六点钟回家,不能跟他们同往了。阿希姆的父亲说,他可以把他捎到火车站,让他在那里下车。当他在走廊里穿他的风雪衣时,阿希姆给了他一本红色格子图案花呢格纹式样的满转密纹唱片纪念册。他打开纪念册,在二十个透明塑料封里看到了那两张《乌马古马》唱片、《艾比路》(Abbey Road)专辑、《最后的尼斯》,还有其他他和阿希姆一道在朗恩大街的音像品商店里买过的唱片。阿希姆说,这些唱片可以归他所有了,他向阿希姆表示感谢,但恰恰通过这件礼物感觉自己的预感得到了确认,即阿希姆跟以前不一样了,他可能再也不会再见到他了。他也没有打听满转密纹唱片封套的下落,因为他已经知道,阿希姆在搬家前肯定把它们都扔掉了。在返程期间天已经黑了。他在汽车后座上挤坐在三个男孩之间,把那本唱片纪念册放在膝盖上,没有人理会他。阿希姆的父亲和其他人交谈,仿佛他们是同事一样,在一个红绿灯处停车等候期间他向其他人发放香烟,问他们具体想去什么地方。当他们一声招呼也不打就让他在铁路路堤处下车时,他一方面感到心情轻松,另一方面也感到伤心和无助。他绕道从阿希姆原先的住处旁边走过,它与他父母的房子只隔了几条街远。先前他们总在房子底层的文具店里买小画册,现在它已经关门了。楼上在阿希姆的旧房间里点着灯。窗户前面没有窗帘,人们可以看到房间还是空着的。一根涂满颜料的梯子靠在右侧墙壁上。因为人们还没有料到他这个时候会回家,所有他能够不知不觉地路过明爱会那位女士的房门口,接着上楼去自己的房间。他坐到自己的床上,从包里取出单曲唱片《徽章》把它打开。他此前已经把它录制到了磁带上,但是把它作为单曲唱片而拥有当然要更好了。他尝试以此以及用阿希姆赠送他的那些唱片来安慰自己,尽管他知道那是一件分手礼物,但或许一件分手礼物也正是为了安慰人们摆脱分手的痛苦。

15. 1969年夏天无意识发展成了有意识。秋天开始了青春期阶段。无意识(披头士乐队)用《艾比路》专辑与人们告别,有意识通过《齐柏林飞船II》而产生。强节奏爵士乐和流行音乐变成了摇滚乐,嬉皮士变成了红军派。他自己被捆绑着躺在手术台上,在打麻药的瞬间看到当代史从自己的脑海里轰鸣而过。

16. 他阅读切·格瓦拉的《玻利维亚日记》,那是汉斯-于尔根·劳帕赫买来给他一并送到医院里的（三大洲出版社，双卷本，1985），同时还阅读彼得·汉德克的《大黄蜂》（罗罗罗出版社1098，1982）。这两部作品他都不理解，既不理解汉德克的《大黄蜂》也不理解格瓦拉的《玻利维亚日记》，他仅仅是依赖于一种长期决定他意识的对于理解的预感。

17. 之前的时期仅仅是录音，虽然是一种跟唱，但却与披头士乐队、谁人乐队、奇想乐队、小脸乐队等处于同一水平，它是安全的时期，是天主教时期，是一个上帝的时期，他也同样跟唱对他的赞美。在他理解了不理解的那一刻，他不再是孩子了，他使自己疏远披头士乐队的单曲专辑和其他联合成所谓超级乐团的乐队再版专辑中的那种熟悉的元素。小脸乐队变成了脸庞乐队或者硬摇滚乐队，披头士乐队变成了羽翼乐队或者塑胶小野乐团，奶油乐队变成了盲目诺言乐队，其中一位不被质疑的神灵变成了一位神灵的可能性（这样一来也就是不可能性），而他自己则在迷失方向的那一刻第一次面对自己的历史，面对那种发现即这样的历史竟然存在。据说是他创造了这些年月。形成中的有意识的遗产是这些年月的无意识。难怪他无法想象另一种生命，难怪他做好了死亡的准备。

18. 汉德克小说当中不同寻常的表述，他继续不知疲倦地阅读汉德克的小说，仿佛它们里面有一种必须要被破译的预言，比如他不把小说中对助动词 sein 和"站立"（stehen）、"坐"（sitzen）等其他动词的使用看作是奥地利特质，而是把它们阐释为对一种更大的惰性和身体惯性的表达，而另一方面给他留下深刻印象的是，切·格瓦拉能够很容易就忽视身体的需求如饥饿、睡眠、乡愁或者孤独，但却没有意识到那是类似的令人惊叹的事情，即还在几个月前他是怎样向温尼托展示这些需求的。切·格瓦拉已经死了，但是彼得·汉德克却成了刚刚解散的披头士乐队的接班人，也因为扬·布赫霍尔德和雷米·金施把《大黄蜂》和《小贩》的袖珍版设计得很相像，尽管其中一部小说是在罗沃尔特出版社、另一部是在菲舍尔出版社出版的，并且书里的插图看上去跟他由阿兰·阿尔德里奇设计的披头士乐队的歌集里的插图是一样的。音乐变成了文学。乐队变成了单人。歌曲的混乱在过渡中通过汉德克既迷人又令人费解的语句变成了具体的散文表述。

19. 他在他《通往天堂的阶梯》（Stairway to Heaven）那盘磁带上是从"欢笑"（"树林也将报以欢笑般的回响"）开始录制的，这样一来他实际上是缺少发展、开端、结构和起源，这难道不也属于从无意识向有意识的过渡、这种在两者之间的常年摆动吗？磁带和唱片之间的真正区别难道不在于总是缺少的信息、肢解和缺失的开端和结尾吗？

20. 使用打击乐难道不是摇滚音乐最重要的发现之一吗？它同时不也象征着造反和在传统结构中得以保存之间的矛盾吗？在终于使用打击乐之前，燃气罐（Canned Heats）乐队的《油炸摇滚》（Refried Boogie）难道不仅仅靠压力而存活吗？通过使用打击乐人们难道没有意识到，期待是真正的而非被期待的事情？人们不会不由自主地明白，在使用打击乐的那一刻，当打击乐演奏者重新找回预先规定的节奏并强调它时，那种期待的紧张虽然会消除，但同时也会产生一种失落感，因为那种紧张不复存在了？人们不想一再听打击乐演奏吗？使用打击乐是特别的事情，而它导致的却仅仅体现了早已为人们熟知的结构，它通过对节奏的划分暂时破坏了这一结构，为了同时指向这一结构，因为它只有指涉该结构才能发展自己的特色？打击乐的使用难道不是跟许多造反和起义一道分享这种现象吗？从这种误解、这种对真正和非真正、改变和依赖的混淆中不是发展出了政治和音乐结构吗？这样的结构象征了错误，比如那种打击乐独奏，人们之所以经受住了这样的独奏，是因为人们在此就跟在《伊甸之园》(In-A-Gadda-Da-Vida)那首歌里一样，也只是在等待返回结构，人们在独奏结束时用掌声欢迎这种结构，而打击乐演奏者则可能会认为，他是因为自己完成了表演而被报以掌声？人们当时能觉察到，使用打击乐是欲望所犯下的有益的错误吗？也就是认为被期待导致了被渴望，而事实上被期待就是被渴望自身？欲望在打击乐的使用中始终是空洞的，它在未满足中得到了满足。可惜的是只有少许打击乐演奏者认识到了这一点。其中一个是来自普洛柯·哈伦摇滚乐队（Procol Harum）的巴里·杰姆斯·威尔逊，他在歌曲《打破路障》(Broken Barricades)的结尾处表演了这种期待，让一段打击乐演奏持续了1分17秒的时间，一段没有得到满足的打击乐演奏，而是通过工厂遮光板而结束，以至于人们可以不断地继续想象这段演奏，把它想象为永不停息的运动，这种运动之所以具有动力和魅力是因为它永不消散。但是我们所寻求的满足却是回返，这样一来就成为失望，它意味着运动的终结。

21. 人们对巴德尔的唱片收藏有什么感兴趣的？其中超过平均水平的埃里克·克莱普顿的一张专辑是在电唱机上播放的最后的唱片？相反维特根斯坦的《哲学语法》却翻开摆放在乌尔丽克·麦因霍夫的囚室里。那是不再从她主观臆想的目标，而是从自身出发解释形而上学、欲望和希望的尝试。

96
格尔妮卡朗诵卡尔·迈的作品

格尔妮卡?

怎么了?

你不是真的在那儿,是这样的吗?

不,不是真的。为何这样问?

我感到如此疲倦。

那就睡一觉。

我害怕做梦。

那就醒着。

那样我或许也会做梦。

那我也不知道该怎么办了。

它在那里放着。

《哈姆雷特》。

是的。

一直还是那个忧郁王子?

别说了。

我可以做些什么吗?

没什么可做的。只是……

只是什么?

我感到如此精疲力竭。

那就休息。

是的。忘记一切。

忘掉一切。

不要再从头开始一切。

不。不要再从头开始。

历史,你知道吗,它有时仅仅对一个人来说就足够了。

是啊,因此也专门有负责历史的专家。

是的,专家。历史学家。

正是。

那负责精神心理的专家呢?

那是精神病医师。

没错。对所有的事情都有相应的专家。我根本不必紧张不安。

是的,你没有必要那样。你可以非常安静地入睡。

对呀。没有历史。

没有历史。

也没有精神心理。

完全正确。

没有无意识,没有梦境,什么也不再有了。

只剩下空虚。

还有雪花。

是的,雪花。一种一直延续到天边的雪景。

还有你。

嗯,好吧……

这是什么意思?

你知道的,我不是真的在那儿。

没错。但是天也不是真的下雪。

在这一点上当然你说得对。

那么人们就可以说……

是的,人们可以。

请说吧。

好吧,我也在那儿。

这样太好了。

是的。现在睡觉吧。

好吧。

我兄弟还有什么愿望吗?

兄弟?

我在想,如果我们做不了情侣……

那就做小兄弟和小姐妹。

也不是真的不成问题。

兄弟,这是一个奇特的字眼。

结拜兄弟。

是的,我也刚刚在想这个。奇怪。孩子们在今天还这么做吗?还歃血为盟结为兄弟吗?

我不知道。

我们以前这样做过吗?

不是真的做过。

太可惜了。但你会唱那首歌吗？你知道的……

是的，我会。

谢谢。

生命的光线想要离别／现在死亡之夜降临。灵魂想要展开翅膀／它肯定，它肯定死了。

太美妙了，请继续。

最后，在最后时刻，你得到的爱等于你付出的爱。

这太棒了。

是的。

你的声音也很美。

是的。现在睡觉。

格尔妮卡？

怎么了？

我相信救世主。

救世主？

温尼托是一名基督徒。

为何是温尼托？

就这么说的。

什么？

温尼托在谈到自己时总是用第三人称。

也就是说，你是一名基督徒？

那只是一句引言。

啊，我明白了。

不是当真的。

我明白了。但是，你为何要说那句话呢？

因为我至少想说一下，在最后，当我已经不相信它的时候。

嗯，这个我能理解。但是然后，我觉得所有的话也真的都说过了。此外真正的悲伤是不能用言语来诉说的。

是的，那一时刻很快就会到来，到那个时候人们只知道这些血腥的历史都是些古老的传说。

是的。

格尔妮卡？

怎么了？

如果一切都完全是另外一个样子呢？

97
我的身体，这纸，这火

1

我听说过这件事，说的是一次上千名男子聚集在一起，尝试去回忆一个果园。

2

下雪了，雪花以数得清的片状物飘落，它们在清晨通过敞开的门吹进房间。

3

一切，男人们，都在熊熊的火焰之中，但是男人们，"一切都在熊熊的火焰之中"这句话是什么意思呢？

4

果园在熊熊的火焰之中，樱花在熊熊的
火焰之中，草地在熊熊的火焰之中。

5

来吧，男人们，来到这块灰色石头的阴影里，
为了保护你们自己免被火焰吞噬和埋葬。

6

还有什么，男人们，在熊熊的火焰之中？你们
看见果园和樱花的眼睛也在熊熊的火焰之中。

7

所有在你们眼睛里出现的、让你们高兴
或者失色的东西，所有这些都在熊熊的火焰之中。

8

任何思想都在熊熊的火焰之中，男人们，也包括
果园和你们在熊熊燃烧的花丛下面看到的人。

9

一切都在起火和熊熊燃烧,你们的双手,它们在起火和
熊熊燃烧,你们触摸过的一切都在起火和熊熊燃烧。

10

触摸本身就是起火和熊熊燃烧,
被触摸的东西在起火和熊熊燃烧,也包括触及他物的东西。

11

你们钻进、过晚地钻进那块灰色石头的阴影里,
石头也同样在起火和熊熊燃烧。

12

雪、每一片被清点过的雪片都在起火和熊熊燃烧,
接住雪片的舌头也在起火和熊熊燃烧。

13

没有接住被清点过的雪片的舌头,
它也同样在起火和熊熊燃烧,因为一切都在起火和熊熊燃烧。

14

因为你们回忆起的东西在起火和熊熊燃烧,
你们忘却的东西也同样在熊熊的火焰之中。

15

因为你们说过的在起火和熊熊燃烧,
你们隐瞒的也同样在熊熊的火焰之中。

16

因为你们想要的在起火和熊熊燃烧,
你们拒绝的也同样在熊熊的火焰之中。

17

因为一切都在起火和熊熊燃烧,都在熊熊的火焰之中。
就连棉花糖、就连湖泊、就连
花丛和果园也不例外。

18

就连目光、无辜被听到的事情、就连

通向湖泊的街道、就连落在街道上的雨水、
就连花丛和雪花也不例外。

19

就连露水、就连露水中的倒影、就连
在露水中被映照的露水、就连在被映照的露水中
被映照的幼蚊的翅尖也不例外。

20

因为一切都在起火和熊熊燃烧,都在熊熊的火焰之中,
就连火焰的火焰也早已被吞噬。

98

被询问者劝阻对方重新开始

我认为我们必须慢慢结束这场谈话了。

暂时结束还是完全结束？

这完全取决于您。

真的吗？

当然。

我不是特别肯定。

您就是缺乏信任。

信任，这听起来就像是来自自我体验课程上的说教一样。

同时您尝试用控制来取代信任。

我？控制？说这话的偏偏是您？

或许我比您更不相信人们能够控制某事。

因为您只是简单地那么做了，就是这样。

人们恰好有自己的任务。

也就是说您是这么认为的？

是的，我是这么认为的。您难道不是吗？

那些任务是人们给自己挑选的吗？或者表达得更贴切一些，人们能够给自己挑选这些任务吗？

人们可以接受它们。

现在说的是尼采还是耶稣的观点？或者干脆只是反动的思想？

或许最后甚至是革命的？

您只是在开玩笑而已。

有时这一切很难被准确地区分。

啊，现在又来这一套了，向右，向左，分析式的，解构式的，一切都无所谓，只有中间、温和以及压制性的宽容是重要的。

不，您完全误解我了。我说的意思正好相反：人们必须重视细微之处，注重细节，就像您在您的囚室里所做的那样。

囚室？

或者随便您怎么称呼它，您整天坐在那里，在纸张上写满了东西。

是的，囚室，这样说没错。

我的一位同事，凯勒警官，曾经说过这样的话："我们无法向自己做出解释的一切对我们来说都是重要的。"我也是这么看的。

您说什么？

我们想解释一些事情，因此我们专注于我们无法解释的事情，这样做就是为了最终对它做出解释。但事实却表明，如果人们仔细观察的话，事情的意义正好在于无法解释、无法消解、主要是无法控制它。

在欺骗、爱情、妄想、渴望这些事情上也是如此。

没错。正如肉中刺一样。人们想把刺拔出来，但却做不到这一点。而且人们也不应当这么做。

我正好有这种感觉，我们应当再从头开始一遍。

现在您又开始怀疑了。伴随怀疑的是控制强迫症。把一切重新再修订、防范、夯实一遍,扼杀一切不精确的萌芽……

不,恰恰相反,我感觉跟当时一样,当我做了那个梦,梦里见到穿着短裙、戴着墨镜的格尔妮卡,起初我不肯定那究竟是不是她,然后我醒了过来,又一次特别想吃多层奶油蛋糕,至少在那一天我清楚地意识到了自己的欲望。

这样说就对了。

那种感觉,我觉得它持续的时间连一整天都没有,还在中午的时候它就又消散了,但它如此令人愉快,如此毫无疑问。

"毫无疑问",虽然我不清楚您这么说是什么意思,但那种感觉肯定是令人愉快的。

就像我认为其他人总是那种状况一样。

您什么意思?

也就是说其他人总是那么容易地得过且过,比如您。

在此我是一个非常负面的例子。

不,我真的有这种印象,觉得您的工作让您很开心,您肯定有一位妻子、一个家庭,您有一种业余爱好、朋友圈、养老保险……

我觉得您的想象是完全错误的。

但是如果我也有那样的感受,即使只在梦醒之后,即使那样的感受只持续几个小时……

那么情况可能就要更为复杂了,您再从侧面看待一下这个问题。

我感觉现在我可以非常准确地描述一切,也就是描述事实到底是怎样的。我们将重新开始,在比伯里希,在胡贝图斯大街,可以说是以黑白元素开始,然后……

然后呢?

然后……我就不知道了。

因为它是一个错误，一种空想，一种幻觉，一种泡影，一种光的反射……

对，可能是吧。无论如何我经常在想，它反正是无法被理解的，至少无法那样被理解。或许作为歌曲，在歌词与音乐的摆动之间……

这又是那种美丽的灵魂，它流散在渴慕的结核病之中，但却无法到达存在状态，无法招致世间的任何事情。存在也必须是这种情况吗？"招致"，这又是什么意思？

我觉得您需要镇静。最好您躺下休息一会儿。请您想一想那个美好的梦境。或许您又会梦见如此美好的事物。

没错，梦见格尔妮卡，看到她是怎样站在那儿的。还有雪。

雪？

是的，雪。那辆黄色的 NSU Prinz 汽车。克劳迪娅、贝尔恩德、沃勒和其他人。还有汽车杂物箱里的水枪。当时，在一月份那个被白雪覆盖的日子里。

I sat me down to write a simple story

Which maybe in the end became a song.

The words have all been writ by one before me

We're taking turns in trying to pass them on.

Oh, we're taking turns in trying to pass them on.

Procol Harum[①]

注　释：

① 歌词大意为：

我坐下来写一个简单的故事，

最后它也许会成为一首歌。

那些话语在我之前就已有人写下，

我们正轮流尝试将其传递。

啊，我们正轮流尝试将其传递。

——普洛柯·哈伦乐队

致　谢

　　我想向所有对于本书的成稿起到重要作用的人表示感谢。感谢黑森州科学和艺术部、伊丽莎白·阿本德罗特、埃娃·德姆斯基以及授予这部小说的初稿2012年罗伯特－格恩哈德奖并使它的最终完成成为可能的评审委员会。感谢托马斯·梅尼克，在我写作期间他不断给予我鼓励，并致力于书稿的出版。感谢英戈·舒尔策，他属于本书终稿的第一批读者，从此便无私和不间断地支持这部小说。感谢我的代理人伊丽莎白·鲁格，她尽了所有可能性的努力，使得这部书稿找到了合适的出版商。感谢安德烈亚斯·罗泽尔，他毫无疑问就是在这里提到的出版商，感谢他毫无保留的坦诚和同样毫无保留的责任心。感谢我的编辑扬－弗雷德里克·班德尔，他善解人意地给了我许多重要的指点，使我不断专注于我真正想要表达的东西。感谢美克·罗泽尔细致入微的阅读，和她对于文体雅致和处理最后疑虑的直觉。感谢霍斯特·森格尔一如既往的支持，当然也要感谢玛雅，多年来她一道及时并直接经历了所有对书稿及其撰写者的拒绝。谢谢。